破天荒フェニックス オンデーズ再生物語

破天荒
不死鳥

平價時尚眼鏡OWNDAYS永不放棄的再生傳

OWNDAYS社長
田中修治

高倉燦　譯

破天荒フェニックス オンデーズ再生物語

自序

十二年前。

OWNDAYS不知道該說是一艘落難的破船，還是近乎沉沒，而我則是仗著年輕的衝勁和氣勢，硬是坐上了這艘船。多年過去，猛然回神，才發現它才好不容易已成為一家像樣的公司，稍微能在世人面前抬頭挺胸，而這也不過是最近的事。

苦熬七年，終於解決無力償還債務的問題，與銀行的交易恢復正常，一切準備妥當，我就此下定決心：「好了，這下終於能站在起跑線了。很好，今後我要正式將OWNDAYS推廣到全世界去！」

但具體到底該怎麼做才好？

嘗試錯誤的日子持續了好一陣子。

製作高品質的商品。

用心接待客人。

降低價格。

提高店內裝潢的美觀度。

不過，在現今的時代，品牌為了求生存，這些都只是「理所當然」的要素，無法成為強大的競爭力。

那麼，要投入高額的廣告宣傳費，在電視廣告中大量播放嗎？

要啟用知名藝人來當廣告招牌嗎？

要與當紅的卡通或卡通人物合作嗎？

這麼做確實能暫時刺激買氣，但這樣只是提高「知名度」，並不會提高「人氣」。

今後的時代，「有人氣的品牌」比「有知名度的品牌」更能勝出。

「有人氣的品牌」到底是怎樣的品牌呢？

是「受人信賴的品牌」，是「社會大眾需要的品牌」，而最重要的一點，它必須是人們「想要支持的品牌」。

仔細思考這個問題後，我從去年開始展開「徹底暴露自己的一切，完全赤裸」的計畫。

在Twitter、Instagram、Facebook、抖音等平台上，OWNDAYS以我為首，我們在全球各地工作的員工們都開始極力公開展現「自我」，自由的發言、發文。

而在台灣，許多員工也會用各自的風格，在社群網路上發文介紹自己在OWNDAYS工作的每一天，所以希望各位方便的話，也能用#OWNDAYS來搜尋看看。

不管怎樣的企業或個人，都各自有其鮮活的故事、豐富的情感、獨特的魅力。

如果蓋上蓋子加以隱藏，只是將店裡工作的人們當作是「勞力」看待，那麼，在不久的將來，零售業將會完全被自動販賣機和電子商務所取代。

我們OWNDAYS所追求的未來，可以看到許多在OWNDAYS工作的「人臉」，因為這眾多的「故事」而成為粉絲的人們，為了讓自己也加入故事中，戴上OWNDAYS的眼鏡，那是個歡樂、有趣的零售世界，是由這群鮮活的人們所構成。

為了這個目標，投入零售業的人們在販售商品前，得先思考如何讓人們知道自己的故事。

比起提高知名度，擁有人氣更重要。

必須徹底的思考，為了要讓顧客支持我們，該做什麼才好？

我思考著這個問題，想盡可能用有趣的方式來傳達我這一路走來的故事，因而寫下此書。

書中的故事有多少真實性呢？

這個故事現在進展到哪裡，今後又會往哪兒走呢？

這個答案，希望各位在看完這個故事後，自己走一趟OWNDAYS的店面，親自去確認吧。

當然了，為了讓自己變得更好看，請別忘了戴上OWNDAYS的眼鏡。

OWNDAYS株式會社　CEO

田中修治

目次

第1話　手握卡車方向盤的人

二〇〇八年一月

在東京，繼新幹線的希望號廢除吸菸車廂後，全國的計程車也開始全面實施禁菸，癮君子就此邁入更加無處容身的時代。

不是我在自豪，我是個超級老菸槍。

我就像毫不在乎當時的社會風潮似的，西裝裡有多少口袋，就塞滿多少菸，一副禁菸風潮「與我何干」的態度，每天不斷地吞雲吐霧，就像在升狼煙般，同時忙碌地投入工作中。

「咦！修治先生，你說要以個人名義收購OWNDAYS？」

六本木十字路口上的知名咖啡廳「ALMOND」，坐在二樓靠窗桌位的奧野先生發出悲鳴般的驚呼，一面托起他滑落的眼鏡，一面露出「難以置信」的神情，雙目圓睜，驚訝莫名。

「沒錯。最後不管我跟誰說，都遭到反對，於是我心想，這樣太麻煩了，乾脆我自己買下好了。」

我邊說邊抽菸，才剛熄菸，馬上又點了一根，朝胸腔裡深深吸一口，然後再呼出，抽得無比香甜，而不抽菸的奧野先生則是不堪其擾的用手揮掉我呼出的煙，對我說：

「勸你最好別那麼做。就像我之前一再說明的，OWNDAYS全年的營業額只有二十億日圓，相對的，向銀行的短期貸款卻高達十四億日圓！借款的周轉期間只有短短的八個月左右，約定的還款金額會從每個月八千萬攀升至一億兩千萬。但這家公司的每個月營業赤字卻將近兩千萬之多，陷入資金周轉異常的窘境。就算收購下來，要加以重整根本是不可能的事！」

（不愧是金融方面的專家，數字完全都記在他腦中⋯⋯。奧野先生該不會連睡覺說夢話，講的也都是數字吧？）

我聆聽奧野先生的意見，隨口附和，同時腦中想著此事。

這位戴著眼鏡，身材清瘦，差點從椅子上跌落的男人，名叫「奧野良孝」，四十一歲。

奧野先生自上智大學畢業後，到三大銀行之一的穗積銀行任職，原本順利的走在「優秀銀行員的飛黃騰達之路」上，但他看到的盡是大型銀行間的合併所伴隨而來的派系鬥爭，以及卑鄙的相互背叛，因而對銀行界感到厭惡，就此辭職。之後待過大型的重建基金公司，最近剛換到一家小型的投資顧問創投企業任職。

我名叫「田中修治」，三十歲。一頭及肩長髮，染成近乎金色的褐髮，破牛仔褲搭上黑夾克，以這身造型當我個人的註冊商標，另外我在早稻田的住宅街一隅，經營一家小型的設計企劃公司，底下有數名員工。

一位和我有工作往來的商業雜誌編輯，向老愛擺出時下流行的年輕ＩＴ產業社長派頭的我，介紹在全國擴展六十家店的低價眼鏡連鎖店「OWNDAYS」的創始人，同時也是該公司會長的松林先生。這個故事就是從這裡展開。

我的個性只要看到有趣的事，就會馬上想一頭栽進去，而我就像被捲入松林先生與當時握有OWNDAYS主導權的Read Business Solution（以下簡稱ＲＢＳ）之間的內部紛爭般，就此扯上「賣股份」，也就是所謂「出售OWNDAYS」這件事。

當初松林先生向我懇求：「我想奪回OWNDAYS的經營實權，希望你能幫我找贊助者。」因此我以他的贊助者的身分，企圖與RBS方面交涉，但在聽聞內情後，對於松林先生罔顧員工和相關人員感受的任性態度，以及傲慢的自我主張，我也逐漸無法忍受，就這樣不知不覺間與理應是敵對的RBS站在「同一陣線」，開始接受他們的諮詢。

約莫兩年前，OWNDAYS在創業者松林先生亂無章法的經營下，欠下大筆債務，身為大股東的RBS看不下去，從松林先生手中奪走經營權，投入重整工作中，但使不出有效的手段，公司情況更加惡化，最後瀕臨破產。

確認接連兩期出現赤字，再這樣下去，無法取得銀行的融資，連下個月的薪水要正常發放都有困難，眼看這種情況已成了既定路線，不知該如何處理OWNDAYS的RBS，只能從「民事再生」和「拋售撤退」這兩個選項二選一。

於是當時的我利用自己的人脈網路，向我認識的老闆們介紹這個案件，找出有可能接手的對象後，我打算擔任OWNDAYS轉賣的仲介人，藉此賺取手續費。於是，當時我一面從事設計公司的本業工作，一面用自己的方式擬定OWNDAYS重整計畫，並代替當時還不敢公開說要轉賣的經營高層，與眾多企業的社長或負責人接洽，暗中找尋買家。

那時我還很欠缺財務和會計方面的知識，於是請朋友協助辦理OWNDAYS這起轉賣案件，這位朋友便從他的創投公司派出奧野先生這位金融專家和我一起負責這起案件，協助我對OWNDAYS展開盡職調查（對投資對象的企業進行資產評估）。

「修治先生，這樣真的好嗎？明明只有二十億的營業額，卻有十四億的負債，這就像兩噸重的卡車貨架上，載著一．四噸的砂石。這種卡車重量太重，施展不出速度，同時也很難駕駛。遇上彎道，往往也過不了彎。不管什麼時候翻車釀成車禍，都不足為奇！」

奧野先生這例子舉得真好。我滿心感佩的說道：「哈哈哈，有道理。如果以兩噸重的卡車載一．四噸重的砂石，就沒辦法好好跑了。」

「就是說啊！最好還是別抽這種爛籤比較好！與其背負十四億的債務，還不如從零開始，建立自己的全新事業，這樣才是明智之舉。」

奧野先生可能是看出我真的想收購OWNDAYS，感覺他就像在開導一個渴望得到玩具的孩子般，帶著有點受不了我的表情，很努力說服我打消收購計畫。

但我不認輸，繼續提出反駁。

「嗯……可是，如果把砂石全部卸下的話，感覺不就變得輕快許多嗎？就算是沉重的卡車，但要是能學會安全駕駛的技術，之後就能自在的操控變輕快的卡車。而且，要是把債務都還清的話，之前用來償還銀行貸款的數千萬金額，就能每個月都完好的留在公司內了。想到這點，會不會開始感興趣啊？」

我這樣說，連自己都覺得有點樂天過了頭，奧野先生以食指托起金屬框眼鏡的鼻梁架，冷靜的說道：

「總之，我是財務專家，而且從我前一個工作開始，便經手許多企業重整的案件。依據我的經驗，我要先給你個忠告，你要自己買下OWNDAYS這件事，最好要三思。十四億的負債實在是太沉重了。如果你是一家大企業，而且資金充足，或者是OWNDAYS有利可圖，那還另當別論，但請恕我直言，你的公司只是一家沒財力也沒信用的創投企業，無法應付一般的增資。在這種狀態下要收購，實在太勉強了。勸你最好別這麼做。這簡直就是自殺的行為。」

「哈哈哈，不要這麼明確的否定我嘛。就算是我，也不想眼睜睜看著自己失敗啊。一開始我原本是想仲介別人來收購，而製作它的重整計畫，不過，每天從早到晚看著那份計畫，我愈來愈覺得，要是我的想法能讓OWNDAYS正常運作的話，這家公司不就能成功重整嗎？而且，當我四處參觀OWNDAYS的店面時，我覺得這家公司不像大家說的那麼糟。」

「沒那麼糟嗎？」

「沒錯。公司的資金周轉確實是相當拮据，不過實際到各地的店面參觀後發現，店裡有不少工作人員，都很以公司為傲，充滿朝氣。而且店內打掃得很仔細，連看不見的地方，也都整理得有條不紊。照理來說，當公司開始腐敗時，就會如實的顯現在這些事情上。如果以剛才說的卡車為例，這就像處在超載的狀態，但引擎和行車系統卻都還很正常……就像這種感覺。」

「也就是說，不及格的是司機，只要換掉司機，公司應該就能好轉……這是你想說的嗎？」

「哈哈哈。沒錯，就是這樣！而且我也已經快三十歲了，身為一名經營者，我有很強烈的企圖心，想藉此放手一搏。只不過，我的公司規模小，又是個既沒資金也沒信用的年輕老闆，為了抓緊好機會，就得選大家都不想碰的案件，就像這次的OWNDAYS一樣，如果我不自己主動把手伸進熊熊烈火中，又怎麼能抓住機會呢？」

我將眼前的菸灰缸塞滿菸蒂，不斷把香菸送進肺中，熱血激昂的努力說服奧野先生。

如果連眼前這位財務會計專家都無法說服，那就更遑論未來了。

奧野先生誇張的用雙手揮掉瀰漫眼前的白煙，頻頻眨眼說道：

「拜託……我很討厭菸味，你就饒了我吧。原來如此……我大致可以明白你的想法。既然這樣，請容我再問一個問題。你為什麼對OWNDAYS這麼執著？還有很多其他的收購案，如果是企業合併收購的案件或諮詢，現在應該多得是才對啊？」

剛好那時候美國的次級房貸爆發危機，股價跌破紀錄，全球同時高喊不景氣，看不見未來的經濟狀態不斷持續中。

在全球引發更大風暴的雷曼兄弟事件，更在半年後襲捲全球，連日本也陷入前所未有的嚴重不景氣中。它的前兆已開始出現，到處都傳出倒閉、民事再生等沉重的話題，幾乎每天都會從同樣是經營者的同伴們口中聽到。

我略微端正坐姿重新坐好，並開口道：

「我對OWNDAYS如此執著的原因，是這個『業界』。因為OWNDAYS算是存在於『眼鏡業界』。像居酒屋連鎖店、紡織業、咖啡廳……每個業界一般都已經有超強的業界龍頭存在對吧？例如說到咖啡廳，就想到星巴克，說到服飾業，就想到ZARA。

既然難得有機會收購企業，想要放手一搏，就得在這個業界成為世界第一才行。先不談能否實現，就算是吹牛也無妨，首先就得以世界第一為目標。不過，幾乎在所有業界，那些國際性的大企業都早已握有市占率，而且這些大企業每天都在建構極具壓倒性的經商手法和服務，持續進化，不斷努力。

因此，就算公開說要『以成為世界第一為目標』，但心裡還是會覺得『反正也不可能辦到』，最後淪為是在說大話，或者是周遭的人覺得我光說不練，而不會真心想要追隨。

不過，試著調查眼鏡業界後發現，具有壓倒性實力，『非它莫屬』的公司，目前還不存在。我也跑到號稱日本眼鏡業界規模最大的店家去觀摩，但感覺就像是隨處可見的『路邊眼鏡行』。與其他連鎖店相比，找不到有什麼連外行人也看得出的『壓倒性差異』。

如果光憑這樣的完成度，就能成為業界第一，那我也有可能打敗它。我隱約有這種感覺。」

奧野先生露出心領神會的神情。

「原來是這麼回事。你想在尚未有壓倒性力量的龍頭存在的眼鏡業界放手一搏，是這樣沒錯吧？」

我滔滔不絕的接著往下說：

「而且，別光看那十四億的負債，也一併看它二十億的營業額吧！說到這二十億是由誰賺來的，當然就是現在OWNDAYS的工作人員，雖然人數不多，但全國各地卻有許多顧客對這些工作人員所提供的服務和商品做出二十億日圓的消費。換句話說，現在OWNDAYS的工作人員至少還擁有一年創造出二十億產值的能力，不是嗎？」

「的確，你想說的我懂。眼鏡和單純的販售不同，它有很重要的一部分是在視力測量和鏡片加工這一塊由人創造出的『附加價值』上，其毛利率高達六十％到七十％。假設毛利率為七十％，則十四億的價值是由現在的OWNDAYS員工所創造。」

我愈說愈帶勁，為了徹底說服奥野先生，我繼續接著說：

「沒錯！一年二十億的營業額，十年就有兩百億。相對於兩百億，十四億不過只有七％吧？為了區區七％的債務而裹足不前，就這樣白白讓一個十年可以創造出兩百億價值的公司就此倒閉，不該這麼做吧？」

「你說的確實也不無道理。但請你仔細想想，目前的經營高層不是正打算以三千萬不到的價格拋售『每年創造出二十億產值的公司』嗎？一般都會認為，他們恐怕存有比十四億的負債還要嚴重的問題。」

就像在測試我有多大的決心似的，奧野先生從閃著寒光的眼鏡底下投射出銳利的目光，強烈煽動我的不安。

這並非單純只是不安，這項推測之後果然猜中，在收購之後，多次將我們逼到懸崖邊，差點掉入萬劫不復的深淵。

「總之，我決定要報名收購OWNDAYS。所以奧野先生，今後為了收購OWNDAYS，請為我出力吧。等我收購成功時，再一起投入重整的工作中吧！」

「咦？」

我半強迫的為這場討論做總結。

面對這唐突的提議，奧野先生大為驚訝，一副沒聽懂我話中含意的模樣。

「因為，要進行OWNDAYS的收購和重整，絕對需要一位熟悉其財務內容，而且能在沒有主要往來銀行的情況下，耐心十足的與十一家銀行團交涉的CFO（財務長）。奧野先生，你是目前唯一的適合人選。所以在收購後，我希望你和我一起入主OWNDAYS，由你負責財務以及和銀行交涉。請多指教！一切就拜託你了！」

原本我理應是以投資顧問的身分，客觀調查OWNDAYS，但卻在不知不覺間即將成為這齣收購劇的當事人。

如果反對，奧野先生只要當場拒絕我的提議即可，但他並未拒絕。

似乎連奧野先生自己也覺得很不可思議。就像受到無法擺脫的命運紅線所操控般，漸漸被拉向狂風暴雨的中心，奧野先生或許也被這種感覺緊緊包覆吧。

我沒等奧野先生回答，便單方面說出我的要求，然後將擺在桌上的菸盒塞進大衣口袋裡，快步走出店外，這天的會面就此結束。

二〇〇八年二月

果真如同我向奧野先生所宣告的，我成功收購了OWNDAYS。

某外資金融機構也報名說要收購OWNDAYS，但由於結算的內容慘不忍睹，他們又提不出具體的重整計畫，最後自動放棄。

因此，最後只剩我一人舉手，我以個人名義承擔三千萬日圓的增資，取得OWNDAYS七十%以上的股份，成為新的最大股東，同時擔任代表取締役一職。

接受我提議的奧野先生，則以投資顧問公司赴派的形式，加入OWNDAYS，擔任財務會計的負責人，扮演起OWNDAYS負責與銀行交涉的角色。

一個細雨靜靜飄降，隨時都可能轉為下雪的寒夜。

位於六本木十字路口的ALMOND二樓的一隅，在全國OWNDAYS的工作人員都還不知道的情況下，肩負OWNDAYS未來命運的新社長和財務長已悄悄誕生。

當時一百個人當中，有一百個人都會很篤定地說：「OWNDAYS絕對會倒閉。」而我們就在這樣的局面下，悄悄揭開OWNDAYS進擊的序幕。

第2話　新社長是救世主？

二〇〇八年三月一日

在東京，一個月前的大雪宛如不曾存在似的，突然變得晴空萬里，氣溫已飆破二十度，在這種不像這個季節該有的好天氣下，一早就有母貓帶著小貓在公園的陽光照射處睡大覺，動作輕盈的麻雀在牠們的鼻子前端蹦蹦跳跳。對比這樣祥和的景象，OWNDAYS總公司的辦公室一大早就籠罩著一股既尷尬又沉重的氣氛，彷彿將一切全都吞沒。

我們走出池袋車站的東面出口，沿著明治大道往新宿方向而去，走了約五分鐘的路程，來到一棟屋齡約十年左右、外觀覆滿老舊褐色外磚，十層樓高的小型住商混合大樓。這棟大樓名為「忽滑谷大樓」。

每到傍晚時分，便會從地下的居酒屋瀰漫起一股油的氣味，有多處公共空間的燈泡不亮，飄散一股昏暗陰森的氣氛。這種大樓怎麼看也稱不上氣派，而它四樓的一間約三十坪大的小型辦公室，就是OWNDAYS的總公司。

上午九點

在一概保密，沒讓OWNDAYS的員工知情的情況下召開的股東大會上，肅穆的辦完增資手續，完成代表權的交接後，我和奧野先生在RBS的小原專務以及當時擔任OWNDAYS總務部長的甲賀龍哉兩人的帶領下，第一次進總公司。

兩名不請自來的陌生男人。

上司們的模樣顯然和平時不一樣，在這樣的氣氛下，不安與緊張在公司內擴散開來。

（……他們是誰啊？）

（啊？難道這個人就是傳聞中的新社長？）

（好年輕啊……還頂著一頭褐色的長髮……）

「各位，請暫停手上的工作，先看我這邊！」

小原專務大聲喚道，催促總公司的員工們注意。

確認過眾人的視線都往我身上匯聚後，已平安成為前經營高層，卸下肩上沉重責任的小原專務，就像原本附在身上的邪魔已退去般，轉為露出爽朗的笑臉，意氣風發的向眾人介紹我這位「新社長」。

同時向大家說明剛才已辦理完增資，這位年輕的新社長不是RBS方面雇用的社長，而是擁有最多股份的大股東，同時持有公司的所有權。

然而，當時在場的二十多名總部員工，看到這位突然被介紹說是「大股東兼新社長」的人，只是個三十多歲的年輕人，明顯看得出，每個人皆頗感失望。

公司在討論是否要轉賣的傳聞，似乎已經走漏風聲，而這半年來，從前經營高層的情況來看，總部的員工們多少也已猜出公司很可能會大幅轉換體制。

在這種情況下，突然出現一名自願要收購的人物，以新社長之姿前來。有不少總部的工作人員或許都暗自猜想，這位社長應該是位「了不起的經營者」或是「大企業的精英負責人」，亦即有一位像是「經營專家」的人物會帥氣登場，對此滿懷期待。

但出現在他們面前的，卻是一位穿著黑夾克搭破牛仔褲，腳下踩著運動鞋，頭上頂著褐色長髮的人物。活像是常出入六本木的「玩咖」，一個輕浮的小夥子。

別說是當社長了，就算是以社會人士的身分，能否和他們一起共事都還是個很令人質疑的問題，也難怪當時在場的總部員工們會有這種想法。

（哇，我們公司完蛋了……）

總部員工們不知該說是絕望，還是沮喪，總之，他們全都露出徹底失望的表情，無力的望著我。

不過，自從決定收購後，我便一再想像自己第一次進公司的場面，早料到他們會有這種反應，所以面對總部的工作人員如此冷淡的反應，我只覺得「果然是這種感覺」，算是早就在我的預料之中，因此並未特別失望。

我認為這時候為了盡可能讓眾人對日後的OWNDAYS抱持希望，我想像自己展現出像

「救世主、英雄」般的英姿，所以極盡所能的以開朗、充滿朝氣的態度向眾人問候。

「大家好！我叫田中修治。很榮幸有這個緣分，擔任OWNDAYS的新社長，經營這家公司。坦白說，對於眼鏡業，我可說是個門外漢。但我一定會讓這家公司大幅成長，成為日本第一，不，是成為世界第一的眼鏡連鎖店，所以各位，讓我們一起攜手努力吧！請多指教！」

為了讓初次見面的每位員工對我留下好印象，並對未來懷抱燦爛的希望，我盡可能以充滿朝氣、開朗的口吻談到這次收購的大致原委、公司目前面臨的危機狀況，以及有鑑於此，我今後所擬定的重建計畫和遠景。

致詞結束，我微微行了一禮，隔了一會兒才傳來稀稀落落的冰冷掌聲。明顯展現出對我的失望和不服。那些像是資深員工的中年管理幹部中，有不少人嘴角垂落，盤起雙臂，露骨的對我投以鄙夷的眼神。

事先已從前經營高層那裡聽聞收購一事的甲賀先生，在交涉收購期間，一直以總務部長的身分擔任我們和前經營高層間聯繫的角色，之前我們為了交換資料和資訊也曾多次會面。

當然了，這些動作在公司內都被當作最高機密，說起來，這半年的時間他都被委派擔任這種宛如間諜般的工作。

新社長就任的這天早上，甲賀先生可能是從過去的壓力中解脫，心中感到喜悅吧，他以莫名開朗愉快的表情，獨自一人給予我熱烈的掌聲，那一幕至今仍歷歷在目。

就任的問候結束後，眾人頹喪無力的回到各自的座位。沒人跟我搭話。在寂靜昏暗的辦公室裡，空虛的傳來在明治大道上做街頭宣傳的交友網站宣傳車傳出的散漫音樂和低俗的聲音。

就這樣，我的OWNDAYS生活就在沒人祝福，也沒人聲援的情況下，悄悄展開。

另一方面，和我一起來到OWNDAYS的奧野先生，甫一到任便目睹眼前的實際狀況，為此瞠目結舌。

儘管財務內容已身陷危機，但前經營高層在辦完代表取締役交接手續後，便擺出一副「與我無關」的態度。

第一個月底馬上就面臨了一千萬的資金短缺問題，卻至今仍未著手跟銀行交涉，一直擱置。

而財務會計的工作人員，就只有出身於一家小會計事務所的石塚忠則一人，他進公司至今仍不到一年，無法期望他能勝任與銀行交涉的這項艱困工作。石塚現在面臨的情況，就像突然被母鳥棄養的雛鳥一樣。

（再這樣下去，別說施展本領重建了，恐怕這個月直接就倒閉……）

前經營高層就像賣出之後，一切就宣告結束似的，那種完全漠不關心的態度，令奧野先生火冒三丈，他感受到一股無處宣洩的怒火（收購企業，轉讓經營權，就是這麼回事嗎……），同時重新真切體認到做生意的嚴峻現實。

而那龐大的資料整理、看不見未來的資金籌措、與多達十一家銀行進行債務重整（債務重新安排、延後還款）交涉，這些事全都得自己獨自去面對，這宛如地獄般的現實，以及幾欲令人頭暈目眩、噁心作嘔的壓力，差點將奧野先生壓垮。

就像落井下石般，發生了令奧野先生更加沮喪的事態。

奧野先生自身所屬的那家創投顧問公司，先前與我一起投入收購交涉的年輕社長，與他展開這樣的對話。

這位顧問公司的社長當初原本預定要以OWNDAYS董事的身分參與經營。但在收購後，與OWNDAYS展開討論，他突然改變心意，回公司後私下對奧野先生說：

「我還是不要加入當幹部比較好。看那位年輕的田中那麼樂天的投入其中，我深感不安。照那樣看來，OWNDAYS想要重整是不可能的。不過奧野先生，你就當作是去幫助他們的財務吧。」

這位社長一知道OWNDAYS的詳細經營狀況後，馬上片面毀約，自行退出這個計畫。甚至還說：「你別對OWNDAYS投注太多心力，隨便做做就行了，要是有銀兩可抽，就盡量抽吧。」

（這根本就像看到有個孩子跌落到鐵軌上，卻有人跟你說，你就隨便做個像是要救他的樣子吧。）

奧野先生非常失望，幾天後，他半衝動的向那家投資顧問公司的社長遞出辭呈。

「你竟然辭去工作，要去OWNDAYS。如果只是因為你覺得很有意思，我就這樣讓你過去，那我可十分傷腦筋呢！」

「這不是我辭職的原因。是因為我已經無法再信任你了！」

奧野先生不耐煩的撂下這句話後，啪的一聲，將辭呈砸向桌面，就此轉身離開公司。

那是距離第一次進公司約兩個禮拜後的黃昏時分。

在大樓外的逃生梯樓梯間，設有吸菸區。從扶手旁的通風管道排出烤魚的氣味，籠罩四周。

在昏暗微寒的天空下，我獨自抽著菸，奧野先生突然朝我走來。

「社長，可以和你談談嗎？」

「哦，你明明不抽菸卻跑來這裡，還真難得呢。」

「剛才我辭去公司的職務了。」

「咦？真的假的？」

「哈哈哈，既然這樣，我也只能陪你走到最後了。」

「哈哈哈。奧野先生，你的做法也真是破天荒呢，一點都不輸我。那就請多多指教了！」

我就像跟居酒屋訂位似的，嬉皮笑臉的以輕鬆的態度回應。

奧野先生在看過我的回應後，以食指托起眼鏡的鼻梁架，應了聲：「那我走嘍。」回到他自己的座位上，此時員工們都已下班離去，辦公室裡光線昏暗。

奧野先生和我要是不在心裡想「這種事沒什麼大不了的」，淡然處之，恐怕隨時都會被我們一時衝動投入這項事業的嚴重性和壓力所壓垮，想到這點就覺得很可怕。

就這樣，奧野先生從原本創投公司外派員的身分，改為自願擔任OWNDAYS專職取締役之財務負責人，正式以新ＣＦＯ的身分就任。

在這之後，我和奧野先生與十一家交易的銀行團展開債務重整的交涉過程中，面臨了一開始完全想像不到的嚴峻現實與重大的考驗。

第3話　目標是成為眼鏡界的「ZARA」

二〇〇八年三月

第一次到公司露面後，過了三週。

在一家離總公司不遠的迴轉壽司店內，我、長尾貴之、近藤大介三人，已經過中午了才在這裡邊吃午餐邊聊天。

長尾和近藤是我二十歲那年，在埼玉縣的一處偏僻地區開設小規模的咖啡廳時，和我一起共事的創業夥伴，他們將我收購之前所經營的設計公司剩餘的工作處理完畢後，也加入了OWNDAYS。

除了他們兩人之外，還有約莫十名成員，我也讓他們一起加入OWNDAYS，當初創業時便一直和我同甘共苦的這些人，對當時以不速之客的身分，在OWNDAYS內孤立無援的我來說，是很重要的少數生力軍。

我望著在軌道上轉動的壽司，暗自低語道：

「要重建OWNDAYS，就非得像迴轉壽司店一樣才行……。」

「要像迴轉壽司店一樣？」

長尾露出納悶的神情。

「沒錯，壽司在我們小時候算是高級品對吧？是只有在重要客人來訪，或是紀念日才吃得到的奢侈品。」

「不過，我們和社長不一樣，就算是現在，那種只有吧台座位的高級壽司店，我們這種平民百姓還是很難前去光顧。」

長尾暗地裡在要求我，不光是來這種迴轉壽司店，偶爾也要帶他們去有吧台的高級壽司店，不過我為了重建OWNDAYS，已沒那麼多閒錢，於是我當沒聽見，繼續往下說：

「數十年前，因為迴轉壽司店登場，一盤一百日圓的價格，每個人都吃得起。單純就只是高價的商品變便宜，便創造了很大的商機。原本一年只會吃幾次壽司的人，變成每個月都吃，也因為變便宜，有人吃的分量變得以前還要多。

結果造成業績上升，整體市場也隨之擴大。如今迴轉壽司店這種商業型態，已不同於過去那種專業師傅親手握壽司的傳統壽司，它本身發展成另一種全新的商業型態，成為在全球展開的大生意。迴轉壽司業界的前三大公司的營業額，合計似乎高達兩千億日圓以上。喂，你們有沒有在聽我說啊？」

比起我的長篇大論，長尾和近藤似乎只想專注於眼前的壽司，我就像在制止他們般，擋住他們兩人想拿那盤寒鰤的右手，並如同要進一步整理自己的想法般，繼續對他們兩人說道：

「我認為，這也可以套用在我們要展開全新挑戰的眼鏡業界。就像壽司一樣，我們小時候眼鏡不是也很貴嗎？不小心打破眼鏡時，會大喊一聲『啊，三萬日圓飛了……』，就像這樣。當時的眼鏡說起來，比較像是醫療器材，所以就算價格再高，因視力不良而需要戴眼鏡的消費者也只能默默買單。但自從泡沫經濟破滅，變得不景氣，而開始通貨緊縮後，眼鏡的世界也湧現一股價格崩盤的浪潮，以「ZAPP」為首，像「JAMES」和「眼鏡一座」這種以便宜和時尚性當武器的眼鏡連鎖店，開始以驚人之勢竄起。而我們今後將著手的OWNDAYS，也是其中之一。」

「經你這麼一提，多虧眼鏡的價格變便宜，擁有好幾副眼鏡的人，以及頻頻換眼鏡戴的人也增加了。雖然一副眼鏡的單價下降，但整體配眼鏡的數量卻增加，所以市場規模反而有增無減，這是我之前從某個電視新聞上看來的。」

近藤是個鍛鍊出一身強健體魄，乍看之下會讓人誤以為是職業摔角手的大漢，此時備受拘束的擠在包廂裡，一口接一口地吃著壽司。

他就像贊同我說的話似的，如此回應，同時以那殺手般的犀利眼神，緊盯著一路流動過來的成群壽司，鎖定下個目標。

我拿起傳來的一盤葫蘆乾壽司捲，吃了一個，然後喝茶潤喉，接著往下說：

「當迴轉壽司店賺錢後，便開始陸續出現許多競爭的店家。因為在市場擴大的這段時間，雖然新加入的企業也成群出現，但大家都還是賺得到錢。然而，人們的胃並非無底洞。很快的，市場的擴大也即將面臨極限。如此一來，便會轉為迎接淘汰的局面到來。光只有便宜是不夠的，美味就不用說了，像停車場空間大，方便停車、不必等就有位子坐、時時都有新菜單等等，各方面都會被客人拿來做比較，變得很沒意思，一些在經營上不夠努力的店家，會逐漸讓消費者感到厭膩，而不再光顧，就此倒閉。」

「經這麼一提才想到，這家迴轉壽司的食材不太新鮮呢。像這個鮪魚，嘗起來味道像橡皮。」

長尾開始挑剔起魚的新鮮度，不過他拿壽司的手，動作可沒慢過。這兩人的字典裡，向來沒有「客氣」兩個字。

我也毫不客氣的朝用餐中的兩人繼續說：

「我認為，正要邁入這個『淘汰階段』的，不正是現今的眼鏡業界嗎？因為新興連鎖店的加入，眼鏡價格大幅下降，市場規模一口氣擴大許多。目睹這樣的成功，許多大型眼鏡連鎖店安排出廉價路線的商業型態，加入戰局。然而，一旦市場停止成長，馬上就會陷入店家過多的狀態，而開始從弱者淘汰。現在就是這種感覺。」

「原來如此。OWNDAYS原本也是以『便宜』當武器，一路擴大事業規模，如今陷入原地踏步的狀態。感覺到危機感的大型連鎖店陸續加入這個業界，不顧一切的展開廉價攻勢，造成的影響很大，當真就像格言所說『便宜的會輸給更便宜的』。就像這種感覺對吧？」

吃完壽司，已填飽肚子的長尾，終於做出像樣的回答。

近藤在一旁點頭稱是，仍不發一語的持續將壽司送入口中。

「沒錯。這個業界還沒出現具有壓倒性實力的勝利者，今後暫時還是會以賭上自身生存的新興眼鏡連鎖店為中心，戰況激烈的戰國時代仍會持續。若持續處在這種狀態下，OWNDAYS也一定會被淘汰。要和迴轉壽司業界一樣，如果不先擠進前三大公司，就無法存活。」

吃完最後收尾的玉子燒壽司後，近藤一面照顏色來整理眼前堆得高高的盤子，一面露出納悶的神情詢問：

「不過坦白說，現在的OWNDAYS不就是處在會率先被淘汰的情勢下嗎？既然社長你挺身而出，要加以重建，那你應該有什麼具體策略吧？」

對於這早在我預料中的提問，我略微趨身向前，語帶自豪的回答道：

「我認為該走像ZARA那樣的路線。」

平時只穿UNIQLO的長尾，似乎也很感興趣，趨身向前。

「像ZARA那樣的路線？」

當時ZARA進軍日本，經過幾年的歷練，接連在六本木新城、表參道等地開設大型店面，與UNIQLO和GAP，以及之後進軍的H&M，展開激烈的競爭，人稱「快時尚戰爭」，近日在各媒體上炒得火熱。

「如今在服裝業界已成為世界第一的ZARA，當初以價格當武器，大肆展店。但從某個時期開始，它便宜的特性不變，卻開始更進一步追求品質和時尚性。比別人更早一步研究知名品牌的收藏，比其他店家都更快掌握流行，馬上反映在商品開發上，不斷改變賣場。結果成功給了消費者一種『雖然低價，卻很時尚，而且有好品質』的印象，席捲全球服裝界，一口氣擴大其市占率。」

「因為大家已習慣便宜。為了不讓消費者感到厭膩，不光只是便宜，還要追加設計性和高品質等武器是吧。」

「沒錯。藉由這個做法，競爭對手就此消失。在低價市場裡，以設計和功能性取勝，而在追求設計和品質的市場裡，則是以價格取勝。換言之，它成功的一口氣囊括低價格帶與中價格帶這兩種市場的需求。在類似的市場上，只要稍微改變一下定位，有時全新的市場便就此誕生。若能巧妙的迎合需求，創造全新的定位，就能掌握成功。這就是俗稱的藍海。」

「藍海？」

「意思是沒有戰爭的一片藍色大海。附帶一提，競爭過度激烈的市場稱作紅海。這你可要好好學啊。」

「原來如此。說得真好。紅海真不討人喜歡……光聽就覺得很麻煩。」

我把自己前些日子剛看過的書本內容，說得好像我自己的見解似的，向長尾做了一番說明：

「舉例來說，宅急便一開始也可說是藍海的絕佳範例。運輸業界原本就重視企業的貨物，更勝於個人。企業方面的貨物數量和單價都比較高，而且集貨和配送都能制式化，操作起來也比較輕鬆。這時，黑貓雅瑪多運輸全力開拓個人用小型貨物運送市場。當真是就此駛向沒人以此當目標的藍海。但是就當時運輸業界的常識來看，搶攻沒效率的個人走向市場，根本是很愚蠢的策略，整個業界似乎還嘲笑他們『寶刀終於老了』。然而，蓋子掀開後一看，這裡頭有很大的需求，過去不曾有的新市場就此出現，如今雅瑪多運輸已是運輸業界無法撼動的頂級公司。」

「原來如此。第一個駛向沒人前往的藍海，確實有其重大的價值！」

長尾從以前就喜歡這種淺顯易懂的成功故事。

「沒錯。不過，不論是服裝還是宅急便，要駛向藍海都需要相大的勇氣。這可不是容易模仿的策略。所以只要能成為這個市場的龍頭企業，就很難出現對手，能長期維持獨占狀態。」

飯後甜點是上面加了奶油的哈密瓜和布丁，將它一掃而空的近藤，很粗魯的問道：

「嗯。我大致明白您想要的方向了。也就是說，社長想把OWNDAYS變成眼鏡業界的ZARA。」

「沒錯。我想更進一步的讓眼鏡和時尚配件產生關聯。在服裝雜貨的這個領域內販售眼鏡。將店面布置得很時尚，店員也都要打扮得很有型。說起來，就是快時尚眼鏡……沒錯，如果能讓OWNDAYS以快時尚眼鏡品牌改頭換面的話，就能發現唯有OWNDAYS才有的藍海。」

如果將眼鏡定位成時尚配件，而不是醫療器具，從根本處開始重新擬訂策略的話，就能創造出前所未有，充滿魅力的店家，那肯定是眼鏡業界沒人曾經到過的遼闊藍海。如果採用這項計畫，OWNDAYS或許能很輕鬆的東山再起。

我自信滿滿的向創業時期便一起同甘共苦的兩人說出我構思的重建計畫，或許是想藉此抹去覆蓋在我內心的厚厚烏雲。

「可是坦白說，要讓OWNDAYS變得時尚，不容易吧？店面實在和時尚的形象相去甚遠，那看起來就像是貼滿促銷傳單，喊著跳樓大拍賣的廉價店家，員工沒有統一的制服，也沒什麼美學意識。如果是現在那些注重時尚的年輕人，絕不會在OWNDAYS買眼鏡。」

長尾說的沒錯，當時OWNDAYS的業績就不用說了，就連品牌形象也很糟。

就只有「便宜」而已，商品品質令人不敢恭維。店面的設計沒有統一性。員工大部分都是男性，頂著亂翹的頭髮、穿著沾有頭皮屑的衣服，站在店面服務的員工也顯得一副很理所當然的樣子。

不光業績差，也沒半點時尚感，技術也沒好到哪裡去，品質又低劣。

號稱是「只以便宜為賣點的廉價眼鏡行」，被眼鏡業界瞧不起的一家店。這正是當時的OWNDAYS。

（要讓這土氣到不行的OWNDAYS成為眼鏡業界快時尚的眼鏡品牌。）

只要變得時尚，員工們就能感到自豪，幹勁應該也會就此提升。只要店面和員工脫胎換骨，應該就連營業額也會馬上呈V字型恢復，成為一個急速成長的企業。

這是一個很幼稚的重建計畫，全憑假設和樂觀的觀測所建構而成。

如今回想，我當初是真的以為憑藉這種像高中生也能馬上想到的點子，就能輕鬆重建這個瀕臨倒閉的企業，說來實在羞愧。年輕的無知和衝勁，真的很可怕。

話說回來，這時的OWNDAYS根本無暇談什麼脫胎換骨，連月底要支付員工薪水都籌不出來，連店面重新裝潢、全新的時尚制服、採購高品味的新商品，這些重要的「資金」幾乎完全沒有，所以想要具體展開行動，實在難如登天。

但正因為無知，所以當時我才能盲目的相信，這個幼稚的構想是會像王者之劍一樣發出萬丈光芒的強力武器，就此成為我帶領著即將沉沒的OWNDAYS，以藍海為目標，縱身投入洶湧怒濤的契機，而這一切也都是事實，所以人生當真是既奇妙又有趣。

不過，做生意果然不是那麼簡單。

我這個「只要讓OWNDAYS變得時尚，一切就能一帆風順」的幻想，很快便土崩瓦解。

第4話 迎面而來的「死刑宣判」

二〇〇八年三月底

奥野先生完全沒時間暖身，突然就被丟進格鬥場裡，與月底的資金籌措展開搏鬥。

「這要怎麼辦才好……突然有一千萬日圓以上的短缺。現在才要籌措這筆錢，怎麼想都不可能啊……」

在員工都已下班後的昏暗辦公室裡。奥野先生一面將前人交接給他，內容很拙劣的資金流量表丟進碎紙機裡，一面坐在自己的座位上語帶嘆息地說道。

談談之前發生的事吧。

針對此次OWNDAYS合併收購的計畫，其實我們一概沒讓各家往來的銀行以及大債權者們知道，全都是極機密的暗中運作。

因為這時候OWNDAYS的借款幾乎全都是在無擔保、無保證下進行。

也就是說，一概沒有連帶保證人和擔保金。這對銀行來說，就算拿不回貸款，也沒其他有效的回收方法，很可能馬上變成不良債權，是「危險的融資」。

RBS就是想賣掉這個帶有危險融資的OWNDAYS。賣的對象是個年僅三十歲，「模樣輕浮的小鬼」。而且還是個沒資金也沒擔保，行徑可疑的一家小創投企業的社長。

他們想將公司賣給這樣的對象，如果事前讓往來的銀行知道，銀行一定會強烈反對其轉賣公司的計畫，要求提出RBS本身以及社長個人的連帶保證，或是嚴厲的要求還款，這是顯而易見的事。

因此，RBS和我們以電光石火的速度，暗中辦妥增資以及與經營高層交接的登記手續，作為「既定事實」，並向各銀行通知股東交接一事的同時，我們急忙安插後續四處拜訪問候的行程。

對大部分的銀行來說，在這種時機下突然接獲OWNDAYS轉賣的報告，根本就是晴天霹靂。

（怎麼會有這種事……竟然突然就把公司賣給這個來路不明的年輕小夥子，你們也行行好吧……。該不會繼前期之後，OWNDAYS這一期同樣也是赤字吧？）

每位銀行員對於在這個時間點以迅雷不及掩耳的速度轉賣公司這件事，明顯充滿不信任感，但面對這突然如其來的情勢，始終還是應對得宜。

在這場交接的問候場合中，我對各銀行的負責人做自我介紹，同時很賣力的說明今後的重建計畫，不過他們似乎完全當耳邊風。

就這樣以強硬的形式完成銀行相關的交接和狀況說明後，RBS已完全交棒給我們經營，但當時離三月底只剩十天不到。而預估第一個月的資金短缺恐怕多達一千萬日圓。但就算現在向銀行申請融資，在月底前趕上的可能性也很低，而且新體制很可能會顯露出慌亂之勢，這樣絕非明智之舉。

我和奧野先生先做好第一個月將會資金短缺的心理準備，先將月底所有預定支付的項目作成一覽表，向各部門的部長們詢問意見，看有哪些合作廠商有可能同意暫緩付款，加以挑選。

業務部的山岡部長一聽聞我們下達暫緩付款的指示，馬上漲紅著臉，衝進會議室裡咆哮：

「開什麼玩笑！現在才向合作廠商請託『因為我方公司經營困難，請讓我們暫緩付款』，怎麼說得出口！為什麼我們得四處向合作廠商低頭拜託！」

「我希望你們和合作廠商交涉，讓我們暫緩付款」，對於我這項指示，不光山岡部長，其他部門的負責人也都明顯露出不滿之色以及不願配合的態度。

我極力不讓自己情緒化，語氣平淡的解釋情況：

「山岡先生，你對此感到生氣，我明白。突然要你們厚著臉皮對之前發包的合作廠商低頭懇求他們同意暫緩付款，沒人會想做這項差事，這也是理所當然。」

「既然這樣，請你想想辦法吧！你是社長吧？」

「只要是我能力所及，我當然會去做。但既然資金短缺是無法避免的事，如果不請部分合作廠商同意暫緩付款，接下來將會變成沒辦法發薪水給我們員工。我們全國的每一位員工，都是OWNDAYS重生的重要關鍵，但要是延遲發薪，讓員工對公司抱持不信任感，那公司就無法重生了。」

「就算是這樣，突然要對合作廠商暫緩付款，這種做法未免也太野蠻了！不論對哪個支付對象，都得在當初決定好的日期按時支付才行，這是理所當然的責任，也是社會共同的法則吧！」

「這點我很明白。但企業經營如果光會說好聽話，一樣無法順利經營下去，這是常有的事。尤其是和錢有關的特殊狀況，如何判斷付款順序和時機，度過難關，會決定企業的生死。」

「那麼，請先停止向銀行支付！我們要向合作廠商低頭懇求，也應該是在這之後吧？」

「我很快就會跟銀行針對還款計畫展開交涉。不過，現在經營高層才剛交接不久，就算突然要求針對還款計畫進行交涉，想必也不會順利。我一定會負起責任和各銀行交涉，所以這個月請暫時先配合幫忙。拜託了！」

就這樣，經過這場一觸即發的談話後，我一面說服焦躁不安的部長們，一面逐一思考「暫緩付款的對象」及「必須馬上支付的對象」，謹慎的以一圓為單位，展開資金籌措。

我和奧野先生在進行資金籌措的同時，對於銀行以外的對象，也會用各種辦法與可能調度資金的對象接洽。抱著四處求援的心情，透過各種人脈管道，四處找尋肯積極對創投企業進行投資與融資的企業，與他們接洽。

在六本木新城和惠比壽花園這些矗立於大都會中心，金壁輝煌的大樓裡，我們來到這些公司的會客室，賣力的對OWNDAYS重建計畫做簡報。然而，會想對即將倒閉的

OWNDAYS冒險投資的奇人並未出現，最後每家企業都冷漠的拒絕了我們。

而就像屋漏偏逢連夜雨一樣，多位合作廠商陸續對負責接洽的人員拒絕道：「換人經營後，我們馬上被迫延遲付款，實在無法接受。」原本抱持一絲期待的合作廠商，幾乎都不願意配合暫緩付款。

第一次資金短缺的月底，已迫在眉睫。

奧野先生在辦公室的角落大聲喊道：

「暫且先將店面的工程款及社會保險金強制延一個禮拜！然後打電話給接下來準備將營業收入繳給銀行的店面，吩咐他們『務必一早就要把錢匯過來』，一定要辦到！要是有半天的延遲，也許就出局了！」

在非比尋常的緊迫感包覆下，會計石塚也拚命打電話到各個店面。

而就在離月底只差一天的深夜，奧野先生傳了封訊息到我的手機。

「看來，這個月底應該是有辦法度過。」

「太好了。那麼，全部付完後，月底的存款餘額剩多少？」

「二十萬。」

「餘額二十萬……」

結果是當初沒在預定計畫內關店的店面回收了押金，突然匯入約兩百萬日圓，再加上幾家大型店的營業額比預計來得高，這才好不容易在最後關頭得以度過第一個月月底的難關。

好不容易躲過第一次的資金短缺，我對此撫胸感到慶幸，鬆了口氣，但望著比我的活期存款還少的餘額，以及滿是赤字的OWNDAYS資金流量表，就像在暗示今後將會有滿是荊棘的道路等在前頭，我雙手抱頭，難以入眠。

二〇〇八年四月

我在吸菸區吞雲吐霧時，奧野先生一臉沒睡飽的疲態，前來向我報告。我停下抽菸的動作，對奧野先生說道：

「不過，真沒想到從第一個月底開始就突然遭遇這種狀況。本以為解決了難題，可是一旦進入實戰後，情況竟然遠比想像中還要吃緊。哈哈哈。」

「是啊……我們公司的會計，連押金預定回收的事都沒能好好掌握，這就是我們的現狀。根據我的模擬，這個月底預估至少會有兩千萬的短缺，視營業額而定，也可能有將近五千萬的短缺……」

「咦……這麼多……」

奧野先生就像要替臉色蒼白的我穩住陣腳般，以下定決心的嚴肅表情說道：

「OWNDAYS的結算月是二月。在這種情況下，向銀行提出財務報表是五月左右。銀行會根據新的財務報表，以六月底為目標，對我們進行審查和分等作業。OWNDAYS在這次的結算中，已確定是連兩期赤字，所以在六月以後，大部分往來的銀行都會將OWNDAYS定位為『觀察對象』，或是更低的等級吧。有些融資負責人或許會看出這已是無力償還，而一口氣將我們打入『有倒閉疑慮的對象』。這麼一來，若要再貸款，銀行肯定一概不會搭理。為了因應這種情況，在目前銀行仍將我們定位為正常對象，展開檢討融資可行性的這兩個月內，要先預借多少錢是勝負關鍵。」

我對銀行融資的詳細結構不是很清楚，所以我不想在跟銀行交涉時隨便插嘴，把一切全交由奧野先生去處理。

「明白了。與銀行交涉的事，全部交由你來處理。總之，唯獨給員工們的薪水，請確實發放，不要延遲。後續的營業額我會想辦法。」

奧野先生以食指托起眼鏡的鼻梁架，以做好覺悟的表情回答：

「我明白了。不過我要先聲明一點，我不喜歡說謊。我絕對不會粉飾真相。之前經營高層留下的糊塗帳，光就目前查明，數量可不少。等時機到來時，我打算全都查明清楚，對外公開。」

「我知道了。交給你去處理。」

奧野先生不眠不休的做好詳細資料，並按照他所宣告的，向銀行申請融資。

從我就任社長，到之前的經營高層最後一次提出財務報表的這三個月期間，十一家往來的銀行開始對重生的OWNDAYS擺出明確的態度。不過，其對應態度有很明顯的差異。

貸款金額較高的四葉銀行和由比濱銀行，對於我們的重建計畫展現出相當的諒解，自從上次展開交接問候後，分店長和副分店長也都盡可能撥時間和我面談，展現出支持的態度。

結果，成功從這兩家銀行取得為期三個月的重新融資（向銀行借款的金額償還到一定金額時，又回到一開始借款的金額，叫做重新融資）。這麼一來就勉強度過眼前的難關，地獄般的資金籌措姑且告一段落。

但這些全新的貸款，都要求我提出個人的連帶保證。為了謹慎起見，奧野先生事前詢問過我的決心，而我毫不猶豫便答應了銀行的要求，蓋章用印。

在其他銀行都採取觀望態度的情況下，只有這兩家銀行身體力行，為我們奉獻心力，我想報答他們的恩情，而且如果沒以明確的意思傳達「新社長加上個人擔保，而且已做好覺悟，要認真投入重建的工作中」，在那個時間點，銀行不可能同意融資。

債務金額十四億日圓、無擔保、無保證。營業赤字、無力償還。

當時許多人都還說：「既然沒有社長個人的連帶保證，為什麼不申請民事重建？竟然刻意全部用個人名義擔保，你腦袋有問題嗎？」但一直到最後，我都還是沒選擇走這條路。

之所以沒申請民事重建，是因為在和公司內有很多人出身銀行界的ＲＢＳ交涉收購的過程中，我們約定好「不做縮減債務這類會給銀行添麻煩的事」，而ＲＢＳ方面也相信這項約定，將OWNDAYS託付給既沒資金也沒資歷的我。當然了，這項約定沒有法律約束力，但主要原因在於我對違背仁義的事很排斥，這在精神方面緊緊束縛著我。

不管怎樣，我為OWNDAYS的重建賭上自己的人生，並抱持這樣的覺悟，承擔再也無法輕易選擇民事重建這個手段的風險，成為所有借款的連帶保證人，蓋下印章。

二〇〇八年五月十五日

前經營高層時代最後的財務報表出來了。一如所料，提出最新的赤字財務報表後，陸續有銀行清楚表明拒絕我們新的融資申請，最後，所有銀行都將OWNDAYS降等，並明確表達他們的方針，那就是「在無擔保的情況下，不會通過新的融資」。

當時每個月向銀行的約定還款，最少也有八千萬日圓，金額較高的月份甚至高達一億兩千萬日圓。但OWNDAYS在營業獲利階段，就已經處在持續每個月將近兩千萬日圓赤字的狀態。再這樣下去，要靠每個月收益來還款根本是不可能的事。就算用銀行融資來進行銀行還款，展開周轉償還，能周轉的資金還是不夠，偏偏在這樣的情況下，今後銀行還一概不提供任何融資。

這如同是所有銀行對我們的「死刑宣判」。

第5話　全國店面視察之旅

二〇〇八年五月下旬

「社長、社長，你醒啦？」

長尾手握方向盤，向我喚道。

「噢，到哪兒了？」

我揉著惺忪睡眼，點燃菸抽了一口，拿起喝到一半的罐裝咖啡，流入乾渴的喉嚨中。

「剛過藏王，所以就快到仙台了。你要再睡會兒嗎？」

我和長尾一早到茨城和福島的三家店看過後，繼續北上，前往下一個視察的目的地——宮城縣仙台市，行駛在夕陽西下的東北道上。

手忙腳亂的就任社長一職，至今已快兩個月過去，我趁著事務工作間的空檔，坐上長尾私人的自用小客車，北起秋田縣、南至宮崎縣，到分散全國各地的五十八家店一一展開視察。

當時長尾是我的祕書兼司機，生活上大部分的時間幾乎都和我一起度過。

「不，不用了。啊，舒暢多了！」

我抬起雙手伸了個懶腰，轉動脖子，發出啪嚓、啪嚓的聲響。

「車內會冷嗎？要不要調高車內溫度？」

「不用了。這樣剛好。」

「不過話說回來，社長你也真賣力。自從你入主OWNDAYS後，最近接連好幾晚都和社員們辦喝酒聚會。你明明不是很愛喝酒，看你這樣，我都替你捏把冷汗，擔心你會把身體操壞呢。」

「哈哈，我還年輕，喝點酒就把身體操壞，我才沒那麼弱呢。不過說實話，你不覺得OWNDAYS的公司氣氛很陰沉嗎？」

「我對它的第一印象，也是既不起眼，又沒霸氣。」

「長尾，你也這麼認為對吧？因為我們這家公司賣的是名為眼鏡的時尚配件，如果員工沒展現開朗、有朝氣的一面，帥氣的投入工作中，那根本就沒得談了。」
「所以你為了改變公司風氣，讓它變得開朗、有朝氣，才帶大家去喝酒嗎？」
「沒錯。總之，只要讓他們醉得連話都說不好，將羞恥心拋一旁，敢放聲大笑，我們公司的風氣就會變得開朗一些。而且，只要讓他們趁著醉意說出真心話，我也就比較好找出公司所面臨的問題，以及有問題的部分本質為何。比起一臉嚴肅的向員工說教，這麼做更快也更有效。」
「把員工灌到爛醉，也是社長的重建計畫之一是吧。不過，公司裡的年輕人臉上笑容確實增加了，感覺公司風氣開始變得比較有活力了。雖然這可說是破天荒頭一遭，對他們來說是刺激了點，不過大力支持社長想法和方針的年輕員工好像也慢慢出現了。」
「沒錯。聊開後發現，他們大家都很棒。一開始還有所顧忌，只說些無傷大雅的話，但隨著醉意漸濃，就開始講出許多牢騷和抱怨了。」
長尾以略顯為難的表情說道：
「真的是呢，大家都老是在抱怨。」
「不過，這並不是壞事哦。」
「咦，為什麼？對公司發牢騷、抱怨，不是不好嗎？」

「不，其實不然。如果真的覺得公司是死是活都無所謂，只想早點離職的話，就會漠不關心。他們講出這麼多牢騷和抱怨，若以正面的態度來看，至少背後是抱持著『想在OWNDAYS工作，所以希望它變得更好』這樣的願望，才會這麼說。」

「的確，如果用正面的態度來看，或許真是這樣……」

「所以我要先仔細聆聽大家所抱持的不滿、牢騷、抱怨，作為參考，好決定該從什麼開始依序改革。如果公司沒變好，自己的生活也不會改善，這件事大家心知肚明，所以大家都已清楚看出最根本的問題。但在這之前，明明有人抱持這股熱情，卻都把話憋在心裡，默不作聲，就只是等候上頭下達指示，所以OWNDAYS才會一蹶不振。只要能發現這件事，這兩個月陪他們四處喝酒也算沒白費了。」

「不過，即使是這樣，也沒必要安排這麼吃力的行程，突然就要走遍每家店吧？姑且先就關東附近的店家仔細巡視，和員工一起重新評估其營業方式，這樣應該也就行了吧？」

「嗯。確實就像你說的，不過在多方著手進行前，一開始我想先將每家店都逛過一遍，仔細查看店內的狀況。說起來，這就像是一種義務。」

「義務是嗎？」

長尾透過後視鏡露出意外的神情，等我接著往下說。
我故弄玄虛的抽著醒來的第一根菸，娓娓道來。
「沒錯，包括我在內的全新經營高層，是OWNDAYS裡頭最不了解OWNDAYS的一群人。這樣子下去，別說重建了，連要好好經營都辦不到。而在眼鏡方面，我們也是外行人，加上公司內部又不團結，這是兩位前任社長留下不同調的經營方針，各自在公司內擴散開來所造成。想要短時間內準確的掌握公司的狀態，只有實地走訪，親眼到店內查看，親耳聽工作的員工們怎麼說才行，除此之外也沒別的辦法了吧？」
「確實就像你說的。不過，如果是這樣的話，至少也要多投注一點時間和金錢，好好逛逛吧！難得展開這趟全國之旅，卻是這種匆忙的行程，根本無法享受各地的名產美食。聽近藤先生說，我們不在公司的時候，總部那些傢伙好像都在背地裡說『新來的笨社長用公司的錢到全國各地旅遊呢』。別說花錢玩樂了，我們根本連睡覺的時間都沒有！吃的是不用等的牛丼或站著吃的蕎麥麵，住宿洗澡選的不是三溫暖就是膠囊旅館。這麼辛苦還被說成那樣，實在是做不下去！」
長尾無比憤慨的朝方向盤用力一拍，就像要喊給總部的員工聽似的，放聲大喊：
「啊，好想在仙台悠哉的吃一頓烤牛舌。啊！之前社長你說的那家牛舌名店，叫『利久』是吧？等抵達仙台後，我們去光顧那家店吧！」
長尾像小孩在鬧脾氣似的，我加以安撫道：
「算了，他們愛說就去說吧。現在的我們沒那個閒錢，也沒那個閒工夫去理會這種人。總之，全國每一家店的員工，每天都要多賣一副眼鏡。只要多一副就夠了，為了讓員工能多賣一些，我得去激起他們的幹勁才行。憑著『多賣一副』，現今OWNDAYS所面臨的大部分問題應該都能解決。」
「咦，只要多賣一副眼鏡，就能解決全部的問題嗎？」
長尾蹙起眉頭，露出狐疑的眼神。我自信滿滿的面露微笑。
「沒錯。全部問題都能解決。全部哦。」
「嗯？這話怎麼說？」
「目前OWNDAYS一年的營業額約二十億對吧？」
「是啊。這大家都知道。」
「那麼，換算成一個月的話，是多少？」
我明知長尾心算不好，卻刻意故弄玄虛的考他。
「呃……一年十二個月，所以一、二……約一億六千萬左右。」

「沒錯，答對了。那麼，換算成一天的話呢？」

「一天是嗎。呃……以三十天來計算的話，大約五百三十萬吧。」

「厲害哦，答對了。那麼，除以OWNDAYS現有的五十八家店，則一家店一天的營業額大約多少？」

「還要繼續算啊？饒了我吧，我最不會心算了。呃……五百三十除以五十八是嗎……等等，我正在開車，算不出來啦！」

「哈哈哈，算了。正確答案大致來說，是九萬日圓左右。」

「九萬日圓。一家店一天的營業額是嗎？哦，聽你這麼一說，感覺出奇的少呢。」

「正是。簡單來說，現在OWNDAYS平均一家店一天的營業額平均為九萬日圓。而客人的平均消費約一萬日圓，所以換算成來客數則為九人。每家店的營業時間大多是十二小時，平均下來可以計算得知，一個小時賣不到一個客人。因此，與去年的今天相比，平均每一個小時，要是每位工作人員都在心裡想『再多賣一副吧！』，好好努力，而真的能辦到的話，則OWNDAYS一年的總營業額不就能提高一倍，達四十億日圓之多嗎？」

「原來如此，當真是積少成多呢。」

「沒錯。就算突然說一句『為了重建這家公司，我們再提高二十億日圓的營業額吧』，也會因為金額太過龐大，使得大家停止思考，所以用這種說法根本沒效。要賣出二十億日圓的金額，一時間要想出具體的點子，是不可能的事。」

「的確如此。但如果是『想個方法，在現有的時間裡多賣一副眼鏡吧！』，感覺就簡單多了。」

「沒錯。而且，如果只是比現在多賣出一副的話，就算沒特別擴充人員，做大手筆的設備投資，應該還是辦得到。要是所有店面、所有員工真的都付諸執行，等這一年結束時，OWNDAYS的營業額應該會提升一倍，達四十億日圓之多。如此一來，不論是償還債務、開發新產品、店面改裝、加薪，全都能輕鬆籌措，一次全部搞定。因此，現在我必須盡可能多和員工們當面談話，讓他們明白，努力投入銷售，讓客人多買一副眼鏡，這樣會為員工自己帶來多大的好處。」

「的確，現在OWNDAYS的店員幾乎都不會好好向走進店內的顧客銷售，也絕不會在店門口招攬生意。就只會向有意購買而自己走進店內的人銷售，展開等候顧客自己上門的營業方式。有許多人在店門前走來走去，所以要是能一邊發傳單，一邊大聲招攬顧客，要再多賣一副眼鏡當然不是問題。」

「沒錯。這麼理所當然的事，大部分的店面幾乎都沒好好做到這點，所以只要改善，一定會有不錯的成果！」

我第一次的店面巡視，對於我突然出現在店裡，全國各地的員工反應不一。有些員工充滿善意，像迎接英雄般前來迎接我，但相反的，那些老眼鏡行出身的員工，看到我卻是避而遠之，向我投以嫌棄的目光，露骨的展現出抗拒的態度。

店面視察之旅來到中段時，來到大阪的旗艦店——近鐵阿部野橋車站店，我以開朗的口吻向那位中年的資深店長說道：

「首先，就以比去年的今天多賣一副眼鏡為目標，好好努力吧！趁有空的時候，要多站在店門前。喏，你看，店門前有這麼多行人，只要大聲招攬顧客，就能讓更多顧客發現這裡有一家眼鏡店，這樣或許就能讓顧客走進店內對吧？」

結果那位資深店長面露不滿的冷笑說道：

「我說……社長你不清楚我們第一線的情況，所以才說得這麼輕鬆。銷售可沒這麼簡單。而且你要我們大聲招攬顧客，我們又不是蔬果行，眼鏡行在店門口招攬生意，反而會讓人覺得奇怪，而嚇跑客人。」

我很賣力的解說，講得口沫橫飛，但是這位資深店長卻抱持完全否定的態度，堅持不肯改變舊有的營業風格。

我和長尾看不下去，無視於那位店長的存在，實際在店門口發起傳單來，並大聲吆喝，示範給員工看。

「請參考！請抽空看一下！眼鏡一副從頭配到好，只要五千日圓起！就算您沒時間也沒關係！只要短短二十分鐘，就能配好眼鏡帶回家哦！」

就像要讓聲音響遍車站內似的，我們朗聲吆喝，招攬顧客。很快的，有幾組客人就像被我們的活力給吸引過來似的，走進了店內。

我和長尾在對眼鏡還不是很了解的情況下，沒理會那位冷眼旁觀的資深店長，很俐落的接待客人，靠我們的三寸不爛之舌賣出了兩三副眼鏡。

現場的員工也開始心不甘情不願的一起招攬客人，跟在我們後面接待客人，不過，只要我們不在，他們就又縮回櫃台裡，恢復平時「等候客人自動上門的營業方式」。如此一再反覆。

在和員工們一起喝酒的聚會中，甚至還聽過這樣的對話。

「因為營業額很慘，所以這個月我被迫自己掏腰包買了三副。明明是在工作賺錢，但每個月的零花全花在買眼鏡上了……」

為了達成營業額目標，員工半被迫地自掏腰包買眼鏡，這種情況四處橫行。

對零售業來說，這是最不該做的事，強迫自己公司的員工買下商品，捏造營業額，不管赤字再嚴重，也不該這麼做。

我馬上嚴厲的對所有管理幹部下達通牒，若有強制要求其他員工自掏腰包買下商品者，將予以嚴懲，立即解雇。買自家公司的商品時，務必要出於個人意願。

就這樣，我在全國各地巡視，一發現有新點子或該改善的地方，就當場發布訊息，遇上急迫性高的情況，就當場處理，至於比較需要花時間處理的事，則是日後帶回總公司，召開幹部會議擬定對策。

我還每天將改革的情形寫在部落格上，如實地向全國員工發布訊息，展現經營改革的透明性。

我每天穩健地過著這樣的生活，隨著店面巡視結束的日子一天一天靠近，對我的改革產生共鳴的員工也愈來愈多，不論是在各家店的營業現場，還是在之後喝酒聚會的場子中，員工和我之間很自然的洋溢笑臉的次數也逐漸增多。

在某些已開始展現幹勁的店面，馬上很積極的在店門前招攬顧客，甚至有人組成團體，自行在打烊後思考銷售話術，開設讀書會，營業額也確實慢慢好轉。

（很好，這樣就沒問題了。OWNDAYS的改革正穩健的朝好的方向邁進。）

在這個階段下，憑藉奧野先生四處蒐集的最後融資、我個人過去的積蓄，以及向合作廠商低頭懇求，請他們同意暫緩付款，OWNDAYS才能以日為單位繼續存活，雖然幾次快被不安和壓力壓垮，但我胸中這股微微的充實感，就像投進池子裡的石頭激起的漣漪般，開始平穩的、靜靜的擴散開來。

第6話　對口號的不滿大爆發

我就任社長三個月，位於池袋的總部總是瀰漫著一觸即發的緊繃氣氛。

而這一切的開端，就是我甫一就任便推出的一項改革口號。

「亮眼就是贏家！」

我一就任社長，便自行在A4紙上逐字寫下「改革口號．亮眼就是贏家！」，大大地貼在辦公室牆上最顯眼的地方。

但當時有多名身為幹部的部長們，對於我這項口號大表反對。當中有個人特別顯露出不以為然的神情，他就是業務部的山岡部長。

「怎樣？你要做不做？到底是要選哪一個！」

山岡部長動不動就像這樣，漲紅著臉，以充滿威嚇的嗓門在電話裡朝店長們咆哮。

在他的喝斥下，大部分的年輕員工宛如被雷劈中，馬上停止思考，像機器人似的，急忙默不作聲的照他的指示辦事。幾乎每天都會看到這幕光景。

大榮是日本數一數二的大型零售企業。而曾經在大榮裡擔任部長職務的山岡部長等人，因昔日在大榮歷練出的營業手腕受到賞識，這才轉進OWNDAYS任職。

山岡部長一見部下稍有鬆懈，就會扯開嗓門飆罵，如果部下在工作上展現成果，就會笑容滿面的誇讚：「幹得好！」

當真是恩威並施，就像軍隊一樣，將絕對的上下關係深植於部下心中，以此推動工作，如實展現出「昭和時代剛猛上班族」的樣貌。

但坦白說，這種上下關係的構築方式，是我最不能接受的方法。有一次我實在看不下去，見山岡部長在電話中大聲咆哮，便提醒他注意。

「你這種做法過時了，我認為這就是奪走OWNDAYS員工個性和霸氣的主要原因。對你來說，能訓練出『容易駕御』的部下，或許很方便，但這和我想建立的公司文化不合，可以請你能改一改嗎？」

年紀足足大我一輪，又在日本無人不曉的大企業裡擔任過部長職務，以此資歷轉進OWNDAYS的山岡部長，面對我這位與他孩子年紀相近的上司，對他的辦事方法諸多意見，可能是就此感到自尊受損，明顯擺出不以為然的模樣，與我起爭執。

「我知道了，我會盡可能注意自己對部下的態度。先不談這個，那個改革主題『亮眼就是贏家！』到底是在搞什麼？真是莫名其妙。又不是要講給孩子聽的運動會主題，請下達正經一點的改革指示吧！」

山岡部長內心不滿的情緒明顯就此爆發，像圓木般粗壯的手臂盤在胸前，瞪視著我。

「坦白說，我有種受騙的感覺。因為之前的經營高層向我懇求說『希望你能強化公司體制，朝上市的目標邁進』，所以我才拒絕眾多大企業的邀約，來到這樣的小公司，但來到這裡一看，公司內部千瘡百孔，當初邀我來的經營高層不到一年的時間就逃走了。而突然出現的年輕新社長，卻又很天真的喊出『亮眼就是贏家！』的口號，真是莫名其妙。這種像在開玩笑的主題，有什麼樣的經營方針可言？在你談這種事的時候，公司早垮了！」

不愧是在以斯巴達作風聞名的大榮全盛時期待過，這位曾以部長身分和數千名對手交過手，年約四十五歲，處於不惑之年的男人，全身充滿驚人的氣勢。

不過，我當時雖然只有三十歲，是世人眼中的年輕社長，但我從二十歲就開始經營公司，這十年來，我也經歷過屍橫遍野的世界，體驗過不少殘酷的場面，所以對這種「淺顯易懂的高壓式威嚇」早習以為常。

我盡可能不去刺激山岡部長的情緒，語氣平淡的說出自己的主張。

「這項口號中，有我個人審慎的思考和信念在裡頭，是我做的決定，我不打算改變。」

「哼。『亮眼就是贏家』這句話，哪裡有什麼信念可言！」

「這世上的所有店家，都得先讓顧客了解其『存在』才行。好不容易開了一家店，卻完全沒人注意到它的存在，這樣顧客根本不會上門吧？」

山岡部長嘴角垂落，也沒點頭，就只是瞪視著我，默默聆聽。

「當人們想買東西，想吃東西時，如果不能讓他們想起『我記得那家店好像就在那一帶』，客人就不會來。相反的，這時候如果能讓客人想起，則到店裡光顧的機率就會大幅提升。也就是說，做生意如果不夠搶眼，就起不了頭。這句話你有異議嗎？」

突然被問這麼一句，山岡部長一時為之語塞，但還是回答道：

「你說得不無道理。正因為這樣，我們的店面才開設在搶眼的場所，並以五千日圓、七千日圓、九千日圓這三種價格，展現出『便宜又好懂』這個搶眼的招牌，以此展開銷售。我們已經很賣力在做了。」

「只要有搶眼的地點和吸引人目光的便宜價格，顧客進門後，生意就會成功是嗎？這樣的話，為什麼會有那麼多OWNDAYS的店面，生意冷清到幾乎快要關店呢？」

山岡部長似乎頗感不悅，表情扭曲，百般不願的回答道：

「那得看總體戰力。商品能否暢銷，唯有在商品力、標價、接待客人這三個要素齊備後，才會順利。只要缺少其中一頓，商品就賣不好。」

「沒錯，我原本也這麼認為。也就是說，我想指出接待客人的重要性。那麼，接待客人要由誰來做？當然是站在店面的工作人員吧。如果工作人員不夠亮眼的話，會有什麼後果？這家店也會因此變得不夠亮眼，不是嗎？世上的不同公司之間，時時都會『為了展現亮眼而競爭』，因此，如果讓公司運作的員工們自己本身就逃避『亮眼』，則在這場企業間展現亮眼的競爭中，絕對無法獲勝。就算準備了再好的服務和商品，如果一開始不能讓顧客注意到自己的存在，則一切努力都將白費。不是嗎？」

為了不去刺激山岡部長的情緒，我保持低調的態度繼續往下說：

「而且這句口號中的『亮眼』一詞，還帶有『要更加堅持自我主張』的含意在。就算覺得為難、苦惱，卻還是一直靜靜等著別人發現，這樣是不行的。如果不是為了要自行解決而付諸行動的話，沒人會伸出援手，而且當事人也不會成長。這世界就是這麼嚴苛吧？再說了，正因為大家都刻意避免亮眼，所以明明對公司有很多不滿和意見，但每個人都不願堅持自我主張，也不願提出問題，這股風潮一直在蔓延不是嗎？所以公司才會變得如此僵化吧？」

最後這句話可能惹惱了山岡部長，他滿臉通紅，猛然扯開嗓門說道：

「你說這什麼話！這種年輕人理想的論點，在現實的商場上，不是那麼簡單就行得通的！

事實上，我們就是用這種做法，一年賣了二十億日圓！這個數字絕對不差。照理來說，如果光看營業狀態，這不該是會被收購的公司。真正有錯的人，是無法從這樣的營業額中創造利潤，而且也沒經營能力的經營高層吧！既然這樣，身為新經營者的你該率先做的，應該是降低所有成本，著手打造出能創造利潤的財務體質才對吧！

總之，業務部突然被迫得改變原本的做法，這令我深感遺憾。累積多年的經驗，好不容易建立現在的系統，現在只因為新來乍到的外行人一時的突發奇想，就要把這一切都攪亂，我實在無法忍受。自己去思考？堅持自我主張？要這麼做也無妨，但結果要是害命令系統大亂，組織四分五裂，營業額就此下滑的話，那該怎麼辦？在談員工的個性和自我主張之前，你既然是社長，請多想想如何削減經費，創造穩定的利潤後再行動吧！」

這時我心想「或許真是這樣吧」。雖然現在狀況一點都不好，但仍一直維持穩定的營業額，這也是事實。

（不過，還是不對……）我差點就改變了自己的想法，急忙就此穩住陣腳，以堅定的口吻提出反駁。

「山岡部長，你忘了一件很重要的事。」

「啥？什麼重要的事？」

山岡部長那渾濁的雙眼瞪向我。

「OWNDAYS就實質來說，已算是倒閉。雖然你們視我為眼中釘，瞧不起我，但如果不是我主動說要收購，現在這家公司好的話是展開民事重建，壞的話，則是破產。真走到那一步，你所說的『統率完善的組織、二十億的營業額』，也早就灰飛煙滅了。難道不是嗎？」

我朝一時間答不出話來的山岡部長瞄了一眼，繼續往下說：

「換句話說，以前的OWNDAYS已經死了。現在的OWNDAYS是在新體制下重生的全新OWNDAYS。重生的OWNDAYS沒有任何該遵守的傳統。我們是從頭開創的全新公司。不受過去的束縛，要配合時代，創造出更棒的公司。」

山岡部長別說接受了，他的語氣變得更粗暴，他情緒性的咆哮：

「年輕人不要講得一副好像什麼都懂似的！經你這麼一說，好像我們是搞垮OWNDAYS的元凶一樣。別開玩笑了！當你還在六本木玩樂的時候，我們可是很賣力的在工作呢。看在我們眼裡，只覺得你就像沒脫鞋直接進走進我們蓋好的房子裡，一面要我們忍受風雨，一面又趾高氣昂的嫌東嫌西，說什麼『那裡不好、這裡難看』。感覺就像是辛辛苦苦建立起來的房子被人竊占了。真的很不是滋味！坦白說，我不認為你有辦法重建這家公司。不好意思，等一切交接完畢，我將馬上請辭。」

就這樣，這位山岡部長一直到最後都還是不想了解我的想法，隔月便離開公司。而在他做出此舉的前後那段時間，與山岡部長有交情的管理幹部和中堅員工，也陸續有人向我遞出辭呈。應該是我來了之後，他們便馬上開始找工作，依找到工作的先後順序向我請辭吧。

他們前來向我告知辭意時，現場呈現的氣氛是——

（哼，怎樣？擔任公司營運核心的我們這班人離開後，你一定很頭疼吧？）

但我和奧野先生並未對此感到掛懷。

「可以自然削減人事費，真是太好了。這麼一來，不願意配合改革的人又少了一個，改革將會向前邁進。」

在這樣的心情下，面對眼前厚厚一疊辭呈，我反而覺得鬆了口氣。在這窮於籌措資金，連一毛錢都捨不得浪費的時期，公司出現不認同我方針的幹部，而且還得支付他們高薪，和他們展開論戰，我們實在沒那個餘力。

第7話　相信「一利遮百醜」

二〇〇八年六月初

地點在走出池袋站東面出口，位於明治通上的淳久堂書店四樓的咖啡廳。

這家咖啡廳從書架間的縫隙露出它那低調的入口，就像羞於見人似的，猶如一處祕密基地，靜靜的佇立其間。因此，乍看不太容易知道這是一家咖啡廳，只有淳久堂書店的常客才會光顧。

那時候每當我有私密的事要談，或是想一個人靜靜的想事情時，便常會到這處絕不會遇上員工或相關人士的咖啡廳喝杯咖啡。

這天，我同樣和奧野先生坐在這家咖啡廳的陽台座位喝咖啡，從這裡正好可以望見我們位於忽滑谷大樓的OWNDAYS總公司。

午後的感覺暖洋洋的，說不出的舒服。樹葉的甘甜氣味與清爽的花香，微微滲進胸中。對面的明治通傳來的行人腳步聲充當背景音樂，我們坐在陽台的座位上享受涼風徐來，奧野先生暫時將視線從Macbook螢幕上一排又一排的數字移開，以食指托起眼鏡的鼻梁架，語氣平靜的對我說道：

「一直到昨天為止，我一直都很擔心，不過這個月的資金調度總算是解決了。對了，你展開的全國視察，感覺如何？」

「雖然像急行軍一樣，但一口氣將每家店都逛過一遍，真的很值得。店裡的員工們以前也都沒機會和總公司的人或是社長一起輕鬆的用餐、交談，很多員工都很高興。拜此之賜，我可以很自負的說一句，現在全國OWNDAYS的員工當中，我是唯一看過每一家店面，而且是最清楚每家店狀況的人。在財務會計方面，則屬奧野先生最為熟悉，所以只要有我們兩個人在，就能正確掌握OWNDAYS的現況。這麼一來，我終於能以經營者的身分逐漸看出我們該走的方向了。」

「那很好啊。那麼，你是否發現了具體的課題，或是能提升營業額的啟發呢？」

「哈哈哈。與其說發現，不如說是全部都得從根本加以改變才行。總之，店面給人的印象根本就一團亂，到令人吃驚的地步。這得馬上整頓才行。我回來後，馬上試著詢問業務部的管理幹部們：『你們都如何運用店面展示？』結果他們給的答案竟然是：『因為每個地區與競爭店家間的關係性和文化都不一樣，所以關於店面的呈現及細部的展示，並未準備整個連鎖體系共通的內容，全由地方的管理者自行斟酌處理。』」

奧野先生喝完手中的咖啡，又加點了一杯，一臉嚴肅的說道：

「這乍看之下似乎合情合理，但不過只是總部放棄了原本該做的工作。若真是這樣，以全國統一形象展開經營的UNIQLO和ZARA為什麼會生意興隆，希望他們能給我個合理的解釋。」

「你也這麼認為對吧。現代網路如此發達，顧客的感性根本沒有東京和其他地方之分。因此，就算位於地方上，只要是徹底做好品牌規劃的店家，顧客也會大力支持。這點要早點加以修正，身為業界第一帥氣的眼鏡店，應該要確立好品牌規劃，建立全國統一的形象才行。」

「有道理，確實如此。對了，你在巡視店面那段時間，還順道去看過眼鏡最大的產地——福井縣的鯖江對吧？」

「嗯。鯖江的鏡架製造商那邊，我拜訪了幾家公司。其實我在那裡得知一項事實，令我相當吃驚呢……」

「你得知了什麼？」

「OWNDAYS的商品部門幾乎都沒親自到製造商那裡拜會過。」

「咦？沒到製造商那裡露臉？這是怎麼一回事？」

「也就是說，現在的OWNDAYS完全處於『被動』。在鯖江市或中國製造鏡架的製造商，我方都沒親自前往當面交涉採購的事，而是坐鎮在總公司裡，讓地方或國外前來兜售的批發商負責人帶著樣品前來，再從中挑選價格合適者，直接採購。這樣根本稱不上是SPA（Speciality Retailer of Private Label Apparel，是一種從商品策劃、生產到零售，全都一體化控制的銷售形式）品牌，就只是採購廉價的商品，右手買進、左手賣出，專賣便宜貨的商家。」

奧野先生重新深深坐向椅子，蹙起眉頭。

「這樣啊……。那些製造商和批發商，連我們這種小小的連鎖店家都上門來兜售，一定會把這方面的營業成本也算在價格內，採購的價格應該會相當高才對吧？」

「沒錯。而且問題不光如此，來到東京的製造商們，當然也會到其他客戶那裡去兜售，他們會從業界的大型眼鏡連鎖店或優良客戶先開始拜訪，這麼一來，品質好的暢銷商品都會先被大公司給攔截，等到他們來拜訪我們時，剩下的商品就像在清庫存一樣。之所以我們的品質和設計會比其他競爭公司還差，就不難理解了。」

「以高價採購賣剩的庫存貨是吧……這也是營業額持續減少的一大主因。我之前也發現一件很離譜的事，有許多賣剩的、絕對不可能賣得出去的商品，堆得像山一樣高，就擱置在商品中心深處。像這樣的不良庫存品，現在仍當作數億日圓的存貨資產，記在帳面價值上。」

「這可不妙。若不找個時機讓商品的實態反映在結算上，好好加以處理，這膿包將會愈積愈大。」

「不良庫存一事，我會在下次結算前想辦法處理。現在必須趕緊重新看待我們與進貨廠商間的關係。」

「好。這有很大的改善空間。只要鎖定幾家公司，大量下訂，就能壓低進貨成本，同時也能在店頭擺出優質商品。光是這樣，或許就能削減十%的成本吧？」

「的確，我們現在支付給各家製造商的交易總額，一年應該將近六億日圓。如果能減少十%，則一年就有六千萬，一個月就能多出五百萬日圓。有沒有這五百萬日圓，在資金籌措上可是大不相同呢。」

「對啊。這項商品改革如果順利的話，員工們一定最開心了。對直接接觸顧客的員工來說，不得不販售品質惡劣的商品給顧客，是很痛苦的一件事，而且也會討厭工作。如果我能改善商品品質，員工們一定會提高銷售的熱情。」

「因為商品品質的劣勢，第一線的人感受最深。」

「沒錯。所以在下次的幹部會議上，我想馬上將商品部門的改革列為第一優先的課題。」

「對了，社長，公司的氣氛在各個地區變得有點對立，你應該知道吧？再這樣下去，或許不太妙。員工們沒能團結一心，店面的營業額就不能提升，不可能贏得了其他和我們競爭的公司。這問題也得早日想辦法解決才行。」

說到這裡，奧野先生將筆電的螢幕轉向我，一面嘆息一面讓我看全國營業額的合計表和資金流量表。

「這也難怪。改革的贊成派和反對派對立愈嚴重的地區，營業額掉得愈凶。不論是反對派還是贊成派，『想讓公司變得更好』的這份心明明都一樣，但為什麼大家會對立呢？現實要完全照著理想走，還真的不是那麼簡單呢。」

「是啊。公司目前處在要是營業額往下掉一圓，就可能會馬上倒閉的狀態，而大家卻還為了那些無聊的小事而爭吵，根本就不是時候……」

奧野先生將空咖啡杯遞給店員，又續點了一杯，語帶不悅的說道。我也續點了一杯咖啡後，改為開朗的聲調，想將這陰沉的氣氛趕走。

「另外還有一件事，無論如何，我都想現在就做！」

「……想現在就做？」

奧野先生可能是有不祥的預感，以納悶的表情望著突然以亢奮的口吻說話的我。

「嗯，我想下定決心，開新店！」

「啥？開新店？」

營業額提升不如預期，而且連要籌措明天的資金都有困難，在這種狀況下開新店。

面對我這突如其來的提議，無比驚訝的奧野先生，彷彿可以聽到他的胃發出痛苦的擠壓聲。

我不予理會，意氣風發的接著說道：

「現在OWNDAYS最需要的，就是肉眼看得見的成果。而且是具有壓倒性的結果。如果能實際證明，在我推出的新策略以及全新形象的OWNDAYS下，營業額向上攀升，這樣應該就沒有人會反對，而員工們也能團結一心。不是有句話說『一利遮百醜』嗎？意思是只要能賺錢，就算有些小問題，一樣能克服。因此，我要在這裡開一家新店，不是過去那種用片假名寫成的『オンデーズ』，而是英文字的『OWNDAYS』，就如同象徵全新的未來一樣，要以看得見的形式，向公司每個人證明我所想的概念以及建立的品牌，方向完全正確。」

我自信滿滿的說出我的想法，將新倒滿的咖啡一飲而盡。

在這種高昂的情緒下，不管誰提出反對意見，我也聽不進去。但這時的奧野先生馬上大聲的提出反對。

「你到底在想什麼？現在不是這麼做的時候啊。目前的階段，應該要謹慎的看清楚財務上有多少實力，加以強化。真要說的話，OWNDAYS現在就像是送進加護病房，處於昏睡狀態下的重症病患，要是處置稍有失當，就會馬上心肺停止。在這種狀態下還要開新店，我堅決反對！」

平時個性敦厚的奧野先生，語氣無比堅決，我內心暗自一驚。可見OWNDAYS的財務狀況就是這般吃緊。但我的個性可不會乖乖退讓。

「的確，我明白目前財務處在危機四伏的狀況下。但公司內不協調的聲音四處流竄的結果，使得營業額提升不如預期，這也是事實。如果就這樣無法提升業績的話，財務狀況只會更加惡化吧。我要以開新店的成功體驗來展現新策略是對的，消除公司內不協調的聲音，讓公司上下團結一心，以擴大營業額為目標。而促成這個良性循環的引信，就是具體呈現全新的概念以及今後OWNDAYS樣貌的新店面啊！」

奧野先生發出低聲沉吟。

的確，如果開新店成功的話，或許能展現一箭雙鵰，不，是一箭三鵰的效果。但如果失敗又會怎樣呢？身為社長的我，對它的成功堅信不疑，但就現實問題來說，失敗的可能性也相當高。萬一這時候開新店，結果一敗塗地，那OWNDAYS恐怕會馬上倒閉。奧野先生想必認為這是一場很危險的賭注吧。

「社長，身為負責財務的幹部，請恕我直言。我很明白你開新店的計畫背後的意義，但在那之前，還有許多該做的事。首先，我們應該要早日停止失血。現在的OWNDAYS不僅病危，而且還處在持續失血的狀態。虧損的店面占全體的三分之一以上。早日結束赤字，是最優先的課題。」

確實如此。就算新店面經營得很成功，營業額一路向上攀升，但另一方面，其他店面仍舊還是會赤字連連，完全沒改善。就像奧野先生說的，看是要讓虧損的店面轉虧為盈，還是要撤店，以阻止繼續虧損，這確實才是目前最吃緊的課題。

「你說的也有道理。這時候的當務之急，就是先阻止失血是吧。那麼，奧野先生，你可有想到什麼具體的方法？」

「如果照理論來處理的話，應該是要讓虧損的店面關店還有裁員吧。花上半年的時間，以關店和裁員，大膽的降低成本，同時穩紮穩打的採取提高營業額的做法，這樣才合乎理論。」

「這樣不行！絕對不行！」

我馬上反對這項提案。

「如果降低成本的大前提，是裁員或減薪，那絕對不行。要是真這麼做，原本可以重新振作的事業，也將就此一蹶不振。」

「不過，就算一直留住員工，而就此關店，那將會失去營業額，現金不斷流失。一樣無法削減赤字啊。」

「奧野先生，你說的我懂，但如果公司為了生存而大量裁員，解雇員工，這對現在的OWNDAYS來說，絕對是一步爛棋。我在看過全國的店面後了解到，我們眼鏡店這項生意，『人』的要素占去一半以上。接待客人、視力檢測、鏡片加工，能完善的提供這些服務，才有辦法收顧客的錢。真要說的話，人也算是商品很重要的一部分。因此，要是失去如此重要的商品，那就如同是將店裡一半以上的商品丟棄。」

「可是，如果不裁員，就無法阻止赤字的發生啊。」

奧野先生就像在說「如果可以，我也不想裁員。但為了讓公司能延續下去，要員工離職也是情非得已」，苦著一張臉，語帶不悅的說道。

「不，重點是只要讓赤字轉為盈餘就好了吧？以整體來看，赤字的金額是很龐大，但如果以每一家店來思考，大部分一個月都只有區區數十萬日圓左右的赤字。這表示一天只要比現在多賣三、四副眼鏡，就能消除赤字。只要這麼做就行了。這麼做比關店要簡單多了，而且也比較有建設性吧？」

「可是實際上，現在一天就是無法多賣出三、四副眼鏡啊。為了能夠比現在多賣幾副眼鏡，有沒有什麼具體方案？」

「有。首先要將目標細分化。」

「細分化？」

「沒錯。就是因為突然對各家店說『一個月多賣一百萬日圓，創造出比現在更高的營業額！』才會無法奏效。現在的業務部，建立目標的方式太過隨便，一個月提升一百萬日圓的營業額，只要平均一天提高三萬日圓的營業額即可。說到三萬日圓，以現在OWNDAYS來客的平均消費來看，相當於三副眼鏡。

只要具體且詳細的加以指揮，好讓業務部每個小時都設定一個小目標，心裡想著，只要再多賣一副眼鏡就好，就此展開行動，這樣就行了。

再加上讓我現在所構思的新概念店面經營成功，將它的方法技術朝每一家店面橫向推展開來，如此一來，別說一天多賣三副了，甚至要多賣個十副、二十副，讓大家見識見識。」

見我說得這般堅持，已不可能改變。奧野先生露出死心的神情，似乎已做好心理準備。

「我明白了。既然你都這麼說了，那就試試吧。不過，在不裁員的情況下要重振財務，這種破天荒的做法，當真是前所未聞。這無疑是進一步挑戰艱困的難題，請你要先做好這樣的認知！」

「好，你說這是艱困的難題，我很明白。不過，在不裁員的情況下，以擴大營業額來挑戰重建，這個做法絕對沒錯。你就暫時先相信我吧。」

（好，沒問題的。將營業額目標細分化、成功開新店，這兩件事若能順利發揮功能，OWNDAYS一定就能展現出V字型的業績恢復態勢。）

我沒理會奧野先生的擔憂，感覺就像發現打破逆境的一道光明，整個人被拉往高空般，興奮不已。

二〇〇八年六月初

整個東京連日來都是初夏那熱氣緊黏肌膚的悶熱天氣。

我和負責加盟連鎖這一類法人業務的長津一起站在高田馬場的車站前。因為我一下令要開發新店面地點，長津很快就找到充當新店面的房子，現在特地前來看房。

「覺得怎樣？就位在高田馬場車站前面，是很難得的店面哦！」

微帶戽斗的房仲業務員，滿臉堆歡的指著那個店面，得意洋洋的為我們說明。

「嗯，地點確實無從挑剔。這裡的話，學生多，也有很多商務人士和粉領族會路過。如果要鎖定對時尚很敏感的客層，這是求之不得的地點呢！」

長津抬起胸膛，得意洋洋的說道：

「我也是第一眼看到這裡，就認定這個店面最適合用來象徵重獲新生的OWNDAYS！」

此時介紹我們的店面，是前不久由一家手機量販店入駐，約六坪大的小店面。這家店的正面上方，有個巨大的看板空間，從高田馬場車站的月台可以清楚的一眼就認出這裡，可以確保有個與店內大小不太相稱的巨大看板，這點也是它很吸引人的地方。

「可是，您覺得呢？就眼鏡店來說，我覺得它的空間略嫌小了點。」

為我們介紹這個店面的那位房仲業務員，臉上掛著笑容，同時以刺探的眼神觀察我的反應。

「不，我們在永旺（Aeon）那樣的購物中心展店的店面當中，有許多店雖然只有六到八坪大，卻創造出很高的營業額呢。OWNDAYS運用高度進化的最新型機械，擁有自己的一套商業模式，就算是這種小坪數的店面，一樣能維持相當的營業額和利潤。」

我以略嫌誇張，但充滿自信的語氣，向那位房仲業務員說明。

但事實上，我們這時候還完全沒有足以向人誇耀的技術。

當時剛好我們在永旺購物中心的幾家店面，以約莫六坪大的小空間裡創造出平均一個月超過六百萬日圓的營業額，所以我單純的認為「雖然賣場小，但只要從店門前路過的人夠多，眼鏡作為生活必需品，一定賣得出去吧」。

聽我這麼說，業務員略微露出打量人的神情說道：

「這樣啊，那我就放心了。其實剛才一家大規模的折價券店也前來接洽。如果您當場先付一萬日圓訂金的話，我就能以貴公司的合約優先處理，不知您意下如何？」

（想慫恿我是吧……）我心裡這麼想，但這裡的地點和店面大小我都很滿意，所以就此決定先繳訂金。

我從自己的錢包裡取出一萬日圓，當場在預約單上面填入簡單的必要事項，連同款項一同交給業務員。暫時契約就此成立。

第二天，我將所有幹部都叫到會議室來，意氣風發的提到新店面的事。

「各位，請看這個。這是從高田馬場車站徒步只要五分鐘就可到達的超稀有店面……」

我緩緩將設計圖拿到奧野先生面前，他瞪大眼睛說道：

「這、這是新店面的設計圖嗎？你已經找到了？」

「賓果！答對了。高田馬場有很多學生，而且也有很多商務人士和粉領族。想要鎖定對時尚很敏感的年輕人，展開我們全新概念的OWNDAYS，那裡是絕佳場所！」

我一臉自信滿滿的神情，望著平面圖說個不停。

但相反的，在座的幹部們全都沉默不語，板著一張臉注視著我。

「哦，你們想說，要在大路旁開店，是不可能的事對吧？但你們仔細看這裡。喏，坪數只有六坪。租金確實很貴，一坪要十二萬日圓，但它只有六坪大，所以只要七十二萬日圓就能搞定。以七十二萬日圓就能在車站前的黃金地段開設大路旁的店面呢。而且還有巨大看板，所以兼具廣告效果。還有，你們看這個！」

說到這裡，我讓他們看我用Excel做的新店面收支計畫書。

「永旺購物中心的店面只有六坪大，一個月就能賣出六百萬日圓以上的營業額。如果是這處高田馬場，它是車站前的大路旁店面，所以營業額一樣有個六百……不，七百萬日圓應該不成問題。假設每個客人的平均消費為一萬日圓，一天平均二十多名客人，則一次以兩名員工值班就忙得過來。房租、電費瓦斯費、人事費等販售管理費，應該能控制在兩百萬日圓以下，所以預估會有相當的盈收。甚至應該說，這很可能成為我們的金雞母。就算展店費用粗估得花兩千萬日圓，但只要一年就能回本。如何？很完美的計畫對吧！」

我得意洋洋的遞出收支計畫表。

幹部們似乎全部聽得目瞪口呆。這也難怪，因為當時仍為了資金籌措的事忙得焦頭爛額，與銀行的交涉之慘烈，足以用心力交瘁來形容。明明就像走在鋼索上一樣，但眼前的我卻喜孜孜的打算開新店，也難怪他們會感到胃痛如絞。在這種情況下，我依然神色自若的往下說。

「如何？這只要兩千萬日圓就夠了。我們要想辦法生出這筆開店資金，開設新店面！」

之前一直默默聽我說的奧野先生，突然像潰堤一樣，大聲喊道：

「知道了！知道了！這兩千萬日圓我會想辦法。就照這樣去做吧！不過，這萬萬不能失敗，請您一定要銘記在心！這代表社長形象的新概念店面要是失敗，在財務方面可就完全出局了。而且這就如同昭告天下，社長的策略完全錯誤。這麼一來，將完全失去眾人對社長的向心力，OWNDAYS或許會就此瓦解。換句話說，這可能會對瀕臨死亡的OWNDAYS造成致命的最後一擊。請您抱持這樣的危機感，對這家新店面下賭注。因為我也做好要和這家公司一起死的心理準備了。」

儘管處在危機四伏的狀況下，我依舊不在乎，只想一味的向前走，看我這樣的態度，似乎激起了奧野先生彆扭的脾氣吧。

奧野先生可能也和我一樣，愈是面對困難，愈想挑戰困難，很吃虧的個性。

面對奧野先生意想不到的這番話，我收起臉上的笑容，神情嚴肅的說道：

「我要開設的新店面，並不光只有這一家。這只是開始。OWNDAYS現在不到六十家店，但一年後一定會達到上百家店。為了保有以連鎖店的形態生存下去的購買力，我們至少得增設到一百家店才行。」

繼開新店之後，又說要一口氣展店到一百家店，突然聽聞這項計畫，幹部們全都一臉納悶。

「去年也才只開了幾家店，但現在突然要在一年內開四十家店……」

「您在想什麼啊？就算整個人倒過來，也生不出這麼多資金啊！」

幹部們你一言我一語的說出心中的不安。

我像在曉以大義似的接著道：

「等我以直營店開創出全新的概念範本後，就會依據這個方法技術展開加盟。在全國召募加盟店，擴大店面的網絡。現在的OWNDAYS沒有資金，要一口氣擴大營業額，輕鬆的還清借款，只能用這個方法了。不過，我這和創始人當年隨便擴展加盟店的做法，在本質上截然不同。加盟店和總部，雙方要做好各自的職務分配，我的理想是追求發揮策略性功能的夥伴型加盟，我要建立出這樣的加盟典範。

利用展開加盟，迅速建立一百家店面體制的計畫，是我事前向銀行提出的重建計畫，獲得相當的認同。現在只能勇往直前了。為了這個目的，必須讓這家充當模範店的高田馬場店開張，讓它經營成功。」

奧野先生面露苦笑，望著我意氣風發的宣布計畫。

就這樣，重獲新生的OWNDAYS，這場賭上公司命運，在高田馬場開店的計畫，就此在我與幹部們之間形成一道深深的鴻溝，在梅雨季到來前的悶濕天氣下，表面平靜，但內部波濤洶湧的展開了行動。

第8話　絕不能失敗的新店面

二〇〇八年六月中旬

新店面終於決定要開張了。

「OWNDAYS」即將從這裡展開華麗的起跑。只要這家店開幕的話，一切就會一帆風順。公司內的員工也將會團結一心，全國店面的營業額也會向上攀升。就連加盟店的推展也會順利的啟動，財務一口氣變得健全，瞬間變成高收益的企業，業績呈V字型恢復。

要是我稍有鬆懈，那宛如迷霧般的不安，就會馬上罩住我的頭，將我拖進無底深淵。為了揮除這股不安，我具體的想像新店面推展順利的畫面，自我催眠，連花時間睡覺都捨不得，著手建立「OWNDAYS」的新概念。

一天的睡眠時間不到五小時，並不稀罕。有空閒的話就小睡片刻，一醒來就直接工作。每天都像這樣。但不同於此時所處的危險狀況，這項「創造新事物」的工作，愈是累積疲憊感，愈會感受到一股言語難以形容的充實感，兩者間可說是呈反比。

「OWNDAYS」的主要色調決定為白與黑。

主色調的白，具有「讓人感覺到從頭開始、要讓心情煥然一新」的含意。而它的相反色黑色，則有「給人高級感、加強自我主張」的含意。

以簡單時髦的單一色調，堅持不管經過多久都百看不膩的簡單性。更重要的是，裡頭蘊含了「『OWNDAYS』所創造出的空間，能為它增色的就只有商品和人」這樣的想法。

配合主色調，LOGO圖案也重新設計。一直延續至今，成為「OWNDAYS」的象徵，一直為大家所熟悉的方形LOGO圖案，就是在這時候創造而成。

這個LOGO圖案畫有兩個方形，分別表示「OWNDAYS」的「O」和「D」。而這個方形同時看起來既像門，又像眼鏡。當中蘊含了「希望所有人都能以『OWNDAYS』的眼鏡打開門，看見全新的世界」這樣的想法。

新概念一號店的設計，同樣是由我二十歲那年創業開設一家小咖啡廳時，便和我一起共事的民谷亮負責畫設計圖。

店內擺設特別訂做，高度直抵天花板的層架，以壓倒性的分量感擺設眼鏡。店內擺出的商品數量多達一千副以上，這樣就和二十坪大的店面沒兩樣，所以挑選起來應該頗有樂趣才對。裝設在店面外牆上的巨大看板大大的打出「眼鏡一副五千日圓！」的標示，大力宣傳便宜的價格。店內播放著節奏輕快的ＥＤＭ系電子舞曲。

從承租店面到開幕，只有短短一個半月。為了重建，我對全體的事業構造展開重新評估，同時不眠不休，所有工作同時進行，並推動新店面的準備工作。

二〇〇八年七月十八日

新店面開幕的前一天。

站在工地的臨時圍籬已拆除的高田馬場店門前，一股舒暢的成就感將我緊緊包覆。從我收購OWNDAYS的那時候起，便一直在心中描繪，要開一家以眼鏡當「時尚配件」的眼鏡店，現在終於呈現眼前。

店門前陸續有相關人士和朋友們送來的祝賀鮮花。在店門口的熱鬧氣氛帶動下，來到店門前停下腳步，往店內窺望的行人也愈來愈多。

（真期待！沒問題的，一定會成功！）

我深信新店面一定會成功，並向長津下達指示，明天開幕時一定會大排長龍，對排隊的顧客發放的紀念品數量得從兩百個增加到五百個，之後我便離開店面，回總公司去了。

二〇〇八年七月十九日

早上七點。

因為低血壓，再加上菸抽得凶，從我懂事起便很會賴床，這是大家都公認的事，但這天的我比平時都還要早醒來，而且馬上就從家裡的床上彈跳而起。

因為今天是「OWNDAYS」初試啼聲，光輝耀眼的一天。我匆匆的沖好澡，迅速換好服裝，為了喚醒還迷迷糊糊的腦袋，我將一杯濃濃的黑咖啡一飲而盡。為了親手收下這光榮展開的瞬間，我扛起自己愛用的單眼相機和腳架，坐上長尾開來接我的車，往位於高田馬場車站的新店面而去。

上午八點。

高田馬場車站周邊仍舊人車稀少，飄蕩著一股凜冽的寂靜氣氛。

我決定刻意在新店面的前一個轉角處下車。在轉過街角的瞬間，出現眼前的那大排長龍，充滿戲劇性的一幕，我想將它深深烙印在自己的雙眼和相機裡。

我設定好相機，手指搭在錄影鈕上，滿心雀躍，踩著輕快的步伐繞過轉角。

這時，出現在我眼前的光景是……

就只有明石、長津、民谷三人站在店門前，一副無事可做的模樣。

滿心期待「OWNDAYS」開幕的顧客，竟然一個也沒有。

等候開幕的店門前，一樣是平時高田馬場的景致，什麼事也沒發生，不，就像不認同它的存在似的，那景致靜靜的從我面前流過。

我感覺到自己體內的氣血瞬間抽離。就像雙腳沒踩在地上一般，整個人輕飄飄的，彷彿只要一鬆懈，身體就會整個陷入地面中，我走近站在店門前的明石，無力的向他喚道。

明石擴士小我一歲，就像是一位年輕的領袖般，頗受第一線員工的景仰，所以自從山岡部長離職後，我便提拔他接任業務部長的職位，和我一起經手這次的開店準備。

「怎樣？一個客人都沒來嗎？」

明石以略顯為難的神情應道：

「是啊。不過，離開幕還有一個半小時的時間，所以才會沒什麼人吧。應該待會兒就會有生意上門了……」

「傳單發了吧？」

明石眉間擠出神經質的皺紋回答道：

「發了。已向業者發包了許多傳單，而且幾天前，我們就分頭在車站前、周邊大樓、營業場所，邊走邊發送傳單。夾報紙的傳單八萬張，向路人也發送了大量的面紙，應該是不會有宣傳不夠的問題。」

為了不讓他們兩人看出我的焦急心慌，我極力壓抑自己的情感，故做鎮靜，但還是管不住內心的慌亂。

奧野先生明明一再叮囑我「絕對不許失敗」，但明明只剩一個半小時就要開幕了，卻連一個客人也沒有。

（也許我犯了一個無法彌補的大錯……）

不久，已到來開幕前三十分鐘。但依舊感覺不會有客人上門。參與開幕的員工，他們的臉陸續在我腦中浮現，我就此漸漸陷入絕望的情緒中。

這時手機響起，是奧野先生打來的電話。

「喂……」

「社長早。就快開幕了！現在有多少客人在排隊？」

奧野先生難得一聞的開朗聲音，今天聽起來格外不適應。

「嗯……目前客人……還沒來。畢竟是早上嘛。」

回答這句話，已竭盡我當時所能。

我向來話多，說起話來總是滔滔不絕，但這時卻變得結結巴巴，奧野先生似乎已從我的態度中看出一切。

凡事都很謹慎的奧野先生，這次也一樣，與積極投入新店開幕的我形成對比，依舊態度平靜的在辦公室處理日常業務。他每次與我碰面，雖然嘴巴上都會開玩笑說「這次新店開幕要是失敗的話，我們兩個就要變遊民了」，但他應該萬萬沒想到真的會以失敗收場。奧野先生無力的掛斷我的電話。

上午十點。

「歡迎光臨！『OWNDAYS』就此開幕！」

在明石和長津氣勢十足的叫喊下，我心中所描繪的「OWNDAYS」就此開幕。

但是沒半個客人走進店內。

象徵「OWNDAYS」的高田馬場店首次的出航，彷彿就暗示了今後在這片荒海上的航行將會很不吉利，沒半個顧客在門口排隊，靜靜的從門前走過的人群中，沒人認同這家店的存在，就此冷冷清清的開幕。

「歡迎光臨！歡迎光臨！眼鏡一副五千日圓。OWNDAYS本日隆重開幕！我們陸續進了多款帥氣的眼鏡！來來來，大家儘管逛，儘管看。歡迎光臨！」

店裡四周瀰漫著一股生硬的死寂，明石和長津就像要趕走這種氣氛般，朝氣蓬勃的扯開嗓門叫喊，開始招攬顧客。

在他們兩人的招攬下，原本意志消沉的我也回過神來，跟在他們兩人之後，開始大聲叫賣，並向行人發傳單。就像要讓幾欲萎靡的心情重新振奮般，我極力擠出笑容來。

但完全沒人為我們停下腳步。因為現在是大家都很忙碌的早晨時間，所以這也是理所當然。

在一大早的高田馬場車站前，很空虛的響起我們那不合時宜的叫賣聲。

不久，已即將來到中午，陽光變得更加熾熱。我們在大熱天下喊到聲音沙啞，而店裡的員工則是在吹著冷氣的店內，一副事不關己的模樣，冷冷的望著外頭的情況，形成強烈對比。

（本以為至少年紀相近的年輕員工會和我們心意相通，但看來並非如此。是我太天真了嗎……）

一股沮喪的心情向我襲來。如果真的心意相通的話，看到社長以及管理幹部滿身大汗的在外頭招攬顧客，應該會不好意思自己待在涼爽的店內吧？也就是說，我們之間尚未心意相通。

正因為我對於掌握人心向來都頗有把握，所以此時員工們對我投射的冰冷視線，比起沒有顧客上門這件事更令我大受衝擊。

屋漏偏逢連夜雨，連「不速之客」都出現了。

在離店面有段距離的地方，有數名身穿西裝的男子，遠遠的觀察我們。我定睛一看，他們正朝我投以鄙視的目光，嬉皮笑臉的露出嘲諷的笑容。似乎是其他眼鏡行同業前來打探我們的情況。

仔細一看後發現，裡頭有張熟面孔。是山岡部長。

「像你這樣的人當社長，這家公司不會有前途的！」

當初他離職時，講了這句挖苦人的話，聽說他後來帶著手下的管理幹部們，跑到業界一家大型眼鏡連鎖店上班。

他此時的神情就像在說「就是因為外行人抱持玩樂的態度在經營，才會變成這樣！活該！當初我老早就看出OWNDAYS沒前途，果然沒錯」，如同在嘲笑此時情緒低落的我。

我受到屈辱感的嚴重打擊，全身顫抖。

不甘心的眼淚，夾雜著汗水，從我臉頰滑落。

下午三點。

終於開始吸引了零星幾名顧客走進店內。儘管如此，只是停下腳步往店內窺望，最後就此離去的顧客，還是占絕大多數。我再也按捺不住，決定叫住一名學生模樣的年輕人，向他問個明白。

「不好意思。我是調查公司的人，請問您為什麼最後決定不走進店內呢？」

突然被叫住，年輕人一時間臉上露出訝異的表情，但還是很直爽的回答我的詢問。

「嗯，感覺太時尚了，讓人望之卻步。」

我感覺就像後腦遭人用球棒狠狠敲了一記。我自己最堅持的「時尚」，反而提高了難度嗎？

「而且裡頭空間小，感覺很不自在。有一種強烈的壓迫感，好像走進去之後，如果沒買點什麼，就走不出來了。」

這句話將我重重擊垮。經他這麼一說才發現，店裡只有一個出入口，就像是走進一處死胡同一樣。以購物中心裡的專櫃來說，正面是開放的空間，有兩、三個出入口，所以顧客可以輕鬆進出。但這種大路旁的店面，只有一個出入口，讓人有壓迫感，會排斥走進裡面。這個只有六坪不到，而且空間封閉的路旁店面，也難怪會讓顧客覺得不自在、有壓迫感。

「還有，我今天並沒有特別想要買點什麼。」

最大的誤會就在這裡。真正重要的，不是店門前的通行量，而是從店門前走過的人們所懷有的「購物動機」。也就是說，不管有多少人從店門前走過，要讓沒有購物打算的人們打開錢包掏出錢來，難度相當高。

到購物中心或商店街來的人們，大多是事先想好要買什麼，而邊走邊逛。也就是說，他們的購物動機很強。因為顧客這天就是「想買東西」才來逛街，處在不會勒緊荷包的狀態。

另一方面，高田馬場車站前的行人雖多，但大部分人都是為了通勤或上下學，幾乎沒人是為了購物而在這裡逛街。我們這樣就只是面對幾乎沒有購物動機的人潮，一味的喊著「快來買我們的眼鏡哦」。

（為什麼我連這麼簡單的事都沒發現……）

與我一一被顛覆的假想之間存在著很大落差的現實，不斷出現在我面前，我此刻才對自己的愚昧感到火冒三丈。

結果，開幕第一天的營業額勉強保住了三十萬日圓，但從第二天起，一天只有幾萬日圓，業績持續低迷。而且這還是我和明石以及底下的幹部們連日聲嘶力竭叫賣所得到的數字。

之後一個月的營業額僅有一百五十萬日圓，我滿心期待的新店面非但沒成為金雞母，反而成了赤字連連的堆貨店面，結果只有一個慘字可言。

賭上公司命運的高田馬場店，打從一開始就呈現敗象。

這場大敗，令我信心全無，就此迷失了自我。我竭盡所能的投入心力，用心擬定計畫，充分準備後所創造出的全新概念眼鏡店，最後完全被顧客否定。

對於眼鏡，我算是外行人，但是就一名買眼鏡的消費者所擁有的感覺，以及身為生意人的嗅覺來說，我都深具自信。巡視過全日本的每一家店，我自認對店面的一切全瞭若指掌。接下來只要建立一家我認為「完美！」的店面，一定會湧入大批顧客，我對此深信不疑。

然而，我大錯特錯，這根本是我自以為是，太高估自己了，我現在深切明白了這點。

二〇〇八年七月底

「我看，下個月我來申請民事重建，個人破產好了……」

開幕過了十天，高田馬場店最初的每月交易總額預測出爐時，我在平時常光顧的蕎麥麵店的內部包廂吃著更科蕎麥麵，如此說道。

奧野先生也默默的吃著蕎麥麵。

「新店開張重重跌了一跤。從頭到尾都是照我的意思創立的店面，徹底失敗。我無話可說。我決定負起全責，讓公司展開民事重建，而我自己也決定要申請個人破產。當然了，該發的薪水，我會如數付給員工，也不打算給製造商們帶來困擾。只有銀行比較吃虧，不過話說回來，這也不是我欠下的債務，要恨也不該恨我。這樣就皆大歡喜了。奧野先生，這樣你也不會再為了籌措資金而胃痛了。哈哈哈，這樣反而輕鬆多了。」

我故作開朗，奧野先生不予理會，默默吃著蕎麥麵。接著對話中斷，尷尬的沉默瀰漫在我們兩人當中。奧野先生以食指托起眼鏡的鼻梁架，以冷靜的神情說道：

「我很遺憾，法院不會這麼容易同意民事重建和個人破產申請哦。」

「咦？你不是說，新店要是失敗，OWNDAYS就會倒閉嗎？不管我要不要申請個人破產，都改變不了這個月底資金周轉不靈，就此倒閉的事實。我只是為了讓後續處理能夠更順利，才申請個人破產，這樣法院怎麼會不同意呢。」

我吃完蕎麥麵，點了根飯後菸，一臉納悶地望向奧野先生。奧野先生一如平時，一臉不堪其擾的神情，雙手揮開香菸的白煙，對我說道：

「不，後來情況有了些改變。其實商品部的改革開始發揮功能，獲利率逐漸提高。還有，平日的營業額也很順利地成長。雖然財務還是一樣很吃緊，但就算加上開新店所帶來的赤字，這個月底還是勉強周轉得過來。」

「真、真的？」

「而且你不是讓過去負責廣告宣傳的高橋先生擔任新的商品部部長嗎？高橋先生開始積極與各製造商展開交涉，在這樣的效果下，合作廠商的態度也逐漸軟化。當初一開始就算拜託他們在支付期限上通融一下，他們頂多也只同意以三十天為限。廠商向來都很堅決地拒絕我們延遲付款的請求，但現在有某幾家公司已放緩條件，同意讓我們延遲六十天付款。」

「那可真是太感激了。商品部的高橋部長交涉奏效是吧？有他的好眼力、過人氣勢，再加上據理力爭，大部分人應該都會屈服吧。」

聽聞這意外的佳音，我忍不住眉開眼笑。

話題稍微往前拉。

那是我當上OWNDAYS社長，過了兩個月後的事。

這位高橋部長寡言少語、酒癖不好、又是個老菸槍，頂著一顆後梳的油頭，纖瘦的身材總是搭上一身時尚的裝扮，在那些一板一眼的OWNDAYS總部員工當中，是個另類角色。他之前在一家大規模的服裝企業裡擔任採購，長年都有活躍的表現，後來他想在OWNDAYS負責商品部門，就此轉來我們公司。但他與前經營高層以及之前的營業幹部合不來，無法隨心所欲地投入商品的工作中，於是改當廣告宣傳部長。但當時的OWNDAYS當然沒有任何廣告宣傳費，所以他沒有什麼特別的工作可做，幾乎淪為窗邊族（在職場內不受重用的職員）。

某天我在吸菸區吞雲吐霧時，這位高橋先生突然來到我面前。

他靜靜地站在我身旁，從口袋裡取出香菸，緩緩點燃火，抽完一根菸後，他以苦思良久的表情對我說道：

「可以打擾您一下嗎？」

他睜著一雙大眼，就像在瞪我似的，但說話語氣倒是相當客氣。在這樣的氣氛下，我不自主的以為，這個人也想跟我說他要辭職不幹了……

「我有話想跟您說……」

「好，好，怎麼啦？找到好工作了是嗎？」

我語帶挖苦地應道，帶著「就算你說想要辭職，我也無所謂啦」的這種虛張聲勢的感覺。

「啥？不，我要說的不是這個，我要談的是商品部的事。」

「咦？商品部……？商品部怎麼了嗎？」

面對這意想不到的回答，我有點意外。看來，他不是來跟我談辭職的事。

「真的沒關係嗎？現在的商品部完全沒發揮作用，這樣根本不行啊。暢銷商品的庫存預測，以及下訂的數量管理，完全沒做好。我原本就是為了想在商品部工作才進這家公司。社長，請將商品部交由我來負責！我的前一份工作是當採購，懂得在中國生產的方法技術。目前和業者的交涉方式也太馬虎了，互動應該可以再熱絡一點才對！」

高橋先生平時幾乎都不說話，不清楚他到底在想些什麼，沒想到他竟然懷有這樣的熱情，令我大為驚訝。而且公司裡竟然藏著這麼一位經驗豐富的人才，當真是來得正是時候，我馬上一口答應他的要求。

「好啊！你就放手去做吧！如果你有這麼多改革想做，就盡情去做。」

「啊？真的可以嗎？」

「當然可以。那麼，從現在起，你就是商品部的部長了。請馬上著手開始工作。」

「請問……不用先開個幹部會議，或是發布人事命令嗎？」

「為什麼要這樣做？社長我現在在這裡說好就行。沒那個時間慢慢來了，我現在當場就任命你當部長。你馬上去印製商品部長的名片，放手去做吧。」

我的舉止就像在說「這種像是拿開公司當遊戲，只重規矩的手續，實在是麻煩透頂」，一口答應高橋先生請求。

高橋先生臉上擠出好幾道笑紋，露出過去從未見過的笑容，向我握手說道：

「就是這樣！這樣的展開！這種速度感，就是我一直在等待的！我會好好做的！既然你交付給我，我就會全力以赴。那麼，我今後就是商品部部長了，對吧！」

高橋先生將抽了一半的香菸擰向菸灰缸，就像捨不得浪費時間似的，一路奔回辦公室。一位我意想不到的隱藏人才登場，我彷彿又發現了一名認同我改革的同志，心中略感雀躍。

把話題拉回剛才說的蕎麥麵店吧。奧野先生喝了口茶，吃著他點來當甜點的蕨餅，接著說道：

「鯖江那邊，對社長你似乎也開始有了信任感。起初他們對你的印象真的很糟，因為你在業界被傳得不堪不入耳。不過，你駕著一輛自小客車到全國各家店面巡視，還四處向鯖江的製造商們鞠躬請託，可能他們聽到了傳聞吧，開始對你另眼看待。他們還說『沒想到是個很認真的人呢』。於是，原本很固執的製造商們，也開始逐漸態度軟化。」

「真不知道是否該感到慶幸。我只是做了很普通的事，卻讓人對我另眼看待。這不就和不良少年救了貓，結果看起來顯得特別善良一樣嗎，哈哈哈。」

就這樣，我最初的新概念店徹底失敗。而起初的嚴重資金短缺危機，最後總算是挺了下來。多出短短幾個月的緩衝時間，躲過了馬上倒閉的最嚴重事態。

雖然一切都還沒得到根本的解決，但經過一番續命治療，得到些許緩衝時間來擬定對策的OWNDAYS，根本無暇喘息，馬上便進入下一個改革。

奧野先生露出像在對我說「還別那麼早放棄」的神情，接著往下說：

「還有，之前的計畫已漸入佳境。如果按照預定進行，下個禮拜將會展開另一場大勝負。現在不是沮喪的時候。別灰心，站上下一個打席吧。今後會更加忙得不可開交呢！」

沒錯。其實這個時候，我們在新店面開幕的同時，極機密的暗中展開另一項膽大包天的大計畫。

就是收購另一家新公司。

而且是和OWNDAYS同樣規模的公司。

第9話　奮不顧身的收購劇

之前我們為了新店面開幕的準備、公司內部制度的改革、既有店面營業額的提升，而東奔西走，同時也忙著推動兩項大作戰。

一是加盟店的重編與擴大。

當時OWNDAYS的店面，直營店與加盟店的比例為七比三左右。找出地方上營運能力高的加盟企業，將直營店賣給對方，讓許多店面轉為加盟，以此對資產進行表外融資，一面重振財務，一面轉為直營店三對加盟店七，這個和目前完全相反的比例，就是我的計畫。

店面的管理交由各地的優良企業負責，將減輕負擔後所多出的資源，集中在總部功能的強化上，這是我看準的目標。

於是我從自己朋友的公司那裡挖角了一位和我個人有深交的人物，請他到OWNDAYS工作。他就是曾在某加盟總部任職，在加盟營運方面擁有豐富方法技術的「小松原德郎」。我充滿狂熱的跟他說明OWNDAYS所擁有的可能性，接連數日都邀他一起喝酒，極力勸說。

小松原擅長精打細算，且處事冷靜，是位長得像演員柳葉敏郎的帥哥。而他當業務員的本領也很高強，他向前一份工作所認識的加盟店社長們介紹OWNDAYS，促成他們加盟，並以豐富的方法技術和人脈，順利的開發出新的加盟店，以猛虎出閘般的氣勢，全力投入轉賣直營店和擴大新店面的工作中。

另一項作戰則是收購專門經營雜貨販售連鎖店「funfun」。

二〇〇八年六月下旬

「你看一下，我在前一份工作談過生意的顧問公司，提供了一個很有意思的併購案哦。」

就在我收購OWNDAYS快滿四個月時，剛進公司的小松原遞給奧野先生一份厚厚的資料。

突然拋來這個話題，奧野先生一時還沒搞懂談這件事的用意何在，小松原便開始以柔和的神情仔細向他說明。

「以連鎖店的方式經營funfun這家店面的企業，上個月初申請民事重建，正在找尋有意承接其事業的資助者。這個品牌在購物中心頗受歡迎，是極具發展性的一種業態。如果以OWNDAYS的名義收購，一起經營的話，你不覺得很有意思嗎？」

funfun是以粉紅和愛心為主題的三百日圓均一價雜貨店。

其獨特的世界觀頗獲好評，尤其在十五歲到二十五歲這個年齡層的女性中特別受歡迎。電視節目和雜誌也常報導，位於表參道的總店也時常有藝人前往光顧，不時會登上媒體版面。

自二〇〇五年第一家店開幕後，短短兩年內，全國急速展店到四十家店以上。營業額達三十五億日圓，員工數兩百五十名，是規模與OWNDAYS相當的公司。

有一家BranBeat公司，主要以「大規模的借貸套利」做假帳，得到高額融資後，以負債總額三百億日圓嚴重倒閉，而funfun就是這家公司集團內的子公司，因母公司倒閉產生連鎖效應，funfun申請民事重建。

「我對此很感興趣。也許這時候來得正好……」

奧野先生大致看過資料後，發出一聲沉吟。正好我們向銀行新申請的借款，也開始感覺來到了極限，正處在找尋「另一個方法」的情況。

小松原說：

「法院選派的FA（財務顧問）是一家名叫Enduro社的顧問公司，我前一份工作的同事，現在就在這家顧問公司上班。奧野先生，我馬上介紹你認識。」

數天後，奧野先生與Enduro社的林田先生接觸後，找我去我們常光顧的那家咖啡廳。

「前幾天，在小松原先生的介紹下，我從Enduro社的林田先生那裡聽聞了詳情。如果進行順利的話，真的有可能一舉逆轉情勢。我立刻便以收購funfun為主軸，製作了一份全新的OWNDAYS重建計畫，可以請你看一下嗎？」

奧野先生如此說道，略帶興奮的將一疊文件遞給我。

如果能進行funfun的事業轉讓，就能在不承接租賃以外的債務下，讓營業額倍增，大幅改善借款對營業額的高比率，有可能很快就可以轉虧為盈。

他遞給我的那份重建計畫內容，也立刻吸引了我。

「原來如此，藉由收購funfun，一口氣讓營業額向上翻倍是吧。感覺就像是『要滅火，得用炸彈』。哈哈哈，有意思！」

我興奮的雙手一拍。

奧野先生向我說明完詳細的數字和收購步驟後，露出下定決心的表情，在最後說道：

「這三個月來，靠著四葉銀行和由比濱銀行的融資，勉強挺了過來。但就在昨天，美空銀行終於明確拒絕了我們最後的融資申請。各個金融機關對融資的態度，今後將會變得更加嚴苛。如果要展開銀行債務重整，就得趁現在。這個機會錯過不再。

但是對銀行來說，債務重整是絕對之『惡』。以一般來說，就算向銀行請求，他們也不會輕易同意。所以應該要趁著一開始以併購funfun為主軸打出重建計畫時，一口氣提出債務重整的要求。如果順利推展，七月下旬法院就會決定資助者。確定後，就馬上請銀行協助債務重整吧。要是繼續這樣下去，要在不影響業務的範圍下還款，實在是想不出辦法。只能這麼做了！」

二〇〇八年七月四日

我們對Enduro社提出「資助者意願表明書」。

funfun事業希望轉讓金額為一億日圓。

另外支付給Enduro社的財務顧問手續費需要三千萬日圓，所以這是總額一億三千萬日圓的投資。Enduro社的林田先生也在事前說「這樣的金額應該就沒問題了」。

一個星期後。

地點在離六本木新城不遠的場所，funfun的總公司就位在這棟樓層不高，但風格出眾的五層樓大樓裡，為了與法院選派的破產託管人律師會面，我們這是第一次造訪。

結束與funfun的中澤社長以及經營高層的會面後，破產託管人律師開口告知的事，一時間令我懷疑是自己聽錯了。

律師表情沒有變化，語氣冷淡地告知道：

「一億日圓不夠，請將希望轉讓金額提高為兩億日圓。有其他幾家公司也表明有意願成為資助者。如果你們想要funfun，底線是兩億日圓。」

（這和Enduro社的林田先生說的完全不一樣！而且還是高出一倍的兩億……！？）

假想的收購金額瞬間倍增的現實，令我們啞口無言，整個會議室被沉悶的氣氛緊緊包覆。

就連要調到當初預設的一億都已經是能力的極限了，但現在竟然倍增為兩億，看來這場收購計畫很可能會失敗收場。如此一來，我們的銀行債務重整交涉作戰也跟著徹底瓦解。最糟的情況是OWNDAYS本身完全陷入資金短缺的處境，展開民事重建。

然而，在我返回總公司的路上，我心中已拿定主意。

（不，我要以兩億日圓再次提出。絕不能就此抽手。無論如何都要拿下funfun。）

funfun是人氣品牌，各家地產開發業者也都給予很高的評價。如果能取得這樣的人氣雜貨連鎖店，和經營購物中心的大型地產開發業者講話也會比較有分量，值得期待。

當時的OWNDAYS由於過去一直長期處在業績不振的狀態下，各家地產開發業者給予極低的評價。隨著租約到期，一些有盈收的店面也都被迫撤出購物中心，連我收購之後，也一直為了保住展店的區域，持續展開苦戰。

再者，funfun的品牌規劃和市場行銷策略巧妙，雖是中小企業，但在宣傳和媒體的處理上很有一套。可以從中吸收各種方法技術，這點也相當吸引人。這能補足當時OWNDAYS所欠缺的多項要素，所以具有十足的相乘效果。對funfun的了解愈多，我無論如何也想得到這家公司的念頭也變得愈強。

律師建議我「法院在決定資助者時，會充分反映出申請民事重建的公司經營高層以及員工們的意見，所以最好直接和經營高層談談，得到他們的理解」。我馬上勤跑funfun的總公司，不斷與中澤社長面談，還和他一起用餐，熱切地訴說我對重建的感想以及具體的計畫。

中澤社長和我父親同樣年紀，都是六十歲。當初他離開一家大型商社，和同伴們一起創立funfun。與專賣可愛粉紅色雜貨的funfun給人的印象很不搭調的高大身軀，配上黝黑的肌膚，以及略顯花白的後梳油頭，令人印象深刻，看起來就是一位經驗老道的經營者。

中澤社長對於年紀差他一大把，跟自己兒子差不多的我，很熱心地聽我說，對於我提議的重建計畫，他也強烈贊同，因而向破產託管人律師提出「希望能讓田中先生的OWNDAYS成為我們的資助者，一起重建！」這項要求。

二〇〇八年七月十五日

「社長！成功了！已經敲定了。我們已經被指定為funfun的資助者了！」

過了午時，我獨自一人在會議室裡邊吃大麥克邊工作，奧野先生滿面春風地前來向我報告。

最後順利的由破產託管人指定OWNDAYS為funfun的最終資助者候選人。

接獲這項決定後，我和奧野先生馬上向各家銀行約談，四處說明包含收購funfun在內的全新OWNDAYS全體重建計畫，並展開交涉，請求他們接受半年內只還利息的債務重整。

不過一如預期，馬上點頭同意的銀行連一家都沒有。

每家銀行的負責人都只看了重建計畫一眼，便露出傻眼的表情，對我們投以否定的言詞。

「啥？又要收購公司？那麼，收購的資金打哪兒來？」

「我們會努力向創投企業或投資家籌措，而在最糟的情況下，我會向親人借錢。」

「社長，既然你有管道可以從親人那裡取得這筆資金，請先對本行還款，別當作收購資金使用！」

「就算拿來還款，這也不是憑兩億左右的資金就能還清，而且營業額也不會馬上提升，這樣只是暫時度過難關罷了！如果我將能籌得的所有資金，全都用在眼前的還款上，之後將什麼都不剩。我的個人資金只會用在能幫助OWNDAYS成長的事情上。若以長遠的眼光來看，這樣應該也會對銀行帶來好的結果才對！」

「我不管那麼多。總之，本行反對這項重建計畫，也不會馬上配合債務重整！七月底的還款，請遵照約定履行！有話等那之後再說！」

這就像在說「你們想要重建OWNDAYS，是不可能的事。眼前現有的錢，就算是一圓也好，趕快用來還錢吧」，面對銀行完全不搭理的反應，我大受打擊，在返回公司的路上，我向奧野先生發起了牢騷。

「銀行為什麼不能理解我們呢？現在就算強制要我把這麼點錢拿來還款，但要是最後OWNDAYS倒閉，一樣無法全數回收債務啊。」

「只要書面審核的裁決沒下來，銀行絕不會當場允諾。他們就是這樣，就算明白你的情況，但站在他們的立場，還是只能說一句『我明白了。但還是請您履行還款義務』。有些銀行完全不想理解對方的情況，就只會單方面的責怪，所以相較之下，他們還算客氣了。」

就這樣，花了三天的時間，走遍每家交易的銀行，但最後有部分銀行來不及預約和說明，就此迎接七月底的到來。

二〇〇八年七月三十一日

這天終於來了。

「今天要暫停銀行還款。」

早上九點開始上班前，舉行了一場臨時朝會。在鴉雀無聲的公司內，奧野先生心情沉重的開口宣布：

「各位請仔細聽我說。今天對所有交易銀行暫停還款。我猜銀行會開始電話狂叩，但只要回一句『敝公司的奧野會回您電話』即可，請絕對不要轉給別人接聽。」

總部的公司員工們似乎完全無法想像接下來會發生什麼事，但是從奧野先生為首的經營高層臉上緊繃的神情，以及「暫停銀行還款」這句話，便隱約感覺得出事態非比尋常，眾人盡皆忐忑不安。

早上九點，上班時間開始。

果不其然，從銀行開門的九點左右起，銀行打來的電話頻頻響個不停。奧野先生獨自應對，但由於每一通電話都講很久，所以無法一一回電。奧野先生的桌上被留言便條給淹沒。

率先打電話來的，是前一天才說明完畢的七六銀行。

「因為餘額不足，還款失敗，這是怎麼回事？」

「就像昨日我跟您說的，請從今天開始，給我們一點還款空間。」

「你們如果不先履行今天約定的還款，接下來就沒辦法談下去了。」

「重新融資被否決，我們沒有能還款的資金。我們是準備了完善的重建計畫，才提出債務重整的請求，請您幫這個忙。」

「我無法給予承諾，請先還款。」

「今天還款後，下個月要給員工的薪水就付不出來了。」

「我不管這麼多。總有足以歸還本行的資金吧？請優先對本行還款。」

「如果只針對特定的銀行還款，債務重整計畫將無法成立。」

「不，總之，請先對戶頭進款。」

「我辦不到。拜託您，請您諒解。」

就像禪學問答般，一直延續這種沒有結果的對話。

為了要對之前一直都沒機會說明的銀行，從頭說明我們的狀況，花了更多的時間。

奧野先生掛上電話，這才「呼」的一聲吁了口氣，並伸了個懶腰，這時已是下午三點多。

電話的對應告一段落後，接著是我們公司借款金額排名第五高的琵琶銀行課長在沒事先預約的情況下，突然直接闖進總公司來。

面對這堪稱是晴天霹靂，突如其來的債務重整要求，琵琶銀行的負責人顯得怒氣騰騰。

「總之，請馬上加上社長的個人擔保！」

「如果您同意債務重整，我們會加上個人擔保。」

「請你們先展現誠意！否則債務重整檢討根本提都別提！」

「我們無法獨厚貴行。對每一家銀行，我們都會以加上個人擔保作為債務重整的條件。」

又是同樣的事一再反覆。但面對奧野先生那堅毅的態度，琵琶銀行的課長可能是覺得這樣下去會沒完沒了，以不耐煩的口吻放話道：

「我們是專門放款的人，勸你最好別小看我們。再這樣下去，我們會更換成八月底到期的借款票據哦！」

奧野先生聽聞這名代理課長的威脅，緊接著下個瞬間，他憤然起身，大聲吼道：

「我明白你的意思了。我和你已經無話可談。請回吧！」

因為這股非比尋常的氣氛而趕來的我，很擔心的問道：

「奧野先生，怎麼啦？表情這麼凝重……」

「那名代理課長太過分了。銀行更換融資用的票據，這不是一般對付延遲還款的手段。他大概不知道我是銀行出身，才這樣威脅我，但這種虛偽的手段太惡劣了！」

這位琵琶銀行的課長，隔天一早也打電話來咆哮道：「立刻加上社長的個人擔保！拿出誠意來！」他也打電話給RBS的小原董事，像發狂似的嚷嚷著：「你這是在騙我嗎！舊經營高層的RBS快想想辦法！」

聽完奧野先生的報告後，我雙手抱頭。

「真傷腦筋……」

「是啊。再這樣放任他們為所欲為，恐怕會對整個債務重整計畫帶來影響，我們要出狠招了。」

「怎麼做？」

「以我個人名義向分店長寄出一封抗議信。而且是以附郵寄證明的內容證明郵件。」

「抗議信……這樣沒問題嗎？」

接著，奧野先生在八月三日果真寄出一封抗議信。內容要點為：

・銀行有違反保密義務之疑義。

・以更換借款票據來威脅。

・我（奧野先生）比一般的銀行員更加看重對「公平性」的解釋。身為優質銀行的琵琶銀行採取這樣的對應方式，令我大感錯愕。我要求紳士風範的對應。

「提、提出這樣的抗議好嗎……？」

看過內容後，我急忙如此詢問，奧野先生以食指托起眼鏡的鼻梁架，態度堅決的應道：

「這麼點程度的抱怨，不會有事的。不過，這次是以我個人名義通知，所以請當作是

『奧野擅自的行為』。只是，對於個人擔保的要求，請務必一律對外說『這需要奧野的同意』。」

「不，沒關係。奧野先生，這是你基於自己的職責，為了保護我和公司才這麼做，所以我不會責怪你。既然已全權交由別人來處理，不管是好是歹，我都不會有半句怨言。哈哈哈。既然都走到這一步了，你就放手去做吧。一定要克服難關。」

我如此回答，更加堅定決心，要正面迎擊今後將會反覆與銀行展開的血淋淋交涉。

二〇〇八年九月

接受法院的正式裁決後，終於得以將funfun納入OWNDAYS旗下。離當初決定收購，參與投標，僅隔了兩個月，很快便塵埃落定。

不過，說來也著實魯莽，其實這時候，最重要的收購資金還沒有半點眉目。

在參與投標時，OWNDAYS本身的營業額和收益正逐漸改善，所以我們認為，如果是收購新企業，應該能從個人投資家、ＶＣ（創投企業）、銀行那裡調到新的資金才對，因而展開積極的策略，但之後由於我坐鎮指揮的高田馬場店失敗，以及雷曼兄弟事件帶來的不景氣雙重影響，使得OWNDAYS周遭的環境更加惡化。資金調度不如預期。好不容易收購成功，但實際情形卻是收購資金完全沒有具體的眉目。

到最後，完全籌不到新的資金，我拿出個人的所有財產和存款，請我母親將她從我驟逝的父親那裡繼承的資產全部售出，我再向他們借這筆錢，並以個人名義，以很高的利息向個人投資家請求短期融資，好不容易才備齊了兩億日圓的收購資金。

應急使出了九牛二虎之力，勉強度過難關，成功收購，到目前為止都還好，但OWNDAYS的資金調度變得比之前更險峻，陷入更加入不敷出的窘境。

到最後，我們甚至得檢討是否從明天起開始遲繳社會保險費和稅金。

原本想要一舉扭轉劣勢，而將funfun納入我們的集團中，但也只有短暫的歡喜。新店面的失敗，當時仍舊只覺得像是小孩子可愛的惡作劇般，萬萬沒想到事態竟會以意想不到的形式，朝最糟糕的狀況急轉直下。

第10話　惡意會招來惡意

（奧野先生氣色不太好呢……）

我對奧野先生的氣色不佳感到擔心，以略帶歉疚的口吻向他叫喚。

「奧野先生，你不要緊吧？」

「真的很累……。每天從公司返家，站在月台上，就很想跳下去撞電車……」

最近的資金調度，每天以數萬日圓為單位在處理，儘管勉強撐了過去，但始終看不到解決的出口，奧野先生內心的疲勞已逐漸達到極限。

我們在七月底時，一同對多家銀行提供債務重整的要求，但八月中，各家銀行都說「快針對今後的預估做答覆」，我們像遭受梅雨淋身般，一面忍受他們的批評，一面為了執行九月一日funfun的事業轉讓而四處奔走籌錢。

趕在期限前支付完事業轉讓資金後，奧野先生開始進入精細的基礎資料與模擬的整頓，九月二十四日終於將交易銀行的負責人全部召集過來，召開「銀行會議」。

在銀行會議中，對每一家銀行報告的新重建計畫案中這麼寫道：

「就今年結算的影響來說，得以從負商譽價值（收購額低於被收購企業的時價純資產額時，所產生的價差）超過五億日圓的情況，轉為化解滾存損失，擺脫無力償還的危機。為了收購funfun而以代表田中個人名義借的兩億日圓，日後將藉由DES（Debt Equity Swap＝債務股票化），加深自我資本。」

不過，參加這場會議的大部分銀行員可能是沒參與過這種奇特案例的重建計畫，似乎超出他們的理解範圍，也沒提出任何積極正面的詢問和意見，就只會嚷嚷著「快點提出具體的還款計畫」。

二〇〇八年十月

依舊還是得不到任何一家銀行對債務重整的積極允諾。非但如此，對於我們來不及辦理進款戶頭變更手續的營業額款項，一匯入戶頭，馬上便毫不留情的遭銀行扣款，強制轉為還款。這部分強制回收的金額，累計超過八千五百萬日圓，由於對部分銀行進行了還款，使得對各銀行的債務重整平衡調整的難易度日漸提高，同時也對資金調度帶來嚴重的影響。

事業轉讓後，有好一陣子都是藉由funfun的營業額收入，OWNDAYS整體的資金才得以勉強順利周轉。funfun的商品進貨相關的債務，因民事重建而不必承擔，所以暫時不必支付進貨的費用，這幫了很大的忙。

不過，其效果還是不大，因事業轉讓而倍增的管理成本，以及員工社會保險費的負擔，重重加在我們身上。

「奧野先生，為了資金調度的事，老讓你這麼辛苦，真的很抱歉。光是這樣就已經很吃力了，偏偏高田馬場店又搞砸……」

「社長，這樣一點都不像超樂天主義的你呢。為資金調度辛勞，是我的工作。如果是不必為錢辛勞的公司，應該也就不需要我了。你讓我有這麼多工作可做，我還要感謝你呢，哈哈哈……」

就像是如果沒開玩笑，恐怕馬上就會瘋掉一樣，奧野先生語帶自虐的笑談目前的狀況。

但我實在笑不出來。

「別這樣挖苦我嘛。我已經打從心底反省了……」

「我沒挖苦你。我的個性並不排斥吃苦，從以前就是這樣。而且我喜歡不時會犯錯的人。什麼事都能辦得萬無一失的人，我實在不喜歡。個性有點冒失衝動的人，無法預測會做出什麼事來。就像破天荒一樣，這樣才有人味，不是嗎？這樣才有味道。所以我並不討厭社長。」

「哈哈哈。聽你這樣說，真不知道該高興還是難過。」

二〇〇八年十一月

將funfun納入旗下後，很快兩個月過去。

這一陣子，我每天往返於乃木坂的funfun辦公室以及池袋的OWNDAYS總公司，並巡視全國的店面，為了重建兩邊的事業東奔西走，忙得連睡覺的時間都沒有。

（啊……好冷啊……。）

在OWNDAYS總公司裡結束加盟進度相關會議後，我一步出大樓，一陣幾乎令人結凍的寒風包覆我全身，口中呼出的氣息化為白煙。環視周遭，這才發現路上的行人全都穿上大衣或羽絨衣。而我就只穿著T恤，外面披著一件夾克，冷得直打哆嗦，這才意識到冬天就快逼近了。

而我們四周的環境，就像是配合冬天到來的腳步般，開始從意想不到的方向吹來嚴峻的寒風。

「社長，不好了！可以和您談一下嗎！」

我才剛走進funfun的辦公室，溝口雅次馬上臉色凝重的來到我面前。溝口是funfun的西日本所有店面的營業統籌負責人。

「怎麼了？臉色這麼凝重。」

「是這樣的，funfun的供貨業者們全都一起前來要求以保證金或現金結帳。而且有些業者甚至說，要是不馬上付款，連擺在店面的商品也都要全部撤走……」

所謂的「保證金」，指的是押金，據溝口的報告，過去一直都採信任交易的進貨業者們，全都對下訂的商品提出要我們立即提供最少三十～五十％押金的要求。funfun過去與許多雜貨製造商都採取一般所謂的「信任交易」，在商品下訂或進貨時不會產生費用，等經過一定的支付期限後再結帳即可。

也就是說，在商品售出後，有部分或一半以上都化為現金時才會付款，所以不用事先準備全額的進貨資金，就能將商品擺在店面裡。

「咦？要我們押保證金？換句話說，這是來告訴我們，今後已無法再和funfun採取信任交易是嗎？」

「是的，就是這麼回事。真令人生氣。」

溝口緊咬著嘴唇，很不甘心的說道。

「可是，為什麼這些合作廠商會突然同時說出像在找碴般的話來呢？溝口，你是不是想到了什麼？」

「不。詳情大家沒跟我說，不過，看來是傳出OWNDAYS即將破產的傳言，大家感到極度的不信任，擔心我們會延遲付款。」

「啥？充滿不信任感，擔心OWNDAYS會破產？的確，OWNDAYS沒錢是事實，但至少我們成為母公司後，funfun應該從來沒給這些合作廠商添過麻煩才對，而且我們細部的財務內容也不可能對外公開，實在沒理由突然傳出這種讓人產生信用不安的謠言才對。為什麼突然會謠言四起？總之，你再仔細調查一下，多蒐集相關的消息。」

我雖然略感狐疑，但既然事情都發生了，也無可奈何，我很樂觀的心想「大概就只是被誤會了，只要好好談開，應該能誤會冰釋」。

但事態可沒這麼單純。對成為funfun全新母公司的OWNDAYS，以及對社長我的負評，轉瞬間已在全日本的雜貨業界擴散開來。既有的合作廠商全都開始一起公然批評起OWNDAYS和我個人，最後甚至出現想強行從營業中的店面撤走商品的業者。

而這把火也瞬間延燒到funfun公司內的員工們。

結果，我為了讓funfun脫胎換骨，而在各地舉辦說明新方針的店長會議中，店長們也都不想好好聽我說，反對意見和對經營的批評像暴風般不斷向我襲來。

「請不要擅自破壞我們的funfun！」

「我們死也不遵從新社長的方針！也反對擴大商品陣容！」

「我絕對不想為了營業額，而在店裡擺出褐色、綠色這類的商品。會不會暢銷，跟我們沒關係！」

東京、大阪、福岡。在各地舉辦的店長會議中，不管我怎麼說，全都是這種感覺。

「大家都反對。大家都感到不安。無法遵從社長你的做法。」

不管我再怎麼努力溝通，員工們還是很堅持這點，最後甚至有女員工激動落淚。

除了有任何人看了都會覺得很完善的重建計畫外，還有工作員工的薪資體系、待遇，我也都打算在這個時間點下準備最好的計畫，展開重振業績的改革，但每個人卻都說「新社長的新做法，我們全部堅決反對」、「你說的話完全無法理解」，就像青春期的孩子毫無理由的反抗父母和老師一樣，態度不明的經營批判千篇一律，連日在全國各地的店面和公司內的會議上重複上演。

面對這樣的事態，我和奧野先生傷透腦筋。

「funfun這些人的腦袋沒問題吧？這個重建計畫，根本找不出如此強硬反對的理由，但為什麼不管我好說歹說，他們就只會說『反對』呢？」

奧野先生每天都與這些完全無法溝通的員工或合作廠商交涉，深感困惑。不過，我一直從背後感覺到一股難以言表的「詭異氣氛」。

合作廠商煽動的信用不安傳聞，對全國店面的營業額造成直接的影響。

新商品補充停滯的賣場，商品一天一天減少，賣場一片荒蕪，空蕩的層架看起來尤為顯眼，全國店面的營業額與前年同月分相比，降為八十%、七十%，就像滾下斜坡一樣直直落。

雜貨商品的周轉率為二十五%左右，毛利也遠比眼鏡事業來得低。

當時的OWNDAYS，一個月一千萬日圓左右的營業額已是極限，而相對的，funfun的顧客平均消費為九百日圓左右，但有些店家卻能創造出將近兩千萬日圓的營業額。

為了重振funfun每家店面的營業額，讓商品重新擺回店面，除了申請民事重建後那四個月暫停進貨的數量外，再加上因為突然要求現金交易，而被迫停止進貨的數量，為了重新進貨而預付的訂金，合計至少也需要一億日圓左右的進貨資金，就此陷入這樣的窘境中。

在這段時間，我才剛收購OWNDAYS，正忙著加以重建，要再追加調度一億日圓的資金，幾乎可以說是不可能的事。

而且，就算進了這一億日圓的貨，也無辦法保證營業額能恢復成原本期待的水準。如果沒能恢復，除了當初收購funfun所借的二億日圓，再加上這一億日圓，無法回收的負債將愈來愈多。OWNDAYS想要存活下去，已近乎絕望。

本以為齒輪會開始運轉，但沒想到反而全亂了套。

不過funfun的前社長，亦即現在的中澤部長，連日來在經營會議上不斷向我提出要求。「總之，現在需要更多商品！」、「如果沒有商品，就無法恢復營業額！」

首先，無論如何都得重新展開商品進貨，讓店面恢復原本的各種商品備貨，此乃當務之急。

為了收拾這迫在眉睫的事態，取得合作廠商這個「起火根源」的理解和協助，我決定將所有合作廠商的負責人全找來總公司的會議室裡，召開經營方針說明會。

二〇〇八年十二月四日

在位於池袋車站前的OWNDAYS西口店二樓新設的會議室裡，召開了「funfun合作廠商說明會」。

說明會中聚集了超過數十家的合作廠商、進貨製造商的相關人員，共有六十人左右。但會場打從開始前便籠罩著異樣的氣氛，顯得殺氣騰騰，宛如一場債權人大會。

「呃……今日承蒙各位在百忙之中抽空前來參加funfun重生的經營方針說明會，在下由衷感謝。」

我規規矩矩的穿上平時穿不慣的西裝，獨自站向前，恭敬的向眾人問候。

「你如果想玩金錢遊戲，請到別的地方玩好嗎？」

「牛郎趕緊回去重操舊業吧！」

會場中不時有人刻意扯開嗓門，以我聽得到的音量，口出惡言。

他們說的每一句話都水準極低，一點都不像是企業經營者會說的話，不值得一聽，根本是無比幼稚的誹謗中傷。

我緊咬下唇，強忍著想要飆罵的衝動，語氣平淡的開始說明：

「我們OWNDAYS股份有限公司自從承辦funfun的重建工作後，已即將滿三個月。原本應該早點找機會針對新的經營方針向各位說明，但因為百忙纏身，才會一直延宕至今，在此由衷向各位致歉。」

「想必是忙著泡年輕女員工吧！」

會場上響起一片低俗的笑聲。我們就像在燃燒生命般，為了重建OWNDAYS和funfun這兩家公司而東奔西走，但面對這種無聊的奚落，當時我實在大感光火，很想一把揪住對方衣襟痛毆一頓。

「我明白了。看來，我們和各位之間存在著很大的誤會。既然這樣，我希望和代表者以一問一答的形式來回答問題。可以請某人擔任代表發問嗎？」

眾人吵吵鬧鬧的互推代表，持續了一會兒後，一名四十多歲的男子站起身，拿起麥克風。

仔細一看，他就是幾個禮拜前最早要求我們交保證金的一名中小製造商的經營者，當時他大聲嚷著「叫你們社長出來！」，也沒知會一聲就闖進公司裡，趾高氣昂的一屁股坐向會議室桌上，劈頭就是對OWNDAYS一陣批判，說完後揚長而去。

「我是Quest股份公司社長曾根畑。前幾天拜會過您。那麼，請容我代表進貨業者發問。田中社長，不好意思，首先我要問的是，聽說OWNDAYS現在資金調度有困難，就連支付員工的年金保險費都相當吃力呢。明明是這樣的財務內容，為何您還要出面收購funfun呢？」

「就是說啊！就是說啊！」近乎怒吼的聲音在會場中此起彼落。我們以資助者的身分，站在支援funfun重建的立場加以說明，但現場氣氛卻宛如我們是在債權人大會中被高高吊起的債務人一樣。

「我在此回答您。OWNDAYS和funfun都是主要在購物中心展店的專櫃營業形態，鎖定的客層也相近，我判斷同時擁有眼鏡與雜貨這兩種營業形態，會產生規模優點和相乘效果。此外，它有很多店家與OWNDAYS的展店地區重疊，所以我認為統一店面的管理業務，可以壓低管理成本，進一步改善獲利率。」

我盡可能保持冷靜，緩慢且淺顯易懂的回答問題。

「我說，這些複雜的外來語我不懂，我想問的是更單純的問題。簡單來說，就是錢、錢、錢！我談的是錢啊！你明明沒錢，幹嘛買下funfun啊？像我這樣的生意人，如果手頭不闊綽，就不會想要買沒必要的東西。我看你是不是別有所圖？」

「別有所圖……？」

「我就挑明著說吧。你是想玩金錢遊戲對吧？以便宜的價格買下有狀況的公司，等到時機成熟，就高價拋售，這就是你的計畫。而像我們這些中小規模的交貨業者，只有被一腳踢開，暗自哭泣的份。不是嗎？」

「說得對！」

「你再怎麼瞧不起大人，也要有個分寸吧！」

那宛如怒吼般的叫罵聲在會場裡此起彼落，襲向我們這些站成一列的經營高層。

「請等一下。說什麼以高價轉賣OWNDAYS和funfun，如果真有這麼美好的方法，我倒希望您能教教我。因為不論是OWNDAYS還是funfun，幾乎都沒有任何可以馬上轉售換現金的資產。只要沒重振經營，轉變成有收益的公司，就找不到下一個轉賣對象。如果說我們這是在玩金錢遊戲的話，我把經營權讓給曾根畑社長您，請您轉賣給我看。恐怕您所有財產都會就此耗光。」

我雖然覺得很傻眼，但還是冷靜的提出反駁。

「哼……我只是將我聽到的傳聞說出來而已！」

曾根畑社長含糊帶過，虎頭蛇尾的結束他的提問。

（這些傢伙是怎麼回事……？他說的傳聞是什麼……）

不過，我已從曾根畑這句話中猜出一二。

（可能是有人懷著惡意，刻意四處散播內部消息以及毫無根據的謠言。）

結果這兩個多小時的經營方針說明會，變成完全單方面對OWNDAYS和我個人的批判和誹謗中傷，別說了解我們的重建計畫了，甚至還讓關係更加惡化，在宛如債權人大會般的異常氣氛下結束。

不過，說明會結束後，仍有幾名大型進貨業者的社長們氣憤的說「我還不能接受」，而留在會場，進一步逼問。

一名自稱是大型雜貨製造商第二代，身材清瘦的年輕社長，趾高氣昂的翹著二郎腿，以充滿威嚇的態度坐在我前面的座位，開始高談闊論。

「總之，我們與funfun一直是採信任交易，可是對你們OWNDAYS完全沒半點信任可言。因此，今後在商品交貨時，務必要請你們先支付全額保證金，或是以現金購買，除此之外沒別的選擇。這就是今天聚在這裡的所有進貨業者的共同意見！」

（這個人到底在說些什麼？以這種單方面的藉口和OWNDAYS吵架，片面結束雙方的交易，這對他們會有什麼好處？）

我百思不得其解。此刻聚集在此的人們，顯然做出了錯誤判斷。甚至應該說，他們一點都不像經營者。簡直就是一群外行人。

（感覺這群人就像被集體催眠一樣……）

我感到百思不解。

緊接著又有另一位社長開口了，那模樣就像在說「也讓我說句話吧」。

「田中社長，我想問你一個小問題，可以嗎？」

一名年近七十，模樣清瘦的男子，摸著他那光禿禿的腦袋，開口問道。

「田中先生，其實你手中握有很多資產吧？聽說你是某上市企業社長的兒子呢。」

「哦……」在座的其他社長們一陣譁然。

「據傳是社長，同時也是資產家的令尊已經過世，您繼承了龐大的遺產。呵呵呵，總之，您應該是財力雄厚。如果您真的有心想重建funfun，只要稍微挹注資金，不是很輕鬆就能重建了嗎？可是，現在這兩家公司被逼入絕境，岌岌可危。這樣只會讓人覺得，您根本不是真心想讓公司重建，難道我說錯了嗎？」

我被過去不曾體驗過的強烈怒火包覆，幾乎快要管不住自己，但我極力忍了下來。

（為什麼這名今天第一次見面，素昧平生的男人，對於我個人最近才發生的繼承相關具體內容，知道得這麼詳細？怎麼看都像是有人刻意散播公司內部消息以及惡意的傳聞。而且是有意將我個人逼入絕境……）

的確，我父親是公司的經營者。

當時我父親年紀輕輕，才五十八歲就突然撒手人寰，家母從他那裡繼承的遺產，我以個人名義借款，用來充當收購funfun所需的兩億日圓當中的一部分。

「的確，先父是公司的社長，這是事實。雖然他多少留下了一些遺產，但很遺憾，並不是什麼龐大資產。我這一路走來，都是憑藉我和夥伴們的力量開創事業。對了，各位真的認為事業只要有資金就會成功嗎？資金確實很重要，但更重要的是人。如果沒對人重建，而只是一味的挹注資金，企業絕對無法重建。我目前在OWNDAYS進行的，就是『對人的重建』。之所以包含funfun的前經營高層中澤社長在內，所有員工都由OWNDAYS全部雇用，也是為了追求這個目的。」

我花了很長的時間，仔細說明我的經營理念以及funfun的重建計畫。但到頭來，不管我花再多的時間誠摯的說明，與現場各位合作廠商的社長們展開的交談一樣是沒有交集的平行線，就此結束，沒任何結果。

（不管他們聽了什麼解釋，也不會想要理解。肯定有人惡意散播謠言。而且還是相當熟悉內情的自己人……）

我獨自回到自己位於辦公室的座位，實在嚥不下這口氣，重重將資料丟進垃圾桶。接著一張一張臉孔在我腦中浮現，旋即又消失。

可是，像這樣一味的讓funfun的事業重建計畫受挫，加以阻撓，究竟誰能從中得到好處呢？

還是說，有人刻意散播惡意的謠言，這單純只是我個人胡思亂想，是人們看了我在各方面的表現後，令員工以及合作廠商都對我的人格產生質疑，抱持不信任感？

這一切問題都是因我而起？

各種臆測在我腦中不斷旋繞，最後連何者是真，何者是假，都逐漸分辨不清。

不過，這時的我畢竟還太天真。

人可以同時擁有多種樣貌。這世上有人為了達成自己個人的目的，只以自己認為的正義為基準，以別人的人生當踏板，對此完全不當一回事，施展各種陰謀詭計。

散播謠言的幕後黑手，確有其人。而且就在我身旁。

第11話　背叛者是那傢伙！

二〇〇八年十二月中旬

在定期幹部會議中，奧野先生一面嘆息，一面向我報告。

「關於funfun的事業，由於商品數量減少，造成這個月的營業額進一步衰退。照這個樣子來看，單月的營業利潤遠低於上個月，預估會完全轉為負數。」

會議室的氣氛像鉛一樣沉重，宛如遭受來自四面八方的壓力，令人喘不過氣來，將幹部們緊緊包覆。

在接受事業轉讓後，funfun的重建工作歷時將近四個月，仍不見進展，非但如此，營業額還像滾下坡一樣持續下滑。當我意識到此事時，已陷入一個月數千萬日圓赤字的事態中。

「那麼，OWNDAYS這個月的數字呢？」

和一蹶不振的funfun截然不同，統籌OWNDAYS業務的明石，充滿自信的回答道：

「幸好OWNDAYS持續穩健成長。」

繼明石之後，商品部長高橋先生面露不滿的插話道：

「社長，funfun那邊就不能想想辦法嗎？我們好不容易團結一心，靠賣眼鏡有了盈餘，但現在賺到的盈餘卻都被他們給消耗光了，這種情況我實在無法忍受！」

最近OWNDAYS的商品改革推展順利，員工們的幹勁逐漸提升，同樣的，所有店面的業績也跟著蒸蒸日上。

不過，OWNDAYS的營業額終於開始呈現上升曲線，每月開始出現營業盈餘，但這次盈餘改換成被funfun的赤字所吞沒，就此融化。

面對這樣的事態，OWNDAYS的幹部當中有人對於自己流血流汗打拚創造出的收益，如同付諸流水般，全投注給funfun的這種狀況感到很不是滋味，這種氣氛逐漸瀰漫開來，每個星期一定期舉行的幹部會議也常出現紛爭。

最後，不僅funfun事業的員工，連OWNDAYS的幹部們也被捲入其中，總公司的氣氛變得愈來愈沉重。

二〇〇八年十二月下旬

關西地區的funfun店長會議結束後，在「和民」的宴會場地舉辦的聯誼會上，溝口來到我身旁，對我說悄悄話。

「社長，可以打擾您一下嗎？如果可以，我希望私下和您談談……」

這裡是大阪難波心齋橋的一處商店街。是關西首屈一指的鬧街，擠滿了華麗的霓虹燈，不斷閃亮的宣傳自己，大批年輕人身著華麗且充滿特色的流行服飾，穿梭其間，忘卻時光的流逝，籠罩在喧鬧聲中。溝口帶著我走在被大樓包夾的小巷弄裡，就像要暗中進行毒品交易般，東張西望觀察四周動靜，一副有話想說的模樣。

「到底是怎麼了？找我到這種地方來。」

「……」

溝口低頭望著地面，一臉苦惱的神情，沉默不語。

見溝口呈現出這種過去從未見過的氣氛，我察覺有非比尋常的事態發生，緊張得暗自吞了口唾沫，靜靜等候溝口主動發話。

過了半晌，溝口靜靜注視我的雙眼，像是終於拿定主意般，開啟那沉重的嘴巴。

「拜託您。我這麼說是為您好。社長，請您從funfun抽手吧。」

「抽手？意思是要我賣掉嗎？」

「是的。扯上funfun，只會浪費時間。對OWNDAYS而言，不會有任何好處。」

「我不太懂你的意思。你到底想說什麼？如果你知道些什麼，就說清楚！」

溝口說起話來拐彎抹角，就像有什麼東西塞在嘴裡似的，我看了之後耐不住性子，扯開嗓門向他逼問。

「這……全都是中澤部長幹的。」

「中澤部長，你是說前社長中澤部長嗎？」

「是的。所以我才說……是中澤部長的關係。業者們的施壓，以及員工之間的不團結，全都是……」

「啥？這是怎麼一回事？」

「向業者們和周遭人散播『OWNDAYS即將破產，非常危險，要特別小心』這個消息的，也全都是中澤部長他們！是funfun的部長們自己在散播謠言！」

「什麼啊……這是怎麼回事？我不懂你的意思。」

「向業者們散播消息，把OWNDAYS的財務情況說得比實際還糟，鼓動眾人的危機感，並對店長們說『田中社長不是個正經人，根本就是個無腦的公子哥兒。社長打算把funfun拆解後拋售，所以大家要合力抵抗』。他們四處造謠散播，為了不讓大家跟隨社長，不斷從中阻撓。之前的店長會議也是，其實是中澤部長事前將他寫的腳本發送給每一個人，每位店長都是按照他的腳本向社長發問，提出反對意見！」

（中澤部長的腳本……暗地裡散播謠言……）

「啥？你在說什麼啊？腳本……不管怎樣，都不會有這種事吧？溝口，你頭腦沒秀逗吧？是不是什麼奇怪的妄想占據了你的腦袋？」

溝口就像下定決心剖開膿包，要把膿擠出來似的，大聲說道：

「這件事千真萬確！不是我的個人妄想！在那次的店長會議時，我對社長您詢問『為什麼您想將funfun轉向加盟事業？』，社長您對我喝斥道『你先好好研究過加盟後再來提問！』，還記得嗎？」

「嗯，記得。」

「之後三好田店長不是突然哭了起來嗎？」

「我記得啊。是那位有感而發地說『請不要將我們的funfun搞得四分五裂！』，然後突然放聲大哭的女人對吧。」

「是的。其實那也是完全照著中澤部長指示的腳本在走。他事前便寫下『溝口提出關於加盟的提問，接著三好田放聲大哭』這樣的指示。」

「當時的對話全都是演出來的？嗯……你會不會是酒喝多了？在店長會議前發給大家腳本，你是說真的嗎？再說了，中澤部長為什麼要這麼做？funfun的重建如果進行得不順利，最傷腦筋的人應該是他們吧？」

隨著funfun加入OWNDAYS的集團，funfun的幹部們也都直接擔任funfun事業部各部門的要職。

只有各自的頭銜從董事變成部長，或是裁決權變小，至於其薪資和業務內容，我都充分顧及，避免有太大的變化。但是聽溝口說，有幾名funfun原本的幹部，以中澤部長為中心，刻意四處散播關於我和OWNDAYS的「負面傳聞」。

「他們才不會因此傷腦筋呢。因為他們的目的，就是要讓OWNDAYS的重建失敗，讓社長放棄funfun的事業。然後請和他們素有交誼的投資家再次將funfun買下，讓經營funfun的實權重回他們手中。這大概就是中澤先生的目的。」

「原來是這麼回事……」

溝口對我展開這意想不到的告白，頓時有一股強烈的虛脫感向我襲來。

就像血液從全身的毛孔滴落，地面變成一片泥濘，整個人從腳底開始下沉。就像這種感覺。

徹夜與我聊重建計畫，理應相信我的中澤部長，其實並非真心想和OWNDAYS一起走向未來，那全都是在演戲。

「其實funfun在被OWNDAYS收購前，原本差點就決定要由總公司設在大阪的一家大型雜貨公司收購。連他們要租借事務所的具體計畫都決定好了，收購一事談得相當順利。但後來不知道是什麼原因，那家公司突然放棄funfun的收購計畫，推翻了先前說的話。可能是中澤先生他們與經營高層在最後調整階段談不攏吧。而中澤部長他們也判斷無法再繼續調度資金，不得已只好見風轉舵，改為以OWNDAYS當資助者。如果要比喻的話，這種情況就像一架戰鬥機的汽油即將耗盡，本以為就快抵達航空母艦了，但這時才發現航空母艦不知跑哪兒去。於是中澤先生他們想到的法子，就是暫時先讓某家『看起來好對付』的公司收購，暫時由對方供油後，等整頓好體制，再靠自己的力量起飛升空。這就是他們的計畫。」

「也就是說，那家『看起來好對付的公司』就是我們OWNDAYS，中澤部長他們打從一開始就不是真心想和我們一起重建funfun嘍？」

「是的……是不是打從一開始就這樣，我不清楚，不過現在中澤先生他們應該已完全是這樣的心思。」

點和點終於都串連上了。散播謠言的幕後黑手果然存在。

而且還是每次在我辦公桌前與我見面時，都會以爽朗的笑臉和我一起喊「一起振興funfun吧！」，每天都熱心的投入工作中，忙到很晚的中澤部長一行人。

由於店長們莫名其妙的反駁，使得會議全部變得爭論不休，以及合作廠商以疑神疑鬼的異常態度，堅持要求我們以保證金或現金進行交易，這全都是中澤部長以刻意編造散播的「內部消息」來蠱惑眾人的結果。

那刻意散播的內部消息，為了不讓人懷疑謠言的前後一致性，全都有一套腳本，要照著腳本由誰說給誰聽，連每個人的角色分擔也都決定得很仔細，當真是準備周詳。我們OWNDAYS的經營高層們，全都被中澤部長以及贊同他做法的人們玩弄於股掌。

他們刻意讓funfun的業績惡化，等到我們放棄重建後，再誘導我們將funfun廉價賣給和他有交誼的投資家，如果這招行不通，就巧妙讓自己在公司內處於更能強力控制funfun事業的立場，想一手掌握funfun事業的所有實權。

我讓funfun的所有幹部留任，一起經營重建，讓公司更加成長，相信會有光明的未來。本以為中澤部長他們也和大家一樣相信我……不，他們確實也曾經深信不疑。相信funfun會成功重建，成長為一個氣派的公司，相信有這樣的未來。

只不過，他們所相信、描繪的未來，並非是和OWNDAYS一起攜手同行，而是唯有他們「自己握有經營實權」，才能達到的未來。

只要將funfun交由我這樣的小夥子來掌舵經營，funfun肯定完蛋。從我們這裡取得延續經營所需的資金後，早日脫離我們的掌握，改換到有規模的經營者旗下，或是由自己來掌控所有經營權，對所有和funfun有關的人們來說，才是最好的形態，而這正是「他們所描繪的光明未來」。

中澤部長有他所思考的「正義」，他或許只是依照自己的信念行事，但這時的我得知中澤部長以及和他站在同一陣線的人們對我的背叛後，怒不可抑，開始厭惡起這世上的一切。

對這種不論理由為何，任意踐踏別人的善意，背叛他人，完全不當一回事的人，我生氣；而對於輕易相信別人，最後遭到背叛，太過天真的我，我也生氣，對於這一切，我那無處宣洩的情感找不到出口。

雖然看起來像是朝向同樣的目的，但看事情的角度會隨著不同人而改變，而角度改變後，看到的景色也會截然不同。這樣的落差，有時會產生無法預期的醜陋衝突。

「這樣啊。我明白了。我全都理解了。要讓企業健全成長，最重要的既不是事業計畫，也不是資金調度，而是得好好讓相關人員追求的方向一致才行是吧。哈哈哈。這麼簡單的事，為什麼我一直都沒注意到呢。」

溝口告訴我這個意想不到的事實，我逐漸掌握自己身處的狀況後，在這吹著刺骨寒風的鬧街巷弄裡，我連開口說話，甚至是呼吸都嫌累，處在一種夾雜著屈辱、焦躁、憤怒的複雜情緒中。

我突然很想問溝口一件事。

「溝口，如果你站在我的立場，今後會怎麼對待funfun？」

「……如果是我的話，會馬上將它賣掉。」

「咦？是嗎？不會捨不得嗎？」

「如果是現在的funfun，我一點都不會捨不得。不管理由為何，中澤部長和跟他同一陣線的那班人所採取的做法是錯的。為了一己之私，讓OWNDAYS陷入混亂中，如果計畫進行得順利，便拿它當踏腳石，只是想利用它來取得度過難關用的資金，這是不爭的事實。而且許多工作人員都對他們言聽計從，甚至沒發現這種行為有多可恥。我的夢想是讓funfun成為日本第一的雜貨店。但在這種狀態的公司裡，實在不敢奢望要當日本第一。」

「只要將中澤部長他們全都解雇，改換另一批人不就好了嗎？店面的工作人員全都只是因為不知道真相，而被操弄吧？只要把話說清楚，大家應該就會明白，對自己而言，什麼才是正確答案。」

「雜貨和眼鏡不同，獲利率低，而且能創造出附加價值的，有很大一部分靠的不是人，而是店面或商品力等要素。在好的地點開店，打造品牌規劃完美的店面，這些因素都會大幅左右營業額。這樣的營業形態，一旦品牌崩垮，如果只是更換人員、提振營業現場的員工幹勁，還是很難加以重建。

就算是更換人員，也得花很長的時間，而在這段時間裡，funfun的品牌價值會繼續下滑，所以隨著時間經過得愈久，重建的可能性也會愈低。」

「原來如此。溝口，你想說的話我明白了。好，那我就馬上將你調至OWNDAYS事業吧。OWNDAYS也是為了成為日本第一的眼鏡店，大家一起努力。既然你的目標也是成為日本第一，那你就改換到OWNDAYS來實現你的夢想。接下來就和我們一起成就讓OWNDAYS成為日本第一的夢想，不，不是『夢想』，是朝向『目標』一起投注我們的人生吧。」

「咦？我要改調到OWNDAYS？這提議太突然了，而且我對眼鏡完全外行呢。有我能做的工作嗎？」

「這我就不知道了。你能做什麼樣的工作，要自己去採尋。不過，你沒問題的。半年前，我對眼鏡也是個大外行，但我拚了命學習，讓員工們教我許多事，最後終於能下達像樣的指示。所以溝口，你也行的。好好努力吧。」

（能發掘出這樣的人才，或許收購funfun就有價值了。）

我心裡這麼想。

就這樣，自從包圍在OWNDAYS四周的那個黑影的真面目現出原形後，我馬上更進一步介入funfun的實務經營，陸續強制性的執行各種經營改革。

之後我重新調查funfun的內部情形後，大為傻眼。我發現和中澤部長一起行動的那名姓吉野的商品負責人，大量進行毫無計畫的採購。例如明明是冬天，卻大量採購「扇子」，就這樣堆放在倉庫裡。

這些費用高達數千萬日圓，造成資金調度困難，而進貨的這些大量的不良庫存，不知道得花多少年才能賣完，情況之慘，完全超乎想像。

我太容易相信人，對於各事業部的細部下訂以及工作內容，我盡量不過問，交由各負責人自主發揮，結果卻適得其反。

我把「信任」和「放任」完全搞錯了。

不過，我一次將中澤部長和吉野他們的實務裁決權全部收回，決定親自監看業務，這麼做固然沒錯，但眼鏡和雜貨畢竟不同，在很多方面差異頗大。

雜貨業界有雜貨業界做生意的慣習，這點自不待言，下訂的品項數目之多，遠非眼鏡所能比。每一項都需要細膩的眼力和指示。能成為經商指標的各種數字也和眼鏡截然不同，該以什麼當基準才好，實在不容易看出。

不過，要一面自行摸索，全部從頭學習，一面面對問題，一一解決，時間實在不夠。

我獨自待在會議室裡，與商品相關的資料展開搏鬥，抱頭苦思，這時，小松原與OWNDAYS加盟候補的社長討論結束，前來探望我的情況。

「辛苦您了！剛才有位豐嶋先生，因為在我前一份工作時和我有生意往來，相當關照我，我向他說明OWNDAYS和社長的事情後，他二話不說，馬上同意在大阪加入加盟連鎖。我立刻便安排他與社長面談，請社長做最後定奪！」

「很好。感覺在良好的氣氛下，氣勢高漲呢。之前我們的談話，全都傳進別人耳中了。」

「哈哈哈，那可真是失禮了。因為我不光個子大，嗓門也大。氣勢十足的社長就不用說了，大家的嗓門也都很大。對了，funfun這邊情況如何？處理得來嗎？」

「不，我之前話講得太滿，說『我要自己來主導實務工作！』，但這比想像中來得難呢。也不知道該從什麼著手才好。OWNDAYS各部門的部長們雖然現在還是會表達不滿，但在工作方面，他們都會一起認真的工作，所以一切開始慢慢步上軌道，不過，要很快重振funfun，憑我一人之力，終究還是很難辦到。這需要精通雜貨生意的專家。而且要有相當的實力和實際的功績，不會背叛我們，一位值得信賴的專家。不過，這麼好的人才要是輕輕鬆鬆就能找到，我就不用這麼辛苦了，哈哈哈。」

「不過，或許正好就有這樣的人在哦。」

「咦？」

小松原嘴角輕揚，就像在說「我自有方法」。

第12話　太晚做決定的結果

二〇〇九年一月中旬

新的一年到來，收購OWNDAYS至今，很快已即將滿一年。

刺骨的寒意覆蓋市街，開著暖氣的辦公室，窗戶一片白茫。剛才開始飄降的雨，輕輕拍打著辦公桌後方的窗戶。

（照這樣子來看，今晚可能會下雪。）

我打開窗，望著細雨飄降的明治通，這時小松原笑嘻嘻的來到我面前。

「社長，有個企業似乎很適合funfun的重建工作。您要和對方見面嗎？」

當時小松原負責開拓連鎖加盟企業，同時四處找尋能輔助funfun事業的支援對象，透過各種管道向各方面接洽。

「我看八成又是可疑的掮客或動機不單純的投資家吧？」

最近有各種不三不四的「可疑人物」，可能是從某處聽聞OWNDAYS資金調度困難的傳聞，想對陷入困境的公司見縫插針，從中奪取利益，他們來到我面前，主動靠近，有如過江之鯽，天天報到。

仲介併購的大型上市企業、大大小小的創投業務員，一開始都說些好聽話，詢問有沒有什麼好的買賣可以合作，就此到公司內拜訪，但看完財務報表後，個個都夾著尾巴落荒而逃。

而看過財務報表後，不顯一絲懼色，仍想繼續談下去的，全是一群可疑的傢伙。

有運用中國政府資金，收購日本企業的公司。

也有在開發中國家，搶得政府方面的開發特權，擁有龐大資產的神祕個人資產家、連網站也沒有，來路不明的掮客、甚至連透著黑社會氣息，看起來不像正派人士的傢伙也都跑來……。

就算說他們像漫畫《浪花金融道》裡的「商界可疑人物全員到齊」，也一點都不誇張，這群人就是這般可疑。

他們的模樣就像看準虛弱的獵物蜂擁而上，等不及獵物斷氣，便想馬上給予致命一擊，貪婪的啃食屍肉，雙眼閃著寒光的鬣狗。

（真有這種傢伙呢……）

對於只在漫畫或小說裡見過的這些人，我雖然覺得他們可疑，感到擔心畏懼，但還是賭上一絲希望，前往與他們會面。

心想，搞不好真能成功也說不定？

但結果他們果然都是一般的鬣狗或詐欺師，不是看準我的弱點，以相當於高利貸的條件和我談融資，就是提出近乎犯罪，類似詐欺的賺錢提議，我受夠了這樣的交涉，對人完全失去了信任。

見我一臉狐疑的詢問，小松原面露笑容繼續說道。

「請用不著這麼擔心。這次是實際從事雜貨生意的一位社長，聽向我介紹的人說，這位社長不僅能提供資金，還能準備好有才幹的人才。對方是位正經人，應該不會有錯。」

「哦，這樣啊。現在的funfun找不到值得信賴的雜貨方面專家，正為此發愁，所以這件事如果屬實，且同時可以確保人才的話，那可真是求之不得呢。總之，我就死馬當活馬醫，去和對方見個面吧。」

幾天後，我、奧野先生、小松原，我們三人前往「VIDA」公司拜訪。

VIDA這家公司，是針對雜貨店走向的設計家電、生活雜貨的企劃製造，全部一手包辦的公司，同時與多家無人不曉的超大型雜貨連鎖店有生意往來。

從櫻田通走進一旁的岔路，來到寧靜的五反田住宅街，那六層樓高，模樣時尚的公司大樓就座落此處，走進大門入口後，我們拿起櫃台處的對講機話筒，按下寫有「社長室」的按鈕。

響了幾聲後，一名語氣略顯冷淡的女子出聲應答，要我們到最頂樓的社長室去。

「冒昧打擾，我是OWNDAYS的田中……」

「啊，您好。我是社長畠山。讓您專程跑這麼一趟。是為了funfun的事對吧。事情我已經聽說了。來，請進吧。」

畠山社長年約五十歲左右。身材清瘦，個子不高。他面露和善的笑容，前來迎接我們。

他請我們坐向擺在社長室中央的待客沙發組，我們坐定後，朝端出的熱茶微微啜飲一口，接著在短暫的時間裡，像在試探般的彼此自我介紹，聊些無關緊要的閒話。

待氣氛略微緩和後，我將奧野先生為了調度資金所製作的厚厚一疊財務資料遞給他，主動步入正題。

畠山社長很感興趣的翻閱起資料。

我簡潔的說明funfun目前的現狀。說明完畢後，畠山社長問了幾個和財務狀況相關的問題。而我也毫不猶豫，率直的回答他所有提問。

不到一小時的意見交換結束後，畠山社長朝空中凝望半晌，接著他盤起雙臂，合上眼，皺起眉頭展開沉思。

現場沉默了半晌之久。

（這個人果然也行不通……也對啦，像這種以數億為單位計的風險，沒人可以輕易的做出決定……）

我心裡這麼想，對他說「請您找時間仔細考慮後，再告訴我您的答覆」，準備就此離去。

這時，畠山社長可能是察覺出我準備離去，這才緩緩開口。

「其實我有幾位熟識在Bell's工作。一位前不久在那裡當過商品部長，另一位是現任董事，正考慮要自立門戶。在得知這個消息時，我也事先跟他們兩人談過，得到他們積極正面的答覆。

嗯，如果是這個數字，或許有辦法重建。不是從零開始建立一個新的品牌，而是為了重建funfun掌舵，這樣也不錯。

好，需要的資金由我來提供，將funfun從OWNDAYS切割出來，我們一起共同重建，如何？幾年後，讓重生的funfun上櫃上市吧！」

我聽聞此言，激動得有如全身的細胞都被攪動一般，感到無比激昂。

說到Bell's，其時尚又可愛的室內裝潢雜貨頗獲好評，經營人氣十足的雜貨店，堪稱是雜貨業界的領頭羊。那家公司的董事和商品部長要加入成為funfun的重建成員，而且還會提供必要的資金，當真是求之不得。這不就是我夢寐以求的發展嗎！

（我的點子、他們的方法技術和人脈，再加上畠山社長的資金。只要這三者結合，funfun將會搖身一變，成為轟動世人的劃時代雜貨店。我絕不會讓它變成中澤他們想要的結果！一定要讓背叛者們大吃一驚！）

我二話不說，馬上一口答應畠山社長的提案，與他緊緊握手後，離開VIDA總公司。

二〇〇九年一月下旬

遵照畠山社長的提議，Bell's的董事下平先生來到OWNDAYS。

下平先生來到公司，我大致向他介紹我們公司後，我們進入會議室，馬上便開始討論起重建計畫。

下平先生似乎事前詳細熟讀過資料，包含了大膽的裁員在內，提出他的重建計畫。

「奧野先生，funfun的店面數量現在是三十九家店對吧？我大致看過資料，當中似乎有七成以上的店面都是赤字。我們要先盡快讓一半的店面能中止赤字，否則店面的概念和商品重建的效果還來不及展現，公司就先倒了。」

「我明白了。裁員是田中社長最不樂見的結果，但幸好funfun幾乎都是打工的員工，所以只要好好照步驟來，應該不會滯礙難行。我馬上就計算出撤店所要花費的成本，擬定計畫。」

「那就有勞您了。原本擔任Bell's商品部長的土屋也預定會在下星期前來會合，關於商品的重新評估，會以他為中心來推展。」

奧野先生馬上計算出撤收funfun赤字店面的相關成本，製作詳細計畫，明訂二月以後的行程和角色分配。

以大約半年的時間撤收十八家店的這項計畫中，特地安排中澤部長負責與相關各處所交涉。對中澤部長來說，由他自己來向捲入他個人權謀中的員工們告知裁員的消息，等同是指派他擔任這極盡諷刺的角色。

二〇〇九年二月

身為商品採購專家的土屋先生進入OWNDAYS擔任商品部長，負責funfun商品的重建。

而隸屬中澤一派，進行不當的進貨，猶如從事瀆職行為的商品負責人吉野，則是在土屋先生底下交由他管理。吉野可能是覺得待不下去，馬上開始另謀出路，他從熟人那裡透過關係，改換到同業的其他雜貨連鎖店任職，連交接工作也沒好好做，便迅速離開公司。

奧野先生依照與VIDA的畠山社長討論後的條件交涉結果，更新重建計畫，並馬上向所有交易銀行提出。

說到近來銀行的狀況，他們對於計畫一變再變，狀況令人眼花繚亂的OWNDAYS重建計畫，雖然感到不知所措，但姑且還是採取觀察的態度，開始變得比較安分。

不過，這並不表示他們就此對OWNDAYS的經營給予好評，當時因雷曼兄弟事件正朝全球席捲而來，帶來過去未曾有的嚴重不景氣，情況比OWNDAYS還慘的不良債權陸續出現，銀行疲於應對，根本沒時間理會OWNDAYS，這才是真正的原因。

證據就是之前對於我們提出給予還款空間的要求，銀行很不情願的接受了，但對於新的融資案，則不管我們再怎麼請求，還是沒有任何一家銀行肯答應。

不管怎樣，花了半年多的時間與銀行展開債務重整交涉，這陣子我們與銀行的關係終於開始變得比較平靜，雖然還是一樣必須以數萬日圓為單位，進行瑣碎精細的資金調度控制，但現在已備有完善的環境，可以全力集中在funfun的重建工作上。

就這樣，funfun起死回生的重建計畫終於得以展開！

……看起來像是這麼回事，然而，邁入三月時，等著我們的卻是最糟的發展。

「社長……畠山社長打電話來說……」

我埋首於堆得厚厚一疊的funfun相關資料中，緊盯著電腦，這時小松原臉色蒼白，慌慌張張的跑來。就像剛才撞見了可怕的亡靈一般。

「怎、怎麼啦？幹嘛一副快要哭出來的樣子？」

「他……他說要退出。」

小松原可能是受到很大的震撼，此時的他明顯缺乏冷靜，嘴唇顫抖，難掩心中的慌亂。

「什麼退出？從哪裡退出？」

「是畠山社長。剛才他打電話來，說……『關於這次的事，我還是退出好了』。」

「啥？真的假的？」

「他還說『我聽下平報告後，失去自信，所以很抱歉，我決定退出。我也不會提供資金，所以請不要指望我』，就這樣掛斷電話。」

之前那麼亮麗登場的畠山社長，聽說在接獲下平和土屋兩人向他報告「funfun的財務狀況比想像中還要嚴重」後，在即將答應提供一億日圓融資前，突然覺得害怕，決定就此抽身。

（這不是真的吧……）

就像有人用冰柱碰我一樣，一陣寒意從我背後滑過。

我全身鮮血變得冰冷，感覺得出心跳得好急。慌亂的我，極力壓抑顫抖的雙手，馬上打電話給畠山社長。

「喂，我是畠山。」

「我是OWNDAYS的田中！重建計畫已開始按照預定在進行。數字跟您一開始看到的一樣，不是嗎？您現在才說一句『我感到害怕』，而就此抽手，這樣我很為難啊！拜託您。關於抽手的事，至少先觀察幾個月後再決定吧？」

我想得到的話全說了，極力向他懇求。但畠山社長一反之前和善的態度，就像換了個人似的，以不悅的口吻對我說：

「我沒辦法出上億圓的資金陪你們冒險。」

沒錯，他以冰冷的聲音，語帶不悅的撂下這句話後，便掛斷電話。

之後不管我打再多次電話，他也都不肯接。

當真是晴天霹靂……

原本倚賴的資金，現在一毛也不會進來。OWNDAYS確實面臨資金短缺。

而且金額將近一億……。

畠山社長改變心意，指示說要退出funfun的重建計畫後，下平先生、土屋先生這兩人也悄悄收拾桌面，逃也似的離開公司而去。

就像面對一艘逐漸沉沒的船，只有他們坐上逃生艇逃走一樣。

不，打從一開始，他們就沒坐上我們的船。見OWNDAYS號即將沉船，他們試著帥氣的趕來救助，這樣固然不錯，但靠近船邊後，判斷會有危險，便又馬上折返，不想被捲入沉沒的漩渦中。就像這種感覺。

而最後遺留下來的，是「將近一億日圓的資金短缺」這個殘酷的現實。

「社長，拜託你。請將funfun轉賣吧！轉賣的金額就算只有一圓也無妨。再這樣下去，連OWNDAYS也會跟著一起倒閉的。」

畠山社長和那兩名援軍離開後，舉行了幹部會議。

在場的幹部們異口同聲的說服我。

他們是真的都做好覺悟。絕不讓我走出這辦公室一步，除非我點頭答應。他們充滿了這樣的決心。

「我知道了……。就賣了吧……。」

走到這一步，我這才正視OWNDAYS所處的現狀，完全放棄funfun的重建工作，同意找尋轉賣對象。

品牌價值下滑，營業持續出現赤字。支撐公司的多餘資金，連一圓也不剩。再這樣下去，OWNDAYS早晚也會被funfun拖垮，就此倒閉，此事明若觀火。

真不甘心。真的很不甘心。

我恨自己的無能為力，雖然背負著很想現在就逃離公司的羞愧，但我終於還是做出過遲的痛苦決定。

然而，品牌價值開始受損，營業額也大幅下滑的funfun，已不再是可以輕易找到對象接手的狀態，轉讓對象的選定也遲遲沒進展。

二〇〇九年四月

我四處找尋買家的結果，就在VIDA的畠山社長退出約一個月後，我們終於找到事業轉賣的對象。

多方從事雜貨商品製造，以東海地區作為根據地，業績急速成長的有力製造商「彼得潘」川上社長，在我們即將倒閉之際伸出援手。

在我們的交易廠商介紹下，我向他提出funfun的收購提案，僅短短兩週，他便做出決定。

funfun的進貨資金，暫時以我們向彼得潘取得的融資來維持，這段時間持續辦理各項手續，並設定三個月後的七月為轉讓日，對funfun事業部進行分公司型新設分割，同時決定讓渡全部的股票。

我們簽訂基本同意書後，馬上便從川上社長那裡接受一億日圓的短期融資，就此躲過資金短缺，OWNDAYS總算得以留下最後一口氣，勉強存活下來。

二〇〇九年七月一日

此時已完全換季，在某個離梅雨季結束還要等上一段時間的午後。最近接連幾天都是讓人聯想到盛夏的炎熱天氣。蟬聲低調的傳進位於東池袋的忽滑谷大樓二樓會議室。

OWNDAYS的幹部和彼得潘的幹部，在製作合約書的會計事務所負責人的見證下，於和諧的氣氛下進行funfun轉售的用印儀式。

最後在買賣合約書上所寫的funfun事業轉讓金額為「兩百日圓」。

「謝謝您。這段時間辛苦了。今後我將以funfun代表人的身分好好掌舵，著手進行重建，請各位放心。那麼，這是我們說好的事業收購費。請笑納。」

說完後，川上社長笑著從口袋裡取出兩枚一百日圓的硬幣，靜靜的遞向擺放合約書的桌子中央。

「啊，那就請用它來充當剛才印製合約書的影印費吧。」

奧野先生如此說道，將擺在桌上的兩枚一百日圓硬幣輕輕推回川上社長面前。

室內頓時響起一陣笑聲。最後，我和川上社長一同拿著事業轉讓合約書，幹部們圍在四周，大家一起面帶笑容拍攝紀念照片，OWNDAYS這場看似漫長，其實只有短短一年的funfun收購劇終於落幕。

川上社長對持續在funfun裡頭搗亂的中澤部長說了一句「我不需要你」，下達外放宣告後，中澤部長就此獨自默默離開OWNDAYS。

所有手續都辦完後，奧野先生這才鬆了口氣。

我也終於可以歇口氣了。不知道有多久沒感受到如此平穩的心境了。

所幸funfun事業在進貨方面的負債，有一部分由轉賣對象川上社長在事前承擔了下來，所以我們經營funfun的這一年來造成的赤字，最後也得以控制在最低限度的失血，但最初收購時，我整理個人所有資產後拿出的兩億日圓，最後如同丟進水溝裡一樣，有去無回。

繼新店開幕的慘敗後，我又犯下重大的經營誤判，要是再晚一步做出判斷，OWNDAYS恐怕也會全部跟著完蛋。

我回顧從收購funfun到轉賣的這一年來的經過，深切反省。

為了想扭轉劣勢，我馬上投入不同行業的收購中，這原本就是一大錯誤。

而且我過度相信自己的能力，得意忘形，讓funfun的昔日經營高層留任經營核心，任其為所欲為，結果將事態導向最糟的方向。

「企業收購」，這乍看之下光鮮亮麗的故事封面，存在著不會表現在財務報表或報告書上的複雜人類欲望、情感、權利，像血糊一般緊緊黏在上頭。要將這一切全部沖洗乾淨，自己也會受傷，如果沒抱持這樣的覺悟，沒具備能巧妙處理問題的經營能力和器量，而隨便插手企業收購的話，等在後頭的，是會將周遭一切全部捲入其中的嚴重灼傷。我深切體認到這項事實。

儘管如此，我還是大有收穫。我從funfun那裡得到溝口雅次、金子勝巳這兩名人才。

溝口是外交官之子，有豐富的國外生活經驗，是所謂的海外歸國子女。能說日語、英語、巴西語，個性也是屬於開朗的拉丁人類型。起初因為他是眼鏡界的門外漢，所以常會看到資深員工排擠他的場面，但是他開朗、值得倚賴的個性，逐漸受到年輕員工們的景仰，瞬間便發揮出他的領導能力。而另一位金子勝巳，他是開發店面的老手，之前在funfun幾乎所有展店交涉都由他一手包辦。過去OWNDAYS一直沒有開發店面的專家，可以和大型地產開發業者的負責人好好過招，現在終於有人能填補這個空缺了。

剛好希望加盟OWNDAYS的公司也愈來愈多，透過金子先生的整合，得以在適當時機下，陸續向加盟業者介紹全國各地的開店候補店面，這成為OWNDAYS的加盟事業開始強力運作的最大原動力。

幾天後。

在所有員工都下班後，籠罩在寂靜下的總公司辦公室裡。

「這次的事，我學到不少教訓。」

我在接待室裡，一面朝我最愛吃的咖哩口味日清杯麵裡倒熱水，一面難為情地向奧野先生說出喪氣話。

「因為哪件事學到教訓？你人太好？還是經營判斷太天真？」

奧野先生的說話口吻，分不清是開玩笑，還是當真，他靜靜坐向我對面的沙發。

我就像要說服自己似的，一面將泡好的杯麵送入口中，一面對奧野先生低語道：

「兩者都有吧。身為一名經營者，我深切體悟到自己有多麼天真、不夠成熟。兩億日圓的補習費實在太貴了，雖然對已經過去的事覺得很不甘心，但失去的東西已拿不回來。這次的失敗，我一定要好好運用在今後的人生中。這反而激起了我的幹勁。對了，財務方面的狀況還好吧？」

「因為這次轉賣funfun，造成將近五億日圓的特別損失。這與前期核算出的『負商譽價值』的特別利潤幾乎相互抵消。正好來得正是時候，所以創業者時代留下的膿包，也就是無法確認實際情況的資產，也全都從帳目中移除了。」

「說得也是。反正我正好也想把這些汙垢清除乾淨。」

「這麼一來，會形成十億日圓左右的損失和無力償還，如果光看資產負債表的話，公司簡直就像僵屍一樣。接下來這幾年，就算收支由虧轉盈，也無法期待能從銀行那裡取得貸款，甚至應該說，我們要做好覺悟，什麼也別多想，全力前進就對了。」

「這樣啊。就算完全不指望銀行融資，現金周轉得過來嗎？」

「這個嘛……雖然一樣是處在勉強應付得來的狀態，不過，加盟事業比預期還要上軌道，所以只要這樣維持下去，感覺應該可以找出脫離這種危機狀況的方法。當然了，前提是不能再做出超乎能力範圍的事來。」

「哈哈哈，說得真不客氣。不過，會適時幫我拉住韁繩的，就是奧野先生你，我總是很感謝有你的存在。」

「不過，你向來都不太聽我的意見呢。總之，目前應該暫時先專注在基本的營業上，靜候OWNDAYS恢復體力。確實做好現在我們能做的事。」

「嗯，說得也是。不過，負債還是很沉重呢。奧野先生，你之前曾舉過一個例子，說這就像『兩噸重的卡車貨架上，載著一．四噸的砂石』，我現在愈來愈有深切的感受了。」

「咦，現在才感覺到嗎？我可是當初一開始來到OWNDAYS時，就有這種深切感受了。」

「哈哈哈，奧野先生，老是讓你這麼操勞，真的很不好意思。對了，我又有新點子了！」

「我要回去了。已經有好幾天沒按時回家。你的新點子，等明天有空的時候，再慢慢說給我聽吧。」

奧野先生先是為之一怔，接著露出拿我沒轍的表情，暗自苦笑，快步離開公司，踏上返家之路。

在冷氣溫度調高的昏暗辦公室裡。吃完杯麵的我，為了趕走悶在會議室裡的熱氣，打開窗戶。籠罩明治通的昏暗暮色，在地平線上仍帶有一抹鮮明的藍。

猛一回神，才發現我來到OWNDAYS已過了一年半，第二個夏天正來到我們面前。

第13話　排除不利條件的破天荒對策

二〇〇九年七月

日本數一數二的樞紐站是「池袋」，面向池袋站西口車站前的圓環，掛著醒目招牌的店面，正是OWNDAYS的總店，通稱「池西店」。

最近我們將總公司移往原本當倉庫使用的池西店二樓和三樓。為了削減經費，而將過去所待的「忽滑谷大樓」退租，雖然空間變窄許多，但有多餘空間的池西店上方樓層，我決定加以有效運用。

就任一年後正式推展的OWNDAYS加盟，進行得很順利，成果豐碩，總部的主要部署也開始發揮功能，OWNDAYS連續每個月的收入和利潤都增加中，終於開始步上成長的軌道。

最近對於銀行，以及想要乘虛而入的高利貸業者，我已厭倦與他們交涉，對來自金融機構的支援完全死心，心中拿定主意，認定唯有靠自己創造出的現金流量來實現「成長」，才是消除高額負債，讓OWNDAYS出頭的唯一方法，我們全力集中在擴大店面數和提升營業額上，心無旁騖地向前邁進。

然而，眼前還存在著一個必須跨越的大問題。

那就是「決定性的知名度不足」。

當時在日本全國共有六十五家店。若光從店面數來看，在人稱「三種價位眼鏡」這個領域的連鎖店中，我們正躍升為業界第三的位置，但展店的地點幾乎都偏向散布在地方上中、小規模的商業設施，而在東京、大阪、福岡這類的大都市圈中心，或是其郊外的「永旺購物中心」、「LaLaport」等知名的大規模商業設施裡，幾乎都沒設立店面，所以「OWNDAYS」的認知度一直都沒提升。

尤其是在進軍新的地區時，我多次深切感受到我們的知名度不足有多吃虧。

對消費者而言，「沒聽過＝不安」，而眼鏡這項生意，「安心」和「信任」嚴重左右了營業額，知名度不足相當不利。

照這樣下去，不管等再久，OWNDAYS也無法搭上強力的成長軌道。我每天持續展開摸索，思考有沒有不花成本，而又能解決知名度不足這個「不利條件」的好點子。

在即將到來的新店面開幕促銷會議中，面對現場溫吞的氣氛，我展現出直搗黃龍的氣勢，撂下豪語。

「乾脆全部半價賣吧。」

「咦，店裡的商品全部半價販售是嗎？」

「沒錯。開幕促銷，店內商品全部半價，眼鏡含鏡片只要兩千五百日圓起。這樣的話應該頗有話題性。就算沒有知名度，但只要在新店開幕時，大動作打出『店內商品全部半價！眼鏡一副兩千五百日圓起！』的宣傳口號，總會大排長龍吧？」

（這個人又提出怪點子了……再怎麼破天荒，也要有個限度吧……）

以明石為首的業務部眾人，見我突然提出「商品全部半價」的提案後，半晌說不出話來，似乎聽傻了眼。

但我不懂得看現場氣氛，還加重語氣，繼續往下說：

「現在所做的降價二十%，實在很不乾不脆。這樣不會引爆話題，而事實上也沒提振營業額。難得要進行開幕促銷，就得大動作的炒熱氣氛才行。

既然要做，就當作是開幕的廣告宣傳費，乾脆○圓贈送吧！嗯，這樣也行。就算半價也還是不夠乾脆。好！前五百名客人一律免費贈送，就這麼辦吧！」

「不不不，請等一下。再怎麼說，免費也太過火了……至少用半價試一次再說吧。」

在新店面開幕的促銷企劃會議中，這半價販售的提案，不光業務部反對，其他部門的部長們同樣反對聲浪四起。

「以半價販售真的沒問題嗎？現在賣五千日圓就已經很吃緊了呢。如果降到兩千五百日圓來賣，會嚴重赤字吧？」

凡事都很謹慎的長津，語帶不安的提問。我出示自己模擬過的數字，像在說服他似的應道：

「沒問題的。你看這個。會有利潤。經模擬後得知，就算鏡架的進貨單價不變，但如果能賣出現在三倍的數量，儘管獲利率下降，但還是能保有『利潤額』，這是計算的結果。如果整體的販售數量增加，也有可能進一步降低進貨單價。而且就算沒利潤，只要沒出現赤字，就絕對值得一試。想到它能成為話題，作為廣告宣傳，光是獲得的知名度就已經很划算了。既然要做，就得極端，做沒人敢做的事，徹底放膽去做才行。」

「是……你說的道理我懂，可是，如果突然有三倍的顧客湧入，工作人員會應付不來啊。」

「我常看著店面在想，員工還保有許多餘力沒發揮。如果新店面的開幕促銷來了比目前高出三倍的顧客，只要先暫停眼鏡當天交貨，並將鏡片加工的工作轉給其他店處理，應該就會有足夠的餘力可以應付。」

各管理幹部都對我提出的半價促銷說出他們的疑慮，而我也像在跟自己對話般，一一回答各管理幹部的不安，同時逐步整理論點。

「就算將鏡片加工的工作轉往其他店，但要是顧客增加為三倍之多，就幾乎無法好好接待客人。而且視力檢查勢必得花一定的時間。」

「不，這樣反而好。只要顧客蜂擁而來，將自己逼入這樣的狀況下，所有員工就非得追求工作效率不可。『無謂的作業』勢必會就此被逼得現形。而在銷售結束後，只要活用這次的經驗，平日店面的業務也會變得更有效率。因此我才要在限定期間內打出比任何地方都還要便宜的價格——兩千五百日圓，吸引比平常還要多出數倍的顧客前來。而且也應該趁這機會看清楚，店面的運作極限能到哪裡。」

總之，我想挑戰讓大家團結一心，這次一定要成功，在每位員工心中留下光榮的印記。在這種想法的驅使下，我大力推動實施全部商品半價銷售。

這時，原本一直靜靜聆聽眾人你來我往的奧野先生，突然以食指托起眼鏡的鼻梁架，打斷討論，開口說道：

「我認為半價銷售也未嘗不可。總之，就盡力去做吧，如果不行，下次就取消，這樣不就行了嗎？」

向來行事謹慎的奧野先生，難得會做出攻擊性的發言，所以管理幹部們皆以意外的眼神緊盯著奧野先生瞧。

「業界最低的破盤價，由OWNDAYS來做，其價值非同凡響。所幸我們的財務內容正一點一滴，紮紮實實的朝改善的方向邁進。以前雖然是在加護病房性命垂危，但最近終於轉往一般病房，感覺已恢復到可以吃一般醫院餐的程度。今後不光只是靜養，而是邁入開始為出院做復健，必須努力恢復體力的階段。第一步就是為半價銷售定位，只要舉全公司之力讓它成功不就好了嗎？或許是讓重生的OWNDAYS升起狼煙的時候了。就試著照社長說的去做，在業界掀起一股亂流，這樣不也很有意思嗎？」

「好！」

「拚了！」

在某人發出的振奮叫喊下，充滿無言決心的同意，支配了整個會議室的氣氛。

自從我就任OWNDAYS的社長以來，從沒在會議室裡度過如此充滿霸氣、積極正向的沉默時光。我感受到幹部們團結一心，這令我全身雞皮疙瘩直冒。

就這樣，我們決定一開始先在沖繩縣第一家開幕的「OWNDAYS名護店」開幕促銷中，實施「所有商品半價」。

這家「OWNDAYS名護店」，是沖繩縣內無人不曉的當地知名連鎖折扣店「Big1」加盟後，第一家開幕的加盟店，是OWNDAYS進軍沖繩的一號店，值得紀念。

關於開幕企劃，目前還沒有任何實績，不知道究竟能得到多少收益，視情況而定，甚至有可能會出現赤字。我向Big1的玉城社長提到這個所有商品半價銷售的提案後，他滿面笑容的表示贊同。

「挺有意思的嘛。我們是沖繩第一的折扣店，所以這樣正好。就算會出現赤字也無妨，就放手一試吧！」

（不愧是在沖繩無人不知的當地知名企業的社長，決策速度一流。）

我對他無比感佩，同時心想，這次絕不能失敗，暗自繃緊神經。

就這樣，在「名護市」這個從那霸市內搭車約兩個小時車程的場所，位於貫穿沖繩南北的國道五十八號線沿途的「Big1名護店」店內的一隅，一間僅僅不到十坪大的小店裡，OWNDAYS帶著「店內所有商品半價！」這個堪稱魯莽的開幕促銷方式，就此進軍沖繩。

二〇〇九年七月十九日

在日本國內被視為一處特別的場所，深受人們親近喜愛的沖繩。副熱帶氣候特有的豐富自然與琉球的傳統文化，其濃厚色彩一直保留至今的沖繩，不斷吸引遊客造訪。

不過，我們沒有那份閒情逸致好好感受這種樂園之島的慢活氣氛，一直在緊張與不安中迎接名護店開幕日的到來。

開店準備幾乎都已完成，員工們正忙著對迎接顧客的準備做最後確認時，我獨自前往BIg1事務所借影印機用，大量印出以紅字寫著「所有商品半價」的A4用紙。

我兩側捧著大量的傳單回到店內後，獨自一人像要用傳單將店內牆壁全部覆蓋般，一直貼個不停。明石見狀，困惑不解地低語道：

「好驚人啊……這怎麼說好呢，簡直就像……」
「哈哈哈，很低俗吧。這麼一來，時尚的眼鏡店也變得什麼都不是了。不過現在就這樣沒關係。總之，不管低不低俗，怎樣都好。要是沒有大批顧客湧入，現在的『OWNDAYS』就無法邁步向前。」

上午十點。
充滿沖繩風的蔚藍晴空一望無垠，六月下旬到七月特有的強勁南風「夏至南風」，開始舒暢的吹拂而來。
鮮紅的「所有商品半價」傳單貼滿整個牆面的「OWNDAYS名護店」，已即將開幕。
一打開店面大門，馬上便有幾名顧客快步跑進店內。
（很好！一定會大賣。）
可惜我的開心維持不久。一開始的幾名顧客買完後，後續的人潮就斷了。
然後一直都沒人上門……
在昨天之前，我們在附近的住宅街發出數萬份以上的夾報傳單，還在電視上廣告，但在開幕時，走進店內的顧客竟然只有三人。

之後稀稀落落有客人走進店內，但幾乎都是BIg1的合作廠商或相關人員前來購買捧個場。

（不妙……難道這次又失敗了……）

一年前，在高田馬場車站前嘗到的痛苦經驗，又一次在我腦中浮現。明石也汗流不止，不過這絕不是因為沖繩天氣炎熱的緣故。已嘗過很多次的那種討厭的感覺，再次支配我全身。宛如有人用冰柱從我背後滑過的那種寒意。

（我都拿出這麼有震撼性的價格了，竟然還是一樣沒半點效果……到底要怎麼做，才能打造出眼鏡的人氣店呢……）

空蕩蕩的店內，所有商品半價的傳單在冷氣吹出的涼風下空虛的擺蕩著。員工們因為無事可做而一味擦拭著眼鏡。

正當我面對這副光景，雙手抱頭，被不安重重打倒時，BIg1的玉城社長前來。

才一轉眼，開店至今已快要兩個小時，但營業額卻只有一萬日圓左右。再這樣下去，這次的開幕促銷將會嚴重赤字。我無力地低著頭向他問候。

「不好意思……如您所見，都沒有顧客前來。」

不過，玉城社長緩緩望向門可羅雀的店內，在店內來回巡視，不知為何，他的神情不同於我們的焦躁，總是笑咪咪，顯得很滿意。

「嗯。不錯嘛。店內布置得很好。銷售的感覺也很熱鬧，挺不錯的。放心，沒問題的。沖繩這裡就是這樣。社長，肚子餓了吧？我們去吃沖繩蕎麥麵吧。」

他說完後，很滿意地走出店外，開車載我前往位於名護市內的知名沖繩蕎麥麵店「宮里蕎麥麵」。

中午時分，店內坐滿了客人。熱騰騰的沖繩蕎麥麵送到我面前。但當時我看名護店的情況，感覺不會有顧客上門，心裡很擔心，實在無法好好享受這第一次品嘗的沖繩蕎麥麵。

然而，玉城社長沒理會我的感受，他自己倒是顯得很開心。

「多吃點，嘗嘗看軟骨肉和排骨肉的差異。」他頻頻把肉夾進我碗裡。

而待我們以沖繩蕎麥麵填飽肚子後，玉城社長低頭看錶，緩緩站起身。

「差不多了。我們回去吧。」

（到底是什麼差不多了……）

我不安地坐上車。沉默無言的車內，瀰漫著尷尬的氣氛。然而，過沒多久回到店內後，在那裡等著我的，竟是意想不到的「驚人光景」。

（咦……這人潮是怎麼回事……）

Big1的入口處大排長龍。

我急忙撥開人群，進入Big1店內，想確認這長長的隊伍前方是什麼情況。

（等等，真的假的……這些人難道都是要到我們店裡光顧……？）

長長隊伍的前方，竟然就是我們「OWNDAYS」。只有十坪大的狹窄店內，已經容納不了人，繩子一路拉到店外，展開入場限制。

我張著嘴，久久無法合上，一時無法理解眼前的狀況，玉城社長則是一副早在預料之中的表情，向我說明道：

「這是因為沖繩人早上起得晚。一大早的生意，向來都沒人上門，這是常識。不過，一旦過中午，到了現在這個時間，就是這種情況，晚上想必會像慶典一樣熱鬧哦。呵呵呵。」

果真如玉城社長所言，下午三點過後，從周邊湧來更多客人，到了傍晚時，能容納一百多輛車的Big1停車場裡，已無法再容納車輛進入，店門前的國道五十八號線，因為要到「OWNDAYS」而聚集的顧客眾多，車子大排長龍，因而造成交通阻塞。

再加上稍早已購買眼鏡的顧客，開始口耳相傳，或是以電話和電子郵件向家人和朋友通報「這裡開了一家很便宜的眼鏡店！」，所以到了晚上七點多時，狹窄的店內已完全陷入混亂狀態。

蜂擁而來的顧客、因忙著接待而眼花撩亂的員工、就像遭到搶匪洗劫般，變得空蕩蕩的商品架。待我們回過神來時，轉眼已到了關店時間。不太記得這段時間到底發生了何事。甚至失去時間感。總之，光是要接待眼前像海嘯般不斷湧來的顧客，大家就已竭盡全力，待回過神來時，已經入夜，一天就此結束。就像這種感覺。

深夜零時。

面向馬路的招牌電燈熄滅，停車場變得昏暗。

亮光從店面的窗戶逸洩而出。員工個個聲音沙啞，筋疲力竭，一副快要累倒的模樣，處理著關店收拾工作。

我坐在外頭停車場的擋車墩上，獨自望著店內的模樣。

這時明石拿著冰涼的罐裝咖啡和香菸走近。我們兩人並肩而坐，拉開罐裝咖啡的拉環，一同咕嘟咕嘟的暢飲。

之後我馬上叼起了菸，而明石就像黑道電影裡的小弟般，迅速取出打火機，手擋著火，替我點菸。我們兩人抽著菸，默默望著店面，半晌過後明石才低語道：

「不行了。我要哭了……」

「哈哈哈，什麼啊？」

「社長，你第一次到OWNDAYS來的時候，坦白說，當時我們大家都覺得完蛋了。唉，這家公司沒救了，得找其他工作才行……但只過了一年多的光景，竟然會有這麼多顧客上門。雖然現在累得筋疲力竭，但我萬萬沒想到會來這麼多顧客，讓我累成這樣。真的，今天在營業時，我有多次在招呼顧客時，差點就哭了出來。」

明石眼眶泛淚，喜溢眉宇。

「一開始都是這樣。別為了這麼點小事就感動成這樣嘛。今後還有很長的路要走。因為我們要成為世界第一。」

坦白說，我也差點就哭了，感同身受，但要是被他看出我的心境，實在很難為情，所以我擺出「打從一開始就全都按照我的計畫在走」的態度，耍帥的說道。

「照這樣子來看，明天可能會來更多客人。我也會全力打拚。從明天起，我會重新拿出幹勁來，不讓社長專美於前！」

「促銷還會再持續三天。從明天開始，因為人們的口耳相傳，應該會有大批顧客湧入店內。而接下來等在後頭的，是將作好的眼鏡交到顧客手中。明石，你可以暫時留在沖繩幫忙，直到名護店一切都步上軌道嗎？」

「包在我身上！」

「好了，接下來才正要開始哦！」

我將抽完的香菸放進手中的空罐擰熄，朝明石的肩膀用力一拍。

二〇〇九年八月

開幕所有商品半價銷售真正大暢銷，是繼名護店之後開幕的「PARK PLACE大分店」。

在名護店超乎想像的廣大迴響下，我們根據過去經歷的各種失敗，從各地聚集了精挑細選的開幕支援成員，組成開幕支援小組，以萬全的準備來到大分縣大分市。

開幕前一天，我們將大力主打「眼鏡一副兩千五百日圓起！」的傳單夾進各家報紙中，店內寫著「開幕紀念，店內所有商品半價！」的紅字也特別搶眼。

（高田馬場店開幕時，那場宛如噩夢般的回憶，似乎能就此消除了……）

在開幕前一天，儘管還在進行開店前的準備工作，但仍有許多路過的行人想走進店內，看到這樣的反應，我心中無限感慨。

二〇〇九年八月七日

某處傳來《教父》的主題曲。

時間才早上七點三十分。演奏《教父》主題曲的，是我擺在枕邊的手機。我望向手機的螢幕畫面，上頭顯示「來電者：長津」。

「喂！社長！好、好驚人啊！來、來了好……好多人啊！」

從電話另一頭傳出長津興奮的聲音。彷彿長津的口水隨時都會從手機通話口噴出似的。

「離開幕明明還有兩個多小時，但已排了將近三十個人！我聯絡管理事務所，想請他們派人來指揮交通。社長，請您也早點來！以排隊的人龍當背景，大家一起拍張紀念照吧！如果以部落格向全國的員工發送這張照片的話，大家一定會很嗨的！」

我急忙換好衣服，坐上計程車。

二十分鐘後，我抵達PARK PLACE大分店一看，果真如長津所報告的，在面向「OWNDAYS」店面的入口處，排了長長的人龍，迫不及待的等候開幕。

（好耶！）

我細細品味這份喜悅，獨自擺出勝利姿勢，高高的一躍而起。

接著我衝進即將開店的店內，慰勞每位員工的辛勞，將大家聚在店內中央。

「大家圍成一個圓，大聲吆喝，展現鬥志！」

「要吆喝什麼好呢？」

長津問。

「這個嘛……喊『耶耶噢！』之類的。」

「咦，要喊耶耶噢？不覺得有點土嗎？」

「嗯……那改成Yeah！Yeah！OWNDAYS！如何？」

「更土。」

眾人哄堂大笑。

「怎樣都好啦，快點開店吧。」

大家笑著圍成一個圓，大聲喊著「Yeah！Yeah！OWNDAYS！」，拳頭抵在一起，用力往上舉，充分展現鬥志。

「那麼，OWNDAYS就此開幕！」

明石大聲吆喝後，排隊的顧客在開幕的同時，像雪崩般一口氣全湧入店內。

或許是出自群眾心理，大家爭先恐後的伸手搶商品，擠向櫃台，如同被吸往視力檢測服務處一樣，一個一個前往排隊。員工們被迫以過去無法比擬的飛快速度接待顧客。

「拜此之賜，現在就算沒用驗光機，只要看眼球就知道度數是多少。」

明石和長津等開幕支援小組的成員們如此開著玩笑，不顯一絲疲態，連日來為多達上百名的顧客完成了視力檢測。

這家PARK PLACE大分店的開幕促銷大為成功的捷報，在全日本的員工之間傳了開來，不光幹部們，對全國的員工們也帶來了莫大的自信和幹勁。

之後在全國各地陸續有新店面開幕，我們同樣都打出所有商品半價銷售的做法，每家店在促銷期間都會湧入數百名顧客，多的時候甚至高達上千人。

各家店都輕鬆達到目標營業額，每次開幕時的營業額預算都會愈設愈高，而公司整體的營業額也以超乎預期的飛快步調急速成長。

「真是了不得啊！」

結束開幕熱潮後，我回到睽違已久的總公司裡，奧野先生以笑臉相迎。

「就像慶典一樣。員工們就像變了個人似的，充滿活力的接待客人。大家的肉體都很疲憊，但精神上卻滿是充實感。員工們之間團結一心的感覺愈來愈強烈，這是以前的OWNDAYS所無法想像的。感覺朝我當初想改造的公司樣貌稍微邁進了一步。」

我感慨良深的說道，脫下變得皺巴巴的夾克，一屁股坐向會議室的沙發。奧野先生也迎面坐下。

「不過，不管哪家新店開幕，真的都引起很大的迴響呢。雖然忙得很高興，但顧客到底是中意哪一點，老實說，我到現在還是無法正確掌握成功要素為何，有點不知所措。」

「應該是找到斷點（breakpoint）了吧？」

「斷點……？」

「沒錯。做生意有一種會改變市場常識的斷點，就像『只要降至這個價格以下，大家就會瘋狂搶購』那樣。是破壞原本印象的一個點。以眼鏡的情況來說，幾年前，大約一萬日圓以下就是斷點，但現在這個價位則變得很理所當然。不過『眼鏡一副兩千五百日圓』，是沒人見過的價格，就這樣點燃了爆炸的引信。就像這種感覺吧。」

「原來如此。」

「不過，這終究只是游擊戰。只會耍小聰明的廉價生意，無法一直持續下去。說到銷售的收益，始終都只像是應急用的麻藥一樣，所以在染上毒癮之前，如果不巧妙利用這股氣勢，早日轉為能擁有正常營業額和盈餘的健全狀態，一定會走進死胡同裡。」

第14話　其他同業具有壓倒性力量的戰略

二〇〇九年十月

所有商品半價銷售活動，在全國各地大為成功。當初各銀行毫不留情的替OWNDAYS貼上「有倒閉疑慮的對象」標籤，使得OWNDAYS無法取得融資，不斷為資金周轉所苦。而對於一路這樣走來的OWNDAYS來說，這場「所有商品半價銷售」超越了新店開幕特賣的範疇，還在各方面帶來加分效果，實在是一項令公司起死回生的超人氣企劃。

開幕一周內，營業額就急速攀升至五百萬、一千萬，對沒錢的OWNDAYS來說，創造了重要的「現金收入機會」。當各地店面連日湧現壯觀的排隊人潮後，OWNDAYS時常在眼鏡業界中造成話題，接受媒體採訪的次數也逐漸增加，大家都說「新社長帶領的OWNDAYS以驚人的氣勢快速成長！」一下子匯聚了周遭的目光。

（這下子終於站上起跑點了。照這節奏下去，在日本的「三種價位眼鏡」業界中，要成為日本店面數最多的公司，或許指日可待！）

OWNDAYS的員工之間開始出現一種樂觀其成的氣氛，以前那種「反正我們就是即將倒閉的OWNDAYS……」的輸家心態也逐漸捨棄了。

可是，那些在各地反覆實施的「眼鏡一副兩千五百圓」所有商品半價特賣活動，說穿了，終究只是亂七八糟的低價促銷手法而已，雖然它確實帶來了龐大的現金收入，但那只是一陣薄利多銷的旋風，冷靜看數字便會發現收益性根本沒改善多少，就像不持續踩就會倒下的騎腳踏車狀態，別說放心了，根本是變得更棘手。

店面數之所以開始急速增加，那也是靠著新店面效應，勉強讓現金流動，想以此延長公司壽命，根本是用苦肉計換來的成果。

若繼續用半價銷售來吸引大批顧客，如果每次都有大筆現金入帳倒還好，但要是消費者膩了，結果連特賣活動都賺不到像樣的營業額時，我們捱不過一年就會自我毀滅。

這種感覺，簡直像走在架於萬丈深淵中央的平衡木上，勉勉強強的保持平衡，只要踏錯一步就會倒栽蔥跌落深淵。與周遭的期待相反，此時OWNDAYS的實際情況，仍舊像紙糊的一樣，虛有其表。

但為了不讓員工們知道公司目前處在這種危險邊緣的狀態，我在全國各地幾乎每週都會於新店開幕前一晚舉辦的「奮起聚會」上，對聚集在居酒屋內的員工們信心喊話，鼓舞他們的士氣。

「從明天起，目標是一週賺一千萬！照這節奏邁向一百間店面。我們一定要成為日本第一的眼鏡公司。大家要拿出幹勁來！」

「噢——！乾杯——！」

然而，在我那張強勢又爽朗的表情背後卻是……

（這種胡來的促銷一定無法一直這樣辦下去啊……）

我很害怕哪天會原形畢露，壓力大到很想拋下公司、拋下一切逃得遠遠的，每天被壓得快喘不過氣。

我們就像在走鋼索般，極力的籌措資金，一面隱瞞這些實情，一面讓OWNDAYS持續奔馳。而某天，一場突如其來的風暴毫不留情地襲向我們。

「咦——！?你說薄型非球面鏡片的追加費用全部〇圓……這是認真的嗎？」

某日，在總公司的一隅，甲賀先生從網路上看到「JAMES全新售價系統發表」，嚇得兩眼發直。

當時以三種價位眼鏡業界第一大規模自豪的「JAMES」對外發表，說他們決定在維持五千日圓最低價的情況下，一律取消薄型非球面鏡片的追加費用，直接免費提供。

這則「驚天動地的公告」震撼了整個眼鏡業。

眼鏡鏡片的形狀，基本上可分成「球面」與「非球面」兩大類。球面鏡片就像它的名稱一樣，形狀呈球面，而它的厚度會造成視野邊緣嚴重扭曲變形。此外，只要度數增加，鏡片就會增厚，有時候會導致鏡片無法順利裝入某些形狀的鏡架內。

就這一點而言，非球面鏡片就是為了改善球面鏡片之缺陷而研發出的產品，由於使用非球面鏡片時，視野邊緣的扭曲程度較小，所以不只容易以自然的視野來看事物，就連高度數鏡片所引起的臉部輪廓偏移現象都能為之縮減，是很傑出的產品。

而幾乎所有眼鏡行都是顧客已有意購買後，才又馬後炮的提議加購這種昂貴的薄型非球面鏡片，以這種銷售手法來提高獲利率，建立起高收益的商業模式，這已成了一種常識。

JAMES提出「薄型非球面鏡片追加費用〇圓」等於是狠狠開了一個大洞，短短一夜就讓整個眼鏡業界吵得沸沸揚揚，就像被捅了馬蜂窩一樣。

當然了，我們OWNDAYS公司內也是飽受震撼，就連在每週的例行幹部會議上，都一定會把JAMES「薄型非球面鏡片追加費用○圓」相關的話題搬出來講，不斷上演著眾人議論紛紛的場景。

最近OWNDAYS的所有商品半價銷售活動之所以會有利潤，是因為在另一方面，我們常會利用薄型非球面鏡片所產生的追加費用來拉高顧客消費單價，藉此確保最低限度的收益。當最低售價為五千日圓的眼鏡打對折，以兩千五百日圓這種超便宜價格販售時，順道過來逛逛的客人就會不自主的衝動購物。而且預算還有剩，客人就更容易接受薄型非球面鏡片這個選項，而我們就能從這筆追加費用裡勉強確保收益。這正是OWNDAYS讓「所有商品全面半價」這種驚人的銷售得以成立的「命脈」。

然而，JAMES所推出的「薄型非球面鏡片追加費用○圓」，暗藏了驚人的破壞力，足以徹底摧毀OWNDAYS的「命脈」。

長津在幹部會議上對JAMES的戰略提出質疑。

「可是社長，如果說薄型鏡片的追加費用等於是命脈，那麼對JAMES來說也是一樣吧？就算他們的銷售量再怎麼比我們好也一樣。現在他們做出這種自動放棄的舉動，那不就是自殺行為嗎？這樣做確實是有絕佳的宣傳效果，應該能招攬到很多客人，可是，這種做法到底是不是長久之計呢？我覺得這未免太魯莽了……」

不過，我自己也是從眼鏡業界外頭來的，從以前就對這個業界獨特的不透明價格系統覺得很不對勁。

「嗯……不過，整個眼鏡業界確實依舊是老樣子，不朝如何提升來客數投注心力，只想盡量確保利潤高一點，無法改掉這個習慣。先把價格秀給客人看，等到驗完視力後才說『若是您這個度數的話，鏡片會變成這麼厚哦。只要再加幾千圓的話……』，以這種馬後炮的手法拉抬價格的做法，確實是不透明。把價格變得單純一點，讓客人更容易理解，這或許才是生意人應有的姿態，JAMES的這種做法，我認為並沒錯。」

不過，「靠薄型非球面鏡片的追加費用來確保高利潤」的這種做法，要做出毅然加以捨棄的決定，確實很理想化，不過對此時的我們來說，考量到OWNDAYS的財務狀況，就覺得很可怕，無法輕易做出這樣的決定。

「無論如何，照這樣下去，如果OWNDAYS也不跟著推出追加費用〇圓的話，遲早會變得沒辦法跟人家競爭吧？」

明石主張我們應該立即檢討OWNDAYS跟進一事。

負責鏡片供應的商品部高橋部長，從配合他那往後梳的油頭所配戴的圓眼鏡底下，發出銳利的目光，以像在瞪人般的表情說出他審慎的意見。

「我懂明石這番話的意思。可是現在的我們根本辦不到，再說原價也不一樣。要是隨便出手而導致失敗的話，很可能會就此倒閉。」

而長津似乎也肯定高橋部長的意見，接著說道：

「我也贊成高橋部長的意見。而且並不是所有客人都討厭薄型非球面鏡片的提議哦。事實上，許多客人都能理解薄型非球面鏡片的原價較高，而且他們『想多花點錢買更好的東西』。也有很多人說，眼鏡是每天都要用的東西，所以雖然貴了點，但只要是價錢能接受的好眼鏡，還是會想買。」

「好！先來思考一下，如果要跟著推出薄型非球面鏡片〇圓，會產生哪些壞處！」

我站在白板前，將OWNDAYS是否實施薄型非球面鏡片〇圓所產生的各種缺點，依要點條列，潦草的寫下。

「假設我們跟著推出薄型非球面鏡片○圓，那麼，現在的半額銷售當然就做不成了。而且對進貨原價比直營店來得貴的加盟店來說，利潤縮水可是很嚴重的問題。因此加盟事業恐怕也會同時停擺。擴增加盟店可說是現在OWNDAYS的成長引擎，而這也關係到公司的存亡。再者，要是銷售數量就這樣不上不下的停止成長，顯而易見的，獲利率將會大幅下降。這樣一來，很可能會落入虧損的窘境。對重建中的OWNDAYS而言，這同時也意謂著死亡。

另一方面，來談談不跟著推出薄型非球面鏡片○圓的壞處。這樣下去等於是默許JAMES獨占。我們追了老半天，好不容易才隱約看見JAMES的車尾燈，現在卻又要被拋得遠遠的了。也許銷售量會變得更懸殊，被對方的購買力所壓制，因而在價格上完全無法與之抗衡。」

幹部們一面盯著白板上的多項缺點，一面以沉痛的表情嘆氣。彷彿連交談的話語也為之凍結的沉悶空氣，瀰漫著會議室。

「照這樣看來，跟著推出薄型非球面鏡片○圓，會『當場死亡』，不跟著做則會『衰弱而死』。」

高橋先生用極其沉痛的聲音，語帶不悅的小聲低語道。

「當真是進也地獄，退也地獄。」

明石也像是要把氣氛搞得更沉重似的，如此說道。

「OWNDAYS還在經營重整中，不但難以向銀行貸款，也沒半點內部資金。說穿了，OWNDAYS根本沒有半點體力可以跟JAMES站在同一擂台上戰鬥。」

奧野先生雙臂盤胸看著天花板，露出一副死了心的模樣。

「就這個層面來看，JAMES雖然是敵人，但對於他們這項策略，我們也只能說一句『太厲害了』。看著眼前的『OWNDAYS』靠開幕半價促銷吸引排隊人潮時，他們也從未推出過奇怪的低價格來搶生意。之前那種絲毫沒動靜的樣子，簡直令我發毛。而現在時機成熟，他們打出的絕招，就是這個薄型非球面鏡片追加費用〇圓。能成功辦到這點的企業，必須同時具有營業規模、優異的財務狀況，以及能拋下過去所有成功經驗的判斷力。真不愧是JAMES啊……我們也只能承認JAMES確實出類拔萃，跟其他眼鏡連鎖店截然不同。」

甲賀先生一臉感佩的說道。

「好，我明白了。總之，先來說說我的結論吧。」

在這邊不斷反覆討論也只是浪費時間而已。首先必須站在OWNDAYS的立場，清楚決定好「今後該如何行動？」，否則事態不可能好轉，更不用奢望能前進了。

「我決定先觀察一陣子。」

「觀察……嗎？」

「沒錯。在這節骨眼上，如果沒好好擬定計畫，就倉促行事，搞得手忙腳亂，那也無濟於事。就先靜觀其變吧。不過，雖說是靜觀其變，也不可能一直靜觀下去。這樣吧……期限就訂一年。一年後，我們再謹慎的檢視JAMES的營業額和收益狀況如何。幸好JAMES是上市企業，結算內容完全公開，假設一年過後，他們的獲利率依然沒下降，到時候OWNDAYS也要下定決心，馬上跟進。而在那之前，我們就以目前已上軌道的所有商品半價促銷，來賺取眼前的現金，繼續以推展加盟來增加店面數與銷售量，專心重振公司的財務吧。」

這結論實在是不乾不脆，但是此時此刻，我連個能打破現狀的好主意都沒有。而且半價促銷依舊連日吸引了大批顧客上門，所以我的確沒勇氣去改變現狀。幹部們可能是真切感受到這點，全部只能默默點頭。

二〇一〇年九月

JAMES的薄型非球面鏡片追加費用〇圓，舉辦至今已即將屆滿一年。

高橋先生和明石帶著從多家製造商聽來的消息，以及JAMES的有價證券報告書，出現在我面前，向我報告。

「社長，JAMES的業績看起來好得不得了啊……」

「這樣啊。嗯，也對。畢竟連日來都有大批客人衝進各地的JAMES店面嘛。」

我垂頭喪氣的坐在會議室的沙發上，接著抬頭望著天花板，吐出一個又一個的煙圈。

「是的。銷售量和收益都遠超過當初的目標額了。中國各家鏡架製造商也都因為接連收到追加訂單而不知如何是好。」

「是嗎。那麼，店家的評價如何?比方說員工的情況怎樣?」

「反而因為忙碌，而感覺工作起來充滿幹勁。員工充滿活力，每家店的氣氛也非常好。」

聽完這段報告後，我深切感受到自己的失敗。

這種感覺，就像原本以為遙遠的前方終於隱約可以從雲縫間看見JAMES的影子，結果一轉眼，對方就改搭超高性能噴射機飛向遠方，一口氣飛得無影無蹤。

薄型非球面鏡片〇圓會使獲利率下降，而且要是沒大舉擴大銷量，就無法成功。擴大銷量，會讓現場工作人員的工作量大增，因此我認為，這對店員的服務品質帶來何種影響，正是這種新價格系統的成敗關鍵。但JAMES不但巧妙的提升了銷量，還徹底規劃出效率化的作業，在不影響顧客滿意度的情況下，亮麗的實現大幅提升營業額的目標。

這項事實令我備感焦急。

論知名度、銷售量、財務狀況，OWNDAYS都難以望其項背的優秀企業JAMES，即使在氣勢、話題性方面，也完全壓制了OWNDAYS。

而且連員工都朝氣蓬勃的在工作。原本，游擊式的銷售戰略、話題性、員工們的幹勁，都是我的驕傲，我認為OWNDAYS在這些方面絕不會輸給別人，但現在我的自信已從腳尖開始崩解。

我抑制不了心中的焦急，開口說道：

「這樣下去只會更加放任JAMES獨占市場。我們還是馬上跟進推出薄型非球面鏡片〇圓吧。這樣大概要花多少時間準備？」

「社長……我們不能這麼做啊……」

明石流露出再也無法忍耐的表情，眼中浮現焦躁，語帶不悅的說道。

「其實我早就猜到社長會這麼說了，所以我已經事先多次在台面下與製造鏡片的合作廠商展開交涉，討論薄型非球面鏡片的價格，可是廠商說，依我們現在的販售數量，還是無法大幅調降進貨單價，到足以推出追加費用〇圓的水準。」

「這樣啊……依我們的規模，現在連要跟進挑戰都辦不到是嗎……」

「是的，我很抱歉。製造商斷言，至少得賣出目前兩倍以上的數量，否則沒辦法。」

「如果堅決實施薄型非球面鏡片〇圓，就能將銷量提高兩倍，可以請他們看好這樣的可能性，先為我們降價嗎？」

「行不通。我之前也這樣拜託過，但山東鏡片公司斷言『OWNDAYS雖有話題性，但是未來性還不明朗，我們絕不可能為你們冒這樣的風險來全力相挺』，明確的拒絕在現階段大幅調降進貨單價。我很抱歉。」

就這樣，儘管都已經過了一年，我們還是無法跟進推出像JAMES那樣的薄型非球面鏡片〇圓，只能持續推出低價促銷和擴大加盟店，來勉強維持現金流動，就像面對一顆快脹破的氣球，雖然害怕，卻又持續灌氣一樣，在全國持續增加店面數。

二〇一一年三月

儘管受到JAMES薄型非球面鏡片〇圓的旋風襲擊，但OWNDAYS還是以擴展加盟店為主力，持續擴大設店，最後終於在九州最大樞紐站博多車站緊鄰的「AMU EST博多」一樓，設立了值得紀念的第一百家店。

當初擔任OWNDAYS社長時貼在牆上的目標，終於就要實現了。

但沉醉於成功的喜悅，同樣只有很短暫的時間。不久，那任誰也沒料到的「空前災難」，就此襲向日本。

轉眼間，我們將再次以完全料想不到形式，被打入地獄的油鍋底端。

落入之前完全無法比擬，令人深感絕望的處境中。

第15話　發生東日本大地震

二〇一一年三月十一日

現在已來到三月中旬，照月曆來看，春天確實已即將到來，但東京都內卻像是拒絕春天到來般，連日來都是冷颼颼的日子，不管什麼時候下雪也不足為奇。

我在池西店二樓的會議室裡，進行新聘員工的雇用面試。

搖晃……

搖晃……

「噢……是地震吧？」

灰塵從天花板飄下，落向攤在我面前的履歷表上，我這才發現發生搖晃。不久，開始出現頻頻上下晃的強烈震動，一整疊的文件資料發出嘩啦嘩啦的聲響，從我背後的鋼製文件櫃上掉落。

前來接受面試的女性是中國人，似乎在來日本之前不曾經歷過地震，這有生以來第一次的地震體驗，令她臉上布滿驚恐之色，表情為之僵硬。我為了防止桌上的茶灑出，一面用手握住茶杯，一面說道：

「哈哈哈，沒事的。很快就會停下來的，在日本，地震是常有的事，像這樣的搖晃算是很普通的。」

「這樣啊……」

就在我為了緩和這位參加面試的女性心中的不安，而和她搭話時——

轟——！

「呀！」

隨著一陣劇烈的衝擊，搖晃非但沒平息，反而還更加劇烈，整個會議室開始強烈搖晃。面向池袋車站的大玻璃窗發出「嘎吱嘎吱」的聲響，就像大樓本身有生命，發出悲鳴一般，傳出可怕的低吼聲。

雖說日本人早已習慣地震，但坦白說，這可怕的搖晃不僅強烈，而且時間又長，我以前從未經歷過，這令我心中略感恐懼。

那是發生東日本大地震的瞬間。

屋齡四十年的老舊大樓隨著搖晃而全體發出激烈的擠壓聲，那可怕的聲響從整個牆壁傳來，宛如惡魔的歌聲。附輪子的檔案櫃和影印機，開始分別往左右暴衝，文件紛紛掉落地面。我放在衣服內側口袋的手機刺耳的響起「討厭的旋律」，那是通知地震發生的緊急警報，樓上辦公室傳來女員工的尖叫，公司內一陣騷動。

「……我覺得有點可怕……」

第一次見識地震的這名女子，因恐怖而戰慄，雙腳直打顫，這種情況下，實在無法繼續面試。

「嗯。這次的地震是有點嚴重。看來今天不適合面試，我們改天再談吧。路上請小心。」

為了不激起她心中的不安，我佯裝平靜對她這樣說道，就此中途結束面試。

幾分鐘後，搖晃終於停止，我送那名面試的女性到外頭，想順便確認一下一樓的池西店狀況，就此走下大樓樓梯。

來到外面，望向池袋西口車站前的圓環，那裡擠滿了人。一對像學生的情侶手牽著手，一臉不安。一旁的商務人士拚命用手機想聯絡上客戶。也有不少人擔心家人和愛人的安危，不斷打手機。

我想走過車站前的斑馬線，到對面去確認一下四周的情形，但大批群眾滿到車道上來，我被人群阻擋，難以前進。

這天的東京晴空萬里。

仰望天空，那漂亮的白雲似乎對地上發生的這場軒然大波一點都不在意，優雅的飄蕩在高樓大廈間，令人印象深刻。

這時，人群中傳來一個聲音說道「震央好像是在仙台」。

（連離仙台這麼遠的東京都搖晃得這麼嚴重了，那震央不知道會怎樣……）

頓時一股難以言喻的恐懼占滿我腦中，但我馬上重新振奮精神，撥開人群，回到池西店內，一口氣奔上三樓的辦公室。

辦公室內依舊慌亂。

隔間牆上出現幾道裂痕，部分牆壁缺損掉落，說明了剛才的搖晃有多劇烈。裝有文件的大層架全都固定在牆壁上，所以幾乎沒什麼災情，但原本放在裡頭的文件和檔案全部掉出，散落一地。

所幸沒停電也沒斷水，網路也連得上，所以雖然搖晃劇烈，但災情似乎並不嚴重。

半晌過後，根據電視新聞報導，這才稍稍了解大致的情況。震央是三陸近海，規模九・〇。規模還在阪神大地震之上。

「好大的地震啊……震央好像是在仙台。」

祕書坂部勝略顯激動的對我說道。前一陣子，我最早的祕書長尾貴之率領開幕支援小組跑遍全國，所以我將十年前便很關照的後輩坂部拉進OWNDAYS內，由他接替長尾的祕書業務。

「嗯，好像是。和東北的店面聯絡上了嗎？」

「不，沒辦法。完全聯絡不上。」

「從電視來看，好像沒那麼嚴重，不過可能店內變得一團亂吧。」

東日本大地震發生後，並未馬上引來海嘯，所以當時很多人都還不知道它竟會是「如此嚴重的歷史性大災難」。

但數小時後，日本全土皆被未曾有的恐懼和恐慌包覆。

電視陸續傳來海嘯災情的新聞，令人懷疑自己是否看錯。東北到千葉縣一帶的沿岸陸續遭受毀滅性的重創。就像科幻電影般，街道整個被海嘯吞沒，就此崩毀。

地震發生後，一夜過去，來到隔天下午。

全國各地大型餘震斷斷續續發生，人們被不安與恐懼吞噬，東京開始搶購食物，一味鼓動人心不安的謠言四起，以關東和東北為中心，這種堪稱是「大恐慌」的狀態不斷持續。

OWNDAYS的營運不光東北，就連關東一帶，其實也有近半數的店面出了嚴重狀況。交通網到處大打結，每家店別說要正常營業了，連誰在什麼時候可以上班都無法正確掌握。

就算是沒釀出災情的店面，但是像「雖然前去上班，但在即將開店時，購物中心卻決定暫停營業」、「明明開店，但下午卻暫停營業」等等，沒實際到店裡一趟便不會知道當天營業狀態的情況頻傳，造成更多的混亂。

二〇一一年三月十四日

地震發生三天後。

「……不行。這樣下去不妙……。」

在緊急召開的幹部會議中，大致聽完業務部提出的各店面營業狀況報告後，奧野先生低聲沉吟，雙手抱頭，整個人趴在桌上。會議室裡，無言的沉默籠罩良久。

「不行。這樣的營業額如果持續下去，肯定會資金短缺。」

「真有那麼糟？」

「如果只有東北的十家店無法營業倒還好，但計畫性停電的影響實在不是開玩笑的。政府停止核電廠運作，在夏天之前會很可能會暫時進行大規模的計畫性停電。現今受到計畫性停電影響，有將近全體四成的店面無法有像樣的營業額。而且這些店家的營業額就算連一半都達不到，但支付店租和薪水等經費卻幾乎完全沒減少。如果照這個情況再持續半年的話……」

「如果繼續這樣下去，資金短缺的金額會有多高？」

「最糟的情況下，恐怕會有將近一億日圓的短缺……視情況而定，可能還會更高……」

震災的影響，幾乎將沒能取得銀行融資的OWNDAYS資金調度，一口氣打落萬丈深淵。東北地區的十家店全部受災，完全停止營業，位於福島縣的「郡山FESTA店」，連同裡頭的設施全部一起塌毀。而以關東地區為中心，悍然執行的「計畫性停電」，也讓事態變得愈來愈糟。

關東、東北的商業設施受到計畫性停電的影響，被迫只能短時間營業，或是在省電節能的原則下，只用最低限度的電量來營業。

像服飾和食品，即使沒開燈，在昏暗的店內一樣可以販售。但以眼鏡來說，在昏暗的店內，無法做出正確的視力檢測，就算開店，也幾乎都賣不出眼鏡。因此，就算採保守估計也推算得出，有將近四成的店面陷入嚴重的事態中，會有一個多月的時間無法好好營業。

而更不巧的是，由於在地震發生前，OWNDAYS的業績急速恢復，所以儘管沒能獲得銀行融資，但對各家銀行的還款額卻因此增加。

我感到忐忑不安。

資金短缺已是確定的事，而且不清楚這種狀況會持續到何時。或許會變得更糟。要是某天突然發不出薪水，員工們會怎樣呢？而且發生這種大災難後，在不穩定的社會情勢下，理應要入袋的薪水如果無法支付，大家將會流落街頭。

（不過，像這種時候，身為社長的我要是表現出自己不安的心境，員工只會更加不安。倘若社長自己陷入恐慌，那麼，失去船長的OWNDAYS即將面臨的命運就只有一個，那就是往深邃的海底「沉沒」。）

我思考著這件事，雙手緊緊按住桌下顫抖的雙腳，故做平靜，加重語氣說道：

「奧野先生，對銀行的還款一概全都暫停吧。」

奧野先生以食指托起眼鏡的鼻梁架，深深的點著頭應道：

「說得也是。我也正想這麼說。總之，現在就先確保手中的現金吧。目前應該先採取的手段，就是銀行還款的再次債務重整。如果本金還款降為零，則半年就能生出一億日圓來。然後一併向年金事務所說明我們的窘境。」

「奧野先生，銀行方面就拜託你了。再來是合作廠商對吧，不好意思，為了讓合作廠商也願意讓我們延遲付款，請把一切如實告訴他們。現在大家都很辛苦，我們也顧不了體面了。如果有必要，就算要我跪下來，磕頭磕到額頭出血，我也願意，總之，多一圓是一圓，請合作廠商盡可能讓我們延遲付款。至於員工的薪水，至少要保障三個月發薪不會延遲。OWNDAYS要度過這個危機，只能仰賴每位員工的力量了，儘管處在社會如此不動蕩不安的狀態下，仍要持續維持正常發薪的狀態，是我們經營高層最大的責任。」

奧野先生在這場會議後，馬上向各銀行發送債務重整申請書，內容提到「此次的震災對業績造成多大的影響，難以估算，所以從本月底起，希望能暫停本金還款，並針對今後的還款金額進一步商討」。

結果幾乎每一家銀行都給予超乎想像的溫情回應。銀行回以慰問的話語，同時告知：「會馬上與您接洽！」主動聯絡，之後兩個星期內，每家銀行都回應我們變更還款條件的要求，完成變更手續。

我不確定這是否為因應大型災難的特例，不過，僅憑一紙文件和試算表，就很乾脆的獲得認可的這項事實，對於二〇〇八年時為此受盡痛苦，長期展開債務重整交涉，至今記憶猶新的我們來說，除了略感意外，也再次體認到這次遍及日本社會的事態有多嚴重。

商品部的高橋部長向各家鏡架及鏡片製造商說明OWNDAYS調度資金的窘境，連日奔走，請求他們同意延遲付款。設計施工部的民谷同樣四處奔走，請各家工程公司同意對於上個月之前的新店面裝潢工程費能暫緩請款。

對於這項請求，各家合作廠商當中，資金籌措比較有餘裕者，都很爽快的同意我們暫緩付款。而一些中小型的合作廠商也回應道「全額延遲付款，我們無法配合，不過如果是部分的話，因為目前情況緊急……」，同意盡可能協助我們。

藉由這個方法，我們得以確保在月底能保有總計一億日圓以上的資金，OWNDAYS好不容易保住最後一口氣，不，這次可說是只剩半口氣，就像站在地獄油鍋的邊緣，差點就掉進滾燙的油鍋裡。就像這種感覺。

第16話 在受災地眼鏡店的邂逅

二〇一一年三月十六日

來談談震災發生五天後的事。

震災造成的混亂至今仍看不出有平息的跡象，東京都一片混亂，再加上「電力供應不足」這個大問題突然爆發，進一步加深事態的嚴重性。

在OWNDAYS公司內也一樣，處在這種混亂中，營業現場受每天都在變化的狀況所左右，我們經營高層連日都來忙著因應，直到深夜。

在耗損精神的思考對策會議上，明石直接提到各家大企業已開始表明要支援受災地。

「真厲害。UNIQLO的柳井社長好像捐出十億日圓，而且其他大企業也都開始表明要捐款。」

「嗯。這算是好事。雖然也有不少人會揶揄這是沽名釣譽的行為，但不管是不是沽名釣譽，也比不採取任何行動強上數百倍。」

在各大企業宣布要贊助援助款的情況下，網路上也有很多批判的聲浪說這是「沽名釣譽」、「既然要捐款，就匿名啊！」，但對於這些完全搞錯對象的批評，我一直都冷眼以對。

震災發生當天，我從電視上看到的東北慘狀，一直深深烙印在我腦中揮之不去。

（當時在那個地方的人們現在不知道情況如何……在仙台地區的員工三浦、谷田部、若生，他們似乎都被迫在避難所生活。他們的生活不知道有沒有困難……）

我心裡想著這些事，如果可以，我也想對那些在受災地受苦的人們提供金援……我有這種強烈的感受。

但這時候的OWNDAYS根本沒能力替別人的生活操心，我們連明天要上哪兒籌措資金都不知道，可說是處在最糟的狀態下。

「如果能送援助款過去，我也想送……可是我們沒有多餘的錢可以送……。」

我語帶自虐的說道。

「說得也是，如果我們也有足夠的保留盈餘，也應該馬上送援助款過去。但很遺憾，我們OWNDAYS光是要確保自己員工的薪水都已經竭盡全力了。」

奧野先生也聳了聳肩，露出悶悶不樂的神情，無力的說道。

「說得也是。與其擔心別人，不如先擔心我們自己的明天……」

明石正打算這麼說時——

「啊！」

長津露出「靈光一閃」的表情，大聲說道：

「我們是眼鏡店。受災地應該有很多人因為沒有眼鏡或隱形眼鏡而傷腦筋，我們不也可以幫他們解決這個問題嗎？」

「啥？你這話是什麼麼意思？就算是這樣，受災地每家店都關門，沒辦法營業啊。」

「既然無法開店，那我們就主動到那裡出差不就行了嗎！」

「原來還有這麼一招啊！」

明石露出心領神會的神情，用力點頭。

「這話什麼意思？」

我一時間還不明白長津和明石話中的含意。

「也就是說，到避難所去開眼鏡店！東北地區的店面全都歇業，但驗光機和鏡片加工機都沒故障，幾乎都在可使用的狀態下長眠。只要有發電機，就算在野外也能啟動驗光機和鏡片加工機。不論是鏡架或鏡片，店裡都有很多庫存，不是嗎？反正也不能開店，乾脆用旅行車裝載這些機械和商品，在受災地巡迴，在避難所為沒有眼鏡而傷腦筋的人們免費製作眼鏡贈送！」

我不禁雙手用力朝桌面一拍，大叫一聲，趨身向前。

「噢！這就對了！」

接著長尾豪氣的舉手報名。

「這點子好！這樣的話，幾乎花不了什麼錢！反正也不知道什麼時候才能重新開店，將仙台地區店面裡的眼鏡全部免費贈送！移動眼鏡店是吧？好！我去！」

在場的幹部們臉上散發出光輝，大家爭先恐後報名搶著要去受災地。

「我也去！」

「不，這種時候，經營高層要身先士卒！我去。」

「不不不，這是第一線的工作，所以由我去！」

這時的OWNDAYS處在最慘澹的狀態下，連明天的資金要上哪籌措都不知道。但不論是企業還是個人，為了目前處在艱困狀態下的這個國家，難道就沒有什麼可以幫得上忙的地方嗎？如果有自己幫得上忙的地方，就算只有一點點也好，會很想貢獻一份心力。身為日本人，實在感到坐立難安。這種不斷湧現的強烈念頭，以及什麼也幫不上忙的急躁，當時出席會議的每一個人應該都感受到了。

這時浮現的「到避難所出差的眼鏡店」這個點子，確實很有「OWNDAYS的風格」。我們沒錢。但既然沒錢，我們只要透過工作來對受災地做出貢獻就行了。再也沒有比這更好的事了吧！這個念頭讓大家團結一心，全員對這個受災地支援計畫達成共識，馬上決定執行。

我們立刻在會議結束後，召募想當志工的成員，結果全國許多員工都主動說要參加。大家都自發性的利用休假時間，自己帶便當集合在一起，一同前往受災地。

而受災的金谷一義等當地員工，當我通知他們「你們受災後，狀況艱苦，所以請專心讓自己恢復原本的生活」時，他們卻說「反正待在避難所也閒得慌。而且我們也是OWNDAYS的一員，難得有這機會可以靠眼鏡來幫助大家，請以身為受災戶的我們為主，讓我們參加這項志工活動！」，強烈表明他們想參加志工隊的意願。

震災發生後，湧入許多支援物資和志工，為了防止造成當地的混亂，能進入受災地的車輛受到嚴格限制。准許通行的只有警察、消防、救護，以及其他運送生活必需品及恢復基礎建設所需的車輛。

OWNDAYS到避難所支援發送眼鏡，「眼鏡」被認定是符合生活所需，且不可或缺的緊急支援對象，向池袋警局提出申請後，馬上便獲得開車進入受災地的許可。

就這樣，OWNDAYS到避難所出差的眼鏡店，以宮城縣多賀城市文化中心避難所作為第一站，從三月二十五日正式展開。

二〇一一年三月二十五日

「早安。」

「天陰陰的呢。希望別下雨才好。」

「是啊。」

一早五點。東京都內的天空一片灰濛濛，一個灰色的早晨，彷彿隨時都會降雨。受災地是土砂和瓦礫堆成的山丘。可以輕易想見，只要一下雨，行進就會變得困難重重。

到受災地支援打頭陣的成員，是以我、長津、勝為主的十二名志工。我們租借了三台業務用的HIACE，在陰天的氣候下，就像在和雨雲爭先搶快似的，從東京出發前往宮城縣，順著東北汽車道一路往北而行。

一開始眾人意氣風發，鬥志高昂，一路上話不少，但一過了禁止通行的東北汽車道宇都宮交流道後，在自衛隊阻擋進入的出入口處，我們出示寫有「支援車輛」的通行證才得以通行，之後大家便被一股緊張感緊緊包覆。

行駛了一陣子之後，大家馬上察覺出變化，頓時變得少言寡語。

變化一看便知。道路歪斜、嚴重扭曲。通過郡山後，道路突然開始變得凹凸不平，陷落的大坑洞隨處可見，相當顯眼。

「真可怕……就像遭受飛彈攻擊一樣……」

手握方向盤的坂部勝，驚嘆的低語道。

自東京出發過了十個小時，在下午三點左右，我們這才抵達受災地。

我們開車行駛在被海嘯吞噬的街道中。

街道仍鮮明的保留被海嘯重創的傷痕，為了讓緊急車輛或支援車輛能夠通行，自衛隊修建出最需要的幾條道路，道路兩側仍是一座又一座的瓦礫山。

行駛在沒路的道路上，為了取得器材，我們前往「OWNDAYS永旺購物中心利府店」。

途中，仙台幸町店的店長金谷與我們會合。

「各位辛苦了！」

「噢——你過得還好吧！」

「我很好！託您的福，我平安無事。會想辦法堅韌的活下去！」

久別重逢，見金谷店長還是一樣充滿活力，大家歡喜相擁。金谷略顯憔悴，但還是和以前一樣，以笑臉迎接大家。

我們載著金谷前往利府店的途中，擺在路旁的無數車輛，以白色、粉紅、黑色、紅色，配合車子本身的顏色，以噴漆明顯的噴上大大的「╳」字。

「金谷，這個叉叉標記是做什麼用的？」

「似乎是發現遺體的印記。當遺體還沒收走時，有時還會插上紅旗……」

我們聽了為之無言。

受災地是連續遭到破壞的可怕世界。

車子每次往前行駛幾分鐘，就會有遭到破壞的房屋或商店的遺跡映入眼中。船或車卡在頭上數公尺高的大樓上方，這種不可能有的畫面，一路上都很理所當然的出現。

我們來到電視上所看到的景象中，親眼目睹電視上沒播出的畫面。這是一個將全世界所有不幸全都網羅鋪陳在眼前的殘酷世界，就連時間的流動也變得緩慢，一股難以言表的空虛感支配一切。

抵達當地的我們，一開始先從道路狀況較好的「多賀城文化中心」所設置的避難所，展開發送眼鏡的志工活動。

以一處避難所當總部，在避難所內設置器材，建立製作眼鏡的據點，再從這裡分成多個小組，派遣員工前往位於內地的小型避難所進行視力檢測，請災民們挑選鏡架，帶回製作眼鏡所需的資料後，著手製作眼鏡，然後再回去發送。我們的計畫就是反覆進行這樣的流程。

每個人各自盡全力做自己能做的事。

當我們抱持這種感覺，持續在避難所進行發送眼鏡的活動時，某天，在一處放眼望去，一切全都被沖走的街道中，只有一棟建築聳立其中，勉強保住了形體，它是一所小學，有人利用它當避難所，我們來到了這裡。

這處避難所從震災至今已過了兩個多禮拜，但電力還沒恢復，前往那裡的道路也幾乎全都斷絕，所以連支援物資也沒能充分送達，只有自衛隊和少數志工團體賣力的展開支援活動。

當時對避難所的支援物資配給，各地都出現嚴重分配不均的問題。交通狀況好，媒體報導過的避難所，送來了全國各地的支援物資，物資爆滿，甚至發生吃不完的食物腐爛的狀況，而另一方面，像這處避難所這樣，道路狀況極差，運送困難，而且避難人數少的場所，得到的支援少之又少，連足以滿足人數需求的食物都沒送達，如此不公平的情況不勝枚舉。

我們這時候抵達的，正是這種「被延後處理」的小型避難所。

一樓的部分似乎全部因海嘯而泡水，水退去後，因泥巴和魚的腐臭而惡臭熏天，根本不是可以正常使用的狀態，人們全都被迫待在二樓和三樓，在這種惡劣的環境下過著克難的生活。

我們一抵達那裡，便開始作業。由於這裡還沒供電，不能使用室內廣播，所以我們拿著傳單，走遍校內每個角落，大聲宣傳。

「有沒有人因為沒有眼鏡或隱形眼鏡，而感到困擾呢？」
「我們來這裡製作眼鏡！有需要的人，請跟我們說一聲！」
接著花了兩天的時間，對有需要的人製作眼鏡，就此順利的完成在這處避難場所的工作。
所有工作結束後，電力還是沒恢復，所以在天色變暗前，我們急忙收拾器材，展開撤收作業，這時，一位老太太雙手捧著麵包和點心來到我們面前。
老太太是今天早上我們最早幫忙製作眼鏡的客人。
她說，為了向我們幫她製作眼鏡的事道謝，特地送慰勞的點心過來。
「嘩！是慰勞的點心呢。太謝謝您了！……不過，有您這份心就夠了。因為我們回住處後，就能好好吃頓飽。有您這份心意，我們就很高興了，這就留著各位自己吃吧。」
擔任志工隊長的長津，一臉歉疚的婉拒後，老太太執起長津的手，硬把飯糰和水果塞進他手中說道：
「這樣的話，我過意不去。至少讓我表達一下謝意吧。現在只有這種東西，對你們很抱歉，但還是請您收下。」
「不不不，真的不用。我們是自己想來，才來到這裡，所以有您這份心意，真的就夠了。」

長津露出歉疚的表情，鄭重婉謝對方的贈品，但這位老太太也很堅持的說「無論如何，我都希望您能收下」，不肯聽勸。

老太太開心的對不知如何是好的我們說：

「可以聽我說句話嗎？在地震那天，我就這樣什麼也沒帶，拖著老命躲過海嘯，到這裡避難。但手機之類的東西全都沒帶，所以聯絡不上任何人。我有兒子媳婦，兩名孫子，但他們是否獲救、人在哪裡、是死是活，我都不清楚，剛來到這裡的那段時間，我每天晚上都被不安壓得喘不過氣來……然後，你們看那個。」

老太太以食指比向前方，那裡有個大布告欄，上頭寫滿無數的小字。

「喏，那塊布告欄上，每天都會貼出其他避難所的人們姓名，以及已確認身分的遺體姓名。我的視力不是很差嗎，但偏偏在逃生時遺失了眼鏡，所以之前在光線昏暗下，無法看清楚上頭的小字，所以在今天之前，我一直都無法確認上頭所有的名字……原本也想請人唸給我聽，但要從別人口中得知現實，我實在沒這個勇氣，不管是怎樣的現實，我都希望能自己親眼確認，所以之前我一直都沒能看個明白。

就在這時，你們來到這裡，為我作了一副眼鏡。

我戴上剛作好的這副眼鏡，忐忑不安的前往那塊布告欄前。心裡害怕得不得了，心臟都快爆開來了。但我拚命壓抑自己的情感，一一細看上頭的文字。

結果從其他避難所的避難者名冊中，我看到全家人的姓名！我自己親眼確認家人平安無事！託你們的福，我這才得以和家人相會！明天我馬上就能去見他們了！

啊，看得清楚是多美好的一件事啊，我從未如此深切地感受到，眼睛能看清楚事物是多麼值得感謝的事。因此，雖然現在手上只有這點東西，對你們很抱歉，但我希望你們能收下這份慰勞點心。真的很謝謝你們今天的到來。真的很感謝，謝謝。」

語畢，老奶奶淚如雨下，一再向我們鞠躬道謝，跟我們每一個人握手。

「原來是這樣。真是太好了！太好了！那我們就不客氣地收下您的慰勞點心吧！」

「這樣才對，你們從早上開始，幾乎什麼也沒吃對吧？不用客氣，全部吃完吧。」

「太好了——！我肚子超餓的。我開動了——！」

「好吃！這是我這輩子吃過最好吃的飯糰！」

「我要再吃一個！」

我望著眾人與老婆婆的對話，不知道該怎麼形容才好，有一種「獲得救贖之感」。自從展開這場志工活動以來，對於失去一切，身處絕望深淵的受災者，與擁有一切的我們之間的遭遇，可說是天差地遠，我一直對此感到內疚。有時甚至覺得這種志工活動該不會只是要填補這樣的「落差」，藉此自我滿足吧……。

但這或許是我自己想多了。受災者當中，有人需要我們。不管是偽善，還是沽名釣譽，都有人因為我們送達的眼鏡而得到幸福。就算這樣的人只有一位，我們這趟就不算白來。

因為有這樣的真切感受，我內心變得無比輕鬆，得到救贖。真的得到救助的，也許反而是我們。

而透過和這位老太太的相遇，我發現了另一項重要的事。

（沒戴眼鏡就看不見。眼睛看不見，有時會奪走人們無可取代的重要之物。我們所從事的工作，是對待人們的視力，一種在人們的生活中不可或缺的重要之物。）

我重新發現這個對眼鏡店來說「很理所當然之事」。

收購OWNDAYS後，我原本一直將眼鏡當作是用來做生意的一種道具。要讓客戶選中，戰勝競爭的企業，該怎麼做才好？滿腦子想的都是這件事。著眼在話題性、時尚性，開出其他公司無法跟進的低價位，只要以這樣推展事業就行了。只要能擴大企業規模，增加利潤，這樣就行了。身為經營者，這是最重要的工作，同時也是使命。我原本一直都這麼想。

但透過這次在避難所的志工活動，我這才清楚發現，對眼鏡店來說，最重要的就是運用自己專家的技術和知識，讓人們的視野變得舒適。

當真是一道閃電打向我腦袋。當時我受到的強烈衝擊，以這樣來表現再貼切不過了。OWNDAYS真正必須向顧客販售的，既不是便宜的眼鏡，也不是帥氣的眼鏡，而是「一戴上眼鏡就能看到的美好世界」。

「身為眼鏡店業者，過於欠缺提升知識與技術的意識」。

這應該就是OWNDAYS之前一直存在的問題當中，最大的本質問題之一。

我參加完志工活動返回後，馬上指派長津擔任負責人，重新正式設立「技能研習室」這個部門，決定從員工研習的內容到過程，全部重新評估。

將過去各家店各自為政的視力測量法和加工法進行統一，自然是非做不可的事，甚至還訂立了獨自一套公司內的資格制度。我決定以這個資格制度為標準，徹底讓所有員工身為眼鏡店業者所具備的技能可以「看得一清二楚」。

長津在技能研習室正式設立後，當真是如魚得水，充滿活力，在日本各地奔波，每天都忙到很晚，全力投入對全國員工的教育中。

而OWNDAYS的「眼鏡發送活動」，至今仍持續進行中。

以開發中國家為主，因為「附近沒有可接受眼科檢查的設施」、「經濟上沒能力」等原因，儘管視力出了問題，卻無法採取必要處置的人，在全世界有多達數億人存在。

OWNDAYS為了替這些人提供援助，成立了「OWNDAYS Eye Camp」計畫，運用一部分收益，和各地非政府組織團體合作，定期到貧困地區或受災地進行免費發送眼鏡的活動。

在受災地的眼鏡發送支援活動，讓我發現「眼鏡店存在的意義」，使OWNDAYS脫胎換骨。而以此作為契機，舉全公司之力，投入知識和技術力的提升後，OWNDAYS這才得以持續提升業績，這麼說一點都不誇大。

為了時時不讓自己忘了這個原點，我將「OWNDAYS Eye Camp」這項活動愈辦愈大，將這個體驗傳達給更多人知道，這是OWNDAYS在經歷過東日本大地震這個前所未有的大災難後，所得到的答案，是我們對犧牲者們給的追悼，而最重要的，是對於當時能吃到那全世界最好吃的飯糰，所做的一份報答。

第17話 一見鍾情

二〇一一年九月

「什麼？只賣出五萬日圓而已嗎……這樣距離目標金額可是差了一大截啊。再這樣下去的話，連原本預定要以開幕促銷的營收來回收初期投資的費用，都不太有希望了。」

在金澤最具時尚氣息的「片町商店街」入口處，這間盛大開幕的大馬路店面正在實施開幕促銷。

九月已過了一半，路樹也慢慢開始落葉，但這一天就像又回到盛夏般，在那悶熱的夕陽餘暉包圍下，我和明石不知如何是好。

如果是往常，所有商品半價促銷應該會引來大排長龍的人潮才對，然而，新開幕的「OWNDAYS」店內卻門可羅雀，空空蕩蕩，靜得不像話。宛如三年前的高田馬場店噩夢再度來襲。

最近果然就像當初擔心的那樣，OWNDAYS的強心劑「所有商品半價，降價促銷」顯然已不再具有優勢，各地的新店面也開始陸續出現開幕促銷收益遠不及目標額的情況。

我們就像被世人遺忘似的，落寞的佇立在金澤店店門前，看著員工們拚命抵抗寂靜、扯開嗓門叫賣，持續發傳單，不知該說什麼才好。

「果然對全國各地來說，這種『眼鏡一副兩千五百日圓』的價格已經失去衝擊性。促銷的集客數，也如您所見，明顯下滑許多。由於一開始的來客數沒成長，之後一般營業的營業額也比預期來得低，這種店面在各地陸續出現。」

身為業務負責人的明石，或許是對眼前的銷售失敗感到自責吧，整個人垂頭喪氣，一直不和我有目光交會，用像在哀求的表情小聲說道：「給我一個答案吧。」

「現在我們已經明白，就算繼續推出這種虛有其表的低價策略，也不會有未來。如果能好好推出具有高附加價值的商品，讓客人無論如何都想在OWNDAYS買的亮眼商品，我們就有十足的勝算可以讓事業繼續成長下去。看來，還是得再次從頭重新評估OWNDAYS的品牌管理才行。」

「就是說啊。雖然明白這個道理，不過，單純只是低價銷售，終究還是有其極限。」

說到這裡，我就像下定決心般，向明石說出我從之前便一直在蘊釀的「某個點子」。

「其實我一直在思考一個問題，那就是差不多該把現在的三種價位制度取消了吧。」

「咦？要取消三種價位制度嗎？」

「對。別再分成三種價位了。打從當初我進OWNDAYS以來，就一直覺得現在這種以五千日圓、七千日圓、九千日圓三種價位來分開展示商品的銷售方式很怪，就跟薄型鏡片另收追加費用一樣怪。」

「三種價位」源自ZAPP，ZAPP就像眼鏡業界中的先驅，當初造成大轟動，之後便有不少公司配合這個價格帶跟進，從那之後便成了低價眼鏡業界裡的標準價格系統。ZAPP、JAMES、OWNDAYS這三家公司也常被拿來放在一起討論，通稱為「三種價位眼鏡連鎖店」。

「這種均一價當『賣點』的姿態，只會在人們心中留下『便宜眼鏡行』的印象。往後的OWNDAYS必須擺脫單純的眼鏡折扣店的形象，否則沒有未來可言。在震災發生後所採取的教育改革下，我有自信，我們的技術和待客水準已確實提升，與其他公司相比毫不遜色。因此，那容易讓人誤以為我們單純只是折扣店的三種價位制度，我想就此與它告別。」

「現在的做法，確實只是一味的把便宜價格推上前線而已，OWNDAYS原本想展現的品質與服務幾乎都還沒達到訴求。」

「而且用固定的特定價格展開營運模式來做生意，實在稱不上是聰明的選擇。大環境隨時在變，使自己處於無法自由變更價格的情況之中，這不就等於是綁住自己的手腳嗎？基於這些理由，我認為現在就該廢止三種價位制度，然後以更有彈性的價格來建立一套新的營運模式。」

「說得是。我也贊成社長的想法。事到如今，已經沒有任何理由繼續執著於三種價位了，保留的話，說不定壞處反而還比較大。如果能因應原價訂出更自由的價格，店裡的商品款式也會一口氣增加不少。」

「我還想做一件事。」

「什麼事？」

「一口氣設立多個專屬品牌。」

「專屬……品牌是嗎？」

「對。配合類別或設計傾向來建立各式專屬品牌，然後連同品牌一起推出商品。現在的OWNDAYS賣場上，無論是金屬鏡架、塑膠鏡架、男性上班族走向、女性走向，全都只是依照五千日圓、七千日圓、九千日圓這三種價位來概括分類而已吧？

採用這種銷售模式的話，單價當然會下降。依照休閒的設計、正式的設計，以各種不同的類別來展示，當中會依照商品的品質或設計而有各種不同的價格，我認為這樣才正常，算是一種常識。」

「也就是說，OWNDAYS的眼鏡也別依價格來做區分了，應該改依設計或目的來區分類別，進行展示嗎？而專屬品牌就是表現出整個類別的呈現方式。您是這個意思嗎？」

「對，就是那樣。在OWNDAYS裡面設置多個具有特定設計或概念的專屬品牌，並且在各品牌下推出各式各樣的眼鏡陣容。這樣的話，客人就可以在符合自己喜好或需求的品牌中，更順利的挑選出各種類型的眼鏡。」

「的確，依設計品味來分類的話，客人比較容易挑選，而且因為沒有固定價格的束縛，能不斷挑戰設計的幅度與全新的素材。我非常贊成。就這麼做吧！」

於是，OWNDAYS徹底告別了短視近利的廉價銷售路線，廢除三種價位的經營模式，改投入依新成立的多種專屬品牌所做的展示，並透過大幅改變店面樣貌來找出活路。

二〇一一年九月下旬

位於東京臨海市中心的「東京Big Sight」，是日本最大規模的國際展示場。

在這座面積達二十五萬平方公尺的展示場內，每天都有「Comic Market」、「東京車展」等各式各樣的「展銷會」在此舉行，各種業界團體為了發表新商品、開拓新客戶，特地舉辦大規模的活動。

這天，我和商品部的高橋部長也來到在東京Big Sight一年一度舉辦的日本最大規模眼鏡展覽會場。

「噢——！這個好酷！真的太酷了！真希望我們店內也能擺出這種鏡架啊……」

不只日本，連國外的眼鏡界業者都趕來參加這場盛會，在現場黑壓壓一片人海中，我在一攤名叫「glasstec公司」的小攤位前停下腳步，被他們展出的多副鏡架吸引。

那些商品都是一些前所未見、深具衝擊性、具有強烈自我主張的款式，也有設計成超厚黑邊的塑膠鏡架，這使他們在好幾百間鏡架廠商共襄盛舉的這個展覽會場中，散發出獨樹一幟的耀眼光彩。

「確實是很酷，但是這不好賣啊。這絕對不是一般人可以接受的款式，而且弧度太大，沒有鏡片加工技術的員工根本弄不好吧。這種鏡架比較適合那種以狂熱愛好者為對象的精品店，絕對不適合我們這種連鎖店，而且也會賣不好。好了，逛下一攤吧！下一攤！」

高橋部長感覺就像在說「唉，社長又對那種看起來很麻煩的東西感興趣了……」，將我手中的鏡架拿走，逕自把它放回展示架上，然後拉著我的手催我前往下一攤。

「等一下，我還想再看一下。就是這個……我就是想找這種風格強烈的東西啊……」

就跟我心中描繪的理想一樣，面對眼前「前衛」的鏡架，我興奮不已，根本無法離開。

我有一種錯覺，彷彿擺在這裡的商品，打從一開始就是為了擺設在OWNDAYS的店裡，而特別為我們準備的。

我就像不願離開玩具賣場的少年在使性子一樣，甩開高橋部長的手，繼續欣賞那些鏡架，到幾乎忘記時間的存在。

「怎麼樣！這鏡架很厲害對吧？只有我們能讓這麼厚的塑膠呈現出如此美麗的弧形線條哦！」

突然背後傳來一個聲音。

我回頭一看，原來是一位頂著一頭頗具特色的卷髮、渾身散發出獨特時尚感的中年男子站在我身後，臉上還掛著溫和的笑容。

「您好，我是glasstec的中畑。看您的樣子，應該是很喜歡這些鏡架吧？」

這位卷髮頗具特色的中年男子用略帶自豪的表情，遞了一張印著「代表取締役　社長

中畑　健太郎」的名片給我。

「嗯，該說是喜歡嗎，這……怎麼說好呢……這實在是太棒了。」

收下對方遞來的名片後，我也急忙從牛仔褲的口袋裡掏出名片盒。

「您好，我是OWNDAYS的田中。」

「嗯……？」

中畑社長才接過我的名片看了一眼，原本的柔和表情就此消失，改為皺起眉頭，明顯露出不悅之色。

「……OWNDAYS哦……OWNDAYS的人是嗎……」

「您知道我們公司嗎？」

「說什麼知不知道，你們以前可是讓我們吃足苦頭啊！你們剛起步的時候，我們明明盡心盡力的協助你們，但你們的要求變得越來越不合理，最後連好好依照你們的指定來作的鏡架，你們也硬要嫌說無法接受，還拒絕付款，所以我們的交易也結束了。我說你呀，完全沒聽說過這件事嗎？」

中畑社長拿到我的名片後，就像抽到下下籤一樣，連聲音都變得粗魯許多。

「啊……是這樣嗎？我不曉得有這麼回事。呃……真的很抱歉。」

「嗯？這名片上寫著『代表取締役』……哦，你就是傳說中那位新來的年輕社長吧。是，是，最近常聽說你的事。總之，請好好加油吧。不過，我已經沒跟你們做生意了，所以和我沒關係就是了。那麼，我告辭了！」

「啊，請稍等一下！那些事與我無關！我是為了重建才接手OWNDAYS的經營，與創辦人以及之前的經營高層一點關係都沒有。」

我想起來了。早在我動身前往展示會之前，從創業時期一直待到現在的幾名商品部的員工便向我提出忠告。「社長，您要去展示會的話，請小心哦。我們公司以前到處找廠商合作，然後惹了不少麻煩，所以展場裡會有不少對OWNDAYS很不滿的公司，您要是隨便講話，可能會自找麻煩哦。」

我無比焦急，拚命解釋。

而且這家令我大受震撼，直覺「我想和這家公司合作，製作我們公司的鏡架」的製造商，竟然偏偏就是「以前得罪過的廠商」，未免太不走運了吧。

不過，我瞬間就迷上了這家glasstec公司多款展示的鏡架。

就算說這是一見鍾情也不為過。我無論如何都想跟這間公司合作，不想就這樣落寞的打道回府，於是我用力拉住正準備離去的中畑社長手臂，加以挽留。

「請等一下！拜託。我真的跟之前的創辦者沒有關係。當時的經營高層也都離開OWNDAYS了。我們……只是名字照舊而已，現在已經完全是另一家公司了。」

「是嗎？不過，我們的價格，和走廉價路線的你們合不來，而且我們的品牌也絕不會擺在OWNDAYS的店裡，所以再講下去也是浪費彼此的時間而已。抱歉，那我先走了。」

「不，請等一下！總之，能不能請您聽我說呢，拜託了！現在的OWNDAYS正要脫胎換骨。我們也想擺脫廉價眼鏡店的路線，樹立品牌。而我剛好在想，新的OWNDAYS店內就是需要這種充滿個性的高品質鏡架。就算我是白費力氣也好，能不能請您稍微聽我說一下呢？」

我激動地一口氣把話講完，總之就是拚了命傳達我的想法。

「……我知道了。這樣的話，等展覽結束後，請到鯖江來一趟吧。我會留時間給你。」

說完後，感覺中畑社長不想再被我占用他寶貴的時間，畢竟展示會場相當忙碌。雖然還沒談到交易的事，但最後他還是勉為其難，像要趕走什麼麻煩人物般，答應我下次約時間見面。

之後過了兩週。

地點是充滿專業技術的眼鏡聖地——福井縣鯖江市。

我和商品部的高橋部長前去拜訪位在眼鏡聖地鯖江市一角的glasstec公司辦公室。

glasstec公司是一間獨立的中堅眼鏡製造商，員工約二十人，總公司設置在以生產眼鏡聞名的福井縣鯖江市內。不但承包知名品牌委託的代工生產，他們也推出自己的品牌來與全國各地的精品店合作。

glasstec的展示間內擺著許多鏡架，這對我來說宛如一座寶山。它們就像我一直在尋覓的寶刀，不斷閃耀著絢爛光輝。而最重要的是，它同時具有傑出的品質與高度的設計感。

（這種好品質以及前衛設計的鏡架，如果能擺在OWNDAYS店裡的話，以後就不必一味的淌削價競爭的渾水。而且在全國性的連鎖店當中，尚未有人能以一萬日圓左右的平易價格來提供這高品質鏡架。只要有這種商品的話，就能讓OWNDAYS整體的品牌變得更前衛……）

我當時相當興奮。

不過，這當然是「一分錢，一分貨」。

我花了一些時間，誠心誠意地向中畑社長說明企業重建的經過，好不容易才消除他過去對OWNDAYS的不信任感，讓他允諾往後會與我們交易，可是，我請他們代工生產我心中的高品質鏡架，但他們粗估後提出的估價金額，全都是遠超出OWNDAYS進貨預算的「天價」。

「嗯……我已理解田中先生你們跟過去的OWNDAYS截然不同，也知道你們有心經營。如果是要談生意的話，只要你們能好好遵守條件也就沒問題了。但要在田中社長所說的金額底下，做出這種品質的鏡架，根本不可能。光是材料費就不敷成本。我們會配合OWNDAYS付得起的預算額度，去想幾款低價鏡架，到時候再一起來製造吧。」

中畑社長如此應道，對於用我想要的品質與設計來製作鏡架一事，始終不肯點頭同意承包。

「我知道這是一個無理的要求。可是，我們並不是為了製造常見的低價鏡架而來拜訪中畑社長您。我們是為了尋求顛覆過往常識的品質與設計，並且想把這樣的商品擺在店裡，所以才來這裡請你們一起製造鏡架。」

「說的總是比做的簡單啊。何況，光聽你們含糊的說『前所未見的設計』，我們也不知道該怎麼做啊。總之，這樣的話沒辦法再談下去。」

中畑社長一副拿我沒轍的模樣，聳了聳肩。

「的確就像您說的那樣。我也是只憑著一股衝勁就跑來了，真是不好意思。今天我們就先回去吧。不過，光是解開誤會，這一趟就算沒白來了。下次我們會帶更完善的計畫過來，到時候可以再次占用您一些時間嗎？」

「嗯，我也是做生意的，所以不管你們來幾次，我都會撥出時間給你。不過，那種抱持風險，原價過低的商品，我們是絕對不會做的。我不是在懷疑你，不過，要是之後你對我們說一句『雖然勉強做出了商品，但賣不出去。所以無法付你們錢』，像我們這種小公司搞不好會馬上倒閉啊。關於這點，還請你們仔細思考後再來找我們討論。」

「沒問題……。我們一定會帶一份能大賣的企劃前來。」

回到總公司後，隔天我便祕密和坂部勝一起思考「全新OWNDAYS專屬品牌企劃案」的點子，接連好幾天都討論到深夜為止。

我們將意象畫在設計圖上，蒐集了許多風格相似的照片，貼滿整面牆，再將它所呈現的概念轉化成文字，整理成資料。

如果很普通，那就太無聊了。

特別的眼鏡店。

我腦中浮現的是，帶點前衛、危險的氣息，但又帶點溫和、高尚、講究，還有時髦……。我將這種模糊的概念告訴坂部勝，同時與他分工整理成資料，讓它變成任何人都看得懂的實體資訊，一連好幾天，沒日沒夜的埋頭進行這項作業。

兩週後。

幫助「售價低廉的OWNDAYS」蛻變成「品牌化的OWNDAYS」的品牌概念摘要書終於出爐了。

走懷舊兼具摩登路線的系列叫「John Dillinger」。

具有攻擊性與前衛設計的系列則叫「BUTTERFLY EFFECT」。

「John Dillinger」是讓人遙想起一九三〇年代前半美國中西部時代的新經典系列。每副鏡架都會在鏡架上刻印出作為主題的名人姓名。

「BUTTERFLY EFFECT」就像「一隻蝴蝶在亞馬遜輕拍翅膀所產生的微風，將會變成地球另一端的颱風」這句話所說，以換眼鏡這件小事為契機，便能讓自己的人生出現巨大轉變，是銳利且非比尋常的野性設計。

我們一面以這兩個品牌為中心，一面推出適合二十至三十歲女性的可愛流行品牌「FUWA CELLU」，以及以日本製賽璐珞（一種合成樹脂，用來製作眼鏡，工序繁複）為材料，並透過鯖江的工匠們熟練的手藝，精心打造而成的「千一作」。

而更吸睛的，就屬我們在glasstec公司發現的新材料「ULTEM樹脂」了。這是很纖細的材質，塑形不易，幾乎還沒當過眼鏡材質使用，甚至還運用在太空船上，是彈性絕佳的特殊材質「ULTEM樹脂」。

採用ULTEM樹脂來製作的鏡架，名為「AIR Ultem」，它實現了鏡架僅九．四克重的超輕量，戴起來幾乎沒感覺，而且還實現了折不斷的柔軟性，以及點火燒也燒不起來的耐燃性。

至今仍為「OWNDAYS」的店面增添色彩，充滿特色的這些品牌系列，其基本概念幾乎全都是在這時候誕生。

於是，我們再度前往位於福井縣鯖江市的glasstec總公司拜訪。

「這麼快就來了啊？社長，您的手腳還真快啊。」

「是啊！OWNDAYS既沒錢又沒規模，賣點就只剩速度感了！先不說這個，讓我們進入正題吧。能請您先看一下這個嗎？這是上次提過的，對我們的全新專屬品牌概念所整理出的資料。雖然上面寫的，全都還只是一些夢想而已，連如何實現都還沒半點頭緒……」

再度見到中畑社長時，我也沒多閒聊什麼，馬上就從包包裡拿出一本厚厚的展示資料交給他。這是專為glasstec製作的資料，裡面寫滿了我們對獨創品牌的構想。從每種品牌的概念、世界觀所呈現的視覺印象，乃至於店內的呈現方式、員工們販售商品時的推銷重點等等，全都用淺顯易懂的方式詳細歸納整理，可說是使出渾身解數作成的資料。

看到中畑社長興趣濃厚地拿起資料後，我意氣風發地開始做簡報。

「OWNDAYS會同時建立起多個迎合消費者喜好的專屬品牌，並在這當中設置三個主要品牌，想讓這三個品牌大量運用glasstec的製造技術與企劃能力。我們的目標就是成為前所未見的眼鏡品牌『OWNDAYS』，並讓那些獨特又挑買家的前衛鏡架，成為新OWNDAYS的代表！」

「原來如此……」

中畑社長像在仔細確認般，一張一張翻閱細看，沉默了半晌。

「您覺得如何……？」

中畑社長緊盯著資料看完後，一臉為難地說道：

「這個嘛……有意思……真是服了你了。看了之後，連我都想做了啊……」

「是！請您務必幫忙！」

「可是社長，你打算花多少預算做這些？尤其是這種用ULTEM製成的鏡架……」

「這個嘛……一副一千五百日圓左右，您覺得如何？」

中畑社長聽得雙目圓睜，就像踩到針似的，大吃一驚，扯開嗓門說道：

「啥？請別說傻話。用ULTEM樹脂製作鏡架的話，至少也要三千日圓啊！而且之前給你們看過的那些，都還在試作階段，根本不是可以好好量產的產品啊。不管怎麼說，這價格不可能辦到。而且突然就說要作一副一千五百日圓的鏡架，要開玩笑也得適可而止啊！」

「那麼，看這個價格需要配多少數量，我們就訂多少。這樣如何？」

「嗯……如果是配合一千五百日圓的價格來做的話，最少也要一模三千副。另外，如果要把這邊所寫的品牌全部做出來的話，粗估也要一億五千萬哦。」

「一……億……五千萬是嗎……」

我不禁吞了口唾沫。我旁邊的高橋部長一直皺眉盯著我，就像在說「要訂這麼多副鏡架，絕對沒辦法啦」。

「當然，你們會事先全額付清吧？」

「不……這個……我們沒辦法。對不起。」

「那就沒辦法了。如果無論如何都想做的話，去跟銀行貸款不就行了？要我們代墊這麼多錢來生產，再怎麼說，我們實在無法為OWNDAYS冒這麼大的風險。」

「老實說，因為創辦人經營的時代留下了不少債務，所以OWNDAYS還處於無力償還的狀態。因此，我們根本無法從銀行那裡借到半毛錢。可是我們確實有盈餘，雖然無法事先支付全額，但如果是先付三千萬日圓當訂金的話，我們應該有辦法湊出這筆錢……。至於剩下的，我一定會在期限內賣光給你看！絕對不會做出賴帳、不付尾款這種事來。所以，能不能請您相信我們，幫我們製作鏡架呢？」

「哎呀呀，竟然無法向銀行借錢……聽你這樣講，我反而更害怕了。總之，不先付錢就無法製作哦。」

我極力向他懇求，額頭都快貼向桌面了。

「請您幫幫忙！我一定會負責到底，保證把您做出來的商品全部賣光！」

但中畑社長依然堅持不肯點頭。

這也是當然。畢竟對象是以前惹過麻煩的公司，而且現在也完全沒合作過。要幫這種對象背負一億圓以上的風險來製造，只要是正經的經營者當然都會拒絕。

中畑社長一臉為難地做出提議：

「既然如此，把成本價提高一點不就好了嗎？然後售價訂在兩萬日圓左右，從三百副之類的小批量開始做起，這樣不就沒問題了嗎？就是因為硬要賣一萬日圓這種不合常理的價格，所以才不好處理吧。好東西就是貴嘛。」

（好東西就是貴嘛。）

一聽到這句話，我像在鬧彆扭似的，反射性地回應道：

「好東西就是貴。所以叫大家用昂貴的價格去買貴的東西就好了，這不是很理所當然的事嗎？如果是水準這麼低的工作，就算隨便找個小孩來也能勝任。但我認為，能讓消費者大吃一驚，覺得『為什麼用這種價格，能買到這麼好的品質？』，這才稱得上一流的專業技術。我們想做的，不是那種『單純只是廉價銷售』，而是『真正有價值的買賣』！」

中畑社長可能是被我這番話惹毛了，也可能是自尊心受我刺激，因此口氣變得很差。

「知道了啦！我做！我做總行了吧！我好歹也是專家，早在你還是小朋友的時候，我就開始做眼鏡了。被你說成那樣，實在很火大。好啊。那就依照田中先生剛剛說的，用一千五百日圓做做看！只要重新檢視一遍製造流程，盡可能防止浪費，或許還有實現的可能。」

「真、真的嗎！謝謝！」

「不過相對的，最低訂購數量是十萬副哦。」

「一次……十萬副是嗎？」

「既然你話都說得那麼滿了，那就要像你說的，賣出足以實現『便宜的好東西』這樣的數量吧。付款條件也改成半年的期限，分三期付款，這樣就行了吧。相對的，社長要以個人名義簽署連帶保證哦。如果你能展現出這樣的決心，那我們也會做好覺悟，跟你們一起製作ULTEM鏡架，一起用這些售價低於一萬日圓的品牌來打破業界的價格！」

就這樣，中畑社長在衝動下，答應維持glasstec擁有的高品質，特別依照我們的希望價格來製作OWNDAYS的商品。而且，對於我們要以幾乎沒在眼鏡業界流通的新材料——「ULTEM」來製作鏡架，並以一萬日圓以下的價格開賣的計畫，他也表示願意協助。

只是，要他們勉強配合這種進貨價的話，條件就是至少得「一次訂購十萬副」。若依OWNDAYS當時的銷售能力來看，此數量大概要比平常多賣出三倍才行，這可是前所未聞的大挑戰。可是，我必須在這裡賭一把，若不徹底重新塑造OWNDAYS的產品特色，OWNDAYS將沒有未來可言。

「非、非常感謝您！沒問題！我一定會賣給你看！」

我做好覺悟，爽快地答應中畑社長開的條件。

二〇一二年一月

開始與glasstec公司一起挑戰製造新產品，過了幾個月後。

很快的，在店內投入第一波專屬品牌商品的日子來臨。

我比平常還要早進公司，一早就坐立難安。這批剛進的貨都是前所未見，頗具特色的專屬品牌商品，現在全國各地的店面應該都已陸續上架了。

在設計上，它們相當前衛、有個性，是其他連鎖店內看不到的。而在品質上，它們也無可挑剔。

最重要的是，這種前所未見、彈性絕佳、輕如羽毛的ULTEM鏡架，竟然只賣九千五百日圓，連一萬日圓都不到，這價格令人難以置信。而且這次的驚人價格已經不再單純只是廉價銷售。這次具有高附加價值，是真正「難以置信的價格」。

這樣一來，「OWNDAYS」總算邁出下一步了。客人們一定會支持我們所推出的品牌，應該會陸續銷售一空才對。

不過相反的，要是無法賣完，到時候公司就會被上億元的應付帳款給壓垮……。期待和緊張的情緒，幾欲將我淹沒。

「嗯……咦？」

在大部分店面都開始營業的早上十點多時，我們全都聚集在商品部團隊的辦公桌前，暗自吞著唾沫，全神貫注的緊盯POS（銷售時點情報系統）的資料畫面。此系統每十分鐘更新一次，會在畫面上顯示庫存狀況和銷量數字。

結果，負責分配店面庫存的森山露出訝異的表情，凝視著畫面上的庫存數量。

「嗯……奇怪了……」

「怎麼了？哪裡奇怪？」

「嗯……請看一下這邊。今天才開賣的新品牌John Dillinger這個貨號，它的庫存已經快沒了……我記得今天光是這個貨號的鏡架就進了將近一百副啊。還有，這邊也請看一下，AIR ULTEM的這個數字……現在庫存只剩八副。」

「真的嗎！太厲害了吧！賣得這麼好嗎？這是我費盡心思選定的顏色。太好啦！」

負責AIR ULTEM的企劃和設計的安間健，因為辛苦得到回報，開心的擺出勝利姿勢。

「不、不，那不可能。因為每家店從開店到現在，根本都還沒經過三十分鐘呢。要在這麼短的時間內，完成視力檢測、鏡片加工、結帳等等步驟，根本不可能辦到。」

高橋部長就像要制止安間，要他別高興得太早，很冷靜的分析這一切。安間則因為空歡喜一場而失望的垂落雙肩。

「沒錯，就是那樣。所以才覺得奇怪。而且今天是平日。平日一早怎麼可能會有將近一百人在全國各地同時買眼鏡……咦？可是確實有銷售進帳……到底是怎麼回事？」

「這數據的變動的確很古怪。我來打電話確認一下。」

明石和長津也在一旁觀察情況，於是他們從口袋裡掏出手機，分頭打給各地的督導員詢問各店面的情形。

「哦……是這樣子啊。嗯，我知道了。好，我會轉告。」

「所以呢？理由是什麼？」

「很抱歉。那是因為員工們全都買了……」

聽聞這意想不到的報告，我不自主的「失去理智」。

「啥？搞什麼鬼！我之前不是再三警告過『不准強制逼員工買』嗎！像這樣強迫員工自掏腰包買產品換來的數字，根本一點意義都沒有啊！幹嘛這樣自做聰明！現在馬上叫全部的人拿眼鏡退貨，還錢給他們！」

「等等……請等一下。您誤會了！您誤會了！」

「哪裡誤會了！」

「管理幹部沒人逼員工『自己掏錢買』！大家都是自己想買才買的！他們都說『一直在等這種鏡架』、『我們一直都想戴這種眼鏡站在店裡』……」

「咦？」

「自從您下令禁止後，管理幹部就再也沒人要求過部下自己掏錢買了。剛剛跟我通電話的督導員們也都說『因為很想要，所以忍不住買了』。請問該怎麼做……？要不要先跟督導員他們說一聲，就說因為要以顧客優先，就算想買，也請再等一陣子。要指示大家先退貨嗎？」

「不用，沒關係。就這樣吧……」

我很開心。

自從之前下令禁止「強迫員工購買自家商品」後，員工們全都開始戴著自己喜歡的眼鏡去上班。不過，也許是OWNDAYS的產品真的不合他們的胃口吧，那種爭先恐後搶購自家商品的情況，根本連一次都沒發生過。

在資深店員比例較高的關西地區也一樣。這些在眼鏡業界打滾多年的資深店員們，就像在諷刺我似的，有人始終不戴OWNDAYS的鏡架，而是戴著Ray-Ban等其他公司品牌的眼鏡站在店裡。

而現在員工們竟然會爭先恐後搶購今天早上才進貨的全新專屬品牌。

就連以前堅持不戴OWNDAYS眼鏡的關西地區資深員工們也是，大家都搶先購買。

這一瞬間，我覺得自己終於成為一個受全國員工認同的「眼鏡店社長」了。

（員工們是眼鏡的專家。既然連專家都因為想要而實際掏錢買，那這些鏡架絕對會熱賣！）

我終於做出讓員工們認同的鏡架了，這份喜悅也讓我的自信轉變成確信。

「好！這些全新的專屬品牌一定可以！絕對會大賣！明石，你幫我去跟員工們說『別客氣，想要儘管買』。既然是自願想買，那我們當然要賣啊！好到連在眼鏡店工作的眼鏡專家們都忍不住自掏腰包買的好商品，實際戴在臉上工作。這不就是最棒的宣傳方式嗎！」

「好！我了解了！」

就這樣，新商品上架後的第一個週末到來。

時機成熟，我們全新概念的專屬品牌已擺在店內。各式充滿魅力的鏡架，當真是熱銷一空。

「John Dillinger的JD貨號賣光了！」

「這邊也庫存不多了！」

「BUTTERFLY EFFECT銷得好快！BE貨號可以緊急調貨嗎！」

「池西店的ULTEM賣得超好！已經沒有庫存了——！」

各店面紛紛傳回愉悅的悲鳴，而且次數超乎預想的多，所以商品部和業務部都忙著回應。

我看著眼前的景象，鬆了口氣。

雖然從以前就感受到「只要員工們情緒高漲，業績就會上升」的關聯性，但是效果從未像這次這麼顯著，這讓我有點吃驚。

過去我們一直欠缺「可以抬頭挺胸推薦給客人的商品」，而現在，新「OWNDAYS」獨有的魅力鏡架已經幫我把這個洞填補了起來。如果工作環境能讓人覺得做起來有價值、能自豪地認真工作，那麼員工們當然會發揮出最高的工作效率。

就這樣，OWNDAYS以震災時的志工經驗為契機，開始徹底地強化自己的知識與技術，接著又推動品牌策略、廢除三種價格，總算可以揮別過去「單純只會廉價銷售的連鎖店」形象。

然而，雖然我們才剛掌握這種確實逐步成長的感覺，但是那陣向OWNDAYS襲來的強烈逆風可沒那麼簡單，不是光靠自己努力就能完全抵擋。

原因非常明確。

那就是「JAMES」。

「JAMES」氣勢如虹、毫不停歇，而且更顯威猛，在全國各地持續搶走「OWNDAYS」的店面和顧客。

我們就像一艘在洶湧大海中拚命划水逃生的小船，可是不管怎麼划，都逃不出JAMES這個颱風所帶來的激烈暴風雨。

不過，情況已經跟兩年前不一樣了。

我們準備妥當了。

得到航海圖了。

也已學會開船的技術。

最重要的是，搭乘OWNDAYS號的船員們全都團結一心。

OWNDAYS拚命操舵往前開，然而在前方等待我們的，卻是至今最洶湧的海域。

已經不能再等了。

我們OWNDAYS終於要賭上公司的命運，做出「最重大的決定」。

第18話　晚了兩年，決定跟進

二〇一二年二月上旬

「我決定了。OWNDAYS也要做。」

幹部會議一開頭，我就像洪水潰堤般，一開口就這樣說道。

我所說的「做」，意思是指「捨棄所有薄型鏡片追加費用所帶來的收益」。

在場的所有幹部都很清楚這句話的含意。而且已沒人感到吃驚。

（果然只有這麼做了……）

在沒有窗戶、狹小的昏暗會議室裡，瀰漫著這樣的氣氛。

最近JAMES以驚人的速度展現遙遙領先群雄的態勢，恣意展現業界龍頭的實力，而我們OWNDAYS穩健的成長，根本無暇映入他們眼中。

自從JAMES在全國同一時間高調推出「薄型非球面鏡片〇圓」後，之後又陸續發表過去眼鏡業界不曾見過的創新商品，還配合連日在各大電視、雜誌等媒體上展開廣告攻勢，因此集客力相當驚人，宛如一場強烈颱風席捲整個眼鏡業界，造成全日本的眼鏡行持續陷入混亂、狼狽的狀態。

他們的展店攻勢也勢如破竹，只要在好的店面開店，就一定會和JAMES競爭，而最後OWNDAYS一定都「慘敗」，使得開新分店的場所都快保不住了。

更重要的是，許多在店裡工作的員工，在客人結帳時都會順便推銷薄型鏡片，而不少客人都會在這個時候搬出JAMES的薄型非球面鏡片〇圓來做比較，逼問：「為什麼你們的鏡片需要收這麼多追加費用啊！」由於這種事頻頻發生，工作人員的精神壓力也越來越大。

那些開在同一間購物中心內，直接與JAMES競爭的店面，受到JAMES的影響，營業額明顯滑落，被迫陷入苦戰，這種情況在全國各地頻頻發生。

我們經歷眾多改革，好不容易建立自己的品牌，開始感覺到公司正穩健的成長，但還是抵抗不了JAMES捲起的這場大浪。我深深覺得，眼下OWNDAYS若不跟著追求單純、簡潔的價格系統，便很可能會就此沉沒。

我話還沒說完，在會議室裡的幹部們也全都有同樣的感受。

「不過，JAMES的薄型非球面鏡片〇圓的趨勢，就算跟進是勢無可避的結果，但我們到底該如何確保利潤呢？我記得，我們應該已做過模擬，在我們的銷售數量下，鏡片的進貨價不符成本，就算再怎麼努力，也無利可圖。」

奧野先生拋出這個疑問。

這時明石站起身，將寫滿數字的資料發給在座每一個人，說道：

「關於這件事，由我來說明。其實最近情況有了很大的改變。受到JAMES業績長紅的影響，其他各家大型連鎖企業也開對薄型非球面鏡片大量下訂，整個業界的薄型非球面鏡片下訂量大幅成長。拜此之賜，各家鏡片製造商的進貨價格也不斷下降，來到最底線，就連現在的OWNDAYS，只要保證有一定的採購數量，還是有利可圖。這是前些日子各家鏡片製造商提供的全新進貨單價條件表。」

自從JAMES展開「薄型非球面鏡片〇圓」後，已過了兩年，最近各家鏡片製造商也被各大型販售店的價格競爭拖累，被迫調降鏡片費用。因此現在環境也已完備，對於薄型非球面鏡片〇圓的做法，OWNDAYS終於也能跟進。

我朝手上拿著資料的幹部們望了一眼，以堅定的口吻說道：

「昨天深夜，我接獲明石的報告，就此下定決心。要是再繼續慢別人一步，OWNDAYS被拋在後頭的情況一樣無法馬上改善。如果OWNDAYS也能做到薄型非球面鏡片〇圓，就要馬上去做。現在的我只能做這樣的回答。」

奧野先生這時開口，就像要打破沉悶的氣氛般。

「不過，雖說這樣不至於虧本，但要是結果失敗，無法造成銷售量大增，便會因為捨棄追加費用，而使獲利率大幅下滑，這是不可避免的事。到時候，將會對現金流量造成重創，極有可能再度陷入資金短缺的窘境。而且這次可不是一句『要是失敗的話就取消』，便能了事。如果真這麼做，不光失去利潤，同時也會失去顧客的信賴。社長，這樣你還是要斷然執行嗎？」

我展現堅定的決心說道：

「……要。不管誰說什麼，我都要做。我已經決定了。事後才慢慢拉抬價格的做法，原本就不公平。要是依舊持續目前的做法，只會被顧客摒棄。我們應該早點擺脫這種不夠積極的生意手法，早日思考如何為顧客爭取利益。OWNDAYS如果不趁現在想辦法脫胎換骨，日後鐵定完蛋。」

當初唯一贊成引進薄型非球面鏡片〇圓的明石，朝桌面用力一拍，熱切的說道：

「我也這麼認為。如果除了標示的價格外，還不知道得花多少錢，這樣絕對無法輕鬆購買。眼鏡店除了標示價格外，如果也不額外多收費用，則輕鬆前來買眼鏡的顧客應該也會增加。就像鞋櫃裡擺了許多雙鞋一樣，眼鏡也可以在眼鏡櫃裡擺滿許多眼鏡，配合時間、地點、場合，每天戴不同眼鏡。如此一來，眼鏡的市場規模也會擴大數倍之多，我們得自己創造出這樣的時代才行，不是嗎？」

我也支持明石的意見，接著說道：

「當然會有反對意見，但這是已經決定好的事。我不會逃避。而且，我們不會淪為只是在模仿JAMES。這兩年來，我們不是一直都很努力嗎？應該已經準備妥當了吧？現在的OWNDAYS有不輸給任何對手的好商品，以及工作人員。大家要拿出自信，趁現在很乾脆的捨棄薄型鏡片的追加費用吧！」

就像是被我和明石合力推動似的，原本會議室裡沉悶的氣氛，慢慢開始產生變化。管理幹部們的眼中，也逐漸盈滿「只有放手一搏了」的決心，以及「來吧，看我們再一次在業界大鬧一場吧！」的幹勁。

我不等大家同意，便接著往下說。

「好。明石，改成追加費用〇圓，最快什麼時候可以辦到？」

「這個嘛，或許下個月吧……雖然我很想這麼說，不過，在每一家店都做好轉換之前，再怎麼趕，至少也得花上三個月的時間。不過，這是很強硬的手段。」

「好。總之，時限就是三個月後的四月底。我們OWNDAYS也要大肆推出薄型鏡片追加費用〇圓的方案，和人一決勝負！」

「唉，這下子又不能好好睡覺了……」

「那麼，我去跟我老婆說一聲『又會有好一陣子不能回家了』。」

在座的部長們，對於眼前時間緊迫的情況，全都顯得有點自暴自棄，露出無奈的神情。

不過，不管面對怎樣的艱困難題，既然決定要做，就會下定決心，勇往直前。最近OWNDAYS的幹部們已完全具備這種體育類社團般的凝聚力和堅韌。

就這樣，比JAMES晚了大約兩年。

終於決定要跟進薄型非球面鏡片追加費用〇圓，但要加以實現，卻又有一道又一道棘手的厚實高牆擋在我們面前。

二〇一二年三月

從池袋車站徒步約五分鐘路程，位於小巷弄裡的西池袋一丁目商店街。這裡有居酒屋、站著喝酒的吧台、酒館、舊書店、西服店，如果沒有吊在路燈上的小標示，大概沒人會發現這條馬路是「商店街」吧。

位於這條馬路中央有家名叫「淺野屋」的蕎麥麵店。

我、奥野先生、明石三人，這天圍坐在淺野屋店內的和室包廂裡，都快下午了才吃午餐。

「啊，年輕社長，謝謝您平時的惠顧。」

端蕎麥湯來的淺野屋老闆娘，與我已是熟識。

我一面將蕎麥湯裝進蕎麥杯裡，一面向明石問道：

「明石，薄型非球面鏡片追加費用〇圓的轉換作業進行得可順利？」

「困難重重。感覺和當初預料的情況一樣。」

明石轉為正經的神情，原本吃著更科蕎麥麵的動作停了下來。

「首先是公司內部的調整，果然有許多資深員工反彈，說他們難以接受。」

「反彈？意思是他們反對薄型非球面鏡片追加費用〇圓嗎？」

「簡單來說，就是這樣。」

「咦，為什麼？這樣做，客人一定會喜歡啊？」

「不，在資深員工當中，有不少人認為，能巧妙賣出最貴的鏡片，才能表現出『自己的銷售技巧』。讓顧客掏錢買高價選配鏡片的話術，這當中有依照過去的經驗所培育出的竅門，有不少人相信這是他們自身的資產。而且……」
「而且怎樣？」
「過去一直都自信滿滿的跟顧客解釋『因為有正當的理由，所以薄型鏡片才會比較貴！』，但今後卻突然要改口說『全部免費！』，看在回流的顧客眼中，會覺得『難道你過去都在騙我？』，而對資深員工抱持不信任感，這也一點都不奇怪。大家都很怕會有這種情形。」
「原來是這麼回事啊。」
「的確……因為過去有將近七成的顧客，我們會要他們追加買五千日圓以上的薄型非球面選配鏡片。我們並非昧著良心做事，我們只是秉持企業的努力，讓服務變得更好罷了，但一下子要突然改口說『現在可以免費哦！』，一時間會說不出口，這種心情我能了解。」
奧野先生盤起雙臂，一本正經的用力點頭。
「新人和年資尚淺的員工，則都是舉雙手贊成。如果連打工人員也算在內的話，以人數來看，贊成者居絕大多數。」
「我想也是。對年輕員工來說，在顧客結帳時，突然提出昂貴的鏡片金額，展開拉抬價格的固定推銷手法，應該是很痛苦的一件事。」

「是的，沒錯。今後引進薄型非球面鏡片○圓，年輕員工對於工作應該會更加感受到快樂，覺得辛苦有意義。這點也絕對不會有錯。」

「加盟店的店長們有何反應？」

「他們分成兩派。在沒競爭的地區，沒置身在價格競爭下的加盟店店長，果然不出所料，全都極力反對。尤其是那些既沒競爭，又能保有一定利潤的店長，甚至覺得沒必要刻意支持這種會降低獲利率的改革，而公然宣布『不聽從上面的指示』。」

「加盟店的店長也都是經營者。總部和自己如果能一起得到利潤，那自然最好，但如果可能只有自己的利潤減少，想必很難容許這種事發生吧。」

「相反的，那些現在遭受JAMES的猛攻，處在激烈競爭狀態下的加盟店店長，幾乎每天都叫嚷著『請快點引進！』。分處兩個極端立場的加盟店店長們，他們的爭論始終沒有交集。因為是直接牽涉到金錢的問題，所以想獲得所有人的理解，得先做好心理準備，要說服大家不是那麼容易。」

「這也是沒辦法的事。在做重大決定時，有人支持，也會有人反對。那些不願理解的店長們，只有繼續向他們說明，盡早讓他們都能理解。」

「我明白了。看來會是一場很艱難的交涉，不過我會努力的。」

「當初說好的四月期限，絕不能延遲哦。既然決定要做，就要做得徹底，否則絕對會失敗。我猜你們也都知道，這個新收費體系要是失敗，OWNDAYS就沒有明天了。總之一句話，沒有妥協的餘地，我們要讓OWNDAYS脫胎換骨，轉變成讓客人一看便懂，價格系統單純的眼鏡店！」

與反對薄型非球面鏡片〇圓的店長們展開的交涉，果然一如預期……不，與部分店長之間的交涉，超乎想像的困難。

那些沒什麼競爭對手的地區，以及原本銷售業績就不錯的店家，店長們明顯露出排斥的神情，公然表明他們不願參加這項活動。

「啥？突然出這什麼鬼主意啊！應該先由你們直營店試過之後，得到數據資料再來談這件事才合理吧？你們這種賭一把的做法，誰要陪你們玩啊！總之，我的店現在都有獲利，怎麼可能眼睜睜做出讓自己失去獲利的事來。總之，一開始我們什麼也不做。先由直營店或贊成的加盟店自己去搞吧。先觀察個一年，等確定有效果，我們也可以跟進。」

「不，不能這麼做。明明同樣是『OWNDAYS』，但如果『這家店的薄型非球面鏡片○圓。但這家店卻要加收四千日圓』，顧客會感到混亂。網頁上又該如何標示？這跟直營店或加盟店無關，眼下OWNDAYS如果不上下團結一心，這項改革注定會失敗！」

「我才不管呢！思考這個問題，是你們總部的工作吧？更重要的是，當所有店家團結一心後，要是我們公司的獲利減少，你們要怎麼負責？你說啊？你會自掏腰包替我補償損失嗎？」

「既然這樣，就沒必要以夥伴的身分和我們一起經營OWNDAYS了吧？如果不能以夥伴的身分一起奮鬥，就請你退出加盟店吧。」

「竟然叫我退出，說這什麼話啊！我要講的是，即便是同伴，但要是店裡營收出現赤字，一切就全完了！」

有幾名店長沒迫切感受到追加費用○圓的必要性，對我們大聲咆哮，極力反對。

儘管如此，我們還是毫不怯縮，嚴肅的推動這項轉換工作。這套單純的全新價格體系的轉換工作，如果以「不乾不脆」的態度面對，絕對不會成功。「這家店薄型非球面鏡片○圓。這家店則要收費」，如果是這樣，只會一味的招來顧客的不信任感，會對品牌印象造成極大傷害。

所有的OWNDAYS如果不一起團結一心，確切的打出「單一價格」這樣的新品牌概念，可以預見一定會以失敗收場。

如果失敗，OWNDAYS就沒退路了。

與意見決裂的加盟店店長多方交涉的結果，只能冷冷的撂下一句「看你是要馬上轉往新收費體系，還是要退出加盟，請二選一吧」。

同樣身為經營者，對於加盟店店長們「眼前的獲利，連一圓也不想失去」的這種心情，我有深切的了解，但考量到OWNDAYS的整體性，對大家來說，最糟的情況就是身為領導人的我，做出模糊不明的決定，很隨便的將方向性搞得四分五裂。「協調、圓融的推動」與「消極主義」，兩者似乎很雷同，但其實有很大的差異。

就這樣，決定執行薄型非球面鏡片追加費用〇圓後，過了三個月左右。

當真是以速度決勝負。從飛機上一躍而下，一面下墜，一面準備降落傘。在這種感覺下，我們就像被追著跑似的，在最後時限內陸續完成全日本所有店面的準備工作，轉往新價格系統的前鋒店面終於開始營業了。

二〇一二年四月

「OWNDAYS」的新品牌概念「單一價格」。

代表這個概念的「薄型非球面鏡片追加費用〇圓」終於正式展開的第一天早上，我前往大阪。

資深員工眾多的關西地區，是員工事前對薄型非球面鏡片〇圓的反應最為負面的地區。

而說到薄型非球面鏡片〇圓成功的關鍵，整體的品牌打造固然也很重要，但最重要的還是「員工」。

過去價格昂貴的薄型鏡片，現在全部都能〇圓提供，這麼棒的事，如果站在店內的員工不能拿出自信和驕傲好好宣傳的話，顧客很可能會抱持負面看法，認為「這只是拿劣質鏡片來便宜賣而已」。

（員工們真的能拿出自信，大力向顧客推薦薄型非球面鏡片追加費用〇圓嗎……我們的想法以及追求的方向，是否清楚傳進每個人心中呢……。顧客們會欣然接受嗎……）

我坐在新幹線上，被這股幾欲將人壓垮的不安擄獲。

我在新大阪站下車，改搭地鐵，坐了二十分鐘的車。

走出近地鐵大阪阿部野橋站的驗票口後，往左轉，接著前方傳來充滿幹勁的叫賣聲，就像蔬菜店在賣菜一樣。

「來，快來看哦！無論任何度數，OWNDAYS的薄型非球面鏡片追加費用一律〇圓哦——！」

（哦，挺厲害的嘛……）

我開心地朝聲音的方向快步跑去。

映入眼中的，是雙手舉著用大大的紅字寫著「薄型非球面鏡片追加費用〇圓」的海報，努力叫賣的員工們。

而當中站在前面，叫得最大聲的，是四年前我就任社長，展開第一次店面巡視時，一臉不滿地對我說「叫我們在店門前大聲攬客，我們又不是賣菜的！」的那名資深店長。

「哈哈哈。簡直就像賣菜的一樣。」

「啊，社長！難得展開這麼棒的計畫，如果不努力叫賣，讓更多人發現的話，那就太可惜了。像這樣在店門前大聲叫賣，就能讓更多人知道對吧！」

「哦，這句話，好像以前曾經在哪兒聽過呢。哈哈哈。」

「咦？是這樣嗎？哈哈哈。」

在開始前原本抱持負面態度的資深員工們，在試著展開後馬上真切地感受到這項單一的價格系統有多棒，可以不必為了追加銷售而一直跟顧客推銷。

倒不如說，在眼鏡店待得愈久的資深員工，價值觀愈會有一百八十度的大轉變，而在這股反作用力下，更能比別人真切感受到單一的價格系統有多棒。

當轉換成新價格系統，施行一個多月後，每位員工眼中都閃耀著光輝，自信滿滿，很自豪地向顧客喊道：「不管您是怎樣的度數，最適合您的薄型非球面鏡片，追加費用一律〇圓哦！」

就這樣，過去重重加諸在員工身上，要他們為了追加銷售而推銷的壓力已經消除，員工們因此開始朝氣蓬勃地散發光輝，店內的氣氛也變得更開朗，從轉換成新收費體系的店面開始，來客數漸漸增加、銷售量也不斷成長。

「OWNDAYS」的新品牌概念「單一價格」。

結果大獲成功。

自從開始推出薄型非球面鏡片〇圓後，與去年相比，營收超過一二〇%是理所當然，當中還陸續有創下營收提高為一八〇%的店面。我親身感受到顧客和員工的支持，確信轉換新收費體系完全成功。

就這樣，我們OWNDAYS取得「薄型非球面鏡片追加費用〇圓」這個最大的武器，同時重新打出「單一價格」的品牌概念，一面撐過JAMES的凌厲攻勢，一面步上穩健的成長軌道。

第19話　高橋部長「最後的聯絡」

二〇一二年五月

我人在總公司的吸菸區。

那天的午後真是難得的舒適又平靜，幾乎可說是完美。

我靠在陽台的欄杆上，跟平時一樣靜靜地拿出一根KOOL MENTHOL的菸，像在做深呼吸般，胸口吸進滿滿的煙。接著慢慢朝清澈的藍天吐出白煙。

隔壁大樓的安全梯上，有隻野貓發現了一處可以舒服曬太陽的地方，正香甜的睡著午覺。我望著那隻貓發呆，腦袋一直處於放空狀態。

突然間，我背後響起一陣打開玻璃門的「喀啦喀啦」聲，感覺有人來到陽台上。

回頭一看，原來是商品部的高橋部長。

在OWNDAYS當中，高橋部長是僅次於我，數一數二的老菸槍，因此他也是老往這個陽台吸菸區跑的常客之一。

高橋部長今天也一如往常，將他那微帶灰色的頭髮全部往後梳成整齊的油頭，然後穿著一件做工講究的乳白色休閒西裝外套，完全走常春藤學院風。

只是這天，他的招牌圓眼鏡後方少了平常的銳利眼神，取而代之的是一種很不安的空洞眼神，這令我有點在意。

「社長，現在方便說話嗎？」

高橋部長一看到我，馬上稍稍垂下眼眸，然後壓低聲音，輕聲問我有沒有空。

「可以啊，我剛好很閒。咦？高橋先生，你不抽菸嗎？」

「對……今天就不抽了。」

「哦，真難得。」

「嗯，說今天好像不太對……呃……我已經決定戒菸了。」

「咦，為什麼？難不成是現在才開始要注重健康？」

高橋部長總是豪邁地吞雲吐霧，每天晚上也都喝不少酒。早上則是大口灌咖啡，靠咖啡因來喚醒還在宿醉的腦袋，然後全力投入工作。他這個人正是典型的「昭和時代的日本上班族」。

若有人提醒他這種生活不健康，他就會像唸口頭禪似地說道：「菸酒都是我喜歡的東西，要我忍耐不碰這些，那活得再久也沒意思！我要用自己喜歡的方式來過我的人生。因為『活得短暫而精彩』就是我的信念！」

高橋部長略顯結巴地說道：

「就是……生了點病……」

我半開玩笑地應道：

「病？該不會是得了什麼羞於向人啟齒的病吧？」

「哈哈哈，如果是那樣就好了……」

「如果不是那方面的病，會是哪裡出狀況？」

高橋部長搔了搔頭，用一副「真拿你沒轍」的感覺小聲地說。

「其實是……膀胱發現了腫瘤。惡性腫瘤。」

時間就此停住。

一陣令人窒息的沉默籠罩著陽台，空虛地傳來冰冷的風鈴聲，以及從前面馬路上路過的學生們發出的嬉鬧聲。

究竟沉默了多久呢？

換算成時間的話，也許只有幾分鐘或幾秒鐘吧。可是，從毫無預警的聽見「癌症」這個字眼，到我們再次交談的這段時間，真的是既難熬又漫長。

高橋部長可能是受不了這股尷尬氣氛，他就像想打破沉默似的，露出「唉，真是的」的表情，面泛苦笑，以開朗地語氣開始說了起來。

「不過，雖說是癌症，還不是末期啦，是第三期。所以，好像接受手術或治療就有辦法解決。」

「這樣啊。可是第三期不是也挺嚴重的嗎？」

「這得看癌症的種類，而在每一期當中又分成好幾個階段，所以無法一概而論。我的情況好像沒那麼糟，所以請您不用太擔心。」

「這樣啊……」

「不過，醫生很明確地跟我說『如果沒碰香菸和咖啡，結果應該會有很大的不同』。其實，我在二十年前孩子出生時，一度曾經戒菸。為什麼那時候沒有持續下去呢……現在我真的是每天都打從心底後悔啊。不過，現在才後悔也於事無補，哈哈哈。」
「這樣啊……」
「就算老愛耍帥說『活得短暫而精彩就行了』這種大話，但我們人真的生病時，就只會後悔，真是難看啊。哈哈哈。」

「膀胱癌第三期」。
這到底是怎樣的狀態呢？往後的存活率又有多高呢？應該馬上動手術嗎？想問的事像雪崩般在我腦中旋繞，但儘管他的表情很開朗，眼神卻飄忽不定、不知如何是好，而這也讓我察覺到他的情況有多嚴重，結果就此錯過巧妙開口詢問的時機，只能一面隨口附和，一面隱藏我的尷尬，呆呆地看著手上的香菸冒出白煙。

高橋部長這個人一喝醉就話特別多，但平常沉默寡言，因此我對他的第一印象是「這位大叔可真難親近。搞不懂他在想什麼」。
在我才剛當上社長兩個月時，高橋先生便直接跑來跟我談判道「請把OWNDAYS的商品全部交給我來處理！」，就此當上商品部部長。

讓他擔任商品部部長之後，他展現三頭六臂的本領，提振OWNDAYS的商品品質。高橋部長為了拯救營收欠佳的OWNDAYS，一肩扛下改善品質的重責，每個月跟著我一起跑遍鯖江、韓國、中國的工廠。

然後又過了四年，OWNDAYS穩健成長的可能性終於開始萌芽，而就在這「好！開始要衝刺了！」的時刻，竟然從高橋部長的口中聽到「因為得了膀胱癌，不知道還能活多久」的「事實」，就像要把我拉進無底深淵似的，既沉重又黑暗。

「因為這一陣子都得接受治療，必須向您請個長假。我會仔細將交接事宜處理好，接下來就諸事拜託了。」

見我一時語塞沉默，高橋部長看不下去，就像在說「我要去度個假，我不在的時候就麻煩你啦」，以「輕鬆的氣氛」開朗地這樣說道。

「說什麼傻話！別管工作的事了。從現在開始，請你凡事以治療優先！」

「謝謝。不過真的不用太擔心，又不是馬上就會死。況且，只要接受手術，就有很高的存活率，所以請放心吧。雖說要專心接受治療，但我現在還是一樣活蹦亂跳，精力充沛，而且沒事做的話，空閒太多，這樣反而對身體不好，所以就讓我像平常那樣盡情地工作吧。難得薄型非球面鏡片〇圓已逐漸步上軌道，我絕對不能在這個時候死掉。」

看高橋部長故意表現得很開朗，拚命想消除彼此的尷尬，我也略微重拾原本的開朗。

「你要是這時候死的話，真的很傷腦筋。拜託千萬別這樣啊。」

「哈哈哈，沒問題。不好意思，害您擔心了。還有，這件事請先別跟公司的其他人講。要是大家特別顧慮我，只會讓我難辦事而已。如果真的到了不得不說的時候，我會自己親口告訴大家。」

「我知道了。總之，一定要戰勝癌症！公司這邊也會盡可能地支援你，所以你就不必擔心生活上的事了。」

「謝謝。社長，我還有一個請求，能請您聽一下嗎？」

「可以啊。只要是我能力所及，我一定幫忙，你儘管說吧。」

「請您把現在吸的那根菸，當作是最後一根吧。健康的身體真的很重要。」

我把口袋裡的香菸盒全部掏出來，用力捏爛，並在高橋先生的面前把它丟進垃圾桶。

然後，我一面慢慢地抽著最後一根菸，一面難為情地望著天空說：

「這就是人生中的最後一根菸嗎……我要好好記下這滋味。」

「哈哈哈，這真的是我以命相求的願望。請您慢慢享用那根菸吧。」

「抽起來一點都不香啊……」

自那天起，高橋部長與努力重生的OWNDAYS一起，與棲息在他體內的惡魔奮戰。而我也遵守了與高橋部長的約定，用那天的最後一根菸，為原本每天要抽四包菸的習慣畫下句點。

二〇一四年七月

梅雨季也已結束，突然轉為酷暑。高橋先生與病魔已纏鬥兩年多。眼前是一如往常的通勤景致，我獨自一人趕往離車站有段距離的總公司。

過了一會兒，走在我前方不遠處的高橋部長，背影映入我眼中。

他在炎熱的天氣裡，穿著合身的雙排扣西裝，呈現出「理想的微壞大叔風」。和平時一樣，活像從LEON雜誌裡走出來的時尚中年男子。

唯一不同的是，他的右手多了一把以前不曾見他拿過的拐杖。

這半年來，因為開店的事全擠在一起，我一直忙著到各地出差，每週只回東京兩天左右，此時，我與高橋部長已經有好幾個月沒碰面了。

雖然聽說他的抗癌生活很辛苦，但從他那久違的背影來看，他依然是一身帥氣俐落的商務人士西裝打扮，絲毫沒有正在與病魔纏鬥的感覺。

我也問過高橋部長定期治療進行得如何，他本人笑著說「癌細胞沒擴散，也沒縮小，完全沒變化，我自己也沒感到哪邊不舒服」，因此我相信了他的話，還心不在焉地想著「應該還能一起工作個十年左右吧」。

不過，與病魔對抗的影響終究還是藏不住，他的體力似乎衰退不少，走路的步伐也像雙腳腳踝間繫著鐵鍊般沉重，這時，他就像是要趕上上班時間一樣，小心地一步一步走著，緩緩朝公司走去。

我則因為快要趕不上與人約見面的時間，所以走得很急，一下子就追上高橋部長了。然後在超過他的時候，我只是簡單地點個頭，連一句「早安」都沒好好講。

這件事令我後悔至今。

因為那是我最後一次見到高橋部長了。

為何那個時候，我沒能以開朗的聲音跟他說聲「早安」呢……

為何那個時候，我沒配合高橋部長的步伐，就算遲到也無所謂，一起慢慢走，聊聊過往，聊聊未來呢？

我明明多的是時間。

對我來說，那只是一如往常，一個快遲到的早晨，但是對高橋部長來說，「那個早晨、那個時間」卻是他用來細細感受「短暫剩餘人生」的珍貴時間。

為什麼那時候，我沒陪著他一起走呢……

從那天算起的三週後。

自從他被宣告得癌症起，大約過了兩年，來到二〇一四年八月十九日。

高橋部長的人生提早畫下了休止符。

「剛才，高橋部長的太太聯絡我們，說高橋部長過世了。」

我剛從出差地飛回羽田，一下飛機打開手機電源，最先映入眼簾的，是人事部的田仲部長傳來一則LINE的訊息，上面提到高橋部長的噩耗。

幾天前我才收到高橋部長傳來的一封簡短郵件，上頭寫道「因身體不適，需要療養一陣子，不過我一定會重回公司的」。我看到這封郵件，突然很在意高橋部長的病況，心裡還想「等回去後，不管怎樣都要擠出時間去探望他」。

結果就在那之後接到噩耗。

自從在吸菸區聽高橋部長向我坦白「膀胱發現惡性腫瘤」，至今只過了短短的兩年三個月。

那時他曾用堅決的眼神對我說，已經做好心理準備，要展開與病魔對抗的艱困生活，而且要盡可能地邊工作邊對抗癌症。這一切宛如是昨天才發生的事。

可是病魔並未停下腳步，那天過後，它依然不斷地侵蝕高橋部長的身體。

而在守靈那天，我們才透過高橋部長的太太得知高橋部長不為人知的「另一面」。

其實「當初發現癌症的時候，癌細胞就已經轉移到骨頭裡了，他自己也很清楚，要完全治癒幾乎可說是不可能。」

對我們總公司的每個工作人員來說，這宛如晴天霹靂般「突如其來的噩耗」，其實在高橋部長的心中，是早就預想好的「最後聯絡」。

最明確的證據就是，高橋部長在過世前夕把交接工作全部處理好了，連他的辦公桌、儲物櫃也都在不知不覺間整理乾淨了。

發現罹癌後的第一年，他也一如往常地來公司工作上班，除了受到抗癌藥劑影響而頭髮掉光外，完全不像邊工作、邊辛苦對抗病魔的人。

但是到了第二年，他便常常為了接受治療而請假，人也逐漸消瘦，開始有點令人擔心。

儘管如此，他到公司上班，還是若無其事地完成工作，有時還會跟製造商的負責人吵架，也一樣都四處飛往鯖江、中國、韓國等國外工廠，以嚴厲的目光緊盯品質管理與降低成本。

過去好幾次因為資金周轉不靈，導致我們無法按時付錢給製造商。

尤其是震災過後那一年，真的是持續了好一段艱困的時期。

但那時候高橋部長對我說「社長是公司的臉面，不可以輕易向人低頭！」，自己卻私下與廠商協調周旋，不斷向廠商低頭拜託，陸續取得廠商的同意，延長付款期限，公司才有辦法度過危機。

此外，到中國出差時，晚上在嚴寒的北京喝白酒喝到醉倒；為了商品製造計畫而在鯖江的居酒屋內互相大小聲。

像這樣逐一細想我與高橋部長之間的回憶，這才發現，讓我夢想中描繪的OWNDAYS賣場得以實際成形的人，不是我，而是高橋部長。

棺木中，高橋部長一臉安詳地長眠著，但他已經不會再跟我們說話了。就在大家一起目送他離去時，會場播起了南方之星的「盛夏的果實」。

詢問後才知道，這是高橋部長最喜歡的歌。雖然這是高橋部長令人意外的一面，沒人知道，不過，總覺得這也非常有「高橋部長的風格」。

在告別式的尾聲，部長的太太對所有出席告別式的公司員工說：

「我丈夫最喜歡OWNDAYS了。直到最後都還想回到工作崗位上。請你們一定要成為世界第一。」

大家都哭了。

那是個悶熱的夏日。在町田市郊的某個喪禮會場內，眾人都盡情大哭，淚水與汗水濕透了臉龐。

第20話　在順利展開進擊時來訪的危機

二〇一二年九月

當高橋部長宣布自己罹癌，開始過著艱苦抗癌生活的時候，OWNDAYS的「薄型非球面鏡片追加費用〇圓」已穩穩地步上軌道，每天都過著無比匆忙的日子。

那種情形就像在四方形的擂台展開拳擊賽，時進時退，亂打一通。到了尾聲按照計畫使出一記左勾拳反擊，擊中對手下巴，撲向步履踉蹌的對手，然後使出渾身之力，拳如雨下地猛K對手，一口氣展開猛攻。OWNDAYS以前所未有的速度持續展開進擊。

營業額不斷上升，現有店面的營業額與去年相比，平均突破一五〇%。因為來客數大幅提升，所以我們最擔心的獲利率也幾乎都符合預期，幾乎每個月都以穩定的步調持續增加收益。

然而，樹大會招風。

「OWNDAYS都是用一般不會採用的中國製劣質鏡片，所以才便宜。」

「OWNDAYS的視力檢測都很隨便，所以去那家店配眼鏡的話反而傷眼，不要去那邊買比較好。」

那種毫無根據的中傷誹謗，不只是在同一座購物中心內開店的同業競爭對手四處散播，在網路上也時有所見，最後連全國各地的員工也都時常回報「有人在找我們麻煩」。

在池袋總公司的接待室內，我正盤腿坐在沙發上，一面盯著一本在男性之間頗有人氣的情報雜誌，一面對走進接待室的明石說：

「喂，這不就是在講我們或JAMES嗎？說什麼『現今蔚為話題的超便宜連鎖店，用的都是中國製的便宜鏡片，品質很糟。戴廉價眼鏡是造成頭痛或肩膀痠痛的原因』。」

明石喝著手上的咖啡，就像在說「真是受不了」，皺起眉頭，神情不悅地回答道：

「哦，那個啊。我剛才也看到了。店面那邊好像也有好幾位讀了那篇報導的客人問說『你們店裡的鏡片沒問題吧？』。到底是憑什麼來斷言我們的鏡片品質不好？」

「真受不了。沒有確切的證據就亂寫這種文章，妨礙別人做生意，是吃飽太閒嗎……」

說著說著，我把剛才看的週刊雜誌抛向明石。

「這真的教人很生氣。我們使用的鏡片，明明和各家大型連鎖店所用的鏡片一樣，都是好產品，這篇報導完全是無憑無據地妨礙營業。要打電話向出版社提出抗議嗎？」

「算了吧。雖然很生氣，但還是先別管它。現今這個時代，全國性的連鎖店光靠販售廉價劣質品這種欺騙消費者的生意模式，還能成長，應該沒什麼人會信吧？就像UNIQLO、宜得利、大創那些公司，他們成長的背後，為了成功壓低價格，有其完善的系統和付出血汗的努力，只要是有知識的人，一般都會知道。所以沒關係，只要我們也認真面對客人、誠懇工作，就不會輸給那種不知道是誰寫的無聊批評了。」

卡嚓！

正當我們展開這樣的對話時，會議室的門如同被人踹破似的，突然打開，只見奧野先生慌張地衝了進來。

他的表情僵硬而鐵青，就像一個人背負了全世界的煩惱一樣。

「社長，現在方便打擾你一下嗎？那個……」

奧野先生神情凝重，以食指托起眼鏡的鼻梁架，朝明石瞄了一眼。

「我先離席吧？」

明石察覺到奧野先生散發出一股不尋常的氣息，於是他迅速地收拾散亂在桌上的文件與筆電，逃也似的離開會議室。

「怎麼啦？難得看你表情這麼嚴肅……」

奧野先生盯著會議室的門，直到確定門完全關上，才以顫抖般的聲音說道：

「社長……若繼續照現在的步調走下去，年底又會陷入資金不足的窘境……」

「又是資金短缺嗎……」

看在別人眼裡，這個時期的OWNDAYS確實是處於最佳狀態。終於轉變成可以安穩賺取收益的體質了。

不過，儘管營收急遽成長，但打從我們公開創業時代的膿包，就此陷入負債超過十億日圓，無力償還的窘境後，OWNDAYS的資產負債表可沒那麼容易改善，債務負擔依然沉重，跟銀行的關係也一樣緊張。

發生震災時，我們再度進行債務重整，請銀行在半年內暫停追討本金，讓財務狀況穩定下來，雖然之後每半年都會調高償還金額，但是各銀行也沒替我們把短期融資改成長期融資，就只是很制式化地幫我們把每半年都會到來的償還日延長。

即使收益增加了，資金籌措依然不輕鬆。因為有收支時間差（銷售進帳與進貨支出的時間差）的問題，所以營業額增加時，所需的營運資金也會等比例跟著提高。隨著營業額增加，我們的營運資金也變得越來越吃緊。

「得快點提高庫存周轉率！還要盡量拉長支付期限！」

奧野先生總是提醒幹部們「增加營運資金有多可怕」，而各部門的部長也像在為此做呼應似的，一直都拚命與合作廠商交涉，努力延長支付期限，但不管怎樣，這都只是一時的應急措施而已。

表面上，我們的收益成長，每個月都有新店面開張，看起來春風得意。但背後的另一面，我們為「籌錢」而奔走，得等到聽見過程或最終結果報告後才能安心。我每天都得不停地切換這兩張臉。

「所以呢？這次大概還欠多少？」

「這個嘛……」

現場瀰漫著尷尬的氣氛。奧野先生以近乎死心的表情低語道：

「三億……」

「咦……真的假的？」

「是真的。已經模擬了好多次，如果繼續這樣下去，三個月後，也就是年底的時候，恐怕會短缺三億日圓……」

「三億……這麼多？為什麼會這樣……？」

奧野先生一面痛苦地擦著汗，一面報告。

「那是因為我們積極地推動商品改革，所以從去年底開始，就持續大量訂購原價高、附加價值也高的商品。採購金額暴增就是第一個理由。

再來，隨著現有店面的營收增加，販售管理費也以驚人的步調急速攀升，導致我們處於『增加營運資金』完全不夠用的狀態。因為根本無法向銀行借錢，所以急速成長所帶來的現金流量會對我們造成強烈的衝擊。

這些事持續發生，加上反覆推延的積欠款項也都一口氣在年底重疊在一起，金額相當龐大。許多與我們合作的中小企業也沒有充裕的資金，於是紛紛強硬地對我們說『年底還得發獎金給員工，需要一筆資金，所以請你們無論如何都要在年底前支付，不然我們會很困擾』。結論是，我們恐怕得面臨三億日圓的資金短缺……不，弄不好的話還會更多……」

過去也曾經歷過好幾次高達數千萬日圓的資金短缺，那時候都是採調整商品費用的支付期限，或是把直營店賣給加盟店等方式，雖然那也像在走鋼索，但還是巧妙地完成資金周轉。

但這次是一口氣短缺將近三億日圓，而且付款期限只剩三個月。這是不同於以往的天大危機。沒處理好的話，欠款將會環環相扣地累積，直接導致公司黑字破產。

我盤起雙臂，一直盯著天花板看。兩人之間只剩尷尬沉默。以前也曾多次經歷過這種一分鐘像一兩個小時之久的「那種感覺」。

但也許以前從來沒這麼絕望過。這種感覺就像舌頭腫脹，塞住了咽喉，讓人無法好好講話。

「……可是，現在都已經十月了。為什麼沒能早點預測呢？」

「事業急速成長後，光靠現在的兩名會計根本處理不來，每個月的試算表都快作不出來了。這四年來，銷售量幾乎成長了兩倍，然而會計的人數卻維持不變……因為這個原因，無法即時掌握正確的現金流量預測，這種狀態已經持續半年多了……」

「的確，現在的業務量要光靠兩個人消化，有點困難……可是現在後悔也沒用。補強會計人員的問題，現在得馬上思考，不過，面對眼前資金短缺的問題，也得趕快想辦法避免這種情況發生才行。總之，先試試所有能用的辦法。也只能這麼做了吧。」

我故作冷靜，心裡卻不時浮現「倒閉」兩字，它就像在我腦中攪拌似的，一直在那邊轉來轉去，控制著我的腦袋。

如果是數千萬圓到一億日圓左右的資金短缺，以前也經歷過很多次。每次都令我感受到背脊發涼，也會因意識到破產的可能性，而臉色發白，但以前只要透過舉辦大規模的半價銷售，或是請合作廠商寬限一陣子，不然就是延遲繳納社會保險費或消費稅，設法讓帳目平衡，最後總能找出辦法，勉強度過危機。

然而，這次卻要在三個月不到的時間內解決三億日圓以上的資金短缺。

這樣的話，就算使出以前用過的所有招式，以現在OWNDAYS所能產出的現金流量，終究還是填補不了資金短缺，這一點是再明白不過了。而且在短短一天內也想不出準備這麼大一筆錢的方法。當然，考量到銀行以往的態度，就知道想取得融資，根本就是痴人說夢。

（好不容易才見到業績成長，營收方面也開始獲利，再這樣下去不就要黑字破產了嗎？）

我彷彿從天堂掉進地獄，心情也變得黯然。

「社長，既然都累積到了三億日圓的程度，看來是沒辦法靠耍小手段來籌措資金了。得想想其他根本的解決辦法才行……」

奧野先生就像看穿我的心思一樣，率先打破沉默。

「看是要找誰來討論一下增資的可能性，或是發行公司債券來承擔這筆債務。最壞的打算就是拿股份或商品抵押，暫時向非銀行體系的金融機構申請高利貸，可以的話，我也不想用這招，但這次真的是躲不掉了。」

「增資或公司債券嗎……唉，也只剩這種方法了。我很不想碰那種跟地下錢莊沒兩樣的高利貸。可是，就OWNDAYS的現狀來看，真的會有人可以立刻決定砸下三億日圓來投資嗎……」

「我認為有這個可能性。自從社長接管OWNDAYS以後，業績與收益都不斷成長。現在店面數量超過一百間了，經營方面也穩定的獲利。我們只是財務報表比較難看而已，從客觀角度來看，OWNDAYS對投資者而言，應該是充滿吸引力的對象吧。只是這還要視股權會被取走多少百分比而定……」

「對啊。如果被別人抓住弱點，要我『交出半數以上』的話，那實際上就像在賣身一樣。要是有人肯以適當的金額投資，配合我們三億日圓的增資要求就好了。」

此時，OWNDAYS的規模已經變得相當龐大，我們也逐漸在眼鏡業界中建立起自己穩固的地位。對投資的公司來說，OWNDAYS很有可能變成下金蛋的金雞母。所以，應該會有不少投資者或企業感到心動吧。

但是，如果因此引來資金籌措惡化，則身為社長的我搞不好會被追究經營責任，被迫辭職。此外，有人也許會故意拖延交涉，最後看準弱點，在價格最低的時候侵占OWNDAYS。

就算沒發生那些事，投資方依然很有可能以「出讓經營權」作為接受我方增資的條件，市值也會被極力壓低，而我也許會就此失去一切。

不過，先避免這次資金短缺的情況發生，防止公司陷入倒閉危機中，這是身為社長的我最該優先考量的事。這種時候就算自保也沒用。

「現在光是慌也沒有用，總之，先讓幹部們了解這樣的現況吧……」

「也對，我明白了。不過好苦啊……資金籌措真的很辛苦……每天都覺得像是胃裡塞滿了砂袋一樣。」

那天夜裡。

在緊急召開的幹部會議上，奧野先生開門見山地說出OWNDAYS目前所處的年底資金周轉不靈的窘境，並且向大家說明，為了避免這樣的情況發生，不得不考慮增資的做法。

「最關鍵的日子是十二月二十日。如果無法在這天之前準備好三億日圓以上的資金，OWNDAYS就會陷入資金短缺，甚至可能導致信用破產。最糟的情況是就此一口氣跌入黑字破產的深淵中，我們必須面對這樣的可能性。請大家一方面提出延長支付期限的要求、辦特賣會等等，像以前那樣盡力籌錢，一方面分頭去問問合作廠商或自己認識的經營者，看能否請他們配合我們增資的要求。」

被告知這意想不到的事實，幹部們皆大受衝擊。

連日來，客人絡繹不絕地湧入店內，員工們也都幹勁十足。業績更是蒸蒸日上，收益明顯增加，每個人都覺得公司正處於最佳狀態，可是卻被告知資金短缺的事實，如果和之前一樣，只是幾千萬的短缺倒還另當別論，但這次突然一下子高達三億日圓，真是做夢也沒想到。

幹部與部長們全都陷入苦思，不久，開始有人提出一、兩位有希望的經營者或合作廠商的名字。我和奧野先生則立刻與對方聯繫，並指示大家去預約面談時間。

我們開始找尋願意接受我方增資條件的對象，幾天後，幾名有意參與增資的經營者、投資客，以及多間創投公司馬上前來表示他們很感興趣。

現在跟幾年前那種「想欺騙走投無路的人，藉此大撈一票」的「可疑分子」不一樣，這回都是純粹想「投資成長中的企業，看準將來資本利得」的正經投資客們。

我和奧野先生也投入幹勁，提著塞滿大量文件的公事包一一前往面談。

「雖然資產負債表還很難看，但這都是擠出前經營者時代留下來的膿包所造成，幾乎不影響現在的損益表。我們的收益能力也確實愈來愈強。往後還能期待我們會有更大的成長，只要看這五年的實績，相信您一定能理解。因此，能不能請您參與我們的增資呢？」

「沒問題！我們創投公司的存在價值就在於幫助企業重整！請讓我們檢討其可行性！」

此時的OWNDAYS在旁人眼裡，是一間成長顯著的蓬勃企業。一開始，每間創投公司的負責人都是和顏悅色地回應我們，然後意氣風發地帶著一份事業計畫書與財務報表回去。但最後所有的投創公司卻都回覆「很遺憾……」，就此停止檢討其可行性。

「增資的計畫書未免寫得太樂觀了吧？如果狀態那麼好的話，那也不必這麼慌張的籌措資本吧？這營業額的數字，該不會其實只是在粉飾真相吧？這方面得謹慎調查後再說，不好意思，我們無法輕易出手。」

「就算靠增資募集到資金，在這種無力償還的狀態下，馬上就會又陷入資金困難的窘境，最後離倒閉或民事再生也不遠了，不是嗎？」

我們不斷受到這些意見與疑問的洗禮。每每遇到那種情況，我和奧野先生都會拚命說明，盡全力排除對方的疑慮，儘管如此，這三個月的時間實在太短，結果完全沒有投資者、創投公司，或是金融機構接受我們，同意用適當的金額來增資或承購公司債券。

「為什麼大家都不明白啊。我們公司是這麼危險的企業嗎？我要是有現金，又遇到這樣的公司，絕對會馬上砸三億下去投資。銷售量佳、品質好，公司員工又充滿熱忱。看看店裡就一目了然，還有那個每次都被問到的無力償還，又不是我們造成的，那些沒有實體的資產都是算在創業者時代任內，我們只是『規規矩矩』地將它移除，然後又施以正確的會計處理，才會得到這樣的結果。這根本不會對我們現在的營業收益帶來任何影響。可是卻……」

「一點都沒錯。每一間創投公司或投資者都說什麼『我們和銀行不同，所以我們會對事業的可能性或人物進行投資』，但最後卻只看財務報表，見到有一點危險，也絲毫不想盡力去消除風險。他們根本和銀行沒兩樣。」

「還是說，相信『會成長』的只有我們自己而已，過去所有的金融機構與投資者都不願意理我們，難道OWNDAYS真的是沒用的公司嗎……」

「沒這回事！我之前的工作讓我經手了許多重建案件，但從來沒有一間公司能像現在的OWNDAYS這樣。別說在毫無收益的狀態下開始經營了，根本是在『負』的狀態下展開，從銀行那兒也爭取不到半毛錢的融資，儘管如此還是繼續還債，甚至在五年內讓營業額與店面數量翻倍並獲得利潤……我從未見過這種重建案例。如果我是負責人，絕對會判斷這間公司是『可積極投資』的對象！專家說的絕對不會錯。」

「總覺得，聽到奧野先生你這麼說之後，我開始有自信了。說得也是，那些不投資的人肯定眼睛都不夠雪亮。」

「就是這樣，沒錯。請社長拿出自信。如果這裡是美國或中國的話，轉眼就會有將近一百億的資金投注在社長和OWNDAYS身上了。我是真的這麼想。」

「好！幹勁都來了。話說回來，應該還是有眼睛雪亮的投資者吧。我們得繼續找，直到最後一刻都不能放棄！」

二〇一二年十一月

可是，努力終究還是得不到回報。我們在這兩個月內與十幾間公司進行交涉，結果都徒勞無功。眼看只剩不到一個月的時間可以補救三億日圓的資金缺口，我和奧野先生卻束手無策，我們終於被逼入絕境了。

就在這時，突然有位我認識的企業家打了一通電話過來。

「我談到OWNDAYS正在找尋肯接受增資的對象時，同樣在全國各大購物中心設店的某知名上市企業的社長說『之前就知道OWNDAYS的事了，我們公司應該有辦法提供支援』。如何？要和他見個面嗎？」

「咦！真的嗎？請你馬上幫我介紹一下！拜託你了！」

既然有遺棄我的神，就有眷顧我的神。時間也不多了，就像溺水者抱著最後希望抓住稻草一樣，我們也把最後的希望都寄託在這次與上市企業社長的面談上了。

隔天。

那是一個寒冷的夜晚。夜裡的空氣變得冷冽刺骨，開始有入冬的感覺。

在毛毛雨中，我和奧野先生來到一間座落於赤坂小巷內的日式料理店。這是那家上市企業的社長祕書指定的地點。

「你好，我是田中……」

「歡迎光臨。我們恭候多時了。這邊請。」

在入口處脫完鞋後，一名像是老闆娘的和服女子，帶著我們走到長廊盡頭的某個房間。

「您的客人到了。」

「哦。」

拉開隔門後，我看到這間給四個人坐稍嫌大的包廂上座，坐著一位體型富態的男性。此人年近六旬，帶有彷彿可以看透人心的犀利眼神。整個人散發出一股霸氣，那是千錘百鍊的企業家才有的氣場。

而他身旁坐著一位清瘦的男子，此人面無表情，膚色白淨，戴著眼鏡，穿著筆挺的深灰色西裝，像是祕書。

我們自認已比約定的時間晚上七點提早十分鐘以上抵達，但那位社長更早到，好像準備好評鑑我們似的，早就在那邊等著了。

「您好，我是OWNDAYS的田中。感謝您今天抽空與我們會面。打擾您了。」

我微微行了一禮，坐向他對面，先交換名片、做些簡單的問候，接著便遞上我們帶來的厚重資料，開始說明OWNDAYS的現況。

「好了，先別這麼急。總之，先來杯啤酒吧。」

那位社長就像在拉住我，以防我操之過急，他先打斷我的話，接著又催我拿起酒杯，並幫我斟滿啤酒。

之後，我微帶顧忌地吃著服務生端上桌的料理，然後一面閒聊，一面努力說明OWNDAYS重建至今的經過，以及往後的事業規劃。

經過一小時左右，說明終於告一段落，對方提出的幾個問題也已回答完畢。接著那位社長塞了一大口作為餐後甜點的哈密瓜，發出不雅的咀嚼聲，語帶不屑地說出以下這段話。

「我明白了。總之，我會馬上幫你們準備好三億日圓，這樣就能用這三億來調度資金，然後你快點跟我們的人辦好交接，離開OWNDAYS吧。接下來的事我們會處理。這樣一來，不但保住了OWNDAYS，連你個人名義下的融資連帶保證都能轉由我們承擔。全體員工也都能保住飯碗。這樣你總沒怨言了吧。我先用我們的資金把資產負債表弄得像樣一點，之後再幫OWNDAYS重建。萬一進行得不順利，只要賣給其他同行，應該也能輕鬆回收投資的金額。哈哈哈。這提議對雙方都好，不是嗎？」

這位社長就像是以高姿態說「我是來幫你的，你就心存感激吧」擺出傲慢的態度和沒禮貌的神情，完全沒將我瞧在眼裡。

更過分的是，他居然看準了我們無計可施，用這種盛氣凌人的口吻說話，最後還撂下一句「反正重建不順利的話，只要賣給其他公司就能賺回來了」。

我感到既不甘心，又憤慨，緊緊咬牙，咬到都快滲血了。

但是，我們已經沒時間了。

倘若現在不接受這個提議，等到最後真的無技可施，在歲末付不出將近三億日圓的債務時，OWNDAYS有可能瞬間跌入萬劫不復之地。眼下只剩接受這位社長提議的路可走了，不然，我們根本想不出其他實際的解決辦法。

然而，大家的努力好不容易開花結果，每個齒輪都緊密的咬合，正要開始運轉，逐漸可以看見光明的未來。當真是在「好戲正要上場」的時刻，竟然要以這種形式讓這種男人奪走OWNDAYS，說什麼我也無法接受。

這樣的話，過去那些大家一起克服無數困難與考驗的日子，到底又算什麼？

之前大家那麼努力的打拚，難道就只是為了讓眼前這位宛如漫畫裡的反派角色，渾身銅臭的傢伙藉此大賺一筆嗎？

與大家攜手克服逆境的無數個日子，就像跑馬燈一樣，不斷從我腦中閃過，教我怎樣都無法抑制這份難過的情緒，淚水也不爭氣的淌落。

「都老大不小了，哭一樣得不到半點好處哦。」

在我低著頭答不出話時，我又被酸了一句。

接下來的沉默大概維持了二、三分鐘，對我來說卻像一、兩個小時。羞愧、不甘心、焦躁的情緒一直在我體內蠢動，我恨不得馬上逃離那個地方。可是就像那位社長說的，沉默再久也無法解決事情，就只是浪費時間而已。

（乾脆就這樣吧。雖然自己不能繼續當OWNDAYS的社長，但OWNDAYS也算是納入上市企業的保護傘下，員工們就不怕丟飯碗了。OWNDAYS搞不好能藉此機會有更好的發展。

全國的員工們都能獲得「上市企業員工」這樣的頭銜。說不定希望我繼續當社長的，就只有我一個人而已。也許從員工的角度來看，與其在由我當社長，始終都很不穩定的OWNDAYS底下工作，倒不如當個大型上市企業的員工還比較開心……）

我像這樣說服著自己，漸漸放棄掙扎。

「我明白了……我會積極考慮此事……之後也請您多多指教了……」

「你們已經沒時間了吧。趁我還沒改變主意前快點給我答覆，不然可是會來不及哦。」

「知道了。請再給我幾天的時間……」

我們隨便客套幾句後，逃也似的快步離開料理店，接著，我跟奧野先生一起朝地下鐵的入口走去。

我們走在寒冷的夜空下，偏偏此時又下起了豆大的雨，宛如在上演一齣粗糙的連續劇。

走了幾分鐘後，有個帶著鹹味的東西混在雨水裡潤濕了我的唇。我在不知不覺中流下淚水，絲毫感受不到正在哭泣的真實感，但眼淚怎麼也停不下來。

不管是來往人群的開心的交談聲，還是輝煌奪目的霓虹燈，在我眼裡，這一切都令人嫉妒。

乾脆現在來場戰爭，讓全世界陷入大混亂好了……我眼裡的世界已完全扭曲。

（為什麼？我明明這麼努力，明明比誰都還要努力，為什麼到了關鍵時刻卻都這麼不順利呢？）

一想到這些，我就痛苦到快喘不過氣來。就算我拚命吸著冷風，但感覺氧氣就是無法進入肺裡，反而更加難受。

「真不甘心……」

本來一直在旁邊默默走著的奧野先生，突然用無力、近乎吐息的聲音如此低語。

既然有遺棄我的神，就有眷顧我的神。

只是，此時出現在我們面前的是「死神」。

第21話　男人說話算話！

「我會出三億救OWNDAYS，你就快滾吧。」

既然有遺棄我的神，就有眷顧我的神！我們抱著這種心情，興高采烈、不知死活地趕往赴約，沒想到出現在我們面前的，竟是傲慢又貪心的死神。毫不留情抵在我脖子上的，是一把閃著黑光的死神鐮刀。

是該做好覺悟，默默的任人宰割呢……還是該垂死掙扎到最後呢……

吃完那頓飯後到底走了哪條路，又是如何回到家的，我根本記不清。一進家門，我便無力地癱在床上盯著天花板。

我的腦中不停冒出那位上市企業社長在幾小時前對我說的話。我已經不曉得該怎麼做才對，好想索性拋下一切，逃得遠遠的。

（要是能擺脫這些壓力，不知道會有多輕鬆……）

一看到窗戶，我就覺得自己彷彿會衝動地往下跳，因此我不敢望向窗戶。我想，在短暫人生中，這一夜大概是我最窮途潦倒的一夜。

隔天。

大約在時鐘指針剛過九點時，一台吵鬧的街頭宣傳車從我家前面通過，廣播聲吵醒了我。

再怎麼艱辛痛苦，早晨還是一如往常，無情地降臨。

打開窗戶見到外面的景色後，發現昨日的雨已停，不同於我此刻的心情，那晴朗而澄淨的秋日晴空，沒有半朵雲，只有一整片美麗藍天。

（算了，放棄吧。無論是失去公司，還是絕望地自殺，這世界都不會因我而改變。明天依然會有同樣的風景。既然如此，與其手忙腳亂地垂死掙扎，陷OWNDAYS於危機之中，害大家受苦，還不如早點把OWNDAYS託付給那家上市企業，結束這一切。這樣大家一定也會覺得比較幸福吧。我今年才三十四歲，就算現在放下一切從頭來過，也還有充裕的時間。何況在這五年當中，我也累積了許多驚人的經驗，光是這樣就已經賺到了。）

睡了一覺後，我抬頭望著清透的晴空做深呼吸，沒想到心情真的稍稍變得樂觀積極了。睡眠也許是神明賜給人們的特效藥吧。

我拿出手機，用LINE對那位社長祕書送出一則簡短的訊息。
「我有意接受貴公司的提案。後續再勞煩您了。」
幾分鐘後，對方馬上回信，好像事前就知道我會死心，給他這樣的答覆一樣。
「我明白了。那就請您盡快準備好下述的財務資料。我們會立刻準備三億日圓的貸款，如果之後的盡職調查沒問題，我們就會直接把這筆錢轉為投資金。」
（這樣OWNDAYS就不會倒閉了吧……）
看完對方的答覆後，感到力氣從全身散去。
就這樣，和某上市企業的社長展開正式的增資條件交涉後，我整理好儀容，朝東京國際展示會場出發。
因為這天早已排定好參訪「國際眼鏡博覽會」的行程。
上次也是因為在這場博覽會的契機下，我邂逅了glasstec公司的中畑社長，讓OWNDAYS的商品產生戲劇性的變化。
（中畑先生說他也來了。我得向他報告一下我增資轉讓OWNDAYS的事。中畑先生想必會很失望吧……）

我一邊逛展場，一邊依序拜訪合作的鏡架製造商與機械商，然後跟各廠商的負責人聊些無關緊要的客套話。第一次來觀展時，明明每個攤位都對我愛理不睬，但這次不同，好多攤位都熱情的歡迎我。

（這幾年的努力總算值得了……）

我邊想這些事，邊帶著感慨的心情逛下去，接著，為了確認glasstec公司的攤位位置，我把目光轉移到展場導覽圖上。就在此時，我後方突然傳來某個男人的聲音。

「咦──這不是田中社長嗎！好久不見。近來如何啊？」

我回頭一看，站在我面前的，原來是「藤田光學」的藤田社長。

藤田光學是一家鏡架製造商，總公司位於福井縣鯖江市內，從幾年前開始，我們多少有些往來。

不過，雖然有合作往來，但每個月也只有少量的金額，約數十萬到兩百萬日圓之間，發現他們有不錯的鏡架時，我們也會嘗試性地進一點來賣。雙方的關係就只有這種程度。

「啊，藤田社長，好久不見。什麼時候到東京的？」

藤田社長跟平時一樣，微微駝背，眼角堆滿了純真的笑紋，以溫和的笑臉說道：

「昨天深夜到的。田中社長看起來也神采奕奕，太好了。您還是老樣子，一臉春風得意呢！OWNDAYS也發展得不錯吧？大家都在談論你們哦。」

「哈哈哈。沒有啦，情況正好相反。」

「少來了，別這麼謙虛嘛。」

「不，託您的福，店面的業績確實是不錯，但是因為有無力償還的問題，所以銀行和投資家都不肯對我們的重建計畫伸出援手，而我們的資金調度也終於來到極限了，因此，我已經決定把OWNDAYS賣掉。像這樣拿定主意後，我就像一口氣卸下肩上的重擔一樣，心情變得輕鬆許多。所以才有辦法露出這麼爽朗的表情啊……哈哈哈。」

聽見我說出這個出乎意料的答覆後，藤田社長瞪大了眼，驚訝地說：

「咦？要賣掉OWNDAYS嗎？這樣太可惜了！真的很可惜啊！」

「是啊。我自己也覺得很可惜，可是，與其繼續這樣下去，資金調度出問題，害公司陷入水深火熱，倒不如乾脆一點，自己抽手，這樣才像個男人。其實說真的，我原本還想再多奮鬥一陣子……」

說完這些話後，我變得有些難為情，準備離開那個地方。結果藤田社長一把抓住我的衣袖，露出認真的眼神。

「請等一下。可以告訴我詳細情形嗎？」

語畢，藤田社長把我帶到展場外。

來到展場外，雖是大晴天，但也已經來到十一月底，因此吹來的風冰得令臉頰刺痛。

藤田社長催我坐向休息用的長凳，說了一句「請等我一下」，小跑步朝自動販賣機跑去，買了兩罐熱咖啡回來。

「啊，不好意思。那我就不客氣了。」

我喝著他請的咖啡，簡單地向他道出事情原委與現況，毫不隱瞞。

我用略帶自嘲的方式，解釋自己下定決心賣掉公司的整個經過，藤田社長則是用認真的神情聽我講完，然後平靜地對我說：

「原來是這樣。我知道了。既然如此，可以讓我們公司也出點力嗎？錢這方面，我們多少拿得出一些。」

聽到藤田社長面帶笑容說出這番話，令我有些吃驚。

（他應該認為這是只有幾千萬日圓的事吧。我還是講清楚比較好，不然到時候害人家覺得沒面子，那可就太對不起了。）我如此暗忖。

「所以，現在還缺多少資金呢？」
藤田社長以和善的笑臉詢問。我雖然遲疑了一下，但最後還是下定決心回答道：
「至少也需要將近三億日圓，而且還得在二十天內準備好。」
（這樣確實是有點吃力……）
本以為藤田社長會露出這種表情，沒想到他眉毛連動都沒動一下。
「這樣啊。要湊出全額是沒辦法，但如果是一億日圓的話，我們出得起。因為現在沒有空，可以今天晚上約個地方慢慢討論詳情嗎？」
「是啊，果然是沒辦法啊……嗯？咦？您剛才說什麼？」
「如果是一億日圓的話，我可以借你們，所以可以請您先別急著放棄OWNDAYS，再等一陣子看看嗎？也許還會有其他辦法。」
「是……」
說完，我翻開行事曆決定好當天晚上的行程。藤田社長低頭朝我行了一禮，就此走進國際展示會場，消失在人海中。我只能茫然目送他的背影。
當天晚上，我在烤肉店的包廂內與藤田社長碰面。這是位在六本木MIDTOWN附近的時尚烤肉店——「綾小路」。

「先來杯啤酒如何？您應該口渴了吧。總之，先乾一杯吧！好的，來兩份特選和牛套餐，還有……來一份這個，以及綜合……」

稍早時，我先回一趟公司，匆匆忙忙準備了詳細的資料。此時我正抱著那一大堆資料，一副勢在必得，繃緊神經的模樣，而藤田社長則展現出與我截然不同的態度，輕鬆自在的點餐。

我們閒聊了一會兒，不久，服務員陸續送來大量布滿油花，看起來很可口的和牛，轉眼間就把桌面淹沒。

「肚子餓了吧？來，快吃快吃。餓肚子是沒辦法作戰的。哈哈哈。」

我在藤田社長的促邀下，一邊吃著我最愛的烤肉，一邊向他說明事情的原委。但藤田社長就只是微笑，隨口附和幾句，似乎沒認真在聽我說。

他說：「哎呀，這肉真好吃。六本木果然有很多好吃的店啊。來，田中社長也別忙著說話了，快吃、快吃吧！」彷彿比起我的簡報，這間店的肉質更令他感動。

我漸感不安。

（白天時在國際展示會場說的那番話，難道單純只是社交辭令？其實根本不想出資，只是出於好奇心使然，打聽窮途末路的OWNDAYS有什麼內情，想蒐集情報？現在明明就已經沒時間了，公司陷入危機，處在連一秒都不想浪費的時刻，但我也許只是來這裡扮小丑……）

我內心的一隅閃過這後悔的念頭。

等到服務生前來收拾桌上的碗盤時，我的說明也大致告一段落。藤田社長先是一口氣喝掉剩下的三分之一杯啤酒，接著開口說道：

「我明白了。總之，我也會盡力幫忙處理資金不足的部分，所以您要不要再堅持一下呢？另外，也問問鯖江的其他製造商吧。應該還會有願意相助的人。把公司交給那種只把OWNDAYS當成賺錢工具的社長，實在是太浪費了。

我們公司當然也會收下一些股份，但只要依照市值取得相對應的比例，這樣就夠了。更重要的是，由於我們是製造商，所以基本上只要在生產商品方面讓我們提供更多協助就行了。OWNDAYS還是應該由田中社長繼續經營才對。不，非得由您來主導不可。對我們製造商來說，只要可以一起追求夢想就足夠了。所以請您再努力一下吧。」

（天底下有這麼好的事嗎？）

我抱持戒心，懷疑這當中是否暗藏了什麼可疑的計謀，一時間無法拿藤田社長說的話當真。

（這個人是不是也在暗中盤算著什麼，想引我入圈套……）

可是眼前的藤田社長怎麼看都沒有那種邪氣。

（不，像VIDA的畠山社長，一開始不也是很爽快地說「包在我身上」，卻又馬上翻臉不認帳，轉頭就走嗎……這個人可能也是……）

我改為端正坐好，就像要揮除心中的懷疑般，試著開門見山地說出心中的想法。

「不過，我可以請教一下嗎？藤田社長，對於不是您主要客戶的OWNDAYS，為何您會如此輕易地說要出資一億呢？」

「咦？那是因為你身為一名經營者，我給予很高的評價。」

「哦，您給我很高的評價……」

「沒錯。世上有人揶揄你是年輕又輕浮的公子哥社長，但因為眼鏡界是個很小的業界，所以那些話都只是嫉妒罷了。我從沒遇過像你這麼有意思的經營者，由你來經營的話，OWNDAYS或許有機會躍升為眼鏡業界的龍頭。我隱隱覺得，你或許能為這個業界引發更多有趣的事來。

這麼一來，我們這些出資者的股票也有可能翻漲數百倍，而且身為製造商的我們也能接到更多訂單。你不覺得再也沒有比這更有賺頭的事了嗎？我絲毫沒有為了做慈善事業而出資的意思，說是純粹為了利益才投資也不為過。」

「您、您太抬舉我了……」

我羞得滿臉通紅。這五年來，我不是被罵就是被挖苦，早習以為常了，但我鮮少有被當面誇獎的經驗。這令我很難為情。

「敝公司是從眼鏡的企劃製造販售開始做起，一路發展成現在的規模。但近年來，隨著大型眼鏡連鎖店的競爭越演越烈，主導權也由製造商轉移到零售店手中，現在的主流業態逐漸變成SPA，也就是零售店先掌握好消費者的喜好，再向製造商訂製商品，業界的動向也逐漸產生巨大的改變。現在已經變成所謂的『營銷導向』時代了。我們這些製造商想在往後的時代裡求生存的話，與在SPA業態中有所成長的零售企業緊密合作，就會變得極為重要，就這個層面來看，若能投資眼鏡SPA業界裡的風雲人物OWNDAYS，那可是千載難逢的好機會，所以我們公司是非常認真的哦。」

（原來如此，眼鏡業界正處於思角轉向（Paradigm shift）階段，對製造商來說，與

OWNDAYS這種SPA品牌強力合作也算是多一條命脈。而且，這樣就不再只是下游承包商，而是以投資的形式來建立起對等關係，確實意義重大。若以這樣的思考，而做出入股OWNDAYS的決定，就經營層面來看，的確合情合理。既然他話都說到這份上了，那我就死馬當活馬醫，拜託他看看吧。要是什麼都不做的話，最後也只是被死神生吞活剝而已。）

「我明白了。既然藤田先生都這麼說了，那之後就拜託您了。請問接下來該怎麼做比較好呢？」

「一下子突然要拿出三億日圓，雖然也不是拿不出來，但是時間太短，實在有困難。感覺不太實際呢。請您也向其他製造商募資，同時還要再次請求大家重新評估支付期限，田中社長，請你別放棄，一定要用盡各種辦法。如果這樣還不夠的話，剩下的就由我來想辦法，我會盡全力幫忙。當然，公司方面得按照規定的程序走，因此必須請你們準備好增資用的股價估算書。下週有辦法給我正式的文件嗎？」

「我明白了。一星期後，我帶詳細的資料給您。」

隔天，我馬上告訴奧野先生事態有了重大改變，並請他在一週內準備好新的資料。

當初那些說過「如果是幾千萬日圓的話，我們可以幫忙」的幾家公司，因為我們要解決資金短缺所需的金額太大，他們幫不上忙，所以我婉拒了他們的好意，如今我再次與他們聯絡，向他們拜託道「現在情況變了，也許有辦法解決問題，所以能不能請您重新考慮出資的事呢？就算只有一、兩千萬也行」。最後總共有五家合作廠商答覆，說會提供金援。

我立刻打電話跟藤田社長報告這個結果。

「有五家公司願意幫忙，大概能湊到一億兩千萬日圓左右。如果藤田社長您能出資一億的話，剩下的部分搭配延長付款期限，應該就能躲過這次的資金短缺了。雖然是勉勉強強，但這樣OWNDAYS便能獲救了。」

「噢，那真是太好了。我明白了。一億日圓的話沒問題。請立刻準備正式資料！」

「是！非常謝謝您！」

距離解決資金問題的最後期限只剩三週。

但是因為時間不夠，實在沒什麼時間可以湊齊增資所需的資料。

幾天後，極度憔悴的奧野先生來向我報告進度。

「若要在維持田中社長擁有過半經營權的狀況下，接受兩億兩千萬的增資，那就只能把田中社長過去以個人名義借給公司的錢轉換成股票，也就是所謂的DES（Debt Equity Swap，債務股權置換）。可是，我拿此事去問會計事務所與司法代書時，他們都以『時間不夠，沒辦法』的理由回絕。」

「真的假的……那怎麼辦？」

「只能自己做了。」

「奧野先生，你做過嗎？」

「沒有啊！製作資料、辦理登記手續這些實務工作，有專門處理的專家在！但似乎是我們的行程與這些專家們無法配合，所以才沒辦法。再加上銀行特別在意年底的資金調度，所以頻頻會問東問西，說出『交出這一期的業績預測』、『把資金調度計畫更新後交過來！』這類的話……。就算對他們說『現在沒空處理這些！』他們也完全不退讓。也許是銀行內部的報告期限逼近，他們感到焦急，根本完全不管我們的死活……。不過，現在抱怨也沒用了，所以由我來重新製作。社長，您說什麼時候要去找鯖江的製造商？」

「預定後天。早上八點左右就得離開品川，不然會來不及。」

「還剩兩天……我會想辦法。」

等到奧野先生用LINE告訴我「招股書完成了」時，已經是準備前往鯖江請求增資的當天早上六點左右。

七點過後，我踏入昏暗的總公司，發現奧野先生趴在接待室的桌子上。

「奧野先生，你還活著嗎？」

奧野先生抬起頭來，把文件袋遞給我說道：

「總算完成了……那就拜託您了。請跟對方說，如果有必要，我們也能補充說明。」

「知道了。那我去一決勝負了！」

我前往品川車站，搭上新幹線後，一路朝福井縣的鯖江市而去。

進入十二月後，鯖江已經積起薄薄一層雪，我在中午前來到這處市街。一抵達後，我立刻跳上計程車，依序拜訪之前答應要幫忙增資的那五家公司。

可是在等在我面前的，卻是出乎意料的反應。

「抱歉啦，銀行還是堅決反對此事，所以我們沒辦法幫OWNDAYS出資了。」

「會計師阻止了我們，說無力償還的情況太嚴重。我們的資金也沒那麼充裕，因此，這次的事就當沒提過，好嗎？」

「OWNDAYS的資金調度計畫進行得很不順利」。可能是這風聲已經在狹小的鯖江眼鏡業界內傳開，那些當初認為只是兩、三千萬，而爽快答應出資，堪稱是我們救命繩索的製造商們，現在突然都一臉歉疚，態度驟變，直接拒絕出資。

「咦？請、請等一下。現在才突然說無法出資，這叫我怎麼辦啊……求求您！我們已經有取得一億日圓的管道了。如果您現在喊停的話，那我們的希望就全泡湯了。拜託了，能不能幫個忙呢？拜託！」

我拚命的懇求對方。

「真的很抱歉啦。我們一直承蒙OWNDAYS關照，也很想幫忙，但我們真的沒有這麼多餘力，所以，這次請您多多包涵吧……」

結果，在當初表現出有意參與增資的五家公司當中，有四家突然態度驟變。

後來好不容易得到glasstec公司中畑社長資助的三千兩百萬日圓，但當然了，這麼一來，就算藤田社長出資一億，最終還是會有超過一億日圓的短缺。

我抱著絕望的心情打電話給藤田社長。

「對不起，在當初說好要參與增資的五家公司之中，有四家臨時回絕了我。這樣的話，就算藤田光學依計畫幫忙出資一億日圓，年底依然避免不了資金短缺。對不起，是我能力不足。」

「……」

電話中沉默了一陣子。

「不過，真的很感謝您。總覺得竭盡全力去努力後，這下子總算能徹底放棄了。我想，還是按照當初原定的計畫，將OWNDAYS賣給那間上市企業吧。」

「田中社長，你現在人在哪裡？還在鯖江嗎？」

「是的。我剛到鯖江車站。」

「我也剛到福井，請你在那邊等一下！還不要回去！！」

三十分鐘後，藤田社長自己一個人開著一輛PRIUS來到鯖江車站的圓環。他剛從中國出差回來，似乎是一下小松機場就直奔而來。

藤田社長下車看到我後，一臉擔心，氣喘吁吁地全力朝我跑來。

「你說大家都拒絕了……是真的嗎？」

「是的。大家似乎都有自己的苦衷……而且時間也不夠。果然還是沒辦法順利籌到錢啊。不過沒關係。總覺得看到大家如此擔心我後，心中反而充滿了感謝。反正OWNDAYS也不會倒閉，只是少了我而已，之後的OWNDAYS一定會有更好的發展，所以往後也要請您繼續關照OWNDAYS。」

我用「看開」的開朗語氣說完後，一直都默默聆聽的藤田社長，就像在囑咐我別輕言放棄般，以強而有力的口吻說道：

「我來出資！」

「您要出資……我非常感謝您這番好意，可是，就算您特地出一億日圓，還是短少一億，一樣躲不過資金短缺。您的好意我心領了。」

「我的意思是，加上大家拒絕你的那一億圓，我一共出兩億！」

「咦？」

「之前在烤肉店裡不是說好了？不夠的部分由我來想辦法啊。男人說話算話。所以也請田中社長相信我！到底是為了什麼才跟大家一起努力至今的？你現在還不能放棄OWNDAYS，絕對不可以！」

他一面說，一面用力的握住我的手。

「我現在馬上回公司跟會計討論一下。田中社長，請你先打電話給那間上市企業，清楚地拒絕那位社長的提議。」

藤田社長留下這些話，坐進PRIUS後，以飛快的速度再次消失在覆滿白雪的鯖江街道上。

我一時之間還無法相信藤田社長說的話，也沒有「OWNDAYS就此得救」的真實感，只覺得自己就像被狐狸給耍了似的。

一個星期後，我和奧野先生來到藤田光學位在福井縣鯖江市的總公司內，坐在會議室裡。藤田光學這邊則是有藤田社長、負責財務的山口常務，以及擔任顧問的會計士三人，坐在我們對面。

交涉過程相當順利，雙方對於彼此提出的條件都沒產生意見衝突，會議也平順地進行至尾聲。最後，為了讓我保留過半數的持股比例，並能繼續以「公司所有人」的身分來經營公司，藤田光學只取了對重大事項具有否決權的最低限度——三十四%的股權，並同意以足以解救這次資金短缺的兩億日圓購入這些股權。於是，增資金額與持股比例就這麼定案了。

增資契約上的附加條件是：「與藤田光學攜手製造OWNDAYS的商品」，而這也是經過雙方同意的內容。

從以前開始，對於OWNDAYS急速成長的商品製造計畫的預先評估，以及隨著訂單量的猛增，工廠那邊收取的保證金（預付金）也等比例跟著增加，諸如此類的事一直令我傷透腦筋，因此，在這種時候得到大型製造商「藤田光學」對製造商品提供全力後援，那比獲得資金還要教人安心。

此時的增資條件對OWNDAYS來說，全都是沒有比它更棒、更完美的內容了。

「謝謝。我真的不曉得該如何表達心中的謝意……總之，我一定會拿出成果來報答這份恩情。」

我和奧野先生準備離開藤田光學的總公司時，藤田光學的董事們也走到門口送行，我們不斷對他們鞠躬表達謝意，之後便由財務的山口常務開車送我們去鯖江車站。

我和奧野先生鬆了一口氣，心情非常好，但相反的，握著方向盤的山口常務則是表情略顯不悅，一路上也不太想跟我們講話。

車上只剩引擎聲與令人難受的沉默。

過了一會兒，山口常務忍不住開口了。

「田中社長，可以問個問題嗎？」

「是。什麼問題？」

山口常務把車停靠在路肩，表情有點憤慨，用彷彿要把積累很久的灰塵一次清光的認真眼神對我說出心裡話。

「說真的，不管未來的訂單量增加再多，對於這次『幫無法償還十億日圓鉅額債務的OWNDAYS出資』一事，我們公司內部一點都不贊同。在董事會上，藤田以外的所有人都覺得太危險而堅決反對。

而且那個增資計畫書寫得既幼稚又隨便，毫無可取之處。那個樣子看起來，簡直是為了從我們這裡拿走兩億日圓而趕著做出來蒙混的資料。

儘管如此，藤田還是說『我相信OWNDAYS一定會繼續成長。就算我的判斷出錯了，那也比事後才後悔沒出資、帶著失望度過餘生來得好。』。他不顧所有人反對，連像樣的盡職調查也沒做，就這樣要大家同意這次的兩億日圓增資計畫。老實說，這對藤田光學而言，實在是非常大的『風險』。」

（這麼說也是啦……站在藤田光學員工的立場來看，這簡直是拿自己辛苦賺來的錢，替一個來路不明的小夥子還債，而且還一口氣出資兩億日圓……這樣當然會生氣啊……）

山口常務說出口的事實就像強烈電流一樣，傳遍我全身，讓我清楚感受到嵌進體內的壓力與尷尬，於是我發出尖細的聲音向他道歉。

「原來是這樣啊……這實在是……該怎麼說才好呢……對不起。」

結果下一秒，山口常務的眼角堆滿笑紋，還露出充滿包容的溫柔微笑對我說：

「不過，既然是藤田相信的，那我們也會相信。拜託了，務必要讓藤田抬得起頭啊。」

山口常務的笑臉，令我百感交集，幾乎快喘不過氣來。

隔週，到了約定那天。

也就是距離資金短缺的關鍵日只剩三天的十二月十七日。

兩億日圓果然依照合約匯入OWNDAYS的戶頭。

就這樣，因為遇見了藤田社長，所以OWNDAYS奇蹟似的度過了史上最大的難關，得以從死亡深淵生還。

而OWNDAYS在SPA業態中最重要的「商品製造」方面，與鯖江的老字號製造商藤田光學展開合作，品質、生產管理部門都獲得更上一層的強化，一口氣成長許多。

隔天，我的手機鈴響。

來電顯示畫面上出現了一開始談妥增資一事的那位上市企業社長的名字。

「喂！我聽祕書說了。聽說你們要拒絕我們的增資？」

「是的。不好意思，我們已經找到貴人，而對方也相信『由我們經營的OWNDAYS』未來的可能性，因此……」

「跟我說好的事，竟然現在才不認帳，到底有沒有搞清楚狀況？你膽子可真大。以後別再跟我聯絡了。」

「沒問題。我也覺得自己很有膽量。」

既然有遺棄我的神，就有眷顧我的神。

第22話 OWNDAYS遠渡重洋

二〇一三年一月

堪稱是最大危機的歲末資金短缺危機，在藤田社長的支援下，得以勉強度過。OWNDAYS在地獄油鍋的邊緣站穩腳步，沒一頭墜入那無邊地獄，勉強得以平安地迎接新的一年到來。

我一如平時，獨自待在接待室裡，緊盯著智慧型手機的螢幕。

震災發生後，OWNDAYS馬上將公司內的聯絡網全部移往LINE上頭。這天，面對全國員工們如雪崩般不斷冒出的LINE訊息，我就像展開網球的連續對打般，俐落的打出回覆。

這時，奧野先生走進接待室。

「社長，新年快樂。過年的銷售又刷新銷量紀錄了呢。」

「是啊。全新的單一價格也獲得顧客的支持，來客數非但沒減少，還持續增加。託藤田先生的福，我們姑且擺脫了資金短缺的問題。感覺好不容易得以站在起跑線上了，不過……」

「怎麼了嗎？看你悶悶不樂的。」

「坦白說，我最近遇到了阻礙……」

「是JAMES嗎？」

奧野先生一臉詫異的打量著我。

「對，沒錯。雖然銷售利潤順利的成長，但想增加更多的店面，走擴大路線，JAMES卻都在各地搶先占據開店場所。不僅如此，原先已在永旺購物中心這類地方設店，且業績不錯的店面，今年也陸續有幾家被JAMES打敗，搶走了市占率。再這樣下去，我們別說追上JAMES了，甚至有可能會被擊潰。要是不找出更強大的成長引擎，只會每下愈況……」

「的確。雖說我們有一百多家店，但當中大半的盈利，都是部分優良的店家所創造，這是我們的實際情況。要是JAMES鎖定這部分的優良店家展開攻勢，我們可就抵擋不住了。」

「是啊……」

二〇一三年一月中旬

在寒冷的天氣下，我一早在橫濱的「港未來站」下車。為了參加在Pacifico橫濱舉辦的

「SC Business Fair」。

所謂的「SC Business Fair」，是在永旺、LaLaport、JR、東急不動產等全國商業設施的營運公司或關係人士齊聚一堂的大規模展示會上，像OWNDAYS這種經營連鎖店的企業，其店面開發的負責人為了向在場的各家大型地產開發業者宣傳自家品牌的優點，並把握機會請他們提示哪裡是黃金展店區，而一面蒐集情報，一面大舉往此地聚集的大型活動。

每年依慣例舉行的SC Fair，過去都是由店面開發小組的金子先生和溝口前往，四處做簡報，忙著建立人脈。

但最近OWNDAYS被JAMES猛烈的展店攻勢所壓制，幾乎完全無法保住用來開設新店的店面。因此，我坐立難安，就此與負責店面開發的這兩人一同前往SC Fair，展開最頂極的業務交涉，為了搶到比較好的店面，我一早便來到會場，想親自坐鎮指揮。

在櫃台處辦妥手續，穿過入場大門後，會場內已因為大批人群而瀰漫熱氣。

我走在會場內，各家代表日本的大型地產開發業者所設的漂亮攤位，以及充滿魅力的新商業設施開發計畫，深深吸引我的目光。過沒多久，我從一個沒什麼人光顧、略顯冷清的攤位前路過。

「新加坡……」

該攤位的看板上寫著「新加坡」，同時大大的掛著紅白底色加上新月和五顆星圖案，頗具特色的新加坡國旗。

不知為何，「新加坡」這行文字深深吸引了我，我就像被吸過去似的，就此不自覺地走進攤位裡。

攤位的牆面貼著以新加坡為中心的巨大東南亞地圖，以及許多氣派購物商場的照片。我正望著資料發呆時，一名感覺像是女強人的女子開朗地向我搭話。

「覺得如何？有興趣在新加坡開店嗎？」

這位姓織部的女子，單手向我遞出名片，面露親切的笑容，和善地與我交談。

「啊，是的，我很感興趣！」

我馬上反射性地應道。

其實我大約一年前才剛造訪過新加坡。

當時我第一次造訪，親眼見識到的新加坡，該怎麼形容好呢，感覺就像有人用榔頭朝我後腦用力一敲似的，大受震撼。

街道乾淨整齊，市街上綠意盎然，在日本很少看到的高級車穿梭其間，採先進設計，令人目眩神迷的高樓大廈林立，像極了科幻電影裡的某一幕場景。

才剛這麼想，就看到它背後還保有許多歐風的古老建築，中國、印度、馬來西亞……地方市街中混雜的文化，擁有過去從任何一個國家都看不到的多樣性，營造出一股模糊不明的獨特氣氛。

而位於其中心地帶的烏節路，由世界各地往此匯聚的高級名牌店，屋簷相連，燦爛輝煌，充滿了超乎想像的生氣，洋溢著令人為之目眩的華麗光輝，與銀座的並木通相比，有過之而無不及。

從那時候起，我便隱隱抱持著「日後我一定也要在新加坡做生意」這樣的強烈憧憬。

對方也沒問我，而我也沒和這位姓織部的女性正式交換名片，便開始滔滔不絕地說明起OWNDAYS的生意模式。

她始終面帶笑容，接受我那幾乎快要咬到舌頭的快嘴說明，待大致聽完我的說明後，她說道：

「原來如此。也就是說，『OWNDAYS』是『眼鏡業界的快時尚』對吧？」

「對！就像您說的！」

與這位織部小姐的相遇，我感覺到這是命運的安排。

「目前新加坡還沒有這樣的生意模式。請務必要進軍新加坡！在新加坡也一定會大為流行。方便的話，請務必到新加坡一遊。我會帶你到當地的購物中心參觀。」

「好！我會去的！我馬上就去！」

我從手提包裡取出一份「OWNDAYS」的資料，交給織部小姐後，當場便和她約定好，三週後要前往新加坡，請她帶我看當地的店面，之後便離開了攤位。

那天在SC Fair，我一整天都心不在焉。

「新加坡……」、「在國外一決勝負……」、「日本第一個……」這些語句不斷浮現我腦中，然後又消失。在此同時，有個男人的容貌一直浮現我腦海。

他的名字叫海山丈司。

海山是大阪一家建設公司老闆的兒子，當時二十九歲。他的獨立心強，想有別於他父親，自己開創別的生意，基於這個想法，他設立了子公司，加入OWNDAYS的加盟店，當作是他的新事業。

海山是加盟店店長當中少數的年輕經營者，我覺得他頗具經營者的資質，於是我多次帶他一起出國視察，邀他一起喝酒，相當關照他，總會找時間向他解說經營之道。海山學生時代曾到法國留學，記得他曾經說過「希望日後有天能到國外打拚」。

我從SC Fair回來的路上，馬上興奮的打電話給海山。

「喂，丈司啊，之前你不是說想到國外工作嗎。目前有可能在新加坡請他們介紹店面，你要不要一起到新加坡經營OWNDAYS啊？」

突如其來的聽我這麼說，海山毫不猶豫，馬上回答。

「新加坡是嗎！好像很有意思呢。好啊。我願意去！」

「OK！那麼，三週後我要去新加坡請對方帶我看店面，你也一起去吧。我會先訂好飛往新加坡的班機，詳情等決定後再跟你聯絡哦。」

「好，我靜候佳音。」

很簡短的對話。就像平時一樣，如同是決定要去哪兒喝酒一樣，很輕鬆的對談。

不過，當時我們彼此都沒料到，這是一通決定命運的電話，對我們往後的人生帶來很大的影響。

隔天我到總公司上班，把忙著工作的甲賀先生攔下，帶他到商品中心區的角落，悄聲在他耳邊說道：

「甲賀先生，這次我要去新加坡，你也一起來吧。」

「咦？新加坡是嗎？我是沒關係啦，不過，這麼突然，是又怎麼了嗎？」

「嗯，昨天在SC Fair上認識了一名新加坡的地產開發業者，所以我想去看看有沒有可能在新加坡開店。甲賀先生，你以前曾在新加坡住過對吧？」

「是的，我住過。之前我待商社時，曾在那裡住了五年左右。如果是新加坡方面的事，儘管包在我身上！」

「ＯＫ。這就是那個人的名片，你可以負責跟她聯絡安排嗎？還有，這件事先別跟其他幹部說。你就說『社長要去新加坡玩，叫我陪他去』，隨便找個理由搪塞一下。」

我一時興起，決定要前往考察，但我不會說英語，也沒從事海外事業的經驗。而商社出身，且國外從商經驗豐富的甲賀先生，有他在OWNDAYS真是幸運。

甲賀先生接獲這項密令後，可說是如魚得水，喜不自勝，擷取OWNDAYS進軍新加坡所需的要件，開始暗中蒐集情報。

「最近一直都沒放假，我想去新加坡玩玩」，我留下這句話後，就此帶著甲賀先生及海山兩人前往新加坡。

二〇一三年二月中旬

在隆冬之際，小雪飄降，天寒地凍的羽田機場。七個小時後，我們一行人已來到新加坡的樟宜國際機場。

走出機場發現，這常夏之國新加坡，雖是二月，氣溫卻高達三十多度。熱帶地區特有的那悶溼黏人的熱氣包覆我們全身，迎接我們的到來。

「終於到了，不過這裡可真熱啊。」

海山擦拭額頭不斷湧出的汗水，語帶興奮地說道。

「在日本的寒冷時節來到這麼熱的地方，有種賺到的感覺。」

「哈哈哈，就是說啊。先到飯店辦住房登記，安置行李吧。我去安排車子，你們兩位請先在這裡等一下。」

在新加坡居住多年的甲賀先生，一抵達機場，就像領隊似的，俐落的辦好各項手續，帶我們前往市內。

「咦？這裡是飯店嗎……」

「甲賀先生，這裡感覺很像日本的賓館呢？」

「這也沒辦法啊！住一晚的預算不到五千日圓，也只能選這裡了！」

畢竟這裡是物價高的新加坡。甲賀先生在價格考量下所挑選的飯店，就像是日本所說的市郊賓館，就算想出言恭維，也實在沒辦法說它漂亮，簡言之，就是情侶幽會的便宜旅館。

我們三個大男人，走向和我們很不搭調的飯店櫃台，覺得有點難為情，一做完住房登記，我們立刻將行李丟進帶有黴味的房間，前往之前我在東京國際展示場遇見的織部小姐的公司「Singaland」。

織部小姐在新加坡最大的商業設施地產開發業者「Singaland」裡頭服務，她是唯一的日本員工，負責對日本企業招商。織部小姐在這次三天兩夜的短期行程中，帶我們參觀了新加坡國內多家大型購物中心以及當地人出資的眼鏡店。

這次視察造訪的商業設施的水準，與日本一樣，不，其豪華程度和規模之大，甚至還凌駕在日本之上，超乎我們想像。

儘管是平日白天，購物中心內一樣擠滿了人潮，人來人往。

對方帶我們到新加坡的購物中心參觀，而一開始就讓我大感驚訝的，是「貴得離譜的店租」。

在當中幾家購物中心，織部小姐告訴我當地標準的店租，不過，這可能是反映了當時新加坡絕佳的經濟狀況吧，若以日本的店租水準來看，這裡每一座商業設施的店租都貴得驚人。

每次從開朗活潑的織部小姐口中聽聞店租時，我都逞強道「原來是這樣的價格啊」，但心裡卻暗叫「真的假的……這麼貴……」，我們三人只感到震撼和不安。

這時，織部小姐馬上又為我們介紹了幾個供備用參考的店面，但在這樣的店租水平下，憑OWNDAYS的生意模式能取得收支平衡嗎？話說回來，能順利的在此設立法人嗎？由於一切都還不清楚，所以也無法做出具體的判斷，我們就這樣含糊以對，結束了第一次視察的所有行程。

匆匆忙忙跑完行程，來到最後一天晚上。

我們回國所搭乘的，是深夜一點從樟宜國際機場出發，一早抵達羽田機場的班機。

在搭機前還有不少時間，所以我們來到新加坡河沿岸，以廣寬的美麗街道和高格調的餐廳而頗獲好評的人氣觀光景點「克拉碼頭」，找到了一家感覺舒暢宜人的開放式露台「Crossroads Cafe」，在這裡打發時間。

然而，此時的我們沒有從容的餘裕，可以享受那摩娑臉頰的舒暢夜風，正如同這家咖啡店的名稱所示，在短暫停留新加坡的這段時間，我們感受到心頭雀躍的希望，以及大受震懾的不安，處在兩種複雜心情正中央的交叉點上，對今後該走的方向難以抉擇。

我朝冰涼的沛綠雅氣泡水裡擠入萊姆汁，一飲而盡，邊吃薯條邊說道：

「我認為，讓OWNDAYS不再只是普通的眼鏡店，而是以『快時尚眼鏡』的切入點在新加坡展店，這樣應該很有勝算才對。」

現在已是晚上十點。剛才在鼎泰豐應該已吃了不少小籠包的海山，不知何時點了厚厚一塊肋眼牛排，塞了滿嘴，嘴邊還沾著醬汁，語帶興奮地說道：

「我也有同感。當地每一家眼鏡店的價格都不明確，待客態度也不好。真要說的話，那種水準就像昔日的日本眼鏡店。明明是經濟發展如此進步的新加坡，但眼鏡業界卻落後日本十多年。這是它給人的印象。」

「在長期與JAMES展開激烈競爭的磨練下，不知不覺間，OWNDAYS的生意模式在國外市場已擁有卓越的競爭力。只要跳出日本這片紅海，眼前正是一望無垠的藍海。我有這種感覺。」

我和海山充滿了希望，但甲賀先生卻像是在朝我們潑冷水似的，咕嘟咕嘟的喝著加了冰塊的Tiger Beer，表情嚴峻地說道：

「不過，我覺得事情沒這麼簡單哦。總之，最重要的問題是『國家證照制度』。這是個大問題。新加坡在眼鏡販售相關的資格要件上相當嚴格，如果沒有國家證照，不論是檢測視力還是眼鏡加工，一概都不得從事。這方面相當麻煩。也不知道能否輕易的雇用到大批有國家證照的員工。這個國家的眼鏡店定位，完全靠向醫療領域，在這種情況下，要如何展現OWNDAYS的好，做好這項生意呢？這點很傷腦筋呢。」

甲賀先生今天一整天都在新加坡的市公所實際對日本不太熟悉的「眼鏡店開業所需的國家資格要件」進行詳情確認，深切感受到它的高門檻，因感到不安而臉色凝重。

對於甲賀先生抱持的否定意見，海山以正向的觀點加以分析反駁。

「不過，反過來看，正因為有如此嚴格的國家資格制度，新加坡的眼鏡業界競爭才沒那麼激烈，幾乎已處在一種既得利益化的情況下，不是嗎？如果我們能克服資格制度的問題，讓OWNDAYS在此成功推展，這個門檻反而能成為保護我們的一面牆。」

甲賀先生難掩心中的不安，提出反對意見。

「確實就像海山先生所說，資格、店租、人事費……我自認已有相當程度的了解，但前方還是阻礙重重，門檻超乎想像的高，這點肯定不會有錯。如果實際投入，感覺會一頭栽進過去不曾遇過的未知領域中。」

「最重要的是，如果我們真的在新加坡展店，又會需要一筆龐大的資金。銀行對OWNDAYS的態度還是一樣糟，以OWNDAYS目前的情況來說，根本就沒有多餘的資金可以在新加坡展店……不過，如果能在這裡挑戰成功，我覺得OWNDAYS就能穩健的踏出下一步。雖然只是隱約有這種感覺啦……」

眼前的沛綠雅我完全沒動，就只是望著它的氣泡浮起、爆開，就此陷入沉思。

我想著嚴峻的資金調度狀況、國內成長的可能性、自己真正想做的事。好幾名我自己的分身，在我腦中展開唇槍舌戰，我腦袋飛快的運轉著。

（這個時候在新加坡展店，真的只是魯莽的賭注嗎？難道我只是想從眼前與JAMES的激烈競爭中逃脫嗎……）

不過，儘管我努力說服自己踩剎車，不要進軍新加坡，但新加坡在我面前散發的耀眼光輝，仍在我心中不斷擴大。而那宛如受到震懾般，充滿不安的黑暗，仍無法抵抗照進我心中的強烈光束。

（應該沒關係吧……別老想著失敗，就試著在新加坡一決勝負吧……）

也不知是看穿我心中所下的結論，或者單純只是順著我說的話，雖不知海山的真正心思為何，但他以開朗的聲音說道：

「如果只是開一家店的資金，我們公司會想辦法，就由我來做吧？」

我嘴角輕揚。

「也對。那就由丈司以加盟店的身分，在新加坡開店吧。所需的商品、人力支援，在你開始有盈收前，總公司會無償全力支援。另外，不夠的資金，我可以用個人名義借錢贊助。」

海山雙手一拍。

「好！就這麼決定了。我們就來做吧！」

「好。就試試吧！」

理應不斷提出否定意見的甲賀先生，應該內心也一直在等我們做出這樣的決定吧。他面露微笑，喜孜孜地說道：

「要做是吧……。這樣啊……。那麼，關於資格和法律相關問題，我會再仔細調查。還有，進口的相關事項也得處理才行……又要開始忙了！哈哈哈。」

「等失敗的時候再來想這些事吧。『倒下的時候，得往前倒』，這是我們OWNDAYS的文化對吧？總之，就在這個國家成立公司吧。煩惱的事等以後再說！」

就這樣，在第一次到新加坡出差的最後一天晚上。

我們三人被一種莫名其妙的激昂情緒所支配，決心要「在新加坡設立法人」，就此踏上歸途。

在前往機場的高速道路上。

坐在計程車後座，望著新加坡一路往後流逝的迷幻夜景時，先父說過的話突然從我腦中掠過。

（是男人的話，就要橫越波濤洶湧的大海。試試自己的能耐。在遼闊的大海上，隨心所欲的掌舵。如果迷路了，只要把船駛回港口即可。有些事得趁著年輕才能辦到，非得放手一搏不可。）

我仰望天空，看到朦朧的滿月從烏雲密布的雲縫間露臉。感覺就像是已故的父親從天國向我叫喚般。

就這樣，在沒讓任何人知道的情況下，船錨已猛然捲起，我們這艘船逃過沉沒的命運，沒空停下來歇息，便又靜靜揚帆航向下一個目的地——「新加坡」。

第23話　出航準備，阻礙重重

二〇一三年三月

我和海山、甲賀先生回日本後，三個人馬上在總公司的會議室裡開會，擬定在新加坡展店的具體方案。

可是，此時根本連開店的店面都還沒確定。到底該從何著手才好呢？

總之就只是先決定「要在新加坡設立公司」而已，至於在新加坡開店到底需要多少資金，目前仍毫無頭緒。

「丈司，你在短時間內可以準備多少錢？」

「這個嘛……努力擠一下，應該有兩千萬日圓吧。再多的話就有困難了。」

「那麼，就由OWNDAYS總部出一千萬，先拿這三千萬的資本來成立公司吧。」

「可是，三千萬應該不夠吧……」

「確實不太夠……可是，如果不先設立公司，那也不用談店面合約了。先等店面正式敲定後，再來想辦法補足不夠的部分吧！」

「話說回來，我們還真隨便呢。哈哈哈。」

決定好在新加坡設立法人的具體內容後，我把奧野先生叫進會議室，說明整件事的經過。

我把事情想得太輕鬆，以為「想讓OWNDAYS搭上更強的成長軌道」的這種心情，應該是大家一同共有，奧野先生雖然會有些不情願，但最後八成還是會說一句「唉，真拿你沒轍」，然後體諒我這個硬要把OWNDAYS拉到下個階段的社長。

但沒想到，奧野先生的反應比我想像的還要嚴厲。

「……所以，我認為新加坡充滿無限的可能性！我無論如何都想挑戰一下。」

我對之前的經過做了一番說明。突然被叫來這裡的奧野先生，聽聞進軍新加坡的計畫後，一直悶不吭聲。

尷尬的氣氛籠罩著會議室。

在一陣沉默後，奧野先生就像要吐出他的驚訝般，深深地嘆了口氣，接著皺起眉頭，露出苦悶的表情開口道：

「這是說真的嗎？我反對哦。再怎麼出奇招，也要有個限度！國內應該還有許多非做不可的事吧。但你現在卻說要在新加坡一決勝負，這很可能會對全公司上下的業務造成混亂。能不能請你重新考慮呢？」

我馬上提出反駁。

「哎呀，你的想法我當然可以理解，但現在OWNDAYS正遭到JAMES的強勢擠壓，在國內幾乎可說是完全找不到好的開店場所。在現在這種處境下，你覺得除了這個計畫外，還有什麼方法能讓OWNDAYS成長呢？」

「話是這麼說沒錯，但我還是覺得，突然說要到國外發展，實在是跳太快了，而且過於魯莽、風險太高。不久前，我們才靠著藤田社長的資助而度過了資金短缺的危機，好不容易才將公司財務拉回正軌，現在要是又來個幾千萬的損失，之前的努力就全泡湯了。在國外開店就像賭博一樣，我們還是放棄吧。

而且，就算說『先花一千萬就好』，之後也絕對不會就此打住。開張後，所需的經費會越來越多。這點相信你也很清楚吧？一旦在國外開店，管理成本也會跟著三級跳，根本無法與在國內開店相提並論，這是顯而易見的事。要是失敗了，公司又會陷入資金周轉不靈的窘境，這樣對藤田社長該怎麼交代？既然接受了股東的出資，我們就有責任向股東解釋清楚。」

「奧野先生，你想說的我懂。可是經商首重時機。現在的新加坡看起來還是一片藍海，但一年後會如何就不清楚了。實際上，JAMES也進軍上海，店面數量不斷增加。而且中國出資的其他同業也相繼仿效，開始推行相同的經營形態。照這樣下去，新加坡遲早也會有跟我們相同經營形態的眼鏡店陸續開張。到時候就算我們也跟著進軍新加坡，那也絕對沒有勝算。因為錯過了先機。目前還沒人出手，要做的話，就只能趁現在！」

縱使目的地一致，但選擇哪條航線來開船前進，在判斷上卻有很大的分歧。要越過危險的大浪，選擇最短的路線嗎？還是不惜繞遠路，也要選安全的路線，穩健的展開航行？只要選錯路，有時也很可能就此丟了性命。

過去的OWNDAYS，就算在暴風中也只能硬著頭皮上。可是現在已經有多條航線可選擇，沒必要在這個時間點特地挑危險的航線走。奧野先生的想法完全屬於後者。

在宛如電流流過的氣氛中，海山打破沉默開口。

「開店是採加盟的方式，由我的公司來主導。就算進展得不順利，後續的營運資金也由我來負擔，畢竟才一家店而已。我會盡全力不給總公司添麻煩，對於奧野先生所擔心的事，我也明白，能否給予我協助呢？麻煩了。」

「海山先生現在擁有的加盟店該怎麼辦呢？身為社長的海山先生不在日本後，會不會就變成這邊的業績下滑了呢？」

（求求你冷靜下來，別配合社長輕率的興頭啊……）

我彷彿能聽見奧野先生在心裡大聲的祈禱。

「丈司在國內的店面就暫時交由總公司管理吧。用業務委託的方式，當作直營店來經營就行了。」

「如果可以，麻煩就以這個方式辦理。我一直很想到國外工作。如果能有這個機會，我也想做出成績。拜託了！」

明明沒事先討論，海山卻立刻贊同我的提議，宛如事先套好招一樣。奧野先生的祈願落空，我們兩人的「興頭」完全一致。

「是嗎……我明白了……。但是，開店前，請務必先決定好撤退時期，以及容許範圍內的損失底線。只有這一點，請務必要答應我。」

奧野先生勉強同意。不過，他既然身為財務負責人，臉上自然是掛著「絕對不讓人跨越界線，以身犯險」的強烈堅持。

「我知道了。我會把總公司的失血降到最低，就讓他去做吧。藤田先生那邊，我會親自跟他說。」

就這樣，在我們三人半強迫的說服下，奧野先生終於同意我們進軍新加坡。

數天後。

我約藤田社長出來吃飯。地點是我們第一次共進晚餐的地方，充滿回憶的六本木烤肉店——「綾小路」。當然，這可不是為了跟他一起開心的品嘗美味的和牛。而是為了向他說明進軍新加坡的事，徵求他的同意。

我在日比谷線的六本木站下車，徒步前往烤肉店的這段路上，步履非常沉重，彷彿被困在一股憂鬱的氣氛中。

（你們到底在想什麼！前陣子不是靠我們的出資，好不容易才度過資金短缺的難關嗎！別再想什麼新加坡了，應該先讓公司穩定下來才對吧！）

藤田先生一定會這樣講吧。我的腦中已浮現出藤田先生太陽穴爆青筋，怒氣騰騰的模樣了。

不過這也是理所當然。假如我跟藤田先生站在同樣的立場，那我一定也會這麼說。

不過，我自己也不想抑制「想在新加坡一決勝負」的心情。到底要從什麼角度切入，才能說明OWNDAYS進軍新加坡的正當性呢？我在腦海中一次又一次的模擬，就此穿過店門口的暖簾。

「啊——社長！辛苦了。我已經先點餐了。怎樣？最近OWNDAYS還好吧？一切可順利？」

藤田先生已經到了，他邊喝啤酒，邊用溫柔的笑容迎接我。

我們愉快地聊了一陣子，一面報告近況，一面大啖烤肉。但我遲遲無法切入正題。藤田先生的心情越好，我越怕惹他生氣。但是今天非得把話說清楚不可。如果無法在這邊取得主要股東藤田先生的同意，進軍新加坡這條路就等同被封死了。

於是我鼓起勇氣，抱著一鼓作氣從懸崖上跳下去的心情，將滿腔想進軍新加坡的構想說了出來。

「是這樣的……我之前去了一趟新加坡，看了當地的環境，想在新加坡開店……」

我極力用讓人覺得「沒什麼大不了」的說法，慎重的選擇措辭來解釋事情經過。

結果藤田先生的回答令我意外。

「新加坡！不錯嘛！」

「咦……啊？」
「今後東南亞的時代必定會來臨。這麼做絕對沒錯。」
「咦，這麼說，您是贊成囉？」
「當初在簽訂出資契約時，我不是說過『我相信田中社長』嗎？既然田中社長認為在新加坡有勝算，那就是有了。你只要放膽去做就行了。」
「太、太感謝您了！」
「而且，我恰好跟田中社長想著同一件事，正打算今天要向你提議呢。像是『OWNDAYS也去國外開店吧，如何？』。我因為從事生產的關係，一年之中有大半時間都待在中國。而最近中國國內開始出現許多仿效JAMES的眼鏡店，而且就像阿米巴變形蟲那樣，以驚人的速度增加。照這樣下去，遲早會有新興的眼鏡連鎖店，從中國這塊巨大的市場上成長到難以想像的規模，而且很可能會進一步席捲整個亞洲市場。趁著中國還沒孕育出怪物般的眼鏡連鎖店之前，應該快點前往東南亞搶占當地市場。你的判斷沒錯哦！」
得知藤田先生看的是和我一樣的景色後，我剛才的憂鬱旋即一掃而空，開心得不得了。

「謝謝！我會努力的！啊，不好意思，我可以加點涼麵嗎！」

我在大碗的涼麵上淋滿醋，一口氣扒進嘴裡。人一開心，食慾就來了。宛如肚子也在一起慶祝般。

二〇一三年四月

為了設立公司而隻身遠赴新加坡的海山，用LINE打電話來。

「喂，我依照計畫到新加坡成立公司了。」

「辛苦了，如何？設立法人可順利？」

「完全沒問題。他們的手續反而比在日本成立公司還簡單，登記也快。大概下個月就能把設立公司的事全部處理完畢。」

就這樣，當地法人「OWNDAYS SINGAPORE PTE. LTD.」就此成立。

社長由海山擔任，董事則由我和奧野先生掛名。這大約是我們第一次去新加坡一個月後的事。

隔週。

在新加坡設立了當地法人固然好，但要是沒有重要的店面，根本什麼事都做不了。為了找到適合開張營業的一號店面，我和甲賀先生又飛了一趟新加坡。

新加坡物價高昂，做什麼事都貴。既不能小看這筆出差費，也不能每週都拋下公司跑到新加坡。這次我們買了廉航的超便宜機票，打算來個兩天零夜，停留二十小時的急行軍。

第二次也是由織部小姐為我們介紹店面。可能是她已經感受到我們「手頭不夠寬裕的氣息」，所以這回推薦了比較適合的櫃位。

「這裡……嗎？」

「是的，沒錯。配合您的預算後，這次能夠立即為您介紹的，就只有這樣的櫃位了。」

她所介紹的店面位在烏節路的最邊角。是一棟座落於新加坡總統官邸隔壁的大型購物中心，叫做「Plaza Singapura」，在新加坡可說是最早的大型購物中心。

全新購物中心裡的氣氛雖然不差，但實際上介紹給我們的櫃位，是一處以低矮的分隔牆來對包圍挑空處的空間隔出的場所。怎麼看都擺脫不了臨時活動櫃位的廉價印象。

購物中心本身擁有一流水準，整體的集客能力也相當驚人。但此時介紹給我們的櫃位，大概是賣場內的「四等場地」……不對，是比四等還要糟糕的場地。

我暗自心想「這個櫃位實在不行啊……」。

雖然我巴不得能早日決定好一號店的所在櫃位，盡早開張，但如果第一步就栽跟頭，之後也沒希望了。

說穿了就是一次定生死。站在打擊區上打出的第一球，就算打不出全壘打，至少也要跑上一壘，不然比賽就結束了。這次的進軍新加坡就是這麼一個孤注一擲的計畫。考量到這些因素，在這個地點開店也就「完全不可能」了。

我一臉嚴肅地想著這件事。海山或許也有同感吧，他一面吸著看起來很甜的珍珠奶茶，一面說出自己的想法。

「修治先生，我們放棄這裡吧。最好不要急著在這裡勉強開店。這件事應該慎重處理。」

「說得也是。不好意思，織部小姐，這裡我們不太能接受。還有其他好一點的櫃位嗎？要是第一家店就搞砸的話，我們就再也沒機會了，所以我們想全心全意地打造一號店。」

「這樣啊……可是，如果要挑知名的大型商業設施，好的櫃位可沒那麼容易空出來哦。」

織部小姐略帶歉意地繼續說道。

「即使櫃位空出來了，一下子就要將一流購物中心裡的好櫃位提供給沒有實績和知名度的『OWNDAYS』，實在有困難。」

「我知道這很困難，但能不能請您幫個忙，看看其他同水準的購物中心內，是否還有空的櫃位呢？我們會耐心等候消息的。」

「這樣啊。我明白了。不過，排隊等著進駐一流賣場的品牌多到數不完，所以難度相當高。請不要太期待哦。」

「我知道。那就拜託了。」

我鄭重地拒絕織部小姐，並請她再提供其他櫃位。互相道別後，因為距離搭機還有一段時間，所以我們決定邊用餐邊打發時間。

「結果這次出差都沒有什麼重大的收穫，真可惜啊。」

海山在他現在已愛上的「鼎泰豐」裡，一面把熱呼呼的松露小籠包塞滿嘴，一面心有不甘地嘟囔著。

「算了啦，這也是沒辦法的事啊。要在一開始就遇上紅中好球，那根本就近乎奇蹟。我們還是耐住性子，不要勉強牽就，慢慢等待能接受的店面出現吧。」

我故作輕鬆地答道。

然而，我很清楚「在這個國家，根本沒人知道你們的事。不可能那麼簡單就讓你們搶到好地點開店」但是，OWNDAYS在日本好歹也開了上百間的連鎖店，我對此多少有點自信，所以我自以為可以用這些成績換得一些好評。但沒想到只是渡個洋，我們的存在就變得如此渺小，而我的自尊心也被織部小姐冷靜呈現在我面前的事實給徹底粉碎，現在只剩下不甘心而已。

我們三個人就像要消愁解悶似的，把好幾大盤的料理吃光，而就在結完帳，準備起身前往機場時，海山的手機突然鈴聲大作，宛如在阻止我們離開。

「是。……是。真的嗎？我明白了。雖然晚點就要出發了，但是我們可以現在趕過去看一下。」

語畢，海山掛掉電話。

「修治先生，織部小姐說她找到另一個可以介紹給我們的櫃位了！現在過去的話還來得及搭飛機。我們快去看看吧！」

於是我們慌慌張張的走出餐廳，然後攔了一輛計程車，再度火速趕回Plaza Singapura。

織部小姐笑盈盈地迎接我們。這次她介紹的與剛才回絕的櫃位不一樣，是獨立的店面用櫃位，門面很寬，面積也十分充足。不過樓層在四樓，人潮也不多，因此稱不上是絕佳地點。說起來，只能算是三等場地。

不過，感覺還不壞，是個值得一拚的場所。

「它的租金是多少呢？」

「嗯……面積以平方英尺計算，大約是每個月兩萬五千新加坡幣。」

「……咦，也就是說，這個櫃位大概要兩百多萬日圓……」

織部小姐笑著說：

「因為是貴公司首次在新加坡設店，所以我們也會在租金上全力配合哦！這個增設賣場區還很新，我認為往後會有更多人潮，一定會變得更好。」

（一流購物中心的三等場地，作為一號店的開店場所應該還行吧。何況只要考慮到新加坡的租金行情，就知道OWNDAYS目前只付得起這個價錢。現在只能鼓起勇氣，試著踏出這一步了……）

就在我這麼想的同時，海山和甲賀先生似乎也抱持相同的想法。我們很有默契的互望了一眼後，他們兩人靜靜的頷首。回程班機的時間正慢慢逼近，若不在十分鐘之內離開這裡，我們會錯過班機。

「您打算怎麼做？原本預定要在這裡開店的品牌，突然來電說要取消。如果覺得這邊OK的話，我可以馬上為您保留，但如果還需花時間評估的話，就很可能會錯失良機。」

「我要！我要在這裡開店！」

這已經無關乎有沒有自信了。既然條件完備，機會到來，那就做。若不試試看，又怎麼會知道結果呢？於是，我們三人抱著「倒下的時候，得往前倒！」的心態，不發一語的相互確認要在這地開店的想法後，「當場做出決定」。

就這樣，只飛了兩趟新加坡，我們三人便已全部決定好進軍新加坡的具體事項。

如果說，讓OWNDAYS在海外成功發展，是航海的目的，那麼，在新加坡設立的一號店，感覺就像船隻從港口啟航。在這個階段下的我們，為了將航海所需的東西塞滿背包，而打開家門。目前大概就像這樣吧。

不過，問題仍堆積如山。光是要坐上船，就得再費一番工夫。這點我很清楚。

但當時我們萬萬沒料到，理應有穩固的情誼緊緊將眾人繫在一起的OWNDAYS，竟然會爆發出這樣的問題。

第24話 因「語言障礙」而大吵一架！？

二〇一三年五月

目前的進度狀況，我們只跟業務會具體受影響的小部分人談過此事，總公司的員工們之間也只是流傳著「社長好像想在新加坡做什麼」的揣測。

確定開設一號店的夢想得以實現後，我終於決定對總公司的所有員工正式宣布進軍新加坡的計畫。

每週一早上都會召開總公司全體例行朝會。各部門負責人會輪流發表上週的業務報告，以及當週的工作計畫。最後才會輪到我這位社長發言。這天我露出略顯緊張的神情，一面保持姿勢端正，一面刻意提高音量。

「今天要告訴大家一件重要的消息。前幾天我們在新加坡成立了當地法人。接下來，我們就要在新加坡開設進軍海外的一號店。預計在兩個月後的七月左右開幕。之後會對各單位負責人下達必要的業務指示。我知道大家都很忙，很辛苦，但還是要多多勞煩各位了。」

聽到這突如其來的進軍新加坡計畫，全體員工都顯得一臉困惑。朝會現場瞬間籠罩在不解的沉默中。空氣中摻雜著困惑與消極的反應，過去從未經歷過如此複雜的沉默。

（社長又開始搞荒唐事了。希望別惹出麻煩才好……）

我彷彿聽見了大家的心聲。

公司尚未擺脫資金周轉困難，大家早就從氣氛中隱約感受到此事。明明現況那麼糟，卻還說又要展開新的挑戰。而且挑戰的對象居然是新加坡，這也難怪大家會困惑了。

「呃……不好意思，雖然是個很基本的問題，但我想問一下，新加坡講什麼語言？是新加坡語之類的嗎？」

提問的是商品中心的主管五十井先生。他一面搔抓花白的頭髮，一面垂下視線，害羞地小聲問著。

有人用有點瞧不起的口氣回答道：

「問這什麼問題嘛，應該是英文吧。」

「不是中文嗎？我之前去新加坡旅遊的時候，大家全都講中文哦。」

新加坡這個國名，大家都曾經聽過。不過，當時OWNDAYS總公司全體員工擁有的知識，就只有這點程度而已。

甲賀先生就像學校的老師一樣，展開說明。

「兩者都對。公家機關的文件都是寫英文，因此我們今後使用的語言也是以英語為主。不過，新加坡將近八成的人口都是中華民族，因此他們也說中文，所以，被問到新加坡講什麼語言時，回答『英語、中文都ＯＫ』就對了。」

「英語是吧……」

大家都一樣困惑。此時的總公司員工就像大多數的日本人一樣，幾乎每個人都對英文「過敏」。

但是，身為社長的我很清楚的宣布，我們「已正式決定」要進軍新加坡。因此，每個與開設新店面有關的負責人，臉上都露出災禍從天而降的神情。

「總之，此事已經確定了，今後我連一秒鐘都不想浪費。請大家從各自辦得到的事開始努力！」

我用半強迫的方式，將準備工作分配給各個部長，並吩咐他們要展開到新加坡開店的準備」，說完後「啪！」的拍了一下手，強制結束這天的朝會。

不過，雖然說「要從各自辦得到的事開始著手」，但OWNDAYS過去是個只以國內市場當對手的公司。

現在突然被吩咐要進軍新加坡，大家也不曉得自己該做些什麼。畢竟連我這個社長都覺得「現在還不曉得該做什麼、該怎麼做才好」。

而且，就算要大家為在新加坡設店做準備，那也不代表平常的業務就不用做了。平常已經夠繁忙了，現在又被指派陌生領域的工作，所以大家的心聲當然是「如果可以，真的不想做。有沒有誰可以代替我處理」。

那種壓力就像傳染病一樣，瞬間傳染了全公司，腐蝕每個人的心。

「呀啊啊啊！」

首先發出怪叫的人，是負責店面設計的民谷亮。

新加坡傳來一份寫滿英文，多達二十幾頁的「Plaza Singapura裝潢工程規則」過來，而他正在那堆資料前抱頭苦惱。

「沒辦法、沒辦法，我說溝口啊，這個沒有日文版嗎？」

送資料過來的溝口很不耐煩地回答道：

「國外的購物中心怎麼可能有日文版的資料啦。」

一聽到這種事不關己的冷淡回話方式，民谷的火氣都上來了，他回嗆道：

「那麼，你先把這些資料翻譯成日文再拿給我。這個樣子我看不懂，別說設計圖了，就連透視圖也畫不出來啊！」

溝口擺出一副「真受不了你」的表情，語帶訓斥地說道：

「我明天還得飛一趟新加坡。現在沒那個時間。你看是要用翻譯軟體還是怎樣，請自己想辦法吧。」

「啥？我哪有空做這種麻煩事啊。不是下禮拜之前就要交基本的設計圖嗎？國外的事是由甲賀先生和溝口你們負責，那你們至少要全部翻譯好再拿過來啊。我還有好幾份國內的店面設計圖要處理，沒時間邊翻譯邊做！」

「不，話不是這樣說的吧！」

溝口臉紅脖子粗地大聲說道。

「店面設計是民谷先生負責的！各部門負責的業務，如果各部門不負起責任來推動，就無法開店，這點不管在國內或國外都一樣！請先試著自己做做看，看能做到什麼程度！請不要直接舉白旗投降！」

「啊，知道了啦。我做總行了吧！總之，我會在期限內畫出設計圖，用寬鬆的標準交出。要是被發現設計圖上有違反規定的地方，我可不管哦！」

「話不是這樣說的吧！」

窺一斑可知全豹，所有部門都像這種感覺。然後，辦公桌位在總部最深處的資訊系統管理員——近藤大介也爆炸了。

「啊，煩死了！開什麼玩笑啊。突然要我在這個月內用英文來設定所有東西，怎麼可能辦得到！」

負責管理POS系統的近藤大介，搖晃著他的龐大身軀，「碰！」的一聲，用力拍打辦公桌，同時用足以讓總公司的玻璃窗跟著震動的音量怒吼。

（啊，近藤先生又失控了。）

就在公司裡瀰漫著這股氣氛時，這回換甲賀先生說話了。他在寂靜又難熬的辦公室內對近藤頂撞道：

「不要一直抱怨，要做事啊！做不到也還是得做啊，不是嗎！」

「啥？甲賀先生，既然你這麼說，那就請你來做啊！」

「我就是不懂系統的事，所以只能由你來做啊！」

「我跟甲賀先生你們不一樣。我不但得處理一般的業務，還得為日本的新店面做準備耶！不然的話，讓日本的新店開幕時間延遲也行囉？現有店面出問題時，我也可以都不理囉？這樣沒關係的話，我就做啊！」

「你那是什麼說話態度！」

「就是字面上的意思啊！甲賀先生，你們都變成海外負責人了對吧？因為你們只要處理國外的事，所以我才請沒事做的你們來幫忙啊。我們還得處理日本店面的事，忙得很呢！日文你聽得懂嗎？」

「我不管了！隨你便吧！」

就這樣，隨著日子一天一天過去，總公司的氣氛變得越來越糟糕，內部的紛爭此起彼落，問題也頻頻發生，與我原本懷抱的美好期望完全相反。

這個樣子，在朝新加坡出航前，船就已經先破了個大洞，自行沉沒了。

「社長，方便說句話嗎？」

我看到員工們這樣的對談，就此坐在辦公桌前煩惱，這時，坐在一旁的祕書坂部勝把我拉到會議室裡，擔憂地談起此事。

「正如眼前所見，現在公司裡的氣氛當真是糟透了。甲賀先生那群『會英文的小組』已經被徹底孤立。再次好好地向近藤先生他們說明，讓他們了解社長的想法，這樣是不是比較好呢？再這樣下去，大家只會變得四分五裂，到時候可就不單只是『進軍海外』這種程度的風波了。」

「大家都老大不小了，區區一點英文的小問題，何必這樣不知所措、講一大堆理由，認真去做不就好了……」

我嘆了口氣，把鬱悶的心情一併吐出。

為了大家、為了將OWNDAYS拉到新的境界，我才決定進軍新加坡，但現在，好不容易團結一心的公司卻因此而開始自我分裂。這種感覺就像生鏽的齒輪發出刺耳的聲響，相互擠壓，車輪無法順利轉動。

我將近藤、民谷他們這些對進軍新加坡的相關業務特別持反抗態度的員工們召集到會議室來，決定重新與他們溝通。

在會議室裡排成一列的每個人，全都不悅的雙手抱胸，臉上寫滿了無趣。

我用有點傻眼的語氣說道：

「我說啊，難道大家真的無法同心協力嗎？」

近藤噘著嘴，忿忿不平的回答。

「沒有啊，我們並不是反對進軍新加坡的事。我們只是受不了甲賀先生他們用那種『懂英文是理所當然』的態度來跟我們講話而已。會講英文就那麼了不起嗎？他們那種說話態度，聽了實在教人做不下去。」

其他人也重重點頭表示贊同。

「我也有同感。該做的還是會做。只是不喜歡這種推動方式。」

「我也是。」

（既然都變成這樣了，再跟他們討論這些也是浪費時間……）

於是我冷冷的說道。

「總之，還是得按照原定計畫，讓新加坡的一號店在七月開幕。我知道大家很辛苦。只是，我們公司的資金並不充裕，沒辦法花時間慢慢準備，所以這樣的時間已是底線。這是我決定的事，我不打算回頭。我認為，如果在新加坡發展得不順利，OWNDAYS就沒有下個舞台了。所以，不管你們對於進軍新加坡是否感到不滿，還是請你們好好依照甲賀先生他們的指示認真去做，不要抱怨。若是不喜歡，或反對這麼做，那就儘管離開公司沒關係。因為我不會去管『會英文的小組』與『不會英文的小組』到底誰對誰錯，也不會站在其中一方，這種低水準的紛爭，我沒興趣當仲裁者。」

我也煩到極點，變得有點意氣用事。因此只是語氣強硬地對他們說「時間不多，就別再發牢騷了，如果你們是專家，就去做吧」。

經營者這種職業，如果一面聆聽公司內部的各種聲音，一面慎重地進行調整，慢慢推動每件事，就會被人說「沒有判斷力、領導力」；而如果都不聽取意見，只顧著前進，就會被人說成「獨裁式經營」，不管怎麼做都會受批評。

當公司內部出現這種無法團結的情況時，我會豁出一切表明「怎樣都好，只要拿出結果就行了」，然後盡全力讓我所決定的事得以順利進行下去。

「我明白了……」

他們絕對不是打從心底接受。就只是遵從而已。「知道了啦，做總行了吧……」我彷彿可以聽見他們的心聲，這股氣氛從背後傳來，他們個個盛氣凌人地離開會議室。

二〇一三年五月中旬

離預定的開幕日，只剩不到兩個月了。此時，又有一個阻礙OWNDAYS進軍新加坡的最大難關，毫不留情地阻擋在我們面前。

那就是「驗光師制度」。

在新加坡，只有擁有「驗光師」國家證照的人，才能執行驗光與鏡片加工。因此，眼鏡店想要開業，首要之務就是雇用驗光師。我們與好幾家新加坡當地的人力銀行簽約，請他們代為招募驗光師。

（像我們這種來自日本，來路不明的新公司，真的會有具國家證照的驗光師前來應徵嗎？）

我們事前就隱隱感覺到的不安，很不幸的，果真料中。

距離開幕預定日已經剩不到兩個月，雇用驗光師的事卻沒什麼進展。

甲賀先生憂心忡忡地跑來向我報告。

「社長，可以打擾一下嗎？」

「怎麼了？」

「是關於雇用當地驗光師的事。這件事進行得不太順利……應該說，根本沒什麼人來應徵……」

「完全沒人嗎？」

「是的。感覺完全沒轍……」

「咦，為什麼？其他眼鏡行明明就有很多看起來閒得發荒的驗光師，而且我們提出的薪資也滿高的啊……」

「因為他們全都擁有國家證照，所以有他們的尊嚴，而且不愁找不到工作。因為處在這種狀況下，對於沒有名氣，而且連店面都沒有的新眼鏡店，沒人會抱持冒險的精神前來應徵……」

「真傷腦筋啊……有沒有漏洞可鑽啊？例如在當地找到驗光師之前，先派日本這邊的員工偷偷做驗光、鏡片加工這類的工作，如何？」

「也不是辦不到啦，只是，一旦被發現就得停業吧。而且只要一度非法營業，就會被盯上，這樣往後要營業就更困難了。如果讓日本的員工做那種事，那也等於是叫他們非法打工，肯定會挨罰。」

「還有其他辦法嗎？」

「總之，先試著在開設好的Facebook上發布消息吧。雖然不知道效果如何，但至少不用花錢。」

「也是。總之，能做的都試試看吧。」

倘若還是找不到驗光師的話，那七月的開幕就沒希望了。不僅如此，弄不好的話，還得每個月白繳兩百多萬日圓的店租，直到找到驗光師為止。

當天夜裡，我們在剛成立的OWNDAYS Singapore Facebook官方粉絲專頁上，用姑且一試的心態發布了這樣的訊息。

「我們準備在新加坡開一間全新的眼鏡店。這是一間處處為消費者著想，前所未有的絕佳眼鏡店。現在我們正在找尋能對這樣的理念產生共鳴，肯一起冒險的驗光師加入我們的行列！」

在Facebook上發文過了幾天後。我連發過文的事都忘了，而就在某天，甲賀先生打開電腦，突然用響徹整個總公司的音量開心大喊著。

「來訊息了！社長！訊息傳來了哦！」

想不到有好幾名驗光師看到我們的訊息，並且給了回應。

「OWNDAYS的各位，拜讀了你們在Facebook的發文後，對於你們的理念深有同感。能否讓我成為開幕的成員之一呢？」

「太好了——！」

我和甲賀先生不禁開心地跳了起來。在緊張又沉重的氣氛中，這一則久違的好消息令我們雀躍不已。

在Facebook上發布的幾行文字，竟能牽動命運的繩索。

就這樣，我們總算在新加坡一號店開幕的一個半月前，及時僱用了三名驗光師（Kelvin、Flora、Steven），這是維持店面營運的最基本人數。

我們這樣子簡直是赤手空拳。同規模的眼鏡店從日本到新加坡發展，當然還沒出現過。我們連可供參考的例子都找不到，只能像在打地鼠那樣，憑自己摸索，一一解決冒出來的問題，儘管把大家搞得半神經衰弱，但總算是依照原定計畫前進了。七月初的新加坡一號店開幕會終於有了眉目。

二〇一三年七月二日

這裡是充滿熱氣與朝氣，新加坡的大門——樟宜國際機場。我們一抵達便跳上計程車，馬不停蹄地趕赴Plaza Singapura。

我們來到貼著巨大「OWNDAYS」商標的臨時圍牆前，打開位在角落的門，踏進店裡一看，開幕準備正來到最後階段。

堆得像山一樣高，等候組裝的展示架。

抬頭看天花板，看到印度水電師傅正在配線，而他下方還有個像菲律賓人的女性正在打掃地板。中國籍的工人則是一面用英文大吼，一面刷著油漆。

這時，一個熟悉的聲音，正像連珠砲似的說著日語，從店內深處傳進我耳中。

「錯了錯了！不是那樣！這裡不開洞的話，不就無法配線了嗎！『噗哩絲、滴個、鵝後魯！（Please dig a hole）』在這邊挖個洞！像這樣！ＯＫ？」

那是被外國工人團團包圍，獨自陷入苦戰的民谷。

「還有你！那邊的收尾不是油漆，是灰泥！呃……。『Hey！力絲、絲貝絲，以滋、諾特、配因特！（This space is not paint!）』」

我面帶微笑地望著眼前這幕光景，已完全進入工地模式的民谷注意到我，大力揮著手，像怒吼般地喊道：

「啊——社長！你來的正是時候。這邊！這邊！因為人手不足，所以社長也快點過來幫忙組裝那個展示架吧！那邊有螺絲起子！」

我聽話地挽起袖子、拿起螺絲起子。

「從哪個開始組裝？」

「還沒開封的都可以！啊，甲賀先生，麻煩把垃圾收進那邊的紙箱裡！」

「對了，近藤人呢？他搭的班機比我還早，照理說應該到了啊？」

為了設定店面營運所不可或缺的ＰＯＳ系統，近藤應該也排在這一天投入Plaza

Singapura店的施工現場，但原定抵達的時間都過那麼久了，依然不見他的人影。

「啊，終於找到了……」

比原定抵達時間晚五個小時，周遭的天色都開始變暗了，近藤這才出現在店面。

「計程車司機完全聽不懂我要去哪裡，把我載到完全反方向的別間購物中心去，害我在市內繞了大半天啊。應該說，我又不會講英文，至少派個人來接我吧。」

近藤發著牢騷，無力地往地板上一坐，然後就像迷路的小孩終於找到父母，鬆了口氣那樣，露出一副快哭了的表情，跟他的魁梧身材與粗獷外表一點都不搭。

但是，理應完全不會說英文的他，右手卻捧著不知道從哪弄來的大漢堡，這我可全看在眼裡。

「買漢堡倒是沒問題嘛……」

「嗯！這個沒問題。」

二〇一三年七月四日

OWNDAYS Plaza Singapura店開幕前一夜。

儘管之前裝潢進度落後，令人擔心能否如期開幕，但這兩天也總算補上進度，晚上十點多時，所有準備工作終於都完工了。

我們對店面的各項機能做完最後確認，眼看新加坡一號店開幕在即，一股興奮感，以及依計畫達成目標的安心感夾雜，暢快的疲憊將人緊緊包覆。

「好！還來得及！我們一起辦奮起聚會吧！」

我帶著眾人一起去「克拉碼頭」。

這地區引領著新加坡的夜生活，處處都是酒吧、俱樂部之類的娛樂場所，而在新加坡河畔，高空彈力球的巨大設施一面閃著光，一面晃動，而像打翻了寶箱般的絢爛霓虹一路連綿。這一帶宛如一座主題樂園。

我和海山、甲賀先生三人第一次造訪新加坡時，從這個地方看見了夢幻的夜景，以及各種不同人種交織成的多元文化漩渦所散發出的熱情，並深深為此著迷，因此，說是這裡促使我決定進軍新加坡也不為過。

所以，我說什麼都想在這邊舉行新加坡一號店的奮起聚會，然後讓大家親身感受這種令我們三人著迷的新加坡氣息。

「那麼，社長，請在乾杯前致詞！」

我們來到位在克拉碼頭中央的「IndoChine Empress Place」。這間店的一樓是酒吧，二樓是餐廳，能在異國的氣氛下，品嘗中華料理和印度料理等，是人氣頗高的名店。

位於新加坡河沿岸的這家餐廳，我們在它開放式的露台上擺好陣仗，一起高舉著啤酒。

「宣布說要進軍新加坡後，想不到短短兩個月就真的來到了這裡，雖然覺得不可思議，不過，這無疑是大家努力換來的成果。明天終於要開幕了，但之後才是重頭戲。就讓新加坡人見識我們的厲害吧！」

「噢！」

「Yeah！Yeah！OWNDAYS！」

可能是受到酒精催化，也可能是新加坡的夜景洗去一切，之前大家在日本時的火藥味，竟然轉眼消失得無影無蹤。大夥杯觥交錯、把酒言歡，在場的每個人都嗨到了最高點。

吃到一半時突然下起大雨，近藤的龐大身軀超出陽傘的遮蔽範圍，被雨淋成了落湯雞，儘管如此，他還是大口的吃著牛排。一旁的民谷不曉得為什麼跳進噴水池內。還有從日本過來支援的富澤、濱地、庭山。

竭盡全力講英文和日文，累得人仰馬翻的甲賀先生、海山、溝口。

每天都為籌措資金受苦的奧野先生。

大家都笑容滿面的慶祝開幕，分享著兩個月來的甘苦，直到深夜都沒人想走，這場歡樂的宴會就這麼持續到半夜。

不過，這股讓大家打成一片的亢奮感，大概是極度緊張、不安的反作用產物吧。我的感受尤其深刻。

（這次失敗的話，OWNDAYS可能又會陷入危機之中……）

當初推出薄型非球面鏡片〇圓時，也是這種感覺。

這是一場聽天由命的賭注，而我們把未來全都押上了。這兩個月來，每一位參與新加坡展店計畫的員工，都深切感受到那種深不見底的不安感。

就這樣，縱使路程使我們疲憊不堪，我們還是駕著船來到危險航線的入口，接下來要朝「將OWNDAYS成功推向海外」這個無比遙遠的目的地邁進。

接著，隔天的開幕日來臨。

攸關命運的開幕首日。這是絕不能輸的勝負，而且一次決勝負，是第一打席，也是最後一打席。

而等著我們的，卻是誰也沒料到的事態。在OWNDAYS史上，那當真是最出乎意料、最「束手無策」的一回。

第25話　開幕首日，令人難以置信的數字

二〇一三年七月五日

上午九點。

每位員工都到店裡集合了，誰也沒遲到。然後我們細心地做了最後檢查。雖然還有不

足的地方，但姑且不會妨礙營業。應該能順利開張吧。

所有準備完成後，我們以日式風格舉行了朝會。明石對操作以及工作分配展開確認。

接著，他向開幕成員一一問候，最後則由甲賀先生向大家精神喊話。

「為了成為新加坡第一名的眼鏡店，讓我們全力以赴吧！！）

「Yeah！Yeah！OWNDAYS！」

大家用力抬起拳頭，盡情大喊，用熱烈的掌聲為朝會做了結。

就這樣，OWNDAYS史上又多了一項「全新大挑戰」，那就是進軍海外的第一家店Plaza Singapura店開幕了。

不過，周圍的店家都還沒開始營業。眼前的昏暗走道上，只有商務人士朝高樓層的辦公室快步走去。在昏暗的購物中心內，只有OWNDAYS綻放著與四周不太協調的亮光。

上午十一點。

「完全沒有客人呢……」

開店一個鐘頭後，在沒什麼動靜的冷清店內，海山苦笑著低語道。
「這也難怪。我們幾乎沒做任何開幕廣告宣傳。也沒辦開幕特賣，所以當然不會有人等著開幕要衝進店內消費吧。」
我用一副「這不是早就知道的事嗎？怎麼現在還在講」的模樣回應他。
「哎呀，話是這麼說沒錯，可是，就算沒做廣告宣傳，一個全新的日本品牌開幕，至少也該有一兩位客人因為覺得稀罕而走進店裡看看吧？我原本這樣暗自期待，但事實卻完全相反呢。」
「也是啦。的確，雖說這也在預料範圍內，但是像這樣開店後，發現真的沒半個客人進來時，果然還是會著急啊……」
「對。我也著急得不得了……」
也許是地點不好的關係吧，店都開了一個小時，前來購買的客人卻一個也沒現身。不，應該說，根本沒有客人踏進店裡。
正午。
從開幕到現在，已過了兩個鐘頭。隨著時間逼近中午，感覺從店門前路過的人逐漸增加。但大部分都是準備去吃午餐的人吧。儘管有人對我們這間嶄新、明亮的店面感到好奇，多瞄了幾眼，但終究還是沒什麼人願意停下腳步，走進店裡拿起商品端詳。

我開始想起五年前，我上任OWNDAYS社長後第一次開的那家失敗收場的店面「高田馬場店」。那個噩夢又開始從我腦中掠過。

這種討厭的感覺，就像應該早已變成一段美好回憶的老舊傷疤，現在卻又從胃部後方開始隱隱作痛。

不對，如果這次也跟那時一樣，以「徹底失敗」收場的話，那麼事態可能會變得比那時候還要糟糕。

我強硬地說服了反對此計畫的奧野先生他們，然後將龐大的壓力加諸在負責的各位部長身上，要他們用完全脫離常規業務的英文去工作，還排訂了強人所難的工作進度表，逼大家每天熬夜，趕著為進軍新加坡做準備。

如果這間店又以失敗告終，那麼，好不容易才穩定下來的資金調度問題，將有可能再度受到巨大影響。

總公司裡的氣氛，陷入緊繃的狀態中，明明是我硬要開設的新加坡一號店，要是最後落得這種下場，我該拿什麼臉去見公司裡的員工才好？一想到這，便有一股令人顫抖的寒意在體內遊走。

「不妙啊……」

我看到一旁的海山與甲賀先生也是一臉不安。

他們就像被雨淋濕的小狗，臉上寫滿惶恐無助。這兩人的背後一定也正滑落不安的冷汗吧。

當大家暗自吞著唾沫，緊盯著這股怪異的氣氛時，三位新加坡籍的店員，正滿臉笑容，很客氣地發傳單給路過店門前的人們。

「嗨！我們是今天開幕的日本品牌哦，歡迎進來看看！」

明明沒人下指示，他們卻率先面帶笑容發起傳單。也許他們的存在，正是我們今日唯一的希望。

但是路人們的反應實在不太樂觀。此時明明是午餐時間，但我的胃卻像塞滿了沉重的鉛塊，別說沒食欲了，最後甚至感到噁心作嘔。

下午一點。

附近的店家總算大致都開店了，就在館內也開始熱鬧起來的時候，一對白人老夫婦接過Flora發的傳單後，很感興趣地走進店裡。
「啊，他們停下腳步了。」
我們緊張的吞了口唾沫。
「Hi！Welcome to『OWNDAYS』！」
Flora立刻用雙手拿起「AIR Ultem」，一面問候他們，一面在他們面前將鏡架的兩端折彎，積極地展示其耐用性與輕巧。
「WOW……」
那位有氣質的夫人吃驚得睜大了眼，並問：「How much?」
Flora抬頭挺胸露出充滿自信的笑容，以煞有其事的表情自豪地說：「只要九十八美元就買得到哦！」
「WOW！」
老夫婦不約而同的發出更大聲的驚呼。「真便宜呢！」他們的反應就是如此正面。就算在一旁看也感覺得到。Flora接著拿起鏡片的說明廣告，又開始說個不停。
「這個價格也包含鏡片哦！而且不是普通鏡片。是高品質的薄型非球面鏡片哦。大概跟您現在戴的這副好眼鏡的鏡片差不多吧？」

「WOW！Amazing！」

那明顯是讚嘆聲，連站在離店面有點距離的我們也都聽到了。

我和海山忍不住悄悄走到老夫婦附近，假裝成客人站在那兒，然後全神貫注地聽Flora與老夫婦的對話。

「不過，雖然這個商品很棒，但我們是觀光客，明天就要回去了。所以今天沒辦法買。真可惜。」

「這不成問題。因為只需要二十分鐘就能做好！這麼點時間，兩位應該能等吧？」

「二十分鐘……不可能吧。因為我現在沒帶配鏡處方箋呢。」

「您說的是在歐洲吧？我們這邊可以現場檢測視力，二十分鐘就能做出一副有度數的眼鏡哦！」

「好，我買！」

啪！白髮老夫人雙手一拍，伸手拿起Ultem鏡架，開始挑起自己喜歡的顏色。而且那位夫人還說：「既然是這個價格，那就再加上備用眼鏡，一共買三副！」說完便拿起三副鏡架，然後順著Flora的引導走向櫃台。

（好耶！）

我和海山互望一眼，並在心底握拳叫好。

「那麼，馬上為您檢測視力哦。這邊請。」

Flora踩著跳舞般的步伐，引導夫人走進驗光區。Flora從遮光窗簾的縫隙間探出頭，朝我們這邊輕輕拋了個媚眼。

（呵呵。真是太好了呢，Boss。）

我彷彿能聽見Flora的心聲。

十幾分鐘後，Flora一面細心地調整剛做好的眼鏡，一面這麼說道。

「您是這間店的第一位客人哦！」

夫人聽了之後，露出溫暖的笑容說道：

「呵呵呵。難怪大家都緊張兮兮地看著我們。不過，這真是件令人開心的事，能成為你們的第一位客人，我也很高興。祝你們成功。加油哦！」

她的笑容就像平靜湖面上逐漸擴散開來的小水波，讓在場的所有人都沉浸在幸福的氣氛中。

「謝謝光臨——！」

老夫婦露出滿足的表情，提著印有OWNDAYS標誌的紙袋走出店面，每位店員都大力地揮著手目送他們。老夫婦的身影消失後，站在一旁的濱地與庭山馬上興奮地又跳又叫。

「社長！太棒啦！太棒啦！眼鏡賣出去了！賣出去了！哇哦！我們在日本賣的眼鏡，竟然用英文推銷出去啦！覺得我好像見證了不得了的瞬間啊！哇哦……我快哭了。」

我的心情跟他一樣。

過去一個月來，老是像狗在互咬般，不斷起衝突的近藤、民谷、甲賀先生等人，現在也都開心地拍打著彼此的肩膀。

「噢，甲賀先生，賣出去囉，賣出去囉。用英文賣出去的耶。覺得好酷哦……」

「這裡是新加坡，當然要用英文啊。哈哈哈。」

哭點很低的民谷，眼中泛著豆大的淚珠。

「太好了。賣出去了。真的賣出去了……」

「我們超厲害的。在國外也賣得出去呢。」

大家你一言我一語地發出感嘆。和日本一樣的店面，一樣的制服，可是語言不同，人種不同，文化也不同。在這種環境中，OWNDAYS的眼鏡居然跟在日本時一樣賣出去了。

看到這個事實的瞬間，大家都覺得之前的辛苦總算有了回報，儘管之前吵成那樣，現在卻互相拍肩、擁抱，分享著這份喜悅。

隨時都能讓每個商業人士團結一心的特效藥，就是「結果」。

我看著眼前的光景，撫胸吁了口氣。

那位夫人也許是從天上降臨我們面前的生意天使。之後接連有數名客人走進店內。

「咦，社長，請看一下那邊。你看，店裡有不少客人呢。我看看……一、二……有五名客人。」

「真的耶。滿多人的。」

等我們發現時，店面入口附近已不再冷清，約有五位客人正興致勃勃地拿起鏡架端詳，突然熱鬧起來。我們全神貫注地盯著眼前的情景時，海山大聲喊道：

「啊！那名男性可能會買！哦，那位女性也是！」

瞬間有數名客人朝櫃台排隊，開始購買。

只見兩個驗光區的簾子都拉上，等候區的沙發上也坐著好幾位客人，在不知不覺間，店內已經開始洋溢著客人們帶來的朝氣。

我向人在櫃台負責接待的溝口說：

「我說……這表示賣得不錯嗎？」

「是的。剛才已經有三位客人接連購買了！現在站在那邊看商品的幾位客人，好像也都會買的樣子！」

「噢——！」

「好耶——！」

我們全都跳了起來，舉起雙手輪流擊掌。

而且在我們忙著開心時，店裡的客人又吸引了別的客人，而路過的人看到店裡這麼熱鬧，便想著「發生什麼事？」於是也進來湊熱鬧了。這就像打小鋼珠中大獎時，看著大量的銀色珠子不斷從機台內掉出來，瞬間填滿盒子的感覺。沒錯，這簡直是「確變（在某種條件下中大獎的話，往後的中獎機率便會提高的一種柏青哥系統）」。

「別發呆了！丈司也快去幫忙！快去！」

一旦有人買，買氣就會跟著來。這種連鎖效應會一直持續下去。生意做久了，偶爾會碰上那種「以風為伴的氣勢、浪潮洶湧的瞬間」。現在正是那種感覺。

櫃台上訂單散亂一片，在加工區的架子上，疊滿了裝有鏡架和鏡片，已結好帳的加工盒。

「二十分鐘就能做好哦！」

「不好意思，有兩位在等候檢查！」

店員們神采奕奕的話語此起彼落，轉眼間店裡已充滿朝氣。客人們手拿著商品，叫住店員，表示自己有意購買。我們完全應付不來。這簡直是半價特賣時的情況。而且這次根本沒辦什麼特賣會，純粹是OWNDAYS的商品、服務，以及超值的價格，深深吸引了來店的客人們，每個人都看得出來。

「到底是什麼情況啊？」

「真的假的！真的假的！」

「噢——！太酷了！」

面對這無預警的在眼前展開的情況，大家都驚呼連連，一時間還無法相信。「感覺就像被狐狸給耍了」，這種說法雖然有點老套，但這或許就是此刻的感覺吧？這是我唯一的感想。

在店裡接待客人的是甲賀先生和海山，而驗光與加工則是由三位新加坡籍的驗光師來分工負責，一直被工作追著跑。客人來取眼鏡時，明石就會以日文說「謝謝您！」。而我們也會跟著大喊「謝謝您！」因此，店裡的招呼聲一直沒停過。

下午五點。

超乎想像的生意興隆並沒有讓我們高興太久，事態說變就變。店內的情況竟然開始轉變成「意料之外」的嚴重狀態，誰都沒料想到，這害我們陷入愁雲慘霧之中。

「丈司，你來一下……這樣不妙吧？客人太多了……驗光怎麼驗都驗不完，也沒辦法好好調整。這樣的話，轉眼就會接到一大堆客訴哦……」

「就是說啊……。這下不妙。大家完全陷入慌亂狀態了。」

到了傍晚，隨著館內的客人增加，OWNDAYS店內燃起的蓬勃之火，別說平靜下來了，根本就愈燒愈旺。

此時，大家都看得出店員人數明顯不足。

就店內戰力來看，能合法工作的員工只有六人。而且能夠執行驗光與加工的，僅只有取得國家證照的三名驗光師而已。

以現在來說，OWNDAYS的一大賣點——「二十分鐘交件」，完全陷入無法發揮功能的情況。別說二十分鐘交件了，連視力檢測都要依序等上三個小時以上。

綿延不絕的排隊人龍，令三位驗光師的臉越來越臭。在這麼忙的情況下，無法判斷應該從何開始處理，導致自己頻頻出包，看起來非常慌張。

濱地看不下去，一臉擔憂的說：

「社長，這樣子不太妙吧？我們也下去幫忙好嗎？」

「不，這樣不好。聽聞這場騷動後，打從剛才起，就有幾名像是同行的人也跑來查探軍情。如果看到我們讓沒有執照的日本人幫忙製作眼鏡、視力檢測，那他們肯定會來找碴，並馬上通報OOB（視力檢測審查委員會）哦。」

「可是，這樣下去絕對不妙啊！您看那位客人，看起來不是已經氣炸了嗎？哎呀，還有那個……那麼隨便的調整，客人回家後一定會抱怨的！」

一旦進入「確變」模式，便不斷湧來購買的客人，完全不理會我們的焦慮，人潮怎麼擋都擋不住。就像因大雨而暴漲的河川，因水勢洶湧而氾濫一般。

原本我還在為新加坡一號店有好的開始而感到開心，但事態急轉直下，我擔心照這節奏下去，大家都會陷入恐慌，服務品質也會跟著大幅下滑，引發諸多不滿，使得OWNDAYS的負評瞬間傳遍新加坡。這股強烈的恐懼感向我襲來。

不過，這裡是新加坡。不管我們再怎麼擔心，還是不能出手幫忙。來這邊為開幕做準備的明石、濱地、庭山、富澤四人都是專家，不論是要視力檢測還是鏡片加工，當然都駕輕就熟，但既然沒有新加坡的「國家資格」，他們就無法出手支援。縱使看著員工們被蜂擁而至的客人搞得慌忙不已，他們也莫可奈何。這感覺就像「明明看到眼前的河裡有孩子溺水，自己卻只能袖手旁觀」。

他們四人面對眼前的景象，完全無法出手幫忙，令他們焦躁得直跺腳。

「總之，盡全力把能做的做好吧！濱地，你們四人去後面整理單據、結帳、輔佐他們進行鏡片加工，並用口頭指導店員，防止待客方面的疏忽發生。在不會違反就業規定的範圍內，能幫多少就幫多少！要盡可能減輕現場工作人員的負擔！」

「是！」

濱地他們才剛跑進店面後方，臉色發白的海山就接著跑了過來。

「糟了。這可不是開玩笑的。這樣下去反而會惹得怨聲四起，第一天就玩完了。我想稍微限制一下入店人數，同時請三位驗光師打電話給有執照的朋友，看看有沒有人可以來兼差一下，這樣行嗎？」

「好主意！立刻請他們打電話，只要說一句『高時薪』，也許就會有人來幫忙！」

「知道了！我馬上去問！」

海山看準視力檢測準備換下一位客人時，把握此空檔，依序跟那三位驗光師說：

「你有沒有驗光師朋友可以立刻過來支援？盡可能幫我們問問看！」

這三位驗光師就像完全沒想到會有這種情況似的，一臉驚訝，幾乎都快忙瘋了，他們也想盡快改善眼前的情況，雖然面露焦急之色，但還是回應了海山的要求。

「ＯＫ！我有幾位驗光師朋友，剛好他們現在沒在工作，我馬上問他們能不能以臨時打工的方式過來幫忙！」

每當幫一位客人檢測好視力，三位驗光師就抓準空檔，拿起手機，一一打電話給想到的人選。

「Boss！我找到兩個人了！大概兩個小時後到！」

「我也找到一個人了。他說晚點能來！」

「ＯＫ！早一秒也好，請他們趕緊過來支援！現在忙翻天，幫手不嫌多。」

幸好是國土狹小的新加坡。幾個小時後，他們的三位驗光師朋友都前來助陣。

晚上八點。

人潮不減反增，客人持續往店內擠，幾乎多到「快要滿出來」。而爽快答應我們突如其來的求援，前來幫忙的三位驗光師朋友，一抵達店內，看到眼前的光景，紛紛露出「真不敢相信！」的神情，一臉困惑，但還是馬上幫忙做視力檢測和鏡片加工。

華人、馬來人、印度人、歐美人，還有日本人。各式各樣的人種都在OWNDAYS買眼鏡。我望著眼前的狀況，心中百感交集。

我的體內發熱，湧起一股不知名的熱切興奮感。

我心生猜疑，懷疑這突然出現眼前的光景，其實是幻影。

就像站在未知航線的入口，有一份爽快的期待感，以及無法抹滅的恐懼感。

至今為止，我見證了數十家店以及新店面的開幕，但如此「強烈震撼心靈」的體驗，這可還是頭一遭。

在打烊前的這段時間內，我在店內來回走了幾百趟，同時緊盯店員們的行動，將全副精神都專注在客人們的對話與反應，並持續面對自己內心的情感。

晚上十點。

完全化為戰場的開幕首日終於過去了。絡繹不絕的盛況一直持續到十點打烊為止，店裡簡直像遭遇搶劫一樣，展示架上的商品變得空空蕩蕩，櫃台周圍的單據也亂成一團，後方的員工專用區更是像極了垃圾場。

接著，發票列印機吐出一條長長的銷售明細。

甲賀先生大聲的唸出首日銷售額。那是一個「驚人」的金額，足足超出當初預想金額的五倍。

「噢——！好厲害——！」

那個「難以置信的數字」讓大家確切感受到自己所創造的奇蹟，而大家的興奮感也傳給了我。

三位新加坡籍的驗光師雖然一臉疲憊的神情，還是開心地抱在一塊。加入這間毫無名氣、來自日本的新眼鏡店，並成為開幕成員之一，對他們三位來說，應該是一項很大的賭注吧。

「Hi！Boss！Give me Ten！」

「啪！」

Kelvin一副很想說「我們成為歷史的見證人啦！」的模樣，滿臉自豪地舉起雙手，要我跟他擊掌。打烊後的店內，響起了我們響亮的擊掌聲。開幕首日的結果，竟是超乎預期的好，成功得不得了。

但是這開心的狀況背後，其實還藏著一份嚴重的隱憂。

開幕第一天才剛結束，每位員工就已經忙到沒得休息，現在都一副精疲力盡、遍體鱗傷的樣子，個個都軟趴趴地癱坐在地上。

「甲賀先生，你看大家。明天會不會也是這麼多客人啊……」

「雖然我非常希望客人來，但是才第一天就已經這樣了……要是明天客人一樣多的話，那該怎麼辦啊？有點無法想像。」

倘若明天也是以這個節奏狂銷的話，那麼毫無疑問，我們將會無法應付，店面的營運機能也會完全停擺。

對於失敗、完全賣不出去的情形，我早已多次展開想像，並在腦中模擬對策。但是，對於客人蜂擁而至、商品賣得太好、所有操作失靈，招致大量客訴的情況，我可是連或許會發生這種事都沒想過，完全出乎意料。

不僅如此，今天還是星期五。明天開始就是星期六、日了。連上午可能會有多少客人來店都無法估計。如果明天、後天也像今天這樣人滿為患，那我們究竟該如何是好……

就算想向日本求援，但只要有「國家證照」的高牆擋在那兒，問題就不是那麼輕易能夠解決。新加坡政府認可的工作人員，就只有六人。

為開幕首日的成功感到喜悅，也只維持了短暫的瞬間。

我們面對預料之外的異常事態，只能茫然的呆立原地。

第26話　將紙糊的堡壘變成真正的堡壘

二〇一三年七月六日

我們揮別暴風雨般的開幕首日，迎來新的一天。

這一天是開幕第二天，同時也是星期六，再加上昨天來消費的客人們口耳相傳，可能就此傳了開來，所以上午一開始雖然起步平緩，但一過中午，客人便擠得水洩不通，擁擠的程度和第一天一樣，一直持續到晚上打烊時間。

在熄了燈的昏暗館內，只剩打烊後的OWNDAYS還燈火通明，後續的整理工作遲遲無法結束。員工們比昨天還要疲憊，全都無力地癱軟在地，看起來就像一群因擱淺而喪命的迷途海豚。

我和海山煩惱地望著眼前的景象。

「丈司，照這樣子繼續賣下去的話，真的不妙啊……才過兩天而已，員工們就已經累成這樣了。」

事情的發展完全超乎我們預期，OWNDAYS何止是「推展順利」，根本就是中大獎。而且還是中頭彩。這種形容一點都不誇張，新加坡人就是如此歡迎OWNDAYS。每一位來店的客人都高聲讚嘆「從沒見過這樣的眼鏡店！」。毫無疑問，這是最棒的開始。

然而，業務量超出預想範圍，才開幕第二天，員工們的疲憊就已達到極限。完全應付不了不斷湧進的客人，以至於無法維持OWNDAYS原訂的服務水準，於是開始陸續有客人對我們的應對不佳流露不滿的表情，就此離去。

在新加坡，社群網路的普及程度遠比日本還要高上許多。因此，人們對新店面的印象與評價也會透過網路傳開，速度同樣遠非日本所能比。也就是說，現在這群蜂擁而至的首批客人傳出的口碑，將會直接影響到新加坡國內對OWNDAYS的評價。

萬一此時傳出「服務態度非常差勁」、「鏡片度數不合。清晰度很糟，根本不能用」等等的負面評價，那麼，好不容易才抓住的一切機會也將化為烏有。

我對著滿心遺憾卻無處宣洩的海山說道：

「沒辦法了。從明天起，只要來店人數超過一定的數量，就開始限制客人上門吧。在這種狀態下勉強賣下去，員工恐怕會因為太疲憊而嚇跑，負評在顧客之間不脛而走，如果變成這樣就無法挽回了。不要再勉強賣下去了。只追求眼前的銷售額，而沒把目光放遠的經營方式，還是不要比較好。」

「說得也是。我也贊成。早知道事情會變成這樣，那當初多錄用幾位驗光師就好了。賣得出去卻賣不了，真的很嘔。更河況現在是多賺一塊也好的重要時候啊。」

海山也咬著嘴唇，露出很不甘心的神情。

「這也是沒辦法的事。那個時候又不曉得未來會發生什麼事，但要事先雇用多名驗光師，這種判斷誰也做不出來啊。」

「話是這麼說沒錯啦……不過還是很不甘心。」

「總之，盡可能多雇用幾名驗光師，這是當務之急。馬上行動。」

隔天，我們馬上開始面試新的驗光師。

幸好有身為初始成員的三位當地驗光師替我們呼朋引伴，因此吸引了許多有國家資格的人前來應徵。而且，前來面試的驗光師們在OWNDAYS店裡，看見了以往在新加坡的眼鏡行內無法想像的盛況，就像感受到難以估算的可能性似的，紛紛爽快地接受我們所開的條件。

結果，這次順利地徵到驗光師了，而開幕前苦苦徵不到人的情況就像不曾存在過似的。

這令我深刻感受到，果然「成果」在這裡也是最有辦法吸引人的特效藥。

「大家，千萬不要倒下啊……」

就這樣，見全體員工忙著應付蜂擁而至的客人，持續工作，片刻不得閒，我和海山、甲賀先生三人，只能以祈禱的眼神守護著他們，並加緊腳步把欠缺的部分一一補齊。

二〇一三年八月下旬

開幕至今已經快過兩個月，一號店的來客量依然沒有減少的跡象。

自那個一口氣令公司團結起來的半價銷售時代以來，這種盛況還是第一次發生。而且這次也沒辦什麼銷售活動，就只是把OWNDAYS在日本國內的那一套系統，原封不動的搬來新加坡而已。OWNDAYS純粹是因為經營模式受到客人的肯定，所以才掀起了這場爆炸式的旋風。

在「鼎泰豐」裡，我和海山、甲賀先生一起在那裡享用遲來的午餐。海山一面大口吃著店內名產小籠包，一面用怒火中燒的表情大聲嚷道：

「剛剛又一個接著一個的跑來了。那樣根本是妨礙營業嘛！那些傢伙真令人火大！」

從開幕數週後開始，店裡就冒出一群怎麼看都是當地同行的人。他們會連日來個好幾趟，然後對著店內猛拍照。因為同樣是眼鏡店，所以他們大概無法相信怎麼會有這麼多客人吧。

更誇張的是，他們一擱下店員就問「鏡片是從哪進貨的？」、「鏡片的成本是多少？」等等，這樣反覆問一些不像是客人會問的專業問題，顯然就是想來探探OWNDAYS

營運模式的結構與祕訣。

「算了，這也是沒辦法的事。說起來，我們 OWNDAYS看在這個國家的眼鏡業界眼裡，就像是黑船（指日本江戶時代末期來自美國、俄國以及歐洲的蒸汽船。意指對國內造成巨大衝擊的國外新事物）。被當作假想敵也是沒辦法的事。恐怕模仿OWNDAYS營運模式的傢伙馬上就會出現了。」

甲賀先生一口吞下蝦仁燒賣後，面露謹慎小心的神情，就像在叫大家注意似的說道：

「尤其中國企業抄襲的速度飛快。而且最近已經不光會抄襲而已，品質也相當高。一轉眼就冒出一大堆跟OWNDAYS一樣的店，最後反而是我們被擊潰，這也是很有可能的事。」

感到焦躁的同時，我的內心又冒出一個想法。

現在看到的這一切，如果都是客人們真正的反應，那麼這就是千載難逢的機運。這無疑是一決勝負的好地方，難道不是嗎？好想趕在模仿者如雨後春筍般冒出前，一口氣拿下新加坡市場。

然而，公司的財務仍然處於拮据狀態。儘管資金不夠以及疲憊不堪的員工令我感到擔心，但我本能的感覺到「不能停下攻勢，非一口氣擴大事業規模不可」，因此備感焦急。

就在此時，「命中注定的邂逅」恰好也找上門。

連日來，店裡來了不少想採訪的報章雜誌記者，以及想談生意的各領域業務員，但是這一天，店門外來了幾位風格不太一樣的人。

這組人是三名女性。她們也不踏進店裡看商品，就只是一直站在通道對面望著我們店裡，不知在討論什麼。她們沒有同行的氣息，卻也不像一般的購物民眾。

我對此感到在意，於是指示溝口去詢問對方有何目的。經過一陣談笑後，溝口回來了，他說這三位女性是LAND COMMERCE公司的租賃業務小組，這家公司是新加坡的大型地產開發公司之一。在新加坡最具代表性的購物商店街烏節路上，另有一間名叫「313@SOMERSET」的購物中心，而她們來此，就是為了確認SOWNDAYS適不適合成為「313@SOMERSET」受邀進駐的承租業者。

她們見到店內的盛況，又看我們是新加坡不曾有過的「全新形態眼鏡店」，於是向我們提議道：

「313@SOMERSET裡面有個絕佳的櫃位。其實，我們已經跟某個品牌談到一半，但我們還是希望OWNDAYS能在我們的購物中心開店。不知您意下如何呢？如果OWNDAYS願意承租店面的話，我們就去跟那家談到一半的品牌交涉。」

第一次來新加坡出差時，我就已經參觀過新加坡的各大購物中心了，因此非常清楚313@SOMERSET的情況。

它位在新加坡的繁華大街——烏節路的中央地帶，是一間相當受當地年輕女性歡迎的知名購物中心。

在陽光從挑空的天井灑落的購物中心內，有VIctoria's Secret、ZARA、Forever21等眾多知名品牌，處處洋溢著南國特有的活潑氣氛。

而她們來到這裡，就是為了詢問OWNDAYS有沒有意願進駐那間購物中心的超級精華區。

「真的嗎！」

這意想不到的提議令我和海山雀躍不已。好事不宜遲，我們立刻跟她們一起前往拜訪313@SOMERSET，看到他們提議的櫃位後，更是大為驚豔。

它不但位在直通索美塞地鐵站的地下二樓三角窗，面積還超過一千平方英尺，著實是個氣派的店面。店門前的人潮流量也很驚人。

（確實是個好櫃位。不過，租金應該很貴吧……）

我戰戰兢兢的向租賃業務小組的經理詢問租金：

「順便問一下，這裡的租金是多少？」

「至少也要四萬五千新加坡幣（約三百五十萬日圓）。」

「光是租金，一年就得花四千萬日圓以上……」

聽到答案後，我和海山頓時為之瞠目結舌。

我讓腦中的計算機全力運轉，試著算出數字。雖說地點絕佳，但這麼高的租金，營業額至少也得比現在的Plaza Singapura店高出兩倍以上，否則將會出現赤字。

不過，這裡無疑是絕佳的開店地點。如果錯過了它，以後大概也沒機會了。雖說Plaza Singapura店拿下超乎預期的成果，但也無法保證這能一直持續下去。也許從明天起，暫時性的熱潮就退燒了，營業額也會開始走下坡，這也是不無可能。明知現況如此，卻想下更大的賭注，那未免也太輕率了。

然而，只要在這地方做出成績，毫無疑問的，我們就能一口氣打進新加坡的主流品牌圈。在這個國家，「成果」代表一切。只要拿得出成果，就一定可以抓住比現在更好的機會。

正當我興奮得全身發熱時，腦海裡浮現的念頭卻是「可是，如果失敗的話……」，過去面對數次失敗時的那種胃悶的痛苦感覺也回來了。

依這種節奏來加速投資的話，風險實在太高。在我的腦袋裡，興奮與不安就像兩道龍捲風，正以秒為單位不斷交替旋轉。

我向一旁的海山詢問：

「如果在這邊開店的話，你覺得大概需要多少錢？」

海山以苦悶的表情回答道：

「因為這家店幾乎是Plaza Singapura的兩倍大，所以應該不可能壓在五千萬日圓以下吧……可能是七千萬吧。我們還無法準確掌握這邊施工價格，所以很難說。總之，一定很花錢，這絕對錯不了。」

海山的腦袋裡想必也和我一樣處在慌亂狀態吧。

「說得也是……還要七千萬是嗎……我們連Plaza Singapura店今後會如何也都沒把握，要是現在又說要投資這麼大筆的金額，奧野先生應該會口吐白沫昏倒吧。」

「一定會昏倒的……」
「丈司，你的公司已經拿不出錢了吧？」
「拿不出了。就算把我整個人倒過來甩，也擠不出錢來。日本總公司有辦法出這筆錢嗎？」
「就算可以，也只能出一半吧。如果能依這個節奏持續熱銷，憑賺來的現金，公司能不能勉強趕上付款日還是個問題呢。」
新加坡的租賃業務組員聽不懂日文，她們大概沒想到我們的對話內容竟是如此的無計可施。我們極力維持平靜的表情與她們討論，不讓她們察覺極為嚴峻的尷尬處境。
「如何？貴公司要不要考慮一下開店的事？真的很不好意思，急著要您決定。不過，因為是臨時硬提出來的提議，所以您如果不在這幾天內回覆的話，可能就會與之前談到一半的品牌簽約。」
「就算你突然這麼說，我也……」
我突然不知道該說什麼。

但是下個瞬間，我突然覺得有人在我腦海中小聲地說：「上吧！」該不會是人在天堂的父親吧。有時候，人會聽到某個「聲音」告訴自己，該走哪條路才是自己人生的「天命」。或許也可說這是顯現在眼前的「直覺」。總之，就在我煩惱不已的時候，確實有一道強烈的光束從我腦袋深處射了進來，在反射作用下，我確實不自主地全身顫抖。

我看了一下站在一旁的海山，他也不發一語，只用做了相同覺悟的眼神對我點了點頭。

下一秒，我用超乎自己預料的巨大聲量說道：

「好！就拚了吧！」

緊接著下個瞬間，海山也嘴角輕揚說道：

「是啊，就拚了吧！」

就這樣，在還看不清楚一號店的未來會如何的階段下，仍當場做出決定，要追加挑戰「不符合自己身分地位」的投資。

沒想到才隔一天，命運的暴風雨就像要將我們捲進更洶湧的浪濤中一般，將我們吞沒。

「Plaza Singapura店的生意好像很好呢！好厲害！」

海山接到一通Singaland的織部小姐打來的電話。

「謝謝！這都是託您的福啊。雖然手忙腳亂的，但最後還是順利開張，現在總算可以放心了。」

「真是太好了。那我就開門見山地說了。這次有一間新開幕的購物中心，其中的某個櫃位突然空出來了，可否請您去那裡開店？」

「咦？」

據織部小姐說，是Singaland的高層看到我們的一號店順利開張，又是新概念眼鏡店，於是決定將進駐新購物中心的機會提供給OWNDAYS。

「社長，怎麼辦？織部小姐又提供了一個櫃位……」

「雖然覺得很開心，但光是SOMERSET就不知道應不應付得來了，更何況是再加一間店……」

「她說要帶我們參觀現場，我們姑且就去看一下吧？」

「也對。反正看看又不花錢，那就去看看吧。」

我們一面感受著開始朝我們吹來的強烈順風，一面請織部小姐幫我們介紹新的購物中心。這間新的購物中心位在東海岸，名叫「Bedok Mall」，目前還在興建中。

東海岸是郊外的住宅區，不但有許多沿海景致絕佳的大樓，還有很多人都在那兒騎腳踏車或慢跑。而她向我們介紹的，就是直通 Bedok地鐵站的全新購物中心。

在織部小姐的帶領下，我們意氣風發的穿著安全鞋、頭戴安全帽，走進施工中的建築內。

「就是這邊。因為是一樓，所以我認為這個地點不錯哦。這裡才剛被取消，現在的話，OWNDAYS可以租下這裡哦！」

織部小姐還是老樣子，這次也是用積極、開朗的態度來推薦櫃位。

「哦……謝謝。嗯，這個，該怎麼說好呢？哎呀，老實說，我也不知道。丈司，你覺得呢？」

「嗯，該怎麼說好呢。我也是毫無頭緒。」

海山也和我一樣，回答得很不乾脆。

這次她介紹給我們的櫃位，形狀相當怪異，面積也只有Plaza Singapura店的一半，真的很小。說到底，連購物中心本身都還在施工，現在也才蓋好七成而已，這樣根本無法想像完工後的樣貌。

因為是全新的購物中心，所以也不曉得它的集客力好不好，而且話說回來，我們連「Bedok」是什麼樣的地方、住著什麼樣的人都搞不清楚。

換句話說，我們就是「什麼都不知道」。

就算想討論該不該在此開店，也沒東西可以拿出來討論。不過，這個店面也跟SOMERSET一樣，是別人臨時取消才空出，因此沒時間讓我們慢慢思考下判斷。

但不可思議的是，在新加坡的成功以及可能性，都令我們深深著迷，而我們的思考方式，感覺說好聽一點是積極，說難聽一點，是一路被人往太過樂觀的方向牽了過去。

就算想開店也有資金嚴重不足、人力不足等等的問題。只要做出一個錯誤的判斷，OWNDAYS進軍海外的計畫就會泡湯。這種情況就像在走鋼索一樣，我自己心知肚明。

但是，自從感受到那個激發我「應該前進」的「某個」感應後，我就無法平息那股激昂感了。只要做了一項重大決定，之後就能毫不猶豫的面對更多重大決定。這種感覺就像解除束縛一樣。

我瞄了海山一眼，發現他也是一副毫不迷惘的模樣。

「這已經像是擲骰子賭輸贏了。只是，如果真的在這個櫃位開店的話，那麼，七月、十一月、十二月，就會以飛快的步調展開起跑衝刺了。」

「是啊。就拚了吧。既然都走到這一步了，那乾脆閉上眼繼續往前吧。要倒地時，也得往前倒！」

「倒不如說，在這邊倒下的話，那就不是往前倒，而是當場死亡啊。哈哈哈。」

「織部小姐。這裡我們要了！總之就試試看吧！接下來就麻煩您處理了。」

「我明白了！還真是當機立斷呢！厲害！」

「哪裡哪裡……哈哈哈。」

我們想要甩掉自己的不安，於是很堅定地對織部小姐傳達我們想開店的意願。

於是，在新加坡一號店開張僅兩個月，好不容易步上軌道時，我們又打算增開兩家店。才隨便估算一下，費用就將近一億五千萬日圓，而我們卻連付不付得出來都不曉得，便決定要展開這場有勇無謀的投資。

從新加坡眼鏡業界的角度來看，我們或許是來自日本的黑船。

但實際上，像培里司令這樣，挾強大力量前來的強盛艦隊，我們實在差遠了，感覺只像是穿著一身破衣的海盜。

海盜就要有海盜的樣子，我們必須強硬叩關，不擇手段地快速登陸，然後強行在這兒築起要塞。但是我非常清楚，擁有龐大資金與野心的對手們，一定會虎視眈眈地覬覦我們在新加坡發現的寶藏。

我們必須拋下恐懼踏出這一步，並且藉此機會將這座紙糊的堡壘變成真正的堡壘。我們只剩這條生路可走。如果接下來的兩家店面都成功，那麼OWNDAYS一定可以躍升到下一個舞台。

走出Bedok Mall後，我抬頭望著覆滿灰色帆布的巨大建築，看著它那施工中的模樣，同時，我覺得自己被夾在一股不可思議的激昂感與巨大的恐懼感之間，但我咬緊牙關，在心裡為自己打氣。

第27話　想要走得遠，那就一起走

二〇一三年九月

見到新加坡一號店起步順利，我和海山便趁勝追擊，有勇無謀地決定增開兩家分店，將近一億五千萬日圓的投資。接著，我們馬不停蹄地搭上新加坡航空的深夜班機，一早抵達羽田機場，然後又直奔位在池袋的OWNDAYS總公司。

這一天是星期一，也就是定期召開幹部會議的日子。

「……也就是說，我們或許是挖到了名為『新加坡』的超巨大礦脈也說不定。而下一步，就是先稱霸新加坡。然後，我想以新加坡法人當踏板，向整個東南亞市場出擊！」

圍在會議桌旁面對我的幹部們，就像緊閉的貝殼一樣，各個都把嘴巴閉得緊緊，從頭到尾就只是默默聆聽。

「如果說，要一面接受日本國內的激烈競爭洗禮，一面忍受低成長的話，那還不如一鼓作氣向國外尋求成長的機會。我認為，我們只要以東南亞當作契機，就很有希望一舉躍升為世界級的大品牌。大家認為呢？不覺得看到許多可能性嗎？」

（啊……總覺得，社長已經興致勃勃啦……）

（說什麼世界……不就只有一間店碰巧經營得很順利而已嗎？）

相對於興奮發表熱烈演說的我，董事與幹部們的反應都慢半拍。

此時這排排坐的十幾名幹部，都不怎麼關心海外市場，也沒什麼興趣，他們看到社長我突然變得無比狂熱，滔滔不絕地說著到海外發展的可能性，也難怪他們會看傻了眼。

我不理會大家的冷漠視線，繼續說下去。

「因此我決定了一件事。新加坡法人雖然是海山社長創立的公司，但總公司這邊將會對其增資，並取得過半數股權，正式將它納為OWNDAYS的子公司。然後，我想讓丈司以『兼任新加坡法人社長』的形式成為本公司的董事，並請他全權負責國外業務。所以丈司，你也來說句話吧。」

我突然將發話權交給海山，害他一時愣住，不過，他似乎一下子就整理好思緒。

「非洲有句諺語是『想要走得快，那就自己走；想要走得遠，那就一起走』。我深深覺得，OWNDAYS的事業具有走得更遠的潛力。比起追求眼前的錢財，我現在更想在『遠行的可能性』上賭一把，跟大家一起將OWNDAYS培育成世界級的品牌。還請大家多多指教。」

海山是營造公司的繼承人，他家的家業已經傳好幾代了。特地捨棄那樣的身分，跑來總是因無力償還而為調度資金苦惱的OWNDAYS擔任董事……就世間一般的常識來看，這當中根本得不到半點好處。然而，海山卻自願加入OWNDAYS的經營高層。

海山也完全迷上那片「去到國外才發現的景色」。與其說是魅力，不如說是魔力，它就是這般強烈。

「……事情就是這樣，如果有人反對的話，請提出你的意見。」

我還是半制式化的問了一下幹部們的意見。

新加坡法人就此成為OWNDAYS的子公司，並作為集團企業，徹底運用OWNDAYS持有的資源，接著還要連續增開兩間店，然後一鼓作氣，挑戰以最短的捷徑稱霸新加坡。

「好，從今以後，OWNDAYS就要一鼓作氣朝全球化發展了。總公司也要積極錄用外國員工，將OWNDAYS改造成有能力挑戰世界的多元化企業！」

聽到這句話，幹部們全都露出困擾的表情苦笑著。

當天夜裡。

我和海山一起坐在「秦野YOSHIKI」的吧台上。這間店位在與麻布十番的商店街相隔一條路的鳥居坂下，是一間我常去的壽司店。

這幾個月來，我幾乎都待在新加坡，很久沒吃到一流師傅握的「正統壽司」了，所以很想一飽口福。「正統的壽司」皆經過細心處理，把魚肉的鮮美發揮得淋漓盡致，一放進嘴裡，醋飯就會瞬間散開，與那美味的魚肉交纏在一起。

頂著招牌光頭的年輕師傅為我們捏了壽司，還順便附上幾句笑話。我們吃著壽司，將生啤酒一飲而盡後，海山露出落寞的表情說道：

「話說回來，總公司的幹部們都顯得意興闌珊呢。」

「哎呀，他們就是這樣。大家又沒親眼見到新加坡那邊的盛況，所以腦中浮現不出那樣的畫面吧。」

「也是。不過，就算再討厭，不得不把眼光投向海外的時代還是會來臨吧。若侷限在日本，往後就無法成長了。」

「反正最快明年，大家的想法就會出現一百八十度大轉變。從今以後，總公司的外籍員工會逐漸增加，平時的對話也會摻雜著英語或中文吧，到時候就不得不轉變了。現在時機未到，不管再怎麼說明，大家依舊只會把它當成玩笑話或誇大的假設吧。」

我一面享受著醃鮪魚，一面像講道理似的說完這番話。話說那醃鮪魚是經過熟成的紅肉，一入口，舌頭就被那爆發出來的濃郁鮮味包覆住，好吃到令人咋舌。

「也是啦。只要我們拿出成績，他們就會馬上注意到把眼光放在國外的重要性了。」

「是啊。先得處理剛決定好的SOMERSET和Bedok。我們必須讓這兩間店成功，還得想辦法解決資金調度問題，否則根本無法前進。今天在大家面前自以為是的把話說得那麼好聽，如果不幸在這邊栽了跟斗，那我們就玩完了。」

「是啊……才簡單估算一下，就發現光是開店費用就高達一億五千萬。」

「對。而且營業額都得是Plaza Singapura店的兩倍才勉強算合格。」

「冷靜思考後才發現，這難度果然很高啊。」

「真的很高……而且，不打贏這場仗就沒有下次了。會暫時沒有空閒吃這麼美味的壽司了。」

我一面盯著最後端上桌的鯊魚漿佐長崎蛋糕，一面回想起前陣子，我們才剛盛大的敲響了在新加坡一決生死的擂台鐘。而現在，我們又站上擂台了。而且還得面對比之前都還要強大的兩個對手。

但不可思議的是，我的心情非常愉快，這次已經感覺不到像針刺般的胃痛。我們兩人都做好了覺悟。

「要是接下來的兩家店都失敗的話，那你的營造公司可要雇用我啊。哈哈哈。」

「這一點都不好笑啦……」

我們抱著對未來的期待，一面仔細檢視眼前的課題，一面度過美味的壽司之夜。

二〇一三年十一月

今天是攸關OWNDAYS命運的313@SOMERSET店開幕日。

我比平常還要早到，在開幕前三小時就踏進店裡了。然後，我在店裡找到疲憊不堪的民谷，他正躺在一疊紙箱堆成的床鋪上睡覺。若換個角度來看，這也有點像不支倒地。

當初僅憑著一股衝勁就簽下這間313@SOMERSET店，而簽完約的七週後就要舉行聯合開幕了，因此，這次的行程表可謂是前所未見的緊迫。

民谷發現我到了，臭著臉睜開眼。他搔著蓬鬆亂髮，打了個大哈欠。

「啊——社長……早安。店面總算弄好囉。不過，這種工作真的是吃不消啊……結果一路忙到早上五點才完工，而且大家的語言又不通……光是要做跟日本一樣的工作，就得花掉雙倍的時間……」

民谷一臉埋怨的對我發牢騷，但我裝沒聽到，直接跟他說還有哪些小地方需要修正。

「嗯。辛苦了。那邊的LOGO周圍綠色部分要稍微調整一下。這個燈的位置也不太對，馬上改一改吧。」

「嗯——嗯——知道了……」

會有這樣的對話也是因為我們已經有十五年的交情，兩人可說是默契十足，但唯獨這次，連我自己都覺得有點對不起民谷。但我們的資金調度一直都有困難，如果因為延遲開幕而白繳店租，我們可沒這個閒錢，無論如何都得在最短時間內裝潢好，並盡速開幕。

於是，民谷不眠不休地工作了一個月才完工的店，終於在最適合背負起我們命運的三角窗內粉墨登場。

早上十點。

按照預定，313@SOMERSET店再過一會兒就能如期開幕了。要是在此失敗的話，一切就會化為烏有。我因為極度不安而雙腳抖了起來。

我靜靜閉上雙眼。

從地鐵出口那兒傳來的混亂腳步聲、店裡播放的音樂、夾雜著店員們的緊張與不安的嘰嘰喳喳聲……這次，驗光師十分充足，從日本過來支援的人也都就定位了。接下來就只能盡人事，聽天命。

我深深吸一口氣，做好心理準備，睜大雙眼。

我透過霧面玻璃製成的店門看到外面隱約有人影。看來似乎不是因上班或上學而路過的行人。我仔細凝視那些人影。

三個人……四個人……六個人……

「咦，難不成那是我們的客人……？」

我推著海山的肩膀，小跑步跑近鐵捲門，仔細觀察外面那些人的動靜。

結果，這間位在角落、兩面開放的店面就像遭到包圍一樣，不知不覺間周圍都已經站滿了等待OWNDAYS開店的客人，黑壓壓都是人。

（果然是我們的客人。好！做得起來！這裡果然做得起來！我們的直覺沒錯！）

「喂——！客人已經在排隊嘍！大家準備好了嗎？要開店嘍——！」

「好的！沒問題！請開門！」

做完最終檢查後，站在十幾名員工中間的明石，從櫃台後方高舉著手，給了一個很有朝氣的回覆。

我不發一語的和海山握手，兩人合力轉動門把，一起打開鐵捲門。

隨著鐵捲門慢慢升起，運動鞋、高跟鞋、皮鞋……各種人的腳也一併映入眼簾。那些人排了好幾列，等不到鐵捲門全開就迫不及待湧入店內。

「Hi！Welcome to OWNDAYS！」

一轉眼，店裡就被黑壓壓的人潮占滿。

我突然憶起Plaza Singapura店開幕首週的光景。擔心員工們會不會因為現場太混亂而陷入恐慌，所幸最後只是杞人憂天。這次，我們有足夠的驗光師，而且一再展開訓練與研習發揮了成果，店裡並未陷入恐慌狀態，很正常的展現出「生意興隆」的樣貌。

客人的興奮、好奇就像接連刺向我全身般，向我傳來。我不經意的望向店面外，結果發現睡到頭髮亂翹的民谷正哭得一把鼻涕一把眼淚。看到這景象，我更加真切感受到，工作的辛苦只能靠成長來沖走。

開幕首日結束。

成果揭曉。313@SOMERSET店的熱烈回響完全凌駕於一號店之上，成為一間來客絡繹不絕的興盛店面了。

總之，我們又贏了一場。

我們打贏這場比賽，再次存活下來。

這個月的OWNDAYS所有店面銷售排行榜，第一名是313@SOMERSET店，第二名是Plaza Singapura店，冠亞軍都被新加坡獨占了。

二〇一三年十二月一日

成為新加坡第三號店的Bedok Mall店，即將跟全新的購物中心一起盛大開幕。

開幕當天早上十點。

鏘——鏘——

突然間，購物中心內響起一陣響亮的銅鑼聲。

兩頭全身紅通通的舞獅，一面發出巨大聲響，一面狂舞。

等到那場盛大又突兀的開幕典禮一結束，在入口處蓄勢待發的鄰近居民像雪崩般湧入賣場。每個人的表情都很開朗。對當地居民來說，這間Bedok Mall一定是期盼已久的購物中心吧。

這裡跟一號店、二號店所在的高度時尚敏感區不同，Bedok Mall是一間位在郊外密集住宅區內的購物中心。客層當然不同。我發現附近居民以中老年人、家庭居多，開幕前的這三個月來一直提心吊膽，不知道他們是否能接受OWNDAYS。

我注意觀察路過店門前的人有什麼反應，結果大家對OWNDAYS的反應依然是「驚奇」。來店的客人，大多都是先抱著困惑、懷疑、試探的心情在店裡徘徊，不過，等到慢慢理解OWNDAYS所呈現的「全新眼鏡銷售風格」後，大家便拿起商品，開心地試戴起來，然後一個接一個掏出錢包加入購買的行列。

看著這幅光景，我確定了一件事，那就是OWNDAYS的經營模式在新加坡也同樣廣受各年齡層接納。

最後，這間Bedok Mall店也是超乎預期的成功，取得驚人的銷售成績。

在當月的各店鋪銷售排行榜上，前三名都被新加坡的三家店獨占。雖然公司的資金調度依舊困難重重，但是繼SOMERSET店之後，為了攻占新加坡市場而展開的豪賭，我們又大獲全勝了。

在客人擠得水洩不通的店內，我無處容身，被擠出店外，這時海山走來，像在吐露心中想法般對我低語道：

「這麼一來，這三家店都成功了。」

「是啊……成功了呢。」

「沒有陣亡，達成了任務。」

「是啊，接下來才是成敗關鍵……」

「沒錯。」

我和海山望著擠滿客人的店，大感放心，撫胸鬆了口氣。

二〇一四年二月

第一次造訪新加坡已經是將近一年前的事了。

當時看到的絢爛光芒，我們現在確實就身在其中。此刻在新加坡的眼鏡業界，OWNDAYS的存在算是興起了一場小小的風波。OWNDAYS的知名度也將會與日俱增。

雖然我感受到一股充實感，但強烈的危機感也油然而生。因為OWNDAYS越有名，模仿我們的裝潢或銷售系統的競爭對手也就越來越多，屆時，這裡恐怕也會像日本的眼鏡業界那樣，掀起一場腥風血雨的戰爭。

這時，溝口突然打了一通LINE電話給我。

「社長，發……發生一件大事了！」

電話那頭的溝口異常的激動。

「怎麼了？你冷靜一點啊。」

「我、我們或許可以搶到一間非常厲害的店面！在新加坡東北部有間名叫『Nex』的購物中心，它所在的區域是新加坡人口最密集的地方，賣場內的人潮也不是普通的多！而且櫃位就位在地鐵直通購物中心的入口正對面！」

「哈哈哈。雖然不是很清楚，不過好像很厲害呢。既然這樣，你之後再用LINE把詳細資訊傳給我吧。」

「不，現在就需要社長您做判斷，因為明天就得跟對方談妥簽約條件了。如果能取得這個櫃位，我可以全力揮棒嗎？因為現在是第一棒、第二棒、第三棒打者都安打上壘的狀態，所以第四棒請讓我全力揮棒吧！海山先生也說這裡絕對沒問題。我想擊出全壘打！」

「竟然叫我讓你全力揮棒……那邊的店租大概多少？」

「是一筆可觀的金額……」

「可觀是多少啦？」

「粗估約五萬兩千新加坡幣，超出預算……」

「五萬兩千新加坡幣，也就是一年六千萬日圓以上是嗎？光租金就這麼多？」

我不自主的倒抽一口氣。海山與溝口要我用一個月店租超過五百萬日圓的店面來展開豪賭。支付這麼龐大的店租做生意，我這輩子還沒做過這種事。

「果然負擔還是太沉重了嗎……那還是先不要出手吧……？」

我們之間瀰漫著一陣沉默，持續半晌之久。

我豎耳細聽，新加坡那朝氣蓬勃的喧鬧聲從電話那頭傳來。

「沒有理由不出手吧！一定要搶下那個店面！目標是來一支場外全壘打！」

「是！」

隔天，海山和溝口按照他們所做的宣言，在那宛如投入危險賭局般的條件競標中勝出，搶下開店的合約。

而成為新加坡第四間店的Nex店，正如同海山和溝口所做的宣言，成功擊出漂亮的拋物線，讓球飛出場外消失，贏得一支特大全壘打。

從那之後，因為OWNDAYS連開了四家生意興隆的店面，邀請我們進駐的賣場也突然增加。我們的事甚至在鄰近的東南亞諸國引發話題。

二〇一四年四月

最近我將總公司遷到港區的南麻布。既然要正式提升拓展海外市場的節奏，就需要更多「優秀人才」。必須是外國人，或是很會講英文或中文的人才。於是我決定將總公司遷到全日本最多外籍商務人士聚集的地區——「港區」。

新辦公室離首都高速公路的天現寺出口非常近，位在明治通旁，是以堅固又沉穩的紅磚包覆外牆的一棟高樓。

新辦公室的裝潢費用超過一千萬日圓。不像「無力償還債務的公司」會做的事，是不符合身分地位的投資。

「對零售服務業而言，店面就是一切。只有愛面子的笨蛋企業家，才會把錢砸在不會賺錢的總公司上。」很多經營者都抱持這種想法。

但我認為，如果有餘錢能花在辦公室上，那絕對該花。而且辦公室一定要設在東京的精華地段。

設計師、財務會計、工程師、商品企劃等等……為了讓企業大幅成長，我必須將天賦異稟、積極向上的一流專家攬進總公司，這種人才越多越好。

「人」是企業的本質。若無法吸引優秀的「人」，企業絕對無法超越「經營者的能力極限」，而繼續成長下去。

「把錢花在不會賺錢的總公司上」並沒錯，「造就了一家不會賺錢的總公司」才是問題的本質。

所以我才在衝進「海外」這個未曾體驗的區域後，選在這個時機做出決定，將總部強行遷到不符合身分地位的氣派辦公室內。

事實證明搬遷是正確的選擇。總公司的招募能力急速上升，讓我們找到許多優秀的人才，OWNDAYS的成長速度也變得更快了。

「社長，穗積銀行的人到了。請您移駕接待室。」

穗積銀行的負責人豐田先生來到總公司。他的主要目的是「請讓我聽聽貴公司的近況」。

OWNDAYS度過重重危機，近來已成功由赤字轉為黑字。

自從公司擺脫赤字，現在已沒有銀行會想用強硬的手段抽銀根，或是逼我們出售債權，不過，各銀行一樣只會每個月仔細核對償還金額，同時每半年更新一次契約，完全不想提供新的融資。銀行的負責人只是為了做做樣子，聽取業務狀況報告，才很制式化的跑一趟我們公司而已。

（反正這位穗積銀行的負責人豐田先生也是跟以前一樣，只是想做做樣子聽取報告而已，不過，這次我們可是有成功打進新加坡的大新聞哦。他不知道會多感興趣？）

我和奧野先生興奮地出席這場面談。

來到嶄新的總公司接待室內，整面玻璃牆的後面，那東京鐵塔溶入餘暉中的美麗景致，呈全景映入眼簾。豐田先生望著這幕景致，露出傻眼的神情，語帶挖苦地說道：

「辦公室變氣派了呢……既然有餘力在這種地方設一間這麼氣派的辦公室，那我真希望貴公司能加快還錢的步調啊。對了，最近狀況如何呢？」

我一臉春風得意地開口道：

「那就直接步入正題吧。可以請您看一下這些資料嗎！老實說，我們從去年七月開始進軍新加坡，生意好得不得了。現在已經開了三家店……」

「不，請等一下。」

豐田先生突然打斷我的話。然後用冷冰冰的表情說道：

「這件事就不用多說了。」

「咦？」

「聽了就得寫書面審核，太麻煩了。」

「啊？」

我和奧野先生都以為自己聽錯了，根本不知道該說什麼。OWNDAYS在海外市場上正要開始急速成長。這對金融機關來說，應該也是好消息，我和奧野先生都期待大家會替我們開心，所以見到豐田先生用這種態度拒聽海外事業的報告，我們都說不出話來。

「抱歉，因為我們沒辦法確認新加坡的現金流量狀況，所以請告訴我日本這邊的財務評估就好。之前評估說，可望解決無力償還的狀況，你們可有按照計畫書在推動嗎？」

「不，我也是這麼想，所以前幾天，我去了貴行的新加坡分行，打算開設戶頭。結果在服務電話裡就吃了閉門羹，對方說『請透過日本的交易銀行來辦理』。」

奧野先生冷靜地說，但口吻難掩他心中的不耐煩。

豐田先生則是擺明著嫌麻煩，就只是隨口敷衍幾句。

「這樣啊。」

「可以請您代為引薦嗎？」

「我們會再進一步討論。」

（就這樣？）

看得出奧野先生非常生氣。豐田先生對此漠不關心，似乎是真的不想談國外的事。

（無力償還的公司有什麼好說的！）從他全身上下傳來這樣的氣息，我們就此死心，不想再多談。

目送穗積銀行的豐田先生離開後，我繼續待在接待室裡。

我抬著頭癱坐在沙發上，把資料扔向牆壁。這些資料是我和奧野先生兩人昨晚熬夜趕工而成，本來打算在面談時交給負責人。

「那什麼態度嘛！」

「日本的銀行距離全球化還很遙遠，看來這是實情。像評定等級、審核融資，基本上也都只看日本公司的財務報表啊……」

「咦？等等。也就是說，不管新加坡法人再怎麼成長，我們的等級也不會上升，更不用期待會有新的融資是嗎？」

「不，如果是大企業或上市企業的話，這些成績當然會被當成『重要的參考數值』，充分發揮加分效果，可是像我們這種中小企業就要看自己被分配到什麼樣的負責人了。像剛才那位豐田先生那樣，完全無視於我們的存在，就算這是特例，另當別論，我們也不曉得其他銀行到底有多少負責人看得懂英文的財務報表。就算遇上能理解的負責人，接下來還得看審查的總部是否積極看待……。如果數字太漂亮，這樣反而會引來懷疑，而不會輕易的照單全收。」

「也就是說，他們會懷疑我們是不是利用海外法人來粉飾太平囉？」

「確實很有可能對我們抱持如此謹慎的看法。不過，新加坡當地的分店根本不想理我們，真是矛盾，哈哈哈。一間資產負債表慘不忍睹的公司，竟然不用靠放棄債權或法院清算這類的『外科式治療』方式，就恢復到這種程度，這幾乎可說是史無前例啊。『因為沒有前例，所以無法理解』，這就是銀行真實的感想吧。」

「所以，我們暫時還無法拿到新的融資嘍……？」

「至少現在跟我們往來的銀行是不會答應的。他們完全不看關連性，在日本總公司的財務結算能擺脫無力償還的問題之前，還是別抱持太高的期待比較好。」

「海外事業壯大的話，日本總公司的銷管費用也會增加，所以繼續這樣下去，日本法人本身的收益性反而會下降，這是一定的。然而，銀行卻不看我們在當地的營業額與利潤。而日本這邊增加的成本又會影響審查……天底下有這麼不合理的事嗎？」

「這我也沒料到。不過，剛剛的負責人都擺出那種態度了，看樣子，事情真的會演變成那樣呢。」

全球主義、進軍海外市場……近年來，世人都在討論著這些話題，但實際上，中小企業，尤其是零售業或服務業，打進海外市場，成績斐然的先例，幾乎是零。

何況是五年前瀕臨破產的公司，在急速成長下，最後還想以海外市場當主軸，使企業重生。這對特別重視前例的日本金融機關來說，此時OWNDAYS的狀況，就像是一個什麼也沒有的貿易展覽場。

這雙手好不容易才抓住了前所未有的成長引擎，但在日本法人獨自解決無力償還的問題之前，銀行一概不會提供融資。

頂著「無力償還」的名號，船底破了個大洞的OWNDAYS，就算展現出滾燙沸騰的強悍，挑戰眼前的洶湧大浪，但銀行、設備租賃公司、證券投資基金……這些金融機關，卻一概不肯伸出援手，幫助OWNDAYS征服這片大海。

他們就像在說：「船底破洞的船已經來不及救了。不過，要是你們靠自己修理的話，我就幫你們補給燃料。如果辦不到，就趕快沉船吧。」

「現金周轉得過來嗎？」

「配合海山先生提出的新加坡展店請求，我做了模擬，假設所有分店都能和目前的店面一樣，以順利的步調提升業績的話，就勉強周轉得過來，但如果計畫不如預期，就會馬上付不出錢，面臨資金短缺。」

「也就是說，現在只剩兩種選擇囉？看是要暫停增開分店，保留體力，還是做好會面臨資金短缺風險的心理準備，繼續照預定計畫展店。」

「的確是這樣。」

「真傷腦筋啊……不過依照新加坡現在的步調來看，只要開新的分店，就一定能帶來更多的業績與利潤……所以最糟的情況，就是可能又要增資了……」

「對。如果要增資，以藤田先生為首，應該可以順利找到人，但變成那樣的話，現在勉強保持過半的社長個人持股，就一定會降到一半以下，就此失去公司的持有權。」

奧野先生以食指托起眼鏡架的鼻梁架，皺起眉頭，一臉嚴肅的逼我做選擇。

「算了，沒關係。要繼續開店。我現在完全不想讓這股氣勢停下。話說回來，我並不是為了安穩的當一個中小企業的社長，才來當OWNDAYS社長，如果不能朝著世界第一前進，那當社長也沒意義。所以我絕對不會讓成長的步調停下來。沒關係。資金周轉不靈的話，到時候再想辦法就好了。」

「我明白了。依社長的作風，我早就猜到你會這麼說。那麼，我馬上和海山先生針對今後開店的預算，展開具體的討論，並做出結論。」

「那就拜託你了。總之，現在要展開進攻。」

「好。不過，實在很難輕鬆得起來呢。哈哈哈。」

「的確。最近就算聽到資金短缺，也都處變不驚了。哈哈哈。」

會議室內響起了一陣冷冰冰的笑聲。

最近的資金調度依然像騎腳踏車一樣，處於不繼續往前走就會倒下的狀態，但每間店都生意興隆，業務方面也都能穩定地展現盈餘。這是伴隨著急速成長，而呈現出「無法停下腳步」的狀態，因此我不像以前那樣有種被逼入絕境的心情。

更何況，我們早就打從心底決定「既然這樣，就算要咬牙苦撐，也絕對要讓財務正常化。然後，一定要讓那些一向只會看數字來評斷我們，拒絕提供我們支援的日本金融機構刮目相看！」。

「對了，關於新加坡之後的下一件事……」

決定要讓OWNDAYS繼續成長，重新在心中確認過自己的想法後，我開始以平靜的語氣對奧野先生說出之前一直暗藏在我心中的「某項作戰計畫」。

第28話　要滅火，得用炸彈！

「對了，關於新加坡之後的下一件事……」

「下一件事？」

我平靜的開口道出某個計畫。

「接下來要去台灣展店。」

「啥？」

奧野先生像是吃了一記透明的拳頭般，嚇得整個人往後仰，就像聽不懂這句話似的，一臉驚慌，說不出話來。

「見到新加坡顧客的反應後，我明白OWNDAYS的商業模式即使在海外也能充分被接納。不過，即使生意再怎麼興隆，只要想想在國土狹窄的新加坡總共有幾間優秀的購物商場，便會知道，一年頂多開十間店，最多能開到三十間店，應該就是極限了。

也就是說，如果照這個發展步調，最快在兩年後，新加坡就會停止成長。所以，既然新加坡目前已能看出經營會有盈餘，那就必須再接再厲，進軍『下一個新市場』。」

奧野先生聽完我這意料之外的計畫後，將滑落的眼鏡重新戴正，用刑警勸挾持犯出來投降般的口吻，對我曉以大義，要我「再好好想想」。

「不……社長說的話我明白，明白歸明白，不過……還是請您好好冷靜一下。再怎麼說，這也太操之過急了。雖說新加坡的事業已邁入強勢的成長軌道，但資金周轉方面仍然在走險步。在這種狀況下，竟然還要再進軍台灣，實在是太莽撞了。起碼再等兩年……不，再等一年也好，可不可以再等一段時間呢？這麼一來，才能以沉穩的態勢來著手處理進軍台灣的事。」

奧野先生的主張並沒錯。

業績和利潤正逐日增長，照這樣穩定的發展下去，再過數年便能擺脫無力償還的局面，開始正常運作，這樣的康莊大道清晰可見。然而，好不容易才抓住這條從天而降的「蜘蛛絲（芥川龍之介的短篇故事，可順著蜘蛛絲從地獄爬上天堂）」，卻不惜鬆手，甘冒風險，投入「下一場賭局」，這當中理由何在？

不過，一開始強行推動進軍新加坡計畫的「三名現行犯」——我、海山，以及甲賀先生，可完全不這麼想。

我也稍稍加強了語氣，試圖反過來說服反對的奧野先生。

「奧野先生說的事，我再清楚不過了。現在前往下一個國家發展，的確有很大的風險。可是，照目前這樣是行不通的，動作太慢了。若不能反過來加快成長速度，反而會增加更多風險。」

「為什麼？什麼事情太慢？光是新加坡這個地方，半年就開了四家店，之後還有五家店要開幕呢。這速度感夠快了吧？」

「不，完全不夠。我們在新加坡的壯舉，像JAMES這些日本的主要連鎖眼鏡公司都已得知消息。不光是這樣，中國和東南亞的同業，也陸續開始仿效我們的企業型態。再這麼下去，模仿OWNDAYS的眼鏡店將迅速進駐亞洲各國，多處齊發的開店，開始搶占市占率。所以我們必須在事情發展到那一步以前，盡早保住各國的精華地段，建立我們的品牌優勢，否則我們很有可能轉眼間就被資本雄厚的競爭連鎖店給生吞活剝。」

「哦……可是，為什麼選擇台灣？既然要做，進軍市場龐大的中國，可能性不是更為寬廣嗎？」

「不，不能選中國。日本已經有JAMES進駐中國，而且中國的國土和市場規模也過於龐大。面對這麼巨大的市場，現在還很弱小的OWNDAYS就算想要後發制人，顯然也只會一敗塗地。現在還不是到中國拚鬥的時候。」

「那麼，香港呢？」

「香港雖然和新加坡的情況很類似，但是不動產的供需嚴重失衡，總歸就是房租太貴了。要找到符合收益條件的合適店面，實在不是那麼容易的事。就結果來看，透過多角度分析各項條件，判斷出最有可能成功的就屬台灣了。」

「嗯，台灣確實親日，對日本品牌的信賴感和熱愛度也很高，說不定還比新加坡更好做呢。」

「公司急著成長還有另外一個理由。業界霸主JAMES有四百家店。相形之下，我們只有區區一百二十家店。假設每年可以開二十家新店，也要花將近四十年才能迎頭趕上。不過當然了，JAMES也會繼續增加店面數，所以當中的差距絕不會縮小。但假如可以進軍十個國家，各國每年開設十家店的話，一年就是一百家，三年後，就有機會超越JAMES，成為業界龍頭。我認為應該往這方面賭一把。」

我一旦開啟這種「模式」，就不會輕易罷休。奥野先生似乎也已看開，對我說道：

「看樣子，阻止你也沒用了。哈哈哈，好吧。請放手去做吧。那麼，你具體打算如何進行？」

「其實最早的三家店，開店地點已鎖定目標了。接下來只剩下設立當地法人，以及店面的正式簽約而已。哈哈哈！」

「……。我知道社長經常帶著甲賀先生去台灣，只是沒想到……連店面都決定好了……」

「呵呵呵，俗話說的好，這就叫『將謀欲密』啊。」

奧野先生微微牽動嘴角，對我擠出一個笑容，聳著肩，無奈地說道：

「知道了啦！隨您高興吧！反正就算業績長紅，單憑日本公司的體系，在解除無力償還的狀態前，也無法指望金融機構能拔刀相助。若是這樣，還不如乘勝追擊，跨足另一個足以媲美新加坡的成長市場，快馬加鞭讓財務恢復正常，讓銀行知道我們的厲害。」

「這樣才對嘛。『要滅火，得用炸彈』！」

「明白了。我就奉陪吧。只是千萬要小心，可不要把我們自己給炸成焦炭了。」

「放心。我們之前不是多次像不死鳥一樣復活嗎？別說活活燒死了，我甚至要燃起更熾盛的烈焰給他們瞧瞧。哈哈哈。」

就這樣，在我們進軍新加坡九個月後，便將下一個航行目的地設為「台灣」，手忙腳亂地做起出航的準備。

二〇一四年五月

位於比沖繩更南邊，漂浮在東海西南方上的台灣，是一座和九州差不多大的島嶼。

街上總是洋溢著亞洲獨特的熱情與活力，映照在眼中的景色，讓人感受到一股熟悉感，還有溫情。而台灣的首都——台北市，有日本殖民時期修整的馬路貫穿其中，熱鬧的購物街與近代建築林立，是一個擁有兩百七十萬人口的大都市。

我和甲賀先生坐在台北市內的「鼎泰豐」總店，一邊擦著汗水，一邊大啖小籠包。

「果然不管什麼時候來『鼎泰豐』都一樣好吃。自從在新加坡愛上這個味道，我就一直想來台灣的總店看看。排一個小時進來果然是值得的。我又實現了一個夢想啦。哈哈哈！」

「是啊。而且比起在新加坡吃，這裡的價格還便宜許多。這等美味，這等價格，巴不得每天都來呢！」

在意痛風毛病的甲賀先生，正苦惱著是否要再叫一籠松露小籠包。

「不過，在成立公司和開設銀行帳戶上，這裡和新加坡完全相反，許多手續得臨櫃辦理，很麻煩。不過，看來總算能依原定計畫進行了。再來就是和目前決定的三個店面簽約，以及招募在地員工了。」

故事稍微倒帶一下。在新加坡業務步上軌道，進入三月中後半時，我和甲賀先生將下一個目標鎖定台灣，祕密來台，四處奔走尋找店面。

如果不能完成首要之務——「取得精華地段的上好店面」，我們的生意便無從展開。然而，我們數度走訪遍布台灣全境的知名百貨公司，講解企劃案後，他們總是回一句「目前沒有再增加眼鏡店的打算」，遲遲得不到滿意的回覆。

我們想盡一切辦法，最後造訪了「響美」這間新興的地產開發業者，從超高級百貨公司到車站內的美食街，都是他們的客戶。第一次拜會這間響美時，與當時現身的日本人副總經理「山川先生」相識。

山川先生是日本人，對於日本商業設施的最新情況亦十分熟悉，也能夠理解OWNDAYS和傳統眼鏡行是截然不同的產業形態，在第一次會談席間，便旋即邀請我們到兩個空出的櫃位開店。

第一個櫃位是相當於日本東京車站的「台北車站」。第二個則是預計今年十一月全新開幕的大型商業設施「響美松高」。

不過說實話，這兩者一開始給我的印象都是「差強人意」。

提供給我們的台北車站櫃位位於商業區的最邊角，是人潮最少的點，燈光昏暗，就像是一處在花車裡放著賣剩的女性服飾廉價販售的地方。

在這種地方，大張旗鼓的讓OWNDAYS台灣一號店開張真的妥當嗎……？這個櫃位實在很難讓人立刻舉雙手贊成，做出決定。而且占地面積大，租金也和日本不相上下，甚至更貴。

另一處「響美松高」則是和新加坡那時的Bedok Mall一樣，因為是「全新的購物商場」，所以想像不出情況會是怎樣。會有多少人潮？店門口的客流量有多少？能創造出多大業績？得到的訊息只有新購物商場的開店指南和平面圖，單憑這些根本無從想像。

「社長，要怎樣答覆響美的邀約呢……？」

「還能怎樣。其餘的大型地產開發業者，目前看來也無意提供可在今年內進駐的櫃位，所以，看是要耐著性子多做幾次開店交涉，持續等到好的店面為止，還是就在目前對方提出的這個地方，馬上背水一戰。只能二選一了。」

「是啊。所以不用說，結論就是……」

「要做。新加坡那時候也是從三等地段開始做起，做出讓周遭認可的成績，促成後續的成長。在台灣要做的事情也一樣，沒有別的。」

「說得對。」

除此之外還有一處，是類似日本原宿，年輕人聚集的行人天堂——「西門町」商圈，這裡也決定要開一間路邊店面。

這裡的房租也是貴得嚇人，屋子殘破不堪，而且還偏離了人潮流量大的精華區，顯然不光店內裝潢費，連外部裝潢也得投入相當大的投資。

不過，最終也決定要在這裡開店。

因為之前進軍新加坡時，抱持的是「先開一家店觀望看看，如果可行再認真做」的這種不乾不脆的態度，這次可就不一樣了。

「無論如何一定要成功。這一次也要成功進軍台灣，然後一鼓作氣，正式進軍全球。即使失敗並賠上一切，也在所不惜。」我是抱持這種破釜沉舟的態度來面對。

這是汲取自新加坡的經驗，要在海外開辦OWNDAYS事業的話，最少得開三家店，管理成本才應付得來。因為不論是開一家店或開三家店，從總部派遣駐地人員，以及各項辦公室後勤業務的操辦成本，並無太大的差別。

就這樣，我們決定從八月起，在車站內、購物商場、鬧街的路邊店面，這三個迥然不同的地點連續開張。

保守估計，初期投資金額應該會攀升至將三億日圓。

假如三家店全數以失敗告終，別說是讓新加坡死命賺來的利潤在瞬間化為泡影了，甚至還會再度陷入資金周轉不靈的危機，擺明是一場「危險至極的賭局」。

話題再拉回小籠包名店「鼎泰豐」的店內。

甲賀先生儘管擔心痛風，仍舊無法抗拒松露小籠包香氣逼人的誘惑，點了第二籠，狼吞虎嚥，全數吃光。

「社長，目前還有個重大的問題。差不多該決定最重要的駐台灣區負責人了。究竟要派誰來負責呢？這可是很重要的判斷呢。」

「是啊。進軍台灣的成功與否，全看負責人的好壞，這麼說一點也不為過。新加坡那時候，一開始就有丈司這位適合的人才，但這次時間緊湊，也不能從外頭找人，所以應該會從公司內選出赴任人選，不過，公司的管理高層裡，沒人會說中文啊……。就算不會說中文也無妨，希望起碼是個願意賭上自己的一切，為了OWNDAYS在台灣的成功而全力以赴的人。究竟有沒有這樣的人呢……」

「總之，回日本以後，就向所有員工公開招募吧。」

「也對。如果候選人當中找不到適合的負責人，我就親自出馬，來台灣當負責人。至少得拿出這樣的氣魄來進軍台灣，否則絕對行不通。」

二〇一四年六月

正式決定到台灣開店的隔月，公司廣從日本員工當中招募駐台灣區負責人。

結果，率先遞交名字上來的，竟「意外」是女性。

這名女性，就是新加坡開店時曾前來觀摩的川崎DICE店店長「濱地美紗」。

濱地畢業後便進入傳統老牌企業「megane mart」任職多年，習得了紮實的技術與知識，然而蔓延於公司內的陳年陋習與論資排輩的制度帶來的拘束卻讓她幻滅，因而退職。之後便轉到OWNDAYS就職。

濱地的個性天不怕地不怕，無論面對誰，都能坦然說出自己想說的話。就連對我這位社長，也一樣不假辭色地說出她的意見和抱怨。

在日本人裡雖是少見的類型，不過在海外，會不會就是要這樣的人，進展起來反而順利呢？

在公開招募資料裡僅有的兩名候選人中，看見她的名字時，我直覺地冒出這種想法。

幾天後。

決定台灣負責人的社長面試，在會議室裡舉行。

「濱地，妳為什麼想當負責人？妳之前不是都說『不想搬家，所以不當管理職』嗎？一味地體恤屬下，有些時候還無法將私人情感和商業判斷切割清楚，妳有這樣的一面對吧？這部分我不放心讓妳當負責人。妳自己是怎麼想的呢？」

我故意接二連三的拋出挖苦她的問題。

總而言之，新事業乃是「負責人定生死」。這是我從過去多次失敗中學到的慘痛教訓。「負責人是誰，有何種想法」將決定一切。對OWNDAYS來說，進軍台灣這件事承擔著不容失敗的未來，是莫大的挑戰。要將這項挑戰託付出去，首要著重於那個人有沒有值得讓人託付的堅定信念。

濱地以嚴肅的神情開始說起自己的想法。

「之前新加坡開幕的時候，不是請您帶我去嗎？那時候，我原本只當是去參觀而已，但是看見開幕時的情況，讓我對自己無法參與這項主要工作，覺得很不甘心。所以我就想，下次要是還有那種機會，我一定要參與其中，自從那次之後，這個想法一直在我腦中盤旋不去。所以無論如何，這一次我都要去做！」

「可是濱地，妳結婚了吧？妳先生怎麼辦？」

「我先生會留在日本。我已經和他說過，取得他的同意了。我也告訴他，只能三個月回來一次。也跟他說過，回國的期間還不能確定。人生只有一次，我只當過眼鏡店的店長，不會說英文也不會說中文，今後絕對不可能再有機會讓我去海外工作、擔任負責人，所以我非試試看不可！我沒有信心能辦成，但我絕對會竭盡所能去做！所以請交給我負責！」

濱地離開會議室以後，靜靜流淌了一段安靜的時間，掛鐘刻畫時間的聲響輕柔地迴盪。我深思了半晌後，緩緩開口道：

「甲賀先生覺得如何？我認為濱地挺適合的。」

「是啊。我也覺得不錯。濱地的強項在於『不懂的事情就敢大聲說不懂』。若是放著不懂的事情，在海外不求甚解，擅自一意孤行，那樣更可怕。」

「是啊。那就決定是濱地了。這種伴隨重大責任的工作，與其交給『看起來能勝任的人』，還不如交給『想做事的人』，這點最重要。」

「是啊。就交給她去辦，要是感覺快出問題了，我這邊會全力支援。」

就這樣，濱地當上了台灣計畫的負責人，現場的細部判斷，全都交由她來處理。

二〇一四年六月中旬

當上負責人的濱地，頭一件工作就是到成田機場迎接在台灣當地錄用的兩位首批員工「Aki」和「Yuna」，她們預定要來日本研習。

Aki和Yuna二人高高興興的聊著天，出現在成田機場的入境處，感覺就像是台灣女大學生來觀光旅遊一般。

「辛苦了，我姓濱地，是今後的台灣負責人。以後請多多指教。」

「是！我們才要請您多多指教！我們一直很期待來到日本。我們會加油的！」

二個人的日文比濱地想像中還要好。而這二人原本就是好朋友，是最先被錄取的Yuna向Aki介紹OWNDAYS，邀她一起來工作。

抵達東京的總公司後，二人立刻從即日起，由濱地親自教授眼鏡的知識與技術。使用的教材當然全都是日文。密密麻麻地寫滿了眼鏡專業術語的教材，就連許多日本人都覺得艱澀不易，大呼吃不消。

「啊，日文好難！哪懂得這麼艱澀的日文啊！」

「沒關係，這些用語只有做眼鏡這行的才知道，連日本人都覺得難了。記不住用語沒關係，只要能理解內容就行。」

為了幫助讀寫不太拿手的二人，在研習進行的過程中，濱地煞費苦心的又是畫圖、又是替換成簡單的日文，使二人盡量容易理解。

Aki是知識派、Yuna走技術面，二人各有所長，分工恰到好處，花了兩個月時間，用日文將所需的知識塞進腦中。最後，二人的學習進度比當初所預計的還要快，迅速學會了眼鏡的相關知識與技術。

研習時，濱地一直寸步不離地貼身教導，連午、晚餐都是一起吃。三人除了談工作，也聊了許多私事。

台灣人是什麼樣的想法？從未造訪過的台灣，那裡的生活是如何？台灣的東西好吃嗎？

就這樣，日子一天天過去，台灣的成功寄託在這三名年輕女性身上，她們的向心力也愈來愈深厚。

二〇一四年七月下旬

在日本的店面完成了為期兩個月的研習後，Aki和Yuna二人回台灣為台灣一號店的開幕做準備。濱地也隨著她們的腳步而至，晚一天降落在生平第一次踏上的台灣。

路旁行道樹青翠秀麗，高級飯店、名牌商店櫛比鱗次，往前一步走入巷弄，則有裝修精美的咖啡廳與雜貨小鋪坐落其間，這裡是台北中山區。

台灣的辦公室租在此區角落的住商混合大樓裡，只有五坪大小。Aki、Yuna、以及透過網路面試新錄取的當地員工——三名二十歲出頭的年輕女孩，齊聚在此地，展開初次會面。

台灣一號店「台北車站店」開幕在即，五坪大的辦公室裡搬進了驗光機和鏡片加工機，以Aki、Yuna為中心，眾人肩併肩擠在一起開始研習。

與研習同時並進的還有開幕細節的準備，由濱地主導推行。

「現在只有五個人，這樣店務無法運轉，需要再多雇用一些員工才行。之後還得再開兩家店，台灣到底是從什麼樣的網站招募人才？」

「有免費的求才網站，很多都是透過那裡招人。」

「可以立刻上去刊登嗎？」

「可以啊。那我現在馬上上傳。只要註明是日商，就會招到人了！」

招募資訊一刊登在她們所提議，像公布欄一樣的網站上後，馬上有人前來應徵，似乎頗感興趣。面試時的口譯也由她們包辦。五坪大的辦公室用檔板隔開來，一半是研習室，一半作為面試會場，在兵荒馬亂中反覆舉行面試。

「都沒有帥哥來。」

「啊，這女生長得很可愛！」

「感覺講話方式怪怪的。」

面試結束後，其他邊研習邊探看情況的三人也聚集過來，對應徵者議論紛紛，說起了感想。

那種來勁的樣子，彷彿女大學生在辦社團活動一樣。

二〇一四年八月十五日

開幕的前一天，我來到進軍台灣的一號店——台北車站的店面。

從日本寄來的眾商品早已上架。

追加錄用的當地員工們圍著Aki席地而坐，正在為明天的開幕，舉行接待客人的研習，Yuna則把沙發當桌子用，坐在地上，逐一回覆Facebook廣告吸引來的訊息。

正當我望著這幕情景時，濱地抱著一個大行李進到店裡。

「啊，社長！辛苦您了！」

「濱地，開幕準備沒問題吧？是否一切順利？」

「店面的準備大致周全了，不過招不到有經驗的人，在場的所有人都是眼鏡門外漢。Aki、Yuna雖然接受過緊鑼密鼓的研習，但是她們也只在日本店面工作過，還沒實際用中文做過視力檢測，只有演練過……大家都覺得不放心，說想要研習到最後一刻。」

「原來如此。全力做好眼前能做的，是吧。」

就在此時，臨時板牆的門開了。

「辛苦了。」

生硬的日語傳入耳裡。

濱地在看見來人的瞬間放聲大叫。

「哇！是Steven！」

他是從新加坡一號店開幕時便開始在店裡工作的Steven。是海山聽聞這裡需要會說中文的有經驗人員，所以千里迢迢安排他從新加坡過來支援。

Steven看了看店裡的情況，匆匆打過招呼後，旋即放下行李箱，加入員工研習的行列。

對台灣員工而言，這是第一次有實務經驗的人用中文教她們，所以立刻接連向Steven發問。

研習進展得如火如荼，等回過神來，周邊的店家已盡數打烊，商場內昏暗無光，被寂靜包圍。

結果，待做完開幕準備，眾人解散時，時鐘的指針已經過了晚上十一點。

台北車站周邊的餐飲店已全都關門。放台灣員工回家後，我們在車站附近找地方召開慣例的奮起聚會。

「濱地，沒有哪個地方還開著嗎？」

「這附近的店家到了九點幾乎都關門了。只剩麥當勞這種地方還開著。」

「好吧，那也沒辦法。肚子也餓了，台灣的奮起聚會就選在麥當勞吧！」

大家走進台北車站附近的麥當勞，各自點了漢堡，用紙杯盛的可樂乾杯。

「明天不曉得會不會有客人上門……。雖然現在說這些沒什麼用，不過，要是這次搞砸了，可不是鬧著玩的……」

海山大口嚼著大麥克，露出不安的表情，喃喃低語道。

先前是以年輕女性員工為中心，一團和氣的做著準備，因而在不知不覺間，緩和了幾分「一旦失敗了，就等同被逼著站在地獄油鍋的邊上」這種如履薄冰般的恐懼感。

但是，此刻海山不經意吐出的一句話，再度讓我們重新體認到自己所處的狀況，沉默如泰山壓頂將眾人籠罩。

「濱地，妳怎麼想？賣得出去嗎？」

「我不知道。台灣和日本、新加坡不一樣，已經遍地都是三千日圓就能買到的便宜眼鏡，年輕人的平均薪資也只有日本的一半左右。OWNDAYS的價格看在當地人眼裡，絕對不算便宜……」

將可樂一飲而盡後，甲賀先生以正經的表情說道。

「在日本和新加坡，OWNDAY於價格方面頗具優勢，但若是在台灣，想必這項優勢完全發揮不了功能。關鍵在於，究竟能不能讓台灣人感覺到我們的東西物超所值。」

「反正，就和新加坡那時一樣囉。能做的事全都做了。事到如今，擔心也於事無補。一切答案都將在明天揭曉。」

我對眾人喊話，同時也是在說給自己聽。

眾人默默頷首，像在確認彼此的決心。

我們的海盜船在今晚靠岸了。明天將賭上生死，登陸台灣。

現在絕不可能臨陣脫逃。僅剩的工作，就是和新加坡那時一樣，一鼓作氣築起堡壘。

或許，我們應該沉浸在新加坡打勝仗的餘韻裡更久一些才是。

為什麼每年都要一再做這種孤注一擲的勝負呢？時至今日才升起的怯懦之意，在腦海裡反覆逡巡。每到決勝時刻總是如此。從內心深處油然升起的不安、恐懼，與比它們都要多一些的希望，彼此交織混合，硬拖著我的心往前行。

第29話　化為戰場的台灣店

二〇一四年八月十六日

在台灣，農曆七月的這個時期被視為「死者亡魂回歸人世，徘徊於街頭巷尾的月份」，人稱「鬼月」。此民俗近似於日本的盂蘭盆節，但與日本不同的是，並非只有祖先的靈魂回到人界，地獄之門也會在「鬼月」開啟，因此一般認為，惡靈也會一併返回人間。

正值此「鬼月」期間，我們也是死命壓著「資金短缺」這道地獄之門，不讓它開啟，同時迎接期盼已久的進軍台灣一號店——「OWNDAYS台北車站店」開幕的這一天。

早上醒來後，我比預定的時間提早一些離開飯店。

在操著一口流利日語的門衛目送下，抬起頭仰望天空，盛夏的陽光旋即在眼前炸開，迸射出白色炫光。

用全身撥開彷彿從吹風機裡吹出般的熱浪，坐進計程車後，試著向司機說出剛學會的中文：

「帶我去台北車站。」

早上九點。

威風凜凜地矗立於台北市中心的台北車站，是連接台灣各地的交通樞紐，同時也是支撐台灣旅遊路線的地理要衝。車站四周有長途巴士轉運站，通勤上班以及展開暑假旅行的大批人群，一早便行色匆匆地快步走過。

遮蓋住施工店面的臨時板牆，昨晚已全部撤除乾淨，我們在台灣建起的第一座堡壘，悄然無聲、驕傲無比地現身在行走過街的台灣人面前。

預計開幕的一個小時前，確定所有工作人員都到齊後，終於要進行開幕前的最後確認。

「大家都準備好了嗎？那就來開朝會吧！」

濱地將眾人聚集到櫃台附近後，立即展開朝會。員工們全都神情緊張，靜靜等待濱地開口。

「終於，OWNDAYS台灣一號店等一下就要開幕了。在這裡的各位，還有我，都是第一次經歷，不知道會發生什麼事。說實話，我心裡充滿了不安。不過，各位之前真的都很賣力。謝謝大家。」

濱地輪流看著每一位與她同甘共苦，一路撐到開幕這天的員工們的眼睛，一一述說感謝的話語。豆大的淚珠從濱地眼中淌落。

正好在一年前，在遙遠的新加坡，以「外人」身分觀摩公司首度進軍海外時留下的悔恨眼淚，如今則成了完成同等重大的工作，因「成就感」而流下的眼淚。

「從今天起，才是真正的開始。我們大家一定要成為台灣第一名的眼鏡行！」

「是！」

「OWNDAYS有一句全球共通的口號。大家一起喊出來吧！」

「Yeah！Yeah！OWNDAYS！」

儘管流淚，最後依然鄭重做出結尾，所有人的拳頭都朝台灣的天空高高舉起，終於來到值得紀念的進軍台灣一號店——「台北車站店」開幕的時刻。

「那麼，要開幕囉！」

門一打開，立刻有數名顧客衝進店內。

這一次在Facebook上事先舉辦了「召募眼鏡大使，限額一百名」的企劃活動。活動內容為OWNDAYS免費提供眼鏡，代價是需在社群網站上替我們宣傳。在這項活動中獲選的人們，甫一開店便如雪崩般湧入店內。

員工們立刻戰戰兢兢地接待起客人。

過了一段時間，受到免費招待的顧客們在店裡熱鬧滾滾的樣子所吸引，路過的行人們也開始對全新開幕的店家感興趣，三三兩兩的接連踏進店裡。

「歡迎來到OWNDAYS！」

員工們精神奕奕地齊聲問候。

怎樣的招呼方式最符合OWNDAYS的風格？這句問候語也是在研習期間，由台灣員工們商量所決定，以日文來說，這句問候語包含了「歡迎你」的意思。

「鏡框上的標示價格都有包含度數鏡片。無論任何度數都不需要追加鏡片費用。歡迎試戴看看！」

應該是在說這些內容吧。

即使語言不通，也能透過氛圍，大致體會話語的內容。所有員工活力充沛地接待顧客。顧客的反應也確實很好。和新加坡那時一樣，詢問價格體系，對於二十分鐘就能拿到眼鏡一事，顧客們一致感到驚訝。

緊接著，兩個小時過去。

過了中午時分，店內被客人擠得水洩不通。

「來了好多客人呢……」

濱地對這意想不到的好開頭瞠目結舌。我和海山也同樣驚訝。

「是啊，比想像中來了更多人。這樣很好。只不過……」

緊接著下個瞬間，三人不安的視線不約而同集中在店內同一處場所。

為了趕上開幕而準備好用來測量視力的驗光機，只有兩台。

Steven和Yuna賣力的進行視力檢測，但店內沙發附近等待驗光的顧客早已人滿為患。再加上抽到免費眼鏡贈送的人、路過購買的人，櫃台的排隊人龍愈來愈長。

「甲賀先生，現在視力檢測大約要等幾分鐘？」

「粗估應該要兩個小時以上……」

「真糟糕……這樣子兩台驗光機肯定忙不過來。能不能想想辦法，來硬的也行，在今天內試著多調度一台過來？這下又要手忙腳亂了。」

「是啊，這樣會重蹈新加坡那時的覆轍。我想辦法交涉看看！」

甲賀先生立刻致電給醫療器材廠商，說著一些聽不懂的英文展開交談。

「社長，如果可以接受廠商倉庫裡布滿灰塵的老舊中古器材的話，好像有一台可以立刻啟動。這樣可以嗎？」

「可以正常運作對吧？只要能動就行。立刻請廠商送過來！」

「明白了。下午會來幫我們設置！要同時再加購一台嗎？」

「買！還要再加購兩台，現在當場就下訂！」

在這個時間點就已經明顯看得出來，店裡只有兩名驗光師根本忙不過來。

轉眼而至的洶湧人潮使店內應接不暇，儼然成了戰場。新手員工們也都全力接待眼前的客人。

不過，或許是由於年紀尚輕，大家即使忙得人仰馬翻，仍舊為這超乎預期的來客數感到興奮、樂在其中，這模樣成了唯一的欣慰。

下午三點。

「濱地！驗光機送到了。比預定的時間更早送來了！要設在哪兒？」

「請先放這裡。」

送驗光機過來的廠商負責人似乎也是第一次看見如此人滿為患的眼鏡店，顯得十分興奮。

追加的驗光機設置完畢，Aki立刻準備進行視力檢測，但送來的驗光機卻像是從博物館裡搬出來的古董。

「這台機器……到底要怎麼使用啊……？」

見Aki一臉慌亂，明石開口了。

「真懷念啊。我還是新人的時候用過這種型號的機器，所以我會操作。既然這樣，就由我來驗視力，Aki負責口譯。」

「是！」

就這樣，明石的身邊跟著Aki，開始一邊操作古董驗光機，一邊透過口譯和比手畫腳來檢測視力。

我擔心地注視著他們，唯恐通過口譯無法順利檢測視力，但是台灣的親日程度果然不是蓋的。

客人說「還能請日本的資深驗光師幫忙驗光呢」，我們迫不得已採取的方法，竟意外獲得好評，還陸續有好幾名客人表示「既然是從日本來的眼鏡行，也算機會難得，想請日本人幫忙驗光」，帶著善意指名濱地和明石替他們驗光。

如此一來，總算是讓驗光的速度再往上調升了一級。

濱地也一邊加工，一邊透過翻譯和比手畫腳來處理取眼鏡的顧客。員工之間由於有會日文與不會日文的人，交談起來便胡亂參雜著日文、中文，以及隻字片語的英文。

「現在二十分鐘能加工好嗎？」

「ＯＫ！Twenty minutes!」

「現在幾個人在排驗光？」

「現在七個人。Seven! Seven!」

「ＯＫ！好！」

忙到連休息的時間也沒有，員工們也是輪流到休息室裡坐在地上吃午飯，把食物扒進嘴裡後，立刻重返化為戰場的店裡。

到了傍晚，下班和下課的人群使台北車站的人潮更加洶湧，連帶來OWNDAYS光顧的客人也是有增無減。

晚上十點。

周遭的來往行人逐漸變得稀疏，急於返家的人們以及醉漢的聲音不時響起的這個時候，台灣一號店終於結束了首日的營業。

「結束了！」

眾人一同目送最後一位客人離開，拉下鐵門後，從早便馬不停蹄忙到現在的員工們，一個接一個全癱軟在地上。

感覺就像結束了一場激戰後，癱軟在球場上的足球選手。

濱地在櫃台關閉收銀機。和新加坡那時一樣，印表機不斷吐出綿延不絕的銷售明細條。

「開總結會議吧！大家集合！」

濱地出聲要大家集合。

「太棒了！開幕首日的業績……居然是預估的三倍，換算成日圓是一百五十萬！」

「好耶——！」

所有人都跳起來歡呼，紛紛互相擊掌。比賽結束的哨聲響起，瞬間迸發出勝利的喝采。

「大家真的都辛苦了。明天想必也會有許多客人光臨。總之，請大家今天速速回家，好好睡一覺，為明天的營業備戰。明天也麻煩各位了！」

「是！辛苦了——！」

將疲勞睏倦的員工們早早趕回家，來支援的日本員工們全體出動，完成善後工作，此時時鐘的指針早已過了凌晨一點。

「社長，從今天早上起，大家都沒好好吃一頓，肚子實在很餓！明石先生他們應該也到極限了吧？」

「好，今天再去麥當勞吧！吃漢堡慶功！」

我們來到昨天晚上的同一間麥當勞、同一個位置，感受著通體舒暢的疲勞，手持LL Size的可樂，以響徹店內的音量大聲乾杯。

我想大家的疲勞度早已經到達顛峰，但是再度達成一項偉業的成就感使我們萬分興奮，更凌駕於疲勞之上。

海山注視著大家歡鬧的樣子，默默將大麥克一口氣吞下，用鬆了一口氣的表情來到我身邊說道：

「看樣子，台灣好像也做起來了……」

我也放下了心中的大石頭說道：

「是啊。應該是做起來了。雖然還有些不安，不過，我們又做到了。」

自從決定進軍台灣後，這數個月來，儘管我一直告訴自己「下定決心！做就對了！」替自己打氣，但其實還是一直心存恐懼。

半價促銷、薄型非球面鏡片追加費用〇圓、進軍新加坡……之前做的這些挑戰，就像是「反正不往前走，也只是坐以待斃」，就某種意義而言，只是抱持著類似特攻隊般的心情，一路上橫衝直撞。這次進軍台灣的情況則完全不同以往。

這時候的我，經歷了三個月來不斷像是有冰冷鐵棒一直在背後戳著的感受，第一次真切地體會到——抱持著有可能將好不容易才抓在手中的「穩定嫩芽」全部摘除的風險，所展開的挑戰，竟然會對精神造成如此大的壓迫感。

比起錯失新的希望，人們更害怕失去已擁有的東西。

但是，看見今天店內被客人擠得水洩不通，以及聚集在店裡的人們臉上的笑容，這份恐懼感搖身一變，成為筆直衝向天際的超快感。

就像贏了一場以自身毀滅作賭注的鉅額撲克牌遊戲。

總之，這一天的我彷彿從冰冷的海裡被打撈上來，裹住毛毯躺在溫暖的床鋪上……就像這種感覺。

而打贏了這場仗，讓我們向世界再度證明了一件事。

「我們的OWNDAYS」在台灣也行得通。

一票人神清氣爽、興高采烈地出了麥當勞，一同步行返回飯店。

忽地抬頭仰望夜空，滿月閃爍的美麗光輝，令人捨不得就此入睡。

之後，OWNDAYS的商業模式受到台灣消費者狂熱的支持，來客數順利的成長。

而我們連喘息的時間也沒有，位於西門町路旁的二號店於十月開幕。這裡雖然比當初預期的業績稍微差了一些，但最終的結果還算差強人意。

十二月再下一城，第三家店開幕。全新開張的購物商場「響美松高」，這裡和台北車站店一樣，業績大幅超過當初預期。

一手搭在地獄油鍋的邊緣，一邊做出進軍台灣的挑戰。目前拿下二勝一和。就這樣，我們平安登陸台灣，再一次成功築起新的堡壘。

第30話　挑戰聯合貸款

二〇一四年十月

取得了新加坡與台灣這兩塊新市場的OWNDAYS勢如破竹，屢傳捷報。新加坡每個月都有新門市開張，台灣也陸續規劃起第四間店以後的展店計畫，截至這個時間點，國內外總計有一百二十家門市、業績一百億日圓，急速成長顯而易見。

但是，儘管業績絕佳，「日本法人」的無力償還仍是一道過不去的關卡。新貸款不被受理，資金的調度也依舊艱苦，不過，金融機構對OWNDAYS的立場終於開始有了轉變。

前年度結算時，OWNDAYS創下逾三億日圓的盈餘，不僅如此，海外法人也飛快成長。只要保持下去，下一期的結算便有望完全解除無力償還的窘境。各家銀行看見這些規劃與財務報表後，均面露喜色。

台灣一號店開張以後，來到八月底時，兩名巨型銀行的分店長預約了時間，前來OWNDAYS的總公司拜訪。

首先來拜訪的是富士山銀行的小林分店長。小林分店長和前銀行員奧野先生是同期入行，所以大家相談甚歡。最後小林分店長對我們低頭說道：

「過去的事就放諸流水，還望今後積極合作。哈哈哈。」

緊接著穗積銀行的分店長也來拜訪了。

前一年，正當新加坡的事業即將大獲成功之際，就是這間銀行的負責人撂下「我既不想聽海外的事情，也不用給我看資料！寫書面審核太麻煩了！」這種令人難以置信的狠話。他們也和富士山銀行一樣，主要的用意是「還望今後積極合作」。

奧野先生與金融機構的人面談後，帶著我從未見過的爽朗笑容，眉開眼笑地向我報告。

「社長，好多金融機構都來約時間了。終於真正要風水輪流轉了！」

「代表公司財務要開始正常化了。哈哈哈。這陣子都忘記這件事了。」

收到主要交易銀行表明的「積極意願」後，奧野先生決定和三井住友銀行針對今後的計畫展開更加具體的詳談。

三井住友銀行為了早日奠定主要生意的根基，不但積極援助我們進軍新加坡，也是唯一展現過具體行動的銀行。

這七年來，負責人也只更換過一次，比起其他銀行，他們對OWNDAYS的成長過程尤其了解，這點也加分不少。

奧野先生將各行的積極態度告知三井住友的負責人小山次長後，小山次長迫不及待地切入話題。

「其實我已經在和總部協議籌組OWNDAYS的聯合貸款（由銀行集團間協議籌組的貸款）了。奧野先生，請務必具體推動此事，讓公司加速恢復正常運作吧！」

奧野先生接受三井住友銀行的提議，為了一口氣恢復與銀行的正常交易，召集三家主要往來銀行的負責人到總公司召開銀行會議。

「敝司要籌組三億圓×四家銀行＝十二億日圓的聯合貸款。資金用途是伴隨海外事業擴大而增加的營運資金，以及用來清償向十一家銀行借入的八億日圓貸款。透過此方式，解除還款協商（延期還款）的狀態，恢復與銀行的正常交易，同時縮減交易銀行數。」

奧野先生發下資料，說明業績與今後的推展事項。環視與會的各銀行負責人，眾人臉上各自掛著複雜的表情。

「如果參與金額低於三億日圓，貴司打算怎麼辦？」

「這種情況下，我們會諮詢其他銀行。雖然我們不太想增加銀行數量……」

「嗯。回覆期限是三個禮拜啊……。能不能再多給一點時間呢？」

「不能。因為急速成長致使資金窘迫，我們現在的情況刻不容緩。」

先前是否有仔細收下我們公司的資訊留存，勢必會在案件提交審核時的業務量上造成明顯差異。分店長們是只會嘴巴上講客套話，還是以具體的「行動」在評估案件，此時看各家負責人的反應熱度，便一目瞭然。

不過，每間銀行都沒有打算像以前一樣「謝絕」，不管怎麼說，OWNDAYS距離恢復與銀行正常交易，無疑已跨出了一大步。

奧野先生結束與銀行的會議後，滿臉紅潮地前來向我報告。

「社長，和銀行團協調的聯合貸款應該可以談妥。如果事情順利的話，就會以現金的方式，有四億日圓的追加貸款入帳！」

「這麼說，可以把油門踩得更深，加快對新加坡和台灣的展店速度囉？現在正是關鍵時刻。我想趁著其他競爭公司尚未進攻海外，盡可能在所有的主要地區開店，搶下市場。如果可以，最好把目前地產開發商提出的展店邀約通通答應下來。」

這陣子，OWNDAYS相繼開了好幾間熱銷門市，新加坡和台灣接連不斷有一流商業設施前來邀約展店。

但因為每一家都是精華地段，房租貴，押金也高。雖然巴不得把所有邀約答應下來，但我們實在沒有這樣的「體力」。正想要流淚婉拒時，從天上掉下了大好機會。

如果能提前實現與銀行的正常交易，並且成功籌組聯合貸款，就能把所有的展店邀約都答應下來。而且OWNDAYS也能百尺竿頭更進一步，展開驚人的大躍進。

只不過，如果聯貸籌組沒能實現，就會驟然使公司陷入前所未有的大規模資金短缺，顯然也是一場「極危險的賭注」。

「拿出決心來賭一把吧。日本的銀行可也不是傻瓜。事情發展到今天，任誰都看得出來OWNDAYS可以很自然地解除無力償還的局面，所以銀行也差不多該認真支援我們了。」

「好！馬上向海山和濱地下達開店指示。」

「是！」

就這樣，我和海山決定在新加坡與台灣一口氣開設十多家新門市，奧野先生則和聯貸案的籌辦銀行——三井住友銀行的負責人們一同與資金短缺的期限搏鬥，一邊力圖籌組聯合貸款。

二〇一四年十二月二十四日

這是我來到OWNDAYS之後的第七個聖誕節。

傍晚後下起的深雪妝點了大地，街上鼓噪著歡慶白色聖誕節。

每個人都顯得迫不及待，為了心中掛念的人，加快腳步趕回家。

總公司的員工們也在約莫晚上七點過後，急匆匆地離開了辦公室。

空無一人的辦公室寂靜無聲。

我和奧野先生待在昏暗的會議室裡。

牆面上的大型螢幕照出新加坡辦公室裡的海山沉痛的表情。

奧野先生壓抑著怒氣，就像硬擠出話來似的，報告目前的情況。

我還無法清楚理解OWNDAYS發生了什麼事。

記得聯合貸款的籌組應該很順利才對……

一切都進展得很順利才是……

若是按照計畫，OWNDAYS如今本該成為眾所認可的正常公司，萬事俱備，即將在海外市場一鼓作氣加速展店，而我此時正在過快樂的聖誕夜……

空蕩蕩的會議室裡，壓得人喘不過氣來的沉默不斷持續。

「聖誕快樂。」

然而，聖誕老人送給我們的不是夢想也不是希望，而是過了這個年頭，就要面臨高達三億日圓以上資金短缺的「絕望」。

第31話 絕望的聖誕節

我們接受了主要交易銀行「過去的事就放諸流水，還望今後積極合作」的表態，決定從十月開始，籌組十二億圓的聯合貸款，力圖一鼓作氣與銀行恢復正常交易。

在那之後，過了將近一個月，來到十月底。

捎來冬天氣息的冷冽秋風於黃昏時分吹捲而過。我看著辦公室的玻璃窗因室內的暖氣蒙上一層霧氣，此時奧野先生悶悶不樂地來到我身邊。

「怎麼啦？一臉悶悶不樂的樣子。和銀行之間發生了什麼事嗎？」

「是的。原本三井住友銀行也差不多該提出『投資條件書』（記載聯合貸款的融資條件與概要的文件），但因為三井住友銀行方協調不及，目前尚未提出。」

「這樣啊。不過，各家銀行對聯合貸款的態度都很積極，沒錯吧？」

「是的……收到四家銀行的答覆，說他們有意參加聯合貸款。」

「真的？那不是很好嗎？」

「不……其實……各銀行答覆的金額，總計才六億日圓……」

奧野先生垂落雙肩，無力地說道。

「咦？六億？……所以是預定金額的一半？這也太少了吧？」

「是的。結果除了三井住友銀行以外，其他三家都是在目前的剩餘額度範圍內。換言之，這意思就是『無法參與在聯貸案中追加新額度（增貸）』。實質上就是『問而不答』。就連最先提議的三井住友銀行也坦言『目前的上限是兩億日圓』。」

我頓失氣力地垂下肩膀，心中悲痛，回答的口吻連火氣也沒了。

「這算什麼……那些分店長和我們握手，說『還望今後積極合作』，那不是才前不久的事嗎？還特地跑來我們公司獻殷勤，那到底算什麼？」

「到頭來，那些分店長對於與OWNDAYS的交易方針，其實並未取得內部的任何同意，只是看我們似乎發展得不錯，先來探看情況，然後在當時的氣氛下說一些好聽話而已。

像我們這種中小企業，就會被那種話術誘導，一時心喜而誤判了方向……這種例子俯拾皆是。這次完全是我想得太膚淺了，居然連這麼簡單的事情都沒發現。對不起……」

奧野先生懊悔萬分地咬著嘴唇，繼續拋出接下來的話。

「我原本期待，若能讓銀行確實理解OWNDAYS如今的情況，他們就會主動積極地協助我們，然而事實已經擺在眼前……」

「什麼嘛……那麼，你下一步打算怎麼走？」

「我會詢問看看主要銀行以外，其他銀行參加聯貸的意願。這麼一來，光是四家銀行答覆的金額並不足以籌組聯合貸款。我會和指定單獨籌辦的三井住友銀行一起，立即與其他金融機構展開接觸，同時要求三井住友銀行評估提升增貸額度。我認為還是有希望的。」

「我大致明白情況了。不過，新門市展店計畫正如火如荼的推展中，所以請你使出渾身解數，再去周旋看看。總之，先努力試試看，不到最後一刻不要放棄。」

「好。後方已無退路，無論如何都必須開闢出一條路來。」

二〇一四年十二月

結果，三井住友銀行提投資條件書過來時，已是十二月初。奧野先生收到後，打算與從未交易過的四家新銀行，以及所有與我公司已有往來的七家地區銀行，正式探聽參與聯合貸款的意願。

但是，此時早已超過當初定於十一月底的聯合貸款實施時間。聯合貸款到現在連個框架也沒定案，在這種情況下，歲末面臨資金短缺的恐懼近逼眼前，但也不可能現在才取消開店，無論如何，我們只能繼續往前衝。

同一時間，台灣當地法人當初強行展店的計畫也結出了惡果，每天的資金調度益發拮据，已是捉襟見肘。

最讓人料想不到的是開在台灣的各門市，其銷售款的「入帳期限」。

雖然各門市的營收皆超出預想，然而地產開發商於每月結算日的三十天之後才將銷售款匯入，比日本多了三十天以上，等於說銷售款實際要等上將接近兩個月才會進到我們手中，這在台灣的商業設施已是常態。

雖然靠著唯一的路邊店面「西門店」的銷售額，每天勉強有些現金收入，但是展店所需的各項費用、進口關稅、以及為了日後展店所雇用的多餘人力成本等，每天的支出都不斷增加。

單憑台灣法人自己，資金幾乎周轉不過來，因此台灣所需要的資金，不足的部分全部必須由日本和新加坡代墊。台灣異常的展店速度，就像餓成皮包骨的狗意外找到食物一樣，狼吞虎嚥地將OWNDAYS全體的現金啃食殆盡。

二〇一四年十二月二十四日

空無一人的辦公室內靜謐無聲。

幽暗的會議室裡，我和奧野先生低垂著頭。

牆面上的大型螢幕照出新加坡辦公室裡的海山沉痛的表情。

「結果聯合貸款籌組失敗了嗎……」

「是的……對不起……當然還是有希望，只是實在來不及趕上這次歲末年初的資金調度……」

這兩個月以來，儘管奧野先生極力四處奔走，但仍被各家銀行含糊不明的態度耍得團團轉，只有時間無情地流逝，最終聯合貸款無法趕在歲末資金短缺的最後時限前籌組完成。

因此，我們無法備好出正在飛快進展中的新加坡與台灣展店所需的大部分資金，最快在年初，肯定就會再度陷入嚴重的資金短缺。

「哈哈哈。話說回來，又要面臨超級大危機了。這種發展，簡直是漫畫情節。」

我故作開朗，想舒緩壓抑的會議室氣氛。

奧野先生也像是要甩落腦中浮現的不安一樣，用手朝臉頰拍了兩下，端正好姿勢說道：

「事到如今，那就馬上去問問各家合作廠商能否讓我們延遲付款吧。我會事先知會各部長目前的情況，下達具體指示。」

「也好。再來就是把直營店賣給加盟店……籌措各國的現金……只能盡我們所能，勉力度過這個難關了。」

「好。還有，也必須向藤田社長說明目前的情況，徵詢諒解……」

「嗯，想必也得央求藤田光學讓我們延遲付款。我會即刻向藤田光學詳細說明

OWNDAYS目前的財務狀況，事先請他們諒解這次OWNDAYS為資金調度所做的各項處置。」

「不好意思，麻煩您了。」

「不知道他們會怎麼說……而且正值歲末，藤田光學的資金調度想必也很吃緊吧。心情真是沉重啊……」

隔天。

歲末將至的六本木夜晚。

冷徹肌骨的寒冷覆蓋了歲末的街道，來往行人均顯得神色匆忙。

我為了前往和藤田社長相約的烤肉店「綾小路」，從外苑東通轉進一條岔路，走在小巷弄裡。

朝那間店邁去的步伐，有如被鐵鍊拴住般沉重。

（忽然要求將年底的貨款全數延期，不知道他會怎麼說……可能會大發雷霆，說我們這次的計畫太過魯莽……但那也是無可奈何的事。反正就算找藉口推託，也不可能順利調到資金，籌到年底的應付款……）

我一邊想著這些事，不知不覺已走到了店門口。

離約定的時間尚早。藤田社長尚未抵達。

這次是我先到店。被帶到包廂內，喝著水等待藤田社長抵達的這段時間，我就像等待法官判決的被告人一樣，垂頭看著地板。

「您的同伴到了。」

不一會兒，藤田社長拉著一個大行李箱，與服務員開朗的聲音一同現身。

藤田社長一進入包廂，立刻脫下看似相當厚重的外套，交給服務員，然後帶著一如既往、如同向日葵般的笑臉，開朗地說道：

「您好！天氣變冷了呢。社長，您身體還康健吧？要是得了感冒什麼的，那可不行啊。現在正是關鍵時刻呢！」

「哈哈哈。謝謝您的關心。我的身體健康極了，只不過……」

「啊，麻煩給我生啤酒。口都渴了。」

藤田社長一落坐便打斷我的話，點了啤酒。不一會兒，冰涼的生啤酒迅速送了上來。

藤田社長一副「等好久了」的模樣，捧著啤酒杯，咕嚕咕嚕地暢飲起來，一口氣喝去半杯左右，喝得津津有味，然後用擦手巾拭去嘴角的泡沫，一邊說道：

「好了。所以，您今天是有什麼樣的煩惱啊？」

「咦？」

「哈哈哈。因為田中社長您找我來這間店，大多都是有苦惱的時候，這都成為慣例了。這次又是為了何事這麼煩惱啊？表情這麼嚴肅。經營者愈是在艱難的時候，愈是必須保持開朗！」

「啊，不，我沒這個意思……呃……是的……對不起，您說的沒錯，我們陷入了危機……」

「我就知道，被我猜中啦！哈哈哈。怎麼辦？先用餐嗎？還是要先說說您那棘手的問題？」

「請讓我先說吧。在這種心情下，實在沒辦法開心吃飯……」

「我知道了。那就先聽您說吧。」

藤田社長理了理領子，重新深深坐進位子裡，表情略帶嚴肅地等我開口。

我立刻毅然決然地說出緣由。這畢竟不是裝模作樣就能帶過的事。

「其實是這樣的……之前推動的籌組聯合貸款，果然還是沒能趕上。這麼一來，明年初就會發生超過三億圓的資金短缺。因此，年底要付給藤田光學的款項，能不能盡可能給個方便，讓我們延期。」

向藤田社長說明資金周轉不靈的窘境，並為鬆散的事業計畫致歉後，我提出延遲支付貨款的請求。

我像一隻等待飼主斥責的膽怯貓咪一樣聳著肩膀，已做好被劈頭大罵的心理準備。

藤田社長完整聽完了我的說明，並看過資金調度的相關資料後，露出毫不在意的表情，若無其事地說道：

「好，知道了。沒關係。」

「咦？啊，可是年底還會增加進貨量，所以對藤田光學的支付款項將會超過一億哦……」

「對，我當然知道。比起在意這些，現在正是進攻的時候。別放過這個大好時機，乘勝追擊吧！因為我也是股東之一，自然會盡力協助。請好好加油。」

「啊……是。」

「現在OWNDAYS在海外的壯舉是千真萬確的事。而銀行的態度，在下一期結算出來後，就會馬上改變，所以只要能撐到那時候，就不會再有任何問題了。都到了這一步，我們也算是命運共同體，我早就做好覺悟了。」

「這麼說來……藤田光學願意讓我們將支付款項全數延後嗎？」

「對。老實說，我們也是挺艱困的，但這也是沒辦法的事。我會想辦法。放心！」

藤田社長用鋼鐵般堅毅的表情拍著胸脯說道，一副「包在我身上」的感覺。

「太、太感謝您了！」

「不過，這樣應該還不夠吧？對其他合作廠商的支付款要怎麼辦？OWNDAYS現在的生意也算頗有規模，所以中小鏡架廠商當中，也會有幾間要是遭遇延遲付款就會很頭疼的廠商吧？再說了，要是四處請廠商延長付款期限，恐怕會使OWNDAYS的信用下滑。眼鏡界很小，一旦處置失當，到時候傳出破產的謠言，被斷絕交易，或是反被要求預付或使用現金交易，有可能讓資金調度更加困難，這也是可以想見的。」

「是的。我想要一邊拜託能夠容許我們在合理範圍內延後支付款項的廠商，同時出售幾家直營店。如果是賣掉很賺錢的門市，想必會有加盟店很樂於付現購買。」

「嗯……不過，這也並非明智之舉。賣掉直營店確實能注入大量現金，但是會降低每個月的收益。而且加盟店變多，很可能讓公司大亂陣腳。像之前開辦追加費用〇圓時那樣，明明是根本解決問題的經營方針，卻在加盟店業主之間無法達成共識，削減了經營的快節奏，使大膽的改革難以推行。」

「是……您說的沒錯……」

「我這裡也會想想看有什麼能做的。總之，現在先把能用的招數都使出來，一起度過這個難關吧。因為照目前的發展走向，肯定不會有錯！」

「好的！謝謝您，我會加油！」

「好！沉重的話題說到這邊吧。哈哈哈。快點吃肉吧！我等一下必須直接飛去中國一趟，沒什麼時間呢。因為從今天開始要連續到海外長期出差，我今天來這裡，為的就是想先好好享受這裡的厚切牛舌。雖然對田中社長您有點抱歉，但我今天的目的可不是聽人訴說煩惱，而是為了這裡的肉！」

如此滿不在乎地說罷，藤田社長喊來服務員，三兩下點好頂級牛肉。

我則是因為有了強大的後援而放下心中的大石頭，心無旁騖地將烤肉扒進嘴裡。如果海山現在在這裡，我想他一定會高興到把店裡的頂級肉全部吃光。

藤田社長大快朵頤地吃完厚切牛舌，匆匆結完帳後，溫和地留下一句「加油哦！」便離開店裡，前往羽田機場。

目送藤田社長搭上的計程車離去，直到再也看不見蹤影後，我踏上返家的路。

走向六本木車站的路上，歲末的夜空颳著寒風，冷得叫人結凍，但是卸下了一個壓在背上的重擔，著實令人開心，就連這颼颼冷風，感覺也彷若微風吹拂般，說不出的舒暢。

翌日

我到總公司上班，正忙著處理年底堆積如山的工作時，奧野先生一臉驚詫、慌慌張張地朝我的辦公桌衝過來。

「社長！社長！那個……那個……」

「怎麼了？」

「藤田光學的山口常務剛才打電話來！」

「哦，是延後支付貨款的事吧。因為我昨天拜託藤田社長讓我們延後付款了。該不會……被山口先生擋下了吧？」

「不，不是。延後付款的事情沒有問題，已得到他們的同意。反倒是……」

「反倒是……？」

「藤田光學說，不足的資金要全數貸款給我們，讓我們隨意運用……」

「什麼！」

「藤田社長通知山口常務，好像吩咐他說……『OWNDAYS似乎資金周轉不過來，要盡最大能力提供資金協助』，所以山口常務來電詢問不足的金額……」

「咦？」

藤田社長昨天聽我說明狀況後，便直接出發去海外出差，卻又深夜從機場打電話給山口常務，為我們下達了「OWNDAYS好像有困難，能借多少錢就借他們」的指示。

「向他們借款，真的沒關係嗎……」

「還能怎麼樣。若是不借，鐵定免不了資金短缺。不如接受這份好意，向他們借吧。」

「好。您說的對。不過，他們如此鼎力相助，我們如果沒撐過去，真的會無地自容。」

「是啊。務必要撐過去。受人之恩，當以成果相報。只能這樣了。好！精神又來啦！我們一定要辦到！」

「是！」

奧野先生冷不防的從資金短缺的恐懼中獲得解放，大概是覺得特別開心吧，他佯裝擦汗，但始終都在拭淚。

山口常務打來的這通意想不到的電話，感覺就如同我們在冷冽陰暗的大海裡徬徨漂流時，被好幾艘大船發現後，卻又無情地棄我們於不顧，正感到絕望無助時，被趕來救助的同伴船隻的明燈照亮。

就這樣，我們得以靠著藤田光學的及時雨融資，再度驚險萬分地躲過了歲末年初的資金短缺窘境。

最終話　破天荒不死鳥將飛往下個場所

二〇一五年一月下旬

過了「成人節」，季節轉入嚴冬，冷冽的空氣嚴寒刺骨，包覆著整座城市，彷彿要將一切都凍結成冰。

我正開車要去巡店，忽然接到奧野先生的一通電話。

（噢，莫非是聯貸案有了進展？）

我沒來由地心存小小的期待，接起電話。

「喂。」

「社長，籌辦的三井住友銀行來電通知了。說他們詢問聯貸案的參加意願後，所有銀行全都回覆了。」

「哦。結果如何？」

「這個……」

奧野先生的語氣有些含糊。

「是這樣的，與我們有來往的地方銀行，答覆是『完全不考慮參加聯貸』，絲毫不留情面……」

「啊……？真的假的？不，怎麼又是這樣……你在開玩笑吧？」

「對不起……這是真的。每一間地方銀行都是『問而不答』。即使我們已經拿出如此顯赫的成績，依然沒有一家銀行願意協助OWNDAYS與銀行恢復正常交易。」

我既不氣惱，也不驚訝，只是自暴自棄地應道：

「哈哈哈！是哦，還是行不通啊……」

奥野先生一直在壓抑的怒意就此潰堤，火冒三丈地說道：

「真是的，他們到底在想什麼！姑且不提幾年前，如今的OWNDAYS已有明確的獲利能力，國內外合計的淨資產增加了數億日圓。就算只看日本法人，也肯定能在下一期解除無力償還的情況。我們自力救濟，爬出了地獄，如果不幫助這種成長企業，我看日本的銀行未來也是堪憂。年營業額一百億日圓是七年前的約莫五倍之多，要和銀行借的錢只有當初的一半，不過才七億日圓多一些而已！明明還不到每個月的營業額……」

「話說回來，資金周轉得過來嗎？」

「轉不過來。再這樣下去，最多只能撐兩個月……」

「你的意思是，三月底又要資金短缺了嗎？」

「是的……先前一直是在苦撐，但也實在到了極限。一旦聯貸籌組不成，接下來的三月底，實在撐不過去……」

「真傷腦筋。再這樣下去，豈不是要黑字破產？藤田先生應該也不可能再答應融資給我們了……啊，可惡！怎麼能在這裡完蛋呢！為什麼……好不容易發展得這麼順利，為什麼會是這樣。」

OWNDAYS的急速成長是有目共睹、無可挑剔的。

但是，任何一間金融機構一聽到「無力償還」這句惡魔的咒語，就會打著哆嗦，陷入思考停頓的狀態，如同被蛇盯上的青蛙，動彈不得。

如果那時候在新加坡成功展店就止步的話……。

不，如果在台灣開完最早的三家店就暫停腳步，更加穩紮穩打的話……。

所有的一切，都是出於過分害怕看不見的對手，急欲成長、急於與銀行恢復正常交易，所招致的惡果，只能說是我自作自受嗎……。

想著想著，我愈來愈覺得造成這局面的元兇，是自己身為經營者的能力不足，才會讓藤田先生和眾多客戶，以及OWNDAYS的員工們陷入混亂中，這種恐懼在我的腦海裡不斷打轉，將我拖入無盡的懺悔與恥辱的泥沼中。

二〇一五年二月三日

在位於南麻布的OWNDAYS總公司裡接待室。

我和奧野先生與三井住友銀行的小山次長相對無語。

寒冷的冬雨簡直像在為我們黯淡的未來掬一把同情淚，從早便下個不停，窗戶緊閉的房間內也滲進了雨水的氣味，將空氣浸潤得潮濕。

窒悶的空氣在接待室裡蔓延，小山次長顫抖著開始說明情況。

「……所以說，非常抱歉，無法實際於二月二十五日執行了，必須從頭再來過……」

奧野先生以食指托起眼鏡的鼻梁架，難掩失望之色，向小山次長確認。

「您的意思是，交易破局（撤銷案件）了嗎……？」

「是的……就是這樣……很抱歉。」

小山次長沒與我們目光交會，小聲道歉後，便閉口不語。

只有雨聲迴盪在我們之間。空氣中流淌著無從掩飾的尷尬沉默。

最終是奧野先生用像是擠出來的聲音開口。

「難道沒有辦法了嗎？因為周轉資金的增加，敝公司財務已經快要被逼垮了。我們的事業本身沒有任何問題，只要能度過這個危局，讓財務恢復正常，銀行也能一口氣回收剩餘的貸款，這不是明擺在眼前的事嗎？就不能請三井住友銀行再增加金額嗎？」

「是……奧野先生您說的非常對……呃，雖然您沒說錯，不過……現在這情況還是有困難……」

我茫然望著他們兩人的對話。

我不知道該說什麼才好，無法選擇適當的話語。

小山次長俯首說明情況，反覆為沒能按照預定籌組聯貸一事道歉，除此之外便沒有再多說，像逃難似的離開我們公司。

「啊，可惡，這還怎麼搞啊！」

我送小山次長到出口，重新回到接待室後，隨即將厚厚一本的聯貸案計畫書砸到牆壁上，身體頹然陷入沙發裡，語帶不屑地大叫。

「去你的銀行！我幫創業者背了這麼多債，一直拚命還錢，最後居然遭受這種對待！看來時候已到，只能賣給大企業了吧。或者乾脆申請民事再生，讓剩下的借款全部變呆帳，當作對銀行的報復好了。哈哈哈。」

「社長，請不要這麼自暴自棄。現在放棄還太早！再說，三井住友銀行應該也還沒放棄才對！」

「啊？奧野先生，你也看見剛才小山次長的態度了吧？就只會道歉，對於接下來該怎麼做卻隻字未提。他已經擅自進入『無計可施』的停戰模式了。」

「我想小山次長在還沒取得銀行內部同意的情況下，想必能說的內容也有限。不過，他的眼神告訴我『我還沒放棄，我會想辦法！』。」

「那是啥？銀行員和前銀行員之間的心有靈犀嗎？」

「嗯，差不多就是那樣。總之，還不要放棄，努力到最後吧！我估計三井住友銀行那邊馬上就會有什麼動作了。」

而這句話，也立刻成真。

幾天後，奧野先生面帶潮紅，神情慌張地來到我的辦公桌前。

「社長！三井住友銀行的福丸部長突然要去新加坡和台灣的OWNDAYS店面視察！出發之前，他會在明天來我們公司一趟，請社長也和他見個面。」

容我稍微將話題往前拉。

我與這位福丸部長的相識，要由此時倒回至約莫半年前。那是二〇一四年夏天的事。三井住友銀行早察覺到OWNDAYS正在逐步解決無力償還的問題，而當我們開始循序漸進採取行動，穩固我們在主要交易銀行心中的地位時，福丸部長曾經來過OWNDAYS總公司。

「社長，能打擾一下嗎？三井住友銀行新上任的法人營業部部長來了，他和以前那些人的感覺不太一樣。能不能請社長也立刻去見見他？」

我被奧野先生拖著帶進接待室。

「打擾了。」

我擺著臭臉走進接待室，在那裡等著我的，是一位將黑髮梳成整齊的後梳油頭，金屬框眼鏡後方滿溢銳利目光，身材清瘦的中年男性。

「幸會！敝姓福丸！」

交換名片，在沙發上坐下後，奧野先生立刻向我介紹起這位福丸部長。

「社長，我方才請教過，這位福丸部長有相當特殊的經歷呢。他曾經到香港任職，也有派駐在實業公司，協助企業重建的經驗，對於評價企業的事業性這塊領域十分內行。要說能夠理解如今的OWNDAYS，並給予肯定的部長，可能沒有人比他更合適了。」

「哦，這樣啊……」

已經徹底不信任銀行的我，意興闌珊地隨口答腔。

緊接著，福丸部長對於奧野先生的介紹似乎有些難為情，接著開始以謙虛而又無比開朗的語氣，流暢地說明來意。

「不不不，沒有您說的那麼了不起。比起這個，社長！我已仔細看過你們過去所有的資料，OWNDAYS真是厲害啊。哎呀，真的很了不起。現在根本不是坐等帳簿上的無力償還消除的時候，而且貴公司也不應該中斷這股氣勢。所以我有個提議，今後幫助貴公司財務正常化的工作，可否交由我們三井住友銀行來負責呢？」

福丸部長說罷，彷彿要激起我的興致般，接連向我提出好幾個與OWNDAYS詳細事業內容有關的問題。

而這些問題個個都「切中要點」，若沒徹底理解OWNDAYS的事業和過去的原委，絕對提不出這樣的問題。

就像揮棒打出一千球，要我展開守備練習般，我不斷回答他接連拋出的問題，心中對銀行的不信任，在不知不覺間已拋到了九霄雲外，當初預計進行三十分鐘的面談，結束時已經大幅延長了兩個小時以上。我與福丸部長一直熱切地討論OWNDAYS今後的事業發展性。

這時候與福丸部長的結識成了契機，促成了日後OWNDAYS與三井住友銀行一同籌組聯合貸款，在恢復與銀行正常交易的這條路上展開衝刺。

然而，之後過了半年。

要改變各家銀行對OWNDAYS的立場，這項作業比想像中還要難辦，籌組聯貸案的事徹底撞上暗礁。

於是，大為光火的福丸部長親自跳出來指揮，再次強勢地推動聯貸案。

「事到如今，就由我直接飛到新加坡和台灣視察當地的OWNDAYS門市。我會在那裡看清當地法人是什麼情形，然後和審核部交涉，說服他們。還有各家銀行，我們也重新去說服他們吧！」

突然來訪的福丸部長對我們如此宣布後，旋即委託我們帶領，好實地探查海外OWNDAYS，然後就此匆匆啟程。

（事不過三，也許這真的是最後一次了……）

我和奧野先生彷彿感覺到地平線的彼端閃耀出新的光芒。

二〇一五年二月十二日

奧野先生和海山在新加坡烏節路站的驗票口前與福丸部長會合，逐間介紹OWNDAYS門市。

福丸部長在他所到之處，皆是先由外而內、鉅細靡遺地考察店內，拍下照片。接著便直接向當地的新加坡籍員工們問話。然後對絕佳的地理位置，以及OWNDAYS店內門庭若市的景象發出讚嘆，一再重複的說「真不錯呢」。

不僅如此，他還前往位於同一座商業設施內，由當地人出資與我們競爭的眼鏡行，毫不猶豫地踏進空蕩蕩的店內，同樣拿起商品端詳，數度與店員交談。那模樣就像在用自己的肌膚感受新加坡眼鏡界的實態，不放過任何一個細節。

奧野先生和海山看見福丸部長這般模樣，互看一眼說道：

「調查得真認真啊。」

「是啊，並非大企業部長常做的『輕鬆愉快的半觀光視察』，可以感受到他有多認真……」

結束兩天緊鑼密鼓的新加坡門市視察後，福丸部長和奧野先生步履未歇，直飛台灣，降落在桃園機場。

一抵達機場，甚至沒時間到飯店報到，就和濱地會合，一行人前往OWNDAYS的台北車站店。

然後，和視察新加坡時一樣，無一疏漏的對鄰近門市與今後預計開店的區域展開視察。把既有的門市全數走過一遍，最後站在預計在這處台灣頂尖商業設施內進駐的六號店的櫃位前面時，福丸部長一副深感驚訝的模樣，讚嘆地說道：

「咦？要在這裡開店嗎？人潮這麼洶湧，以東京來說的話，感覺就像新宿站地下街的精華區。居然能拿下這種地段……要是能在這裡開店，應該很賺錢吧……」

「是的。的確會很賺錢。但是，開店資金也所費不貲……再這樣下去，儘管業績和利潤都能因此提升，但在那之前，最重要的開店資金卻會先造成周轉資金短缺，很有可能陷入破產或轉賣的危機啊。哈哈哈。」

奧野先生像是慢性消化不良般，露出再也無法忍受的情感，如此回答道。

「果然是百聞不如一見。要是沒來看過，絕對無法理解。我已經重新明白財務報表上無法盡數傳達出OWNDAYS現在的氣勢，以及驚人的可能性。必須要想辦法早日恢復與銀行的正常交易，為OWNDAYS提供後盾才行。要是不辦妥這件事，我這銀行員也白當了。回日本以後，我會再一次積極的和總部交涉！」

福丸部長說罷，用力握住奧野先生的手。

福丸部長結束旋風般的海外視察兩天後。

奧野先生一到總公司上班，立刻像個孩子似的，笑容滿面，拍著手衝來找我。

「社長！成功了！成功了啊！」

「怎麼了？」

「三井住友銀行願意增貸七千萬日圓給我們！」

「咦？福丸部長結束視察才不到兩天耶……真的增貸了嗎？」

「是啊！剛才一早福丸部長就來電通知。好像是福丸部長知道OWNDAYS在三月底就會嚴重資金短缺，所剩時間已經不多，所以在銀行內為我們四處奔走協調的樣子。」

「可是，聯貸案流產了對吧？」

「上一次各家銀行表明的聯貸案參與金額，加上這一次三井住友銀行增貸的金額，要是能再把日本政策金融公庫（日本公庫）和商工中金也一併拉攏進來，總計就有十億日圓，勉強可以達到償還現有貸款，以及支付銀行手續費等費用的水準！」

「也就是說，看到一絲曙光了？」

「是的！福丸部長甚至還提議說『我可以直接跟日本公庫和商工中金說明我到新加坡和台灣視察的感想。要是能對審核有正面幫助，我十分願意抽出時間一起去面談』。」

「他居然這麼挺我們，太感謝了！」

「是啊！我馬上安排明天讓福丸部長跟商工中金的副分行長和課長見面。」

翌日

奧野先生在三井住友銀行的接待室內，將商工中金的二位介紹給福丸部長。

福丸部長緩緩取下自己所戴的眼鏡，放在桌上展示。

「這是在OWNDAYS購買的眼鏡。怎麼樣？您覺得這要多少錢呢？這樣才九千日圓呢，很棒吧！」

福丸部長從展露他自掏腰包購買的OWNDAYS商品展開話題。

然後滔滔不絕地說起他在新加坡和台灣OWNDAYS的所見所聞，好像在說自己的公司一樣，熱心且謹慎地對負責人說明。

「有些話我在場應該不方便談，之後就由各位銀行人士自己聊吧……」奧野先生說罷，旋即起身離開房間。可以輕易想像得到，福丸部長在這之後，依然滿懷熱忱地向商工中金說明OWNDAYS的優點與強項。

幾天後，福丸部長也對日本公庫做了同樣的說明。

二〇一五年二月十八日

收到聯貸案破局通告的兩個禮拜後。

奧野先生喜溢眉宇、目光炯亮的來找我。

「社長，我們成功了。三井住友銀行的增貸獲得響應，四葉銀行也表態願意增貸三千萬日圓。這下子，四家銀行表明的聯貸參加金額總計達到了七億日圓。」

「噢！」

我用力往膝蓋一拍，大聲歡呼，幾乎都快跳了起來。

「是啊。不過，還有一件事情要向您報告……」

奧野先生以食指托起眼鏡的鼻梁架，表情忽然一沉，從高興轉為黯淡，微微俯首道。

「咦，怎麼了……」

每次有好消息的時候，必定也會同時收到「壞消息」。就像有神明在控制幸福的總量一樣。

奧野先生那狀似不安的表情，使我欣喜不過片刻，便感覺寒毛直豎，好像有寒氣鑽進衣服的縫隙間，直竄升到背部。

奧野先生望著我，像在確認我是否露出不安的表情般，下一秒立刻笑得像個惡作劇的小孩，格外大聲地叫道：

「除了這些，日本公庫還願意提供兩億五千萬日圓的後償貸款，商工中金願意籌組聯貸，提供一億三千萬日圓的長期資金！」

「噢！真的假的！」

「是啊！我們成功了！這樣總計有十億八千萬日圓，已經達到足夠的水準，可以支付處於債務重整狀態的銀行借款七億多日圓、向藤田光學借的周轉金兩億日圓，以及其他費用了！這樣一來，就可以躲過三月底的資金短缺了！社長，事情還不到賣公司或民事再生的地步啊！我們還能再戰！」

「好耶！」

我們像有生以來第一次被解開鎖鏈的狗一樣又叫又跳，一次次相互擊掌。那是全身都浸染在喜悅中的感受。

「這樣總算能再重新籌組聯貸案了。這次的目標是在三月底執行。雖然來不及趕上OWNDAYS二月的結算期，但是必須在銀行的結算期結束前落實，否則銀行可能會打退堂鼓。對我們而言，即將再度面臨資金短缺的三月底也是條死線，所以一定要想辦法辦妥！」

（很好！既然都走到這一步了，無論再怎麼被逼入絕境，我也要一再地復活給你們看。）

奧野先生緊握雙拳，胸中彷彿脹滿了決心。

二〇一五年三月二十六日

離三月底將至的資金短缺還有三個營業天。

在南麻布OWNDAYS總公司裡的接待室。

我和奧野先生，以及為了這一天緊急從新加坡趕來的海山丈司，帶著緊張的面容，坐在三井住友銀行拿來的厚厚一疊聯貸案合約書前。

聽小山次長將合約內容說明一遍後，我們三人便一個勁地重複簽名和蓋章。

簽署完所有文件後，由於小山次長他們辦理手續的時間也所剩無幾，所以連寒暄話也沒說幾句，便急匆匆，飛也似的離開了公司。

送走三井住友銀行一行人後，我們三人回到接待室裡，深深坐進沙發，安心的吁了口氣。

海山大口吃著明太子飯糰，一邊開口道：

「成功了呢。」

「是啊，我們辦到了。」

不理會鬆了一口氣的我和海山，奧野先生的表情依舊嚴峻。

「不，現在鬆懈還太早。接下來還不知道會發生什麼事。距離資金短缺的關鍵日還有三天。剩下日本公庫和商工中金的融資手續還沒辦成。直到融資確定執行的最後一刻，大家都不要鬆懈。這是最後的勝負。」

「說得對。」

「好。」

因為奧野先生的一席話，我和海山再次像發現獵物的獵犬，全身綳緊神經。

二〇一五年三月二十七日

離資金短缺的關鍵日還有兩個營業天。

出了新宿站西口走一小段路，便可來到位於甲州幹道旁的日本公庫新宿分行，我和奧野先生就在這家分行的會議室裡。

負責人神情平淡，冷靜且仔細的唸出合約內容，向我們說明。

「七年內無需攤還本金的兩億五千萬日圓後償貸款。」

所謂的後償貸款，就是帶有「當企業發生破產等情況時，支付順序低於其他一般貸款」性質的融資。

融資負責人制式化的唸出合約內容。

「那麼，合約內容沒問題的話，請在這邊的文件上簽名蓋章。」

「好的。」

我在同意書上簽名後，由奧野先生花費比平時更久的時間，謹慎且用力地蓋上公司章。

這一刻，從我擔任OWNDAYS社長以來的記憶，像人生跑馬燈般，在我腦中滿溢而出。和奧野先生一起痛苦掙扎的日子、犯錯、失敗、懊悔的念頭、這七年來的記憶，全部一次湧現。過去我曾在多少張借款單上簽名蓋章，我都已不記得了。

這麼開心的蓋章，恐怕從前沒有過，之後也不會再有了吧。

我強而有力地蓋完章後，那名負責的女性說「我去確認一下，請稍候片刻」，步出了會議室。

黃昏時分，落日餘暉射進冷冰冰的會議室。

太陽穿透玻璃窗，將和煦的光線帶進室內。這道光線在我們的腳邊形成一處溫暖的光圈。

等待負責人回來的片晌，時間緩慢地流逝。

我正望向窗外時，奧野先生突然輕拍我肩膀。

回頭一看，只見奧野先生展露笑容，世上恐怕再也找不到比這還要開心的表情了。他笑而不語地向我遞出手。

我抓住那隻手，使勁的回握。

「我們……成功了。」

「成功了呢……」

「要是高橋部長在的話，不知道會說些什麼……」

「他應該會說，來喝一杯吧！」

「哈哈哈，他現在一定在天國無限暢飲吧。」

我們兩人卸除了緊張的情緒後，差點就要像孩子似的嚎啕大哭起來。就是那種感覺。

蓋章借錢還高興到流淚，雖然感覺有點怪，但此時所蓋下的深厚印章痕跡，我一定到死也不會忘記。

天空湛藍清澄，柔和的陽光包覆那春日的午後。

就這樣，OWNDAYS終於結束了漫長的航海，抵達「銀行交易恢復正常」這個目的地。

二〇一五年五月

與三井住友銀行簽訂聯合貸款兩個月後。

我和海山兩人置身於泰國曼谷的五星級飯店「Banyan Tree悅榕庄」的最頂樓餐廳酒吧「Vertigo and Moon Bar」。

這裡是可以在寧靜氣氛中享受三六〇度夜景的天台酒吧。

與走在潮流最尖端的酒吧有些格格不入的兩個大男人，邋遢地吃著飯，此時我的iPhone接到奧野先生用LINE打來的電話。

「喂。」

「啊，社長，您現在在哪裡？」

「我現在和丈司來曼谷了。這裡實在熱得難受。」

「哈哈哈，真不錯。之前辛苦了這麼久，您就吃點刺激辛辣的泰國料理，好好放鬆一下吧。」

「嗯，我會的。對了，你那裡怎麼樣？順利嗎？」

「是的。繼HBO銀行之後，東丘銀行也通過了審議，各自增貸一億日圓。三井住友銀行也履行了『強力後盾』的約定，很快就提供了融資以外的各種協助方案，幫助OWNDAYS成長。」

「這麼說來，目前暫時不必再為資金周轉操心囉？」

「是啊。如果能一直安然無事，這一年應該姑且可以放心了。啊，還有幾位先前讓我們吃盡苦頭的銀行負責人找上門來，說要『將過去的事付諸流水，還望今後積極交易』，不過我把他們剩餘的存款帳戶也全數解約，然後做了不太成熟的舉動，禁止他們日後在我們總公司進出。」

「哈哈哈，這也是沒辦法的事啊。就照奧野先生你的意思去做吧。」

我聽完報告，對奧野先生至今的辛勞好好慰勞了一番。

「不過奧野先生，當初我找你商量『想重建OWNDAYS』時，你曾經說『明明只有二十億的營業額，卻有十四億的負債，這就像兩噸重的卡車貨架上，載著一．四噸的砂石』，你還記得嗎？」

「哈哈哈！經你這麼一說，我確實說過這種話。」

「終於把卡車貨架上滿載的砂石全部卸下了。」

「是啊。卸下一．四噸砂石後的卡車輕多了。雖然半路上出了好幾次車禍，差點一命嗚呼。哈哈哈。」

「奧野先生，先前不知道是什麼時候，你曾這樣說過吧？你說：『如果不必為錢辛勞的話，也就不需要我了。正因為得為錢辛勞，所以才需要我！』」

「是啊……其實關於這件事情，我想和您商量一下。OWNDAYS現在已經恢復正常的銀行交易，以目前的狀態，無論由誰來監管財務會計，暫時都不會有問題。這七年來，不管在精神上還是肉體上，真的都很煎熬，所以我就到此稍微……」

「其實啊，我這次出差，在曼谷和菲律賓總共約五十個地方，找到了應該可以開店的店面。所以要立刻在這裡成立當地法人，也指示海山和甲賀先生開始進行展店交涉。事情就是這樣，所以我想想哦……保守估計，一間店至少得花四千萬日圓，所以我覺得今年內一共需要二十億，之後的資金周轉事宜，還要麻煩你哦！」

說完以後，我不等奧野先生回答，直接掛上電話。

不用聽我也知道他會怎麼回答。

「哈哈哈！真拿您沒辦法……感覺又要開始胃痛了。」

奧野先生肯定會對我這麼說。

掛上電話，放回桌面後，發現正扒著泰國特色美食海南雞飯的海山，望著我咧嘴一笑。

「又出現了。破天荒不死鳥。哈哈哈。」

「什麼啊？」

「大家替社長取的綽號。」

「咦？這也太土了吧？」

七年前，小雨淅瀝瀝落下，眼看就要變成降雪的寒冷夜晚。

位於六本木十字路口的「ALMOND」二樓一隅，在全國的OWNDAYS員工沒有任何人知曉的情況下，即將掌管OWNDAYS命運的新社長和CFO悄悄誕生，一百人當中，有一百人斷言「肯定會倒閉」的OWNDAYS靜靜揭開了航海的序幕。

當時OWNDAYS這艘船殘破不堪，別說航海圖了，就連羅盤也沒有，看上去簡直就是「落難的破船」，如此稱呼再適合不過了。

因命運捉弄而不小心當上船長的我，把奧野先生拖來當航海士，決定出航駛向怒濤洶湧的大海。

不過，也僅只是換掉船長和航海士，這艘破爛的船還是沒任何改變。

唯一能夠改變的，只有「船員」。

這艘漂流的破船搭載的船員，被忽然跑來的船長和航海士變成了海盜，船員們一開始雖然無所適從，但還是大聲吆喝、不斷展開驚險的奮戰，不知不覺間成長為威風凜凜，十足海盜模樣的海上健兒。

在強風狂襲的暴風雨中，依靠著不時照下的微弱光線，打舵揚帆。賴以為指標的微弱光線，被烏雲密布下的強風擄去，失了蹤影；黑暗多次包圍了四方，每每將我們打落絕望深淵。

而在那絕望的深淵裡，我總是這麼想。

「只要能脫離這片黑暗，一切就會變得順利。穿過此地，前方就是目的地了。加油撐過去。」

而現在，我們的船終於跨越驚濤駭浪，成功抵達了目的地。

然而，在這個目的地等著我們的，既不是寶島，也不是天堂。

只有清澄爽朗的藍天，以及像在迎接挑戰者到來的迎面強風。

那裡只是又一處通往全新大海的入口，在眼前擴展開來。

看來，過去的漫長幽暗，似乎只是通往新航路的序章。

抵達港口，身體稍作歇息後，接下來要以何處為目標呢？

這次的航海，會有什麼等著我們呢？

雖然從明天起就會從沉船的恐懼中暫時解放，但即便要恭維，也實在不能說OWNDAYS已成為一艘氣派的大船。它依舊是海盜船。

而在後頭等著OWNDAYS的，或許是更勝以往的驚濤狂瀾、接連不斷的危險航行。

但是，過去七年來的航海讓我得到最厲害的武器，那就是能勇猛搭上任何一艘船，擁有跨越怒濤的勇氣與努力的眾多夥伴們。

所以沒問題的。我已經無所畏懼。

OWNDAYS還能走得更遠。

後記

投入OWNDAYS的企業重建工作，一晃眼就是十年。過程中接連都是痛苦、磨難、艱辛，有時甚至差點要對人生感到絕望，但如今回首過往，它為我帶來了人生中最令人興奮，而且無可取代的豐足。

《破天荒不死鳥》一書，是從我們OWNDAYS一路走來的這十年間，擷取當中的七年，根據發生的事實，由我隨興寫下了這個平行時空下的虛構故事。

實際上，在OWNDAYS這家公司的企業重建方面，我和奧野先生所貢獻的力量微薄，是因為有眾多公司員工、打工人員奉獻出不平凡的努力，而且有相關人員、合作廠商們強大的支援和溫情的協助在背後支撐著我們，我們才得以繳出這樣的成績單，請容我帶著最誠摯的感謝之情，向大家傳達這個事實。

尤其是於公於私都鼎力相助的Fubic黑川將大社長，我要藉這個機會鄭重致謝。

另外，在撰寫本書時，要整理當時的記憶，挑選適合的文字，好在有各位製作委員不分晝夜提供協助，我也想在此鄭重致謝。

十年後，當OWNDAYS已成長為代表日本的世界品牌時，期待能再次以平行時空下的故事與各位相會。

OWNDAYS株式會社　代表取締役社長
田中修治

《破天荒不死鳥》製作委員

田中修治
早坂登（STUDIO PLANETS）
奧野良孝
海山丈司
藤田德之
甲賀龍哉
濱地美紗
坂部勝
長尾貴之
近藤大介
民谷亮
溝口雅次
田端悠矢
佐藤島庸平（cork agency）
箕輪厚介（幻冬舍）
山口奈緒子（幻冬舍）
佐佐木紀彥（NewsPicks）

BIG 358

破天荒不死鳥：平價時尚眼鏡OWNDAYS永不放棄的再生傳奇

作　者—田中修治
照片提供—田中修治
譯　者—高詹燦
責任編輯—陳萱宇
主　編—謝翠鈺
企　劃—陳思穎
資深企劃經理—何靜婷
封面設計—陳文德
美術編輯—菩薩蠻數位文化有限公司
董事長—趙政岷
出版者—時報文化出版企業股份有限公司
108019台北市和平西路三段二四〇號七樓
發行專線—（〇二）二三〇六六八四二
讀者服務專線—〇八〇〇二三一七〇五
（〇二）二三〇四七一〇三
讀者服務傳真—（〇二）二三〇四六八五八
郵撥—一九三四四七二四時報文化出版公司
信箱—一〇八九九　台北華江橋郵局第九九信箱
時報悅讀網—http://www.readingtimes.com.tw
法律顧問—理律法律事務所　陳長文律師、李念祖律師
印刷—勁達印刷有限公司
初版一刷—二〇二一年十月一日
定價—新台幣五二〇元
缺頁或破損的書，請寄回更換

破天荒不死鳥：平價時尚眼鏡OWNDAYS永不放棄的再生傳奇/田中修治著；高詹燦譯. -- 初版. -- 臺北市：時報文化出版企業股份有限公司, 2021.10
面；　公分. -- (BIG ; 358)
譯自：破天荒フェニックス オンデーズ再生物語
ISBN 978-957-13-8855-7(平裝)

861.57　　110004613

ISBN 978-957-13-8855-7
Printed in Taiwan